La Leyenda del Mmulmmat

Relatos del "Valle de la Cálida Brisa"
Un mundo perdido en las legendarias montañas
de los Himalayas.

Por Asanaro
En el año del Amasune

Otras obras del autor:

"El Arte Secreto del Seamm-Jasani"

(Versión en Inglés: "The Secret Art of Seamm-Jasani")

"Los Mil Caminos del Boabom"

(Versión en Inglés: "The Secret Art of Boabom")

"Bamso, el Arte de los Sueños"

ISBN 978-0-6151-7175-3

Dibujos: Asanaro
Fotografía: Amlom
Diseño de Portada: Yemado & Amlom
Edición: Amlom

"La Leyenda del Mmulmmat"
Tercera Edición
Aya Publishing, USA
2007

e-mail del autor: asanaro@boabom.org

página web: www.asanaro.com

"A los que no tienen patria, a los que hacen de la tierra su patria.

A las hijas e hijos de la Gran Meseta.

A las tres mujeres sagradas: amante, madre e hija".

Sueabom Bambuio Sojamm

Amlom - Maiyam - Mabasari

Los 33 Senderos del Mmulmmat

Prólogo del Autor

Los libros, tal como las personas, tienen su propia vida y evolución. De alguna forma, pienso que este libro muestra la adolescencia de lo que he escrito, lleno de vitalidad, inquietudes y sueños mezclados con la realidad...

Por otra parte, cada una de las obras anteriores ha representado una nueva etapa y un nuevo punto de vista en mi perspectiva de la vida, aunque cada una de ellas se encuentra inevitablemente tejida con las Artes Boabom. A estas y a quienes me han rodeado les debo la inspiración para escribir. De alguna manera no se puede comprender este libro sin entender profundamente este increíble Arte de Defensa y Meditación.

El nacimiento de esta serie comienza con "El Arte Secreto del Seamm-Jasani", que pese a ser un libro dedicado a las técnicas de desarrollo físico-psíquico, también contiene las semillas del relato, mitad realidad, mitad imaginación, que se ha ido desarrollando hasta esta nueva obra. En aquel primer libro un estudiante dialoga con su Guía, quien le va mostrando los valores y la importancia de dominar las técnicas respiratorias y el movimiento armonioso como una forma de conocer el equilibrio y de renovar la salud física para mantener una mente clara y abierta a nuevos conocimientos.

En el siguiente trabajo, "Los Mil Caminos del Boabom", este relato continúa su camino. Ahora el estudiante se acerca cada vez más a las enseñanzas del Guía, quien le muestra y le hace valorar una forma más complicada de su enseñanza: el Boabom óseo, una técnica sólida y eficaz cuyos movimientos son rápidos y certeros. Esta obra se desarrolla en tres etapas: "La Vía", donde se sigue la historia del libro anterior y se muestran los principios filosóficos de esta enseñanza a través de diálogos y de una narración amena; "El Arte", donde el lector, por medio de dibujos y esquemas puede aprender los primeros pasos técnicos de este sistema de defensa-meditativo; y "La Escuela", donde se describe cómo se desarrolla hoy en día esta enseñanza y sus beneficios prácticos.

A contar de este instante, el terreno está listo para que el estudiante comprenda claramente el siguiente paso: "Bamso, el Arte de los Sueños". Aquí quise mostrar al lector (y alumno) un ejemplo de cómo y qué significa "viajar astralmente" o dominar la conciencia en los sueños. Puede parecer ciencia ficción, pero es algo real y posible, siendo una de las prácticas meditativas más importantes en estas Artes. El relato une mi experiencia personal y enseñanzas prácticas en una obra donde el lector encuentra diálogos que transmiten ideas, una trama histórica y un mundo lleno de aventuras y dimensiones por conocer. "Bamso" abre una puerta que va más allá de lo espacio-temporal.

De esta dimensión nace la obra que ahora les presento, "La Leyenda del Mmulmmat", una aventura en el tiempo, en un pasado mítico (o tal vez en el futuro) en que las leyendas de nuestra Escuela, aquellas traspasadas oralmente, se funden con la imaginación y la realidad actual de estas enseñanzas, hoy llenas de vida y fuerza vital, tanto como hace milenios... ahora rejuvenecidas por los ímpetus de nuevas generaciones.

Espero que los lectores disfruten de este libro al máximo, y si ya han conocido el Seamm-Jasani y Boabom, no sólo lo disfruten ¡sino que lo vibren! Esta leyenda viene llena de "regalos" en clave; para descubrirlas sólo necesitan volar con su imaginación a un tiempo ancestral... y en algún momento buscar y descifrar lo que hay grabado entre letras.

¡Que los vientos estelares estén siempre a su favor!

¡Una gran energías para todos! ¡En especial para los nuevos estudiantes de las legendarias Artes Boabom!

Asanaro

En el año del Amasune

Introducción

El pasado se diluye, como partículas que ya no sufren atracción unas por otras y que poco a poco ya no tienen conexión ni sentido; sin embargo, permanecen... y de alguna manera están ahí, ligadas a lo lejos.

Así se sentía el "Navegante", diluido en su sonámbulo estado de conciencia, como en un profundo sueño, mezclando pasado y futuro, como si esta línea de tiempo no se presentara horizontalmente, sino como un círculo que se alimenta a sí mismo en un sólo acto y que, a la vez, tiene voz, una voz que pronunciaba palabras alguna vez oídas, una voz que sonaba como a la de un viejo y conocido Guía que explicaba sus enseñanzas y entregaba secretos que lentamente tenían sentido: hablaba de países que ya no existían... de valles recónditos, de Artes y preceptos que se transmitieron en silencio, en leyendas.

Escuchaba, mezclando los rumores de muchas dimensiones... con el inmanente deseo de poder vivir y de poder ver por sí mismo...

"Hace miles de años...

Antes que el Imperio de los hombres ambicionara y dividiera la tierra, antes del Buda y antes de los Vedas, en los perdidos valles y mesetas de los Himalayas, en las tierras que algún día serían conocidas como Bod y luego el Tíbet, se guardaron los recuerdos y semillas de las leyendas del Mmulmmat y las Artes Boabom.

En aquellas míticas soledades, cuna de grandes pensadores y pueblos que nacieron libres ante la nitidez de los cielos y las montañas, se mantuvo alejada de las masas la esencia de nuestras enseñanzas.

Pasarían centurias y milenios... y sólo tras ese tiempo, la influencia de los tesoros y secretos resguardados en el "País de la Nieves" se filtraría lentamente, como un suave y fresco aroma que viaja con el flujo de los ríos descendentes desde las altas montañas... hasta las planicies cálidas del sur, las soledades del norte, los pueblos del este y la aridez del oeste. La memoria de los hombres es débil y conveniente, y de estos hechos ya no quedan recuerdos.

Cada nuevo pueblo, como cada mente, adaptaría lo aprendido, trataría de olvidar aquello que más le incomodaba y trataría de agregar aquello que más favoreciera a su imagen y a los nuevos pensamientos creados por los hombres, ahora dueños del mando y la tradición. Sólo bastó un paso para que lo que ellos llamaron "poder" adquiriera nombres extraños como el de

"Dios" o "Señor", y éstos se convirtiesen en un escudo ante una nueva raza: los sirvientes, quienes fueron fácilmente convencidos para verse a sí mismos como enemigos.

Nacieron los profetas, los iluminados, y con ellos surgieron sus formas, y en cada una de ellas, heredando inevitablemente la de sus antepasados hombres, sintieron e hicieron sentir que el cuerpo y la mente eran antagónicos, hijos varones de antiguas guerras entre dos bandos enemigos. Quienes siguieron fueron diestros y hábiles en transmitir que algo había que vencer, que algo había que defender, que algo había que reprimir o que algo había que temer.

Las enseñanzas aguardaron, sobrevivieron, permanecieron latentes. Mientras, nacieron y murieron ciudades, así como nacerán y morirán los Imperios. ¡Oh! ¡La grata soledad es la opción a no poseer un mecenas al cual rendir cuentas, o al cual favorecer con una idea hermosa pero vacía! La Vía pasó inadvertida, exiliada, invisible, incomprendida, no-escrita, sin una raza o un pueblo al cual sostener, sin una religión o una nueva política a la cual justificar o servir, y sin una frontera que le dijera qué no hacer o hasta adónde no ir.

Pero, ¿su verdadero origen? Quién sabe... es tan incierto como el momento en que los clanes comenzaron a usar la palabra hombre para decir humano y olvidaron que eran hijas e hijos de una mujer. ¿El lugar exacto? Si lo supiera, debes estar tan seguro como que naciste de una hembra, que no te lo diría.

¿Mi raza? Hace tiempo que la olvidé... y cuando me miro al espejo sólo veo a un humano. ¿Mi nombre? Si algún día lo sé, recuérdame decírtelo... ¿Linaje, títulos?... Mi linaje es aquel que nace y muere conmigo... mis títulos fueron quemados junto con lo que me restaba de orgullo... ¡¿Maestro?! No..., no me llames maestro... porque aquí no encontrarás a nadie que sea tan ciego e iluso como para auto-nombrarse así, o como para permitir que le llamen de esa manera.

Simplemente, si te has presentado aquí para pedir estas enseñanzas, debes aprender a escuchar, a buscar, a tener paciencia y a vivir por ti mismo el camino, porque no hay más camino que el que tú mismo preparas para recorrer.

¿Cómo es nuestro Arte? Sólo te puedo decir que es la Vía que nunca terminas de conocer. Su forma suave es la esencia de la quietud..., su forma fuerte es la esencia de lo óseo..., su forma externa es la unión con los elementos. Pero su meta final es el conocimiento de sí mismo, lo simple e inasible.

Pero no te aflijas por el tiempo o por lo que no te puedo contar, debes saber que en la Vía de los sabios, mil o diez mil círculos al sol, no son nada. Si deseas saber más, prepárate, olvida lo aprendido y tu nombre, vive por ti mismo, viaja hacia adentro, luego regresa y cuéntame lo que has visto".

EL VALLE DEL MMULMMAT

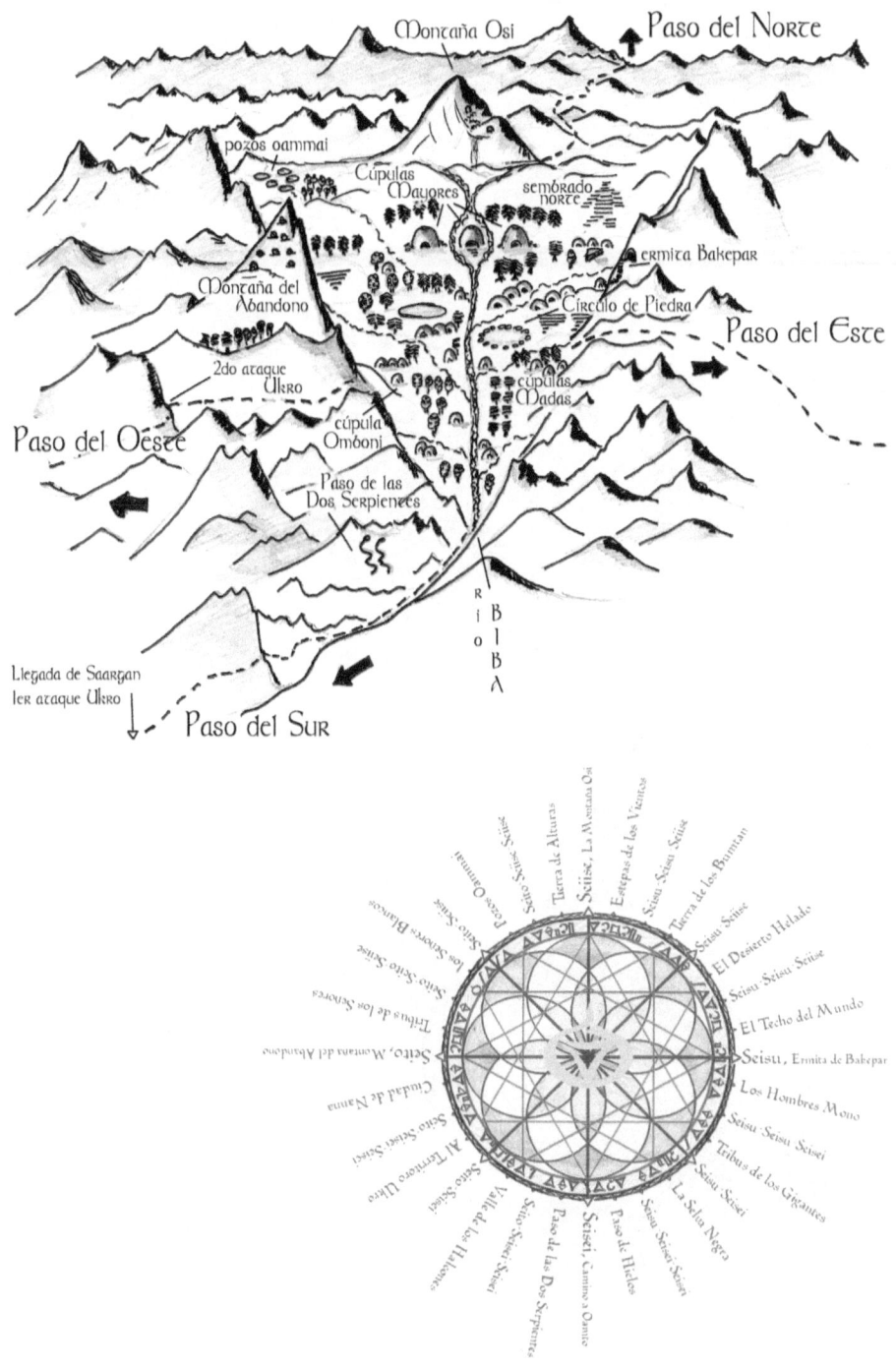

Montaña Osi

Paso del Norte

pozos oammai

Cúpulas Mayores

sembrado norte

ermita Bakepar

Montaña del Abandono

Círculo de Piedra

Paso del Este

2do ataque Ukro

Paso del Oeste

cúpula Omboni

cúpulas Madas

Paso de las Dos Serpientes

Río BIBA

Llegada de Saargan
1er ataque Ukro

Paso del Sur

1. El Comienzo del Círculo

"... Salió de su refugio y comenzó a caminar hacia la ladera del monte... Lentamente, empezó a ascender hacia la roca saliente, donde tantas veces se había sentado a contemplar las montañas, en aquellos misteriosos días del pasado. Estando allí, se acomodó y disfrutó de los valles, los abismos y los cielos..."

¿Dónde estaba ahora la vida de aquellos parajes, sus cálidos refugios, los senderos contorneados de flores, los viejos árboles que guardaban las vestiduras de los antepasados, la Cúpula del Tiempo y las profecías, los círculos de piedra, los escurridizos Ititi, los niños jugando despreocupadamente? ¿Dónde estaban las cuidadas planicies en las cuales se reunían los habitantes del Valle, dónde estaban sus enseñanzas, su armoniosa danza, las ágiles formas de sus Artes... toda la hermosa vida de aquel espléndido lugar?

El solitario joven pensaba y recordaba. Después de treinta y tres plenilunios, volvía al principio. ¿Tanto había tenido que recorrer? ¿Tantas aventuras había tenido que vivir? ¿Tanto sufrimiento había tenido que experimentar y ver para llegar hasta ese punto?

Sin duda, cuando se camina en la tierra, sólo se sabe que se ha caminado en círculo cuando se reconoce el comienzo.

Hizo el viaje de retorno en su memoria, un viaje o círculo que no sabía si deseaba repetir y volver a dibujar... volvió al momento que pensaba que podía haber sido el comienzo:

Rescate en el Techo del Mundo

El indomable viento de las montañas, revuelto con la nieve, y las interminables cumbres que se levantaban alrededor como paredes inalcanzables, hacían difícil distinguir lo que sucedía en aquellos abandonados parajes. Era una visión de ensueño, donde la realidad iba cambiando según como cambiaba la dirección de las bocanadas de la tormenta, formando sus propios caprichos y antojos. Sólo se distinguían ocho siluetas, con abrigados atavíos montañeses, que caminaban pesadamente y con gran dificultad por un sendero lleno de nieve, que más bien era una suave línea dibujada en el costado de la cumbre, entre lo infinito de las alturas y la probabilidad de los abismos. Tres de ellos, ubicados en el centro de la fila, arrastraban, en una especie de pequeño trineo, un bulto alargado, una persona.

Parecía que aquel bulto tenía una débil conciencia, y lentamente podía distinguir lo que le rodeaba. Su confusión era normal para aquellos que viven entre el mundo del sueño y el de la supuesta realidad. En el interior de su mente se escuchaba:

-¿Dónde estoy...? ¿Qué está sucediendo...?

Sus preguntas sonaban en la frontera de la inconsciencia. Desde allí, también escuchaba, a lo lejos:

-¡Tengan cuidado al tirarlo...! Aún no sabemos qué tan fuerte es el trauma... ¡Tengan cuidado...!

Sentía lejanos sus brazos y piernas, como si no fueran parte de su cuerpo. Ésa era una sensación tan acogedora: sentirse que era llevado, arrastrado, sin poder oponer ninguna resistencia. Las voces iban y venían. Algunas parecían femeninas, otras masculinas; le eran familiares, pero no podía reconocerlas.

Alrededor se desataba una gran tormenta. Viento, nieve, frío, cimas y abismos, ésa ha sido siempre la inevitable ley de las montañas.

Los vientos arreciaban el lugar y todo se había tornado blanco... muy blanco, tanto que las figuras del somnoliento personaje y de quienes le llevaban apenas se distinguían. La espesura de la tormenta los envolvía, abrazándolos o, tal vez, protegiéndolos de algo que aún no tenía explicación dentro de la mente de quien era conducido en aquel recóndito paraje. Aquel ser, aparentemente malherido, no podía recordar ni pensar con claridad, sólo tenía la sensación de haber caído.

Los caminantes proseguían, como fantasmas confundidos entre la realidad de esta dimensión y la otra, o la de los mismos sueños y sus viajes. El paciente, débilmente, trataba de mantener la lucidez y se preguntaba quién era... qué estaba haciendo allí... en esas montañas, con esa gente a la cual no podía reconocer y que lo llevaban con tanta delicadeza. En su delirio, trataba de buscar algo en su cuello; de éste pendía un pequeño trozo de madera ovalado.

Las cimas parecían recias y majestuosas, abanicando los vientos que chocaban blancos e implacables contra sus abruptos muros, esculpidos por el tiempo. La montaña musitaba sus ecos y sus letanías, penetrando los oídos de aquel infortunado arrastrado por los quehaceres insondables del tiempo y del espacio.

Los eventos no parecían propicios, sin embargo... siempre pueden transformarse en realidades peores.

La pequeña caravana detuvo su paso por un momento, la tormenta se abrió por un instante, una de las figuras que encabezaba la fila hizo un suave gesto con la mano indicando hacia el suelo; nadie se movió. Aquel mismo personaje alzó la mirada lentamente: se podían distinguir unos grandes ojos negros y almendrados, y al juzgar sólo por ellos, se adivinaba que era una hermosa mujer.

¡¡¡Zzzzzzzzzzzzzzzzum!!! Se escuchó un ruido rápido y seco que terminó al lado del pequeño trineo, la nieve salpicó en la cara de quien iba recostado en él. Los demás voltearon la mirada al pequeño carro inmediatamente.

¡¡¡Zzzzzzzzzumm!!! ¡¡Zum!! ¡Zzuuummm! Se escucharon uno tras otro los ruidos de sendas piedras que cortaban la tormenta y la escasa claridad que se salvaba de los vientos y la nieve. Casi automáticamente, y sin ningún tipo de orden o grito, todo el grupo se contrajo hacia el costado de la montaña; sólo les bastaron dos pasos para llegar a él, debido a la estrechez del sendero. Quienes llevaban a su cargo al malherido, simplemente voltearon el carro de lado, hacia el muro, de manera que el fondo le sirviese mejor de protección que de comodidad en un momento de peligro como ese. El sonido de los peñascos chocando contra el piso proseguía... ¡Zum! ¡Zum! ¡Zum!

Todos, apoyados lo más posible contra el muro de granito, se miraron entre sí. La misma mujer, que aparentemente encabezaba a los montañeses, descubrió totalmente su cara, y con ello apareció una larga trenza y la finura y fuerza de su rostro. El malherido apenas la pudo ver desde su difícil y oculta posición, pero una sensación familiar al contemplarla le hizo pensar que debía sentirse tranquilo y seguro.

Los demás también comenzaron a descubrirse, presintiendo que de esa manera podrían escuchar algo que explicara mejor qué estaba sucediendo. El grupo estaba compuesto por tres mujeres y cinco hombres, todos de edad mediana. Se mantuvieron en silencio y sigilosos. El más joven de ellos, que estaba delante del carro, se acercó lentamente a la mujer que encabezaba el grupo.

-Akinaya... —la nombró suavemente, y prosiguió -, no es una avalancha...

Ella sólo asintió con la cabeza, y levantó una ceja graciosamente: desde el principio sabía que no era una avalancha. Las piedras seguían cayendo, buscando hacer blanco. Cada vez llegaban más y más cerca. Nadie se movía. En ese momento, las miradas se cruzaban tratando de buscar una respuesta y una rápida solución para aquel percance.

El herido estaba quieto, y desde su perspectiva poco podía distinguir. Los sucesos aparecían sin sonido, pero los escuchaba y, al mismo tiempo, los seguía y les perdía la lógica.

El joven que iba en la delantera junto con Akinaya se asomó rápidamente. Miró hacia arriba y pudo distinguir algunas figuras a la distancia; volvió a su escondite casi de inmediato. El diálogo entre quienes se hallaban adelante continuó:

-¡Akinaya! ¡Deben ser los Ukros!

-Sí... lo sé, Koal —le contestó sobriamente.

El joven prosiguió:

-No se adentran en las montañas fácilmente... deben sentirse muy seguros para habernos atacado, es raro que lo hagan. Además, nunca habían llegado hasta esta zona del paso sur, de hecho es raro que pasen el Valle de los Halcones y ¡hace una luna que lo dejamos atrás!

La joven respondió con determinación:

-Entretenlos, subiré por ellos. Conozco bien esta zona; estamos sólo a unos respiros del Acantilado de las Dos Serpientes.

Koal miró hacia atrás e hizo unos gestos al último de sus compañeros, un hombre alto y de contextura fuerte. Casi al instante, éste se asomó del precario refugio en la ladera que servía para evitar las rocas. Miró hacia arriba rápidamente, y al tiempo, varios peñascos pasaron a su lado tratando de hacerle blanco; él los esquivó y volvió a su refugio. Dirigió nuevamente la mirada a Koal, y sin pronunciar palabra, sino que simplemente moviendo rápidamente sus manos, comunicó a quienes encabezaban la fila la posición aproximada y el número de sus atacantes. Se encontraban a unos quince cuerpos hacia arriba y no eran más que los dedos de un ser caminante. Akinaya devolvió la mirada y ya todos sabían que sucedería. Koal agregó:

-Nnuya subirá por el otro extremo... yo... -no alcanzó a terminar la frase y la joven lo interrumpió:

-¡Yo subiré por este lado! Tú centrarás su atención -él asintió con un gesto afirmativo, sin discutir.

La joven, de una manera fuerte y elegante, se sacó el grueso abrigo que la protegía y lo lanzó encima de quien estaba siendo transportado. Su tenida interior parecía hecha de algún tipo de cuero curtido y fino. Tenía amarras tanto en las mangas como en las piernas, ajustando así una especie de camisa y pantalón ceñidos al cuerpo. Avanzó sigilosamente hacia adelante del estrecho sendero, quizás unos veinte o treinta pasos. Mientras, también comenzaba a prepararse el último de la fila, a quien habían nombrado como Nnuya. Éste descubrió a la vez su grueso abrigo y tomó la ruta opuesta. Comenzó a alejarse hacia atrás, lo más orillado posible a la ladera.

Koal, a modo de maniobra distractiva, dio unos pasos fuera del refugio en la orilla de la montaña. Hizo un gesto de reto hacia las obscuras figuras que se divisaban más arriba. En ese momento, se distinguieron sus siluetas de manera más clara. Éstos, un poco sorprendidos por el gesto de sus supuestas víctimas, inmediatamente comenzaron a lanzar piedras.

¡Zumm...! ¡Zzumm! Se escuchaba pasar los peñascos. Koal, rápidamente, se recogió hacia la orilla. Una de sus compañeras, más atrás, hizo lo mismo: se asomó y alzó los brazos hacia los atacantes. Las piedras cambiaron de blanco y la joven sintió cómo le rozaba uno de los proyectiles, alcanzando a rasgar un poco su abrigo. Enseguida se refugió. De inmediato, otro de los compañeros se asomaba, ahora simulando que lanzaría algún proyectil de vuelta, aun sabiendo que en la práctica nunca daría en el blanco, debido a la distancia e incómoda posición en que se encontraban.

Mientras tanto, Akinaya había comenzado a subir por la ladera. Su forma de escalar era casi arácnida. Se agarró de las rocas, firme y estrechamente, alzó su mano izquierda para dar el primer impulso, luego la otra. De una manera muy veloz miraba dónde sujetarse, y casi al tiempo, posicionaba su otra mano o pie. Cada movimiento era rápido, certero y preciso, y lo acompañaba de un extraño sonido al respirar. Por el otro extremo, Nnuya hacía lo suyo por avanzar y alcanzar la altura del grupo de atacantes, a los que habían llamado Ukros.

Mientras tanto, el ataque proseguía, así como la táctica para distraer la atención usada por el grupo de peregrinos. Ya cerca de su meta, Akinaya se volvió más sigilosa. Miró hacía arriba y hacia su izquierda y pudo distinguir claramente a quienes habían planeado la emboscada. Eran hombres toscos y de expresión feroz. Se vestían con trozos de cueros que les daban el aspecto de trogloditas. Entre el viento y la nieve, que aún no amainaban, pudo confirmar que eran menos de los que pensaba encontrar. Al fondo, débilmente, distinguió la sombra de Nnuya, quien también ya había alcanzado la altura necesaria para el contraataque final.

La joven, con un último esfuerzo, alcanzó la orilla a nivel de los Ukros, a unos dos pasos del extremo de la fila de los atacantes. El que se hallaba más cerca giró la vista y la distinguió inmediatamente. Por un instante, sus miradas se cruzaron. El tiempo se estiró. La joven, antes que él reaccionara, y de un solo impulso, llegó a la orilla, y con ese mismo empuje giró sobre sí en el suelo y proyectó recta su pierna derecha, desde el mismo piso. Toda la fuerza de aquel gracioso y ágil movimiento alcanzó la rodilla del Ukro, que a su vez se abalanzó hacia ella. El impacto trajo sus efectos inmediatamente. El atacante perdió el equilibro y cayó pesado al piso, a un palmo del precipicio. El grito y el movimiento detuvieron inmediatamente la acción de los demás atacantes. Todos giraron su mirada hacia la intrépida joven y el cuerpo de su compañero, que estando en el suelo se tomaba la rodilla quejándose, tratando de suavizar el dolor.

Pareció que nada ni nadie se movió por un instante. Del centro de los Ukros, uno de ellos, al parecer el líder del grupo y quien además tenía el aspecto más decidido y feroz, se abrió paso para ir directamente hacia Akinaya con una gran piedra. En vez de retroceder, ella salió a su encuentro y antes que el atacante impulsara la piedra hacia adelante, la cual sostenía sobre su cabeza, ella ya estaba a su lado. Con un preciso movimiento de manos golpeó uno de sus brazos, y con la otra mano, casi al tiempo, la garganta del gigantón. La inmensa roca cayó hacia atrás y por poco dio blanco en otros de los Ukros. El atacante cayó inmediatamente de rodillas al suelo, llevándose las manos a la garganta, tosiendo y casi completamente ahogado.

Todo el grupo se quedó inmóvil, cada uno en su lugar. El miedo ante tal seguridad les impidió insistir. Todos miraron hacia el suelo, como resignados a dar por terminada la acción. Mientras, Nnuya se había colocado a espaldas del grupo, por si algún otro reaccionaba.

El que estaba de rodillas se levantó con inseguridad, y sin alzar la mirada, comenzó a caminar y a retirarse sin proseguir la lucha. Todos lo imitaron, soltaron las piedras y volvieron por donde habían venido. Pasaron junto a Nnuya sin mirarle y con un semblante de derrota. El Ukro herido en la rodilla se revolcaba en el suelo, tratando de ponerse de pie. Aparentemente, ninguno de sus compañeros pensaba ayudarlo o esperarlo; tal vez también esa era una ley de aquellas alturas, una ley de supervivencia. Akinaya se acercó al herido, y éste trató de arrastrarse, pensando que lo arrojarían por el precipicio o lo rematarían. Nnuya también se acercó y alzó su mano abierta y con suavidad, para tranquilizar al hombre. Le tomó del hombro para que se calmara y confiara en que ellos nunca lo habían considerado como enemigo; le revisó la rodilla, y mientras lo sujetaba, Akinaya le tomó el otro extremo de la pierna, y con un rápido movimiento la volvió a poner en su posición. Un grito ahogado escapó de la garganta del Ukro. La joven se desató una de las amarras de su manga, y con una parte de los mismo toscos cueros que servían de vestidura al hombre en el suelo, inmovilizó lo mejor posible la rodilla. Le acercaron un bastón que había dejado el grupo y lo pusieron de pie. El hombre no subía la mirada y, sin decir nada, se agarró lo mejor que pudo del bastón y trató de seguir al resto del grupo de los Ukros, que ya se habían alejado a cierta distancia pero que aún se distinguían.

La penosa marcha por los deslindes de las cimas y los acantilados prosiguió en calma en búsqueda del Paso de las Dos Serpientes. El grupo de los ocho peregrinos con su extraña carga pudo seguir en paz, ahora enfrentados no a la pasionalidad de los hombres sino a la noble violencia de la naturaleza.

Quien era conducido y protegido por aquel extraño grupo no podría haber sabido cuánto perduró aquel rescate y peregrinaje, ni cuánto duró la lucha que se había producido; más aún, tampoco podía saber o suponer que se trataba precisamente de un rescate.

Sin embargo, todo pasa, y hasta la confusión más absoluta o el callejón más obscuro termina desembocando en un nuevo episodio.

La tormenta fue amainando, y las montañas no se vieron tan altas e inalcanzables, ni los arrecifes tan amenazantes y profundos. Pronto el viento dejó su melancólico canto junto a las ráfagas de nieve, la cual de un momento a otro comenzó a caer encantadora, suave, lenta e inofensiva.

Pasó un instante, tal vez un tiempo.

2. Entre este Mundo y la Tierra

¡Aaah!

¡Qué agradable es el despertar inconsciente, ese despertar de sentir la propia existencia sin la memoria de un nombre, de reconocimiento o simplemente de un lugar... que da igual cuál sea! ¡Qué agradable y seductora puede ser la inconsciencia, la vaga idea de sí mismo, la vaga idea de la existencia! Sin embargo, ni siquiera ese estado escapa al movimiento. Deseando y no deseando despertar, escuchaba a lo lejos.

Cada vez de manera más clara pudo oír que lo llamaban:

-Aprendiz... Aprendiz... ¿Me escuchas...?

El joven que había sido llevado por aquel grupo de personas, percibió en su mente una voz que no podía relacionar con una imagen determinada; ésta volvió a decir:

-Aprendiz... Sé que escuchas, despierta... despierta... Has tenido una caída terrible y ha sido un viaje difícil: ahora abre los ojos, sólo ábrelos.

El joven, ya más lúcido, tomó más conciencia de lo que sucedía alrededor y lentamente comenzó a abrir los ojos. Primero todo se veía borroso; con un poco de dificultad pudo comenzar a centrar la visión.

-Aprendiz... -repitió la armoniosa voz que intentaba animarlo –, sé que estás un poco conmocionado, tal vez no recuerdas. Soy... Subam-Na... has tenido una terrible caída. Sabes que el sendero de retorno al Valle es peligroso, debiste haber esperado a los Guías. Habrás tenido un viaje terrible.

-¿Ah...? ¿Subam-Na...? -balbuceó el joven tratando de contestar aún desconcertado, al tiempo que trataba de aclarar su visión, bastante confusa. Agregó titubeando –¿Dónde estoy...? ¿Quién es usted...? ¿Por qué me llama Aprendiz...?

Subam-Na tocó su frente procurando reconfortarlo, lo acarició suavemente. Ella era una mujer de edad adulta, mas bien baja, de tez morena y a la vez delicada, pelo muy negro, largo, tomado hacia atrás y, en general, de aspecto sólido, pero delgado. Vestía una especie de túnica tejida de color obscuro, cálida y confortable. Estaba sentada pacientemente al lado del muchacho, quien no dejaba de desvariar. Ambos permanecieron en silencio un momento. Muy cerca había una mujer joven, otros dos hombres más, vestidos de manera semejante, y otras dos ancianas. Éste, poco a poco, comenzó a hablar con más cordura y a modular de manera más continua y concreta.

-... Pero ¿qué ha pasado? No entiendo... Sólo recuerdo que caía... Estoy muy confundido – y agregó -. Pero ¿quién es usted y dónde estoy?

Mientras hablaba, su vista se iba aclarando, y pudo distinguir a la mujer y a la joven que estaban `más cerca de él. Tras ellas pudo ver a los demás, aunque un tanto difusos. Poco a poco, más al fondo, distinguió las paredes de la habitación en que se encontraba: los muros eran de un color crema muy suave, muy contorneado, y al mirar con más detalle observó que la habitación era una verdadera cúpula, totalmente redondeada. No había adornos. Sólo pudo ver a los costados extraños dibujos, figuras geométricas que para él no adquirían ningún sentido, y que sin embargo, formaban un conjunto equilibrado y misterioso. Alzó lentamente la cabeza hacia lo alto: la cúspide de la habitación remataba en un círculo perfecto y solitario. Luego volvió la mirada a la mujer que se encontraba sentada a su lado, en el borde de lo que parecía ser una cama. Se sintió abrigado y cómodo. Ella le habló sutilmente:

-¿Me recuerdas, Aprendiz...? Soy Subam-Na. Has sufrido una terrible caída mientras venías al Valle del Mmulmmat. Debieras saber que el sendero es peligroso y que sólo pocos pueden llegar hasta aquí sin tomar las precauciones debidas. Te has dado un terrible golpe... eso debe haber afectado tu conciencia.

El paciente escuchaba desconcertado; en verdad, no podía recordar nada. Solo atinó a volver a comentar y a preguntar, en un intento de entender o relacionar en su memoria lo que sucedía.

-En verdad no sé a qué se refiere... No recuerdo nada. Pero usted... no lo sé... parece que antes la he visto, pero no puedo recordar bien... ¿Y cómo dijo? ¿El Valle del Mmulmmat? ¿Es el lugar donde estamos? ¿Y dónde es eso?

-Cálmate... –comentó Subam-Na, mientras la joven que la acompañaba también se acercó, un tanto preocupada. Luego agregó, reconfortándolo –No te preocupes, tus ideas e imágenes ya se aclararán, en realidad has sufrido un impacto muy fuerte, y como consecuencia todavía te hallas un poco confundido.

El joven sólo observaba y trataba de recordar, no tenía claro quién era él mismo. Una voz cruzó su memoria diciendo: "acaso ¿quién lo tiene claro?".

Agregó débilmente:
-Pero... no entiendo.

La mujer nuevamente lo tranquilizó:
-Es muy probable que todavía no tengas las imágenes en orden, pero trataremos de hacerte recordar, poco a poco, no te impacientes. Por el momento debes saber que estás entre buenas energías; debes saber, además, que tienes una reunión muy importante pendiente... Hace tiempo que te esperábamos, y aún no llegabas.

El enfermo contestó, débil:
-¿Reunión...? ¿Qué...? No sé ni cómo me llamo, todo esto me parece familiar, pero en verdad tampoco sé por qué.

-Paciencia... –dijo Subam-Na. Casi al momento se acercó la joven que estaba tras la mujer, y con una voz suave y a la vez más informal, comentó:

-Dulce Saargan... Quédate tranquilo, tú siempre igual... ¡Quieres saber todo! Recuerda lo que siempre te dice Omboni, "todo tiempo a su tiempo"... Él estará aquí contigo muy pronto, está preocupado por tu estado.

El joven trató de aclarar la vista, de centrarla con mayor claridad porque aun sin verla bien y sin recordar, esa voz juvenil y esa silueta conmovieron algo en su mente. La había visto en el rescate. Por un momento no pudo responder; tomando un poco de aire, agregó titubeante:

-¿Saargan...? ¿Así me llamo...? ¿Por qué me has nombrado así...?

La joven contestó en el mismo tono suave:
-¿Y cómo debería llamarte? Dímelo tú... –a lo que él respondió, con una expresión de extrañeza en el rostro:

-Bueno, deberías... decirme... ¡Ah...! ¡No lo recuerdo!

La joven y la mujer que estaban con él sonrieron amablemente. Subam-Na, la mayor, agregó de manera maternal:

-Descansa, Aprendiz... descansa. Los recuerdos van y vienen, lo importante es que has llegado, estás aquí y a salvo. Tendrás tiempo para rehacer tus vivencias muchas veces, pero siempre lo esencial es que tú estés... tú, tú…

Ella posó ambas manos en su rostro y comenzó a realizar un suave masaje a la altura de su sien y luego en la parte superior de su cabeza. El joven, a quien habían nombrado como Saargan, comenzó a relajarse y sintió que se desvanecía. Una de las ancianas que había detrás comenzó a quemar unas hierbas que aromatizaron exquisitamente el ambiente. La muchacha que estaba cerca de él inició un extraño cántico, muy sutil, casi como un susurro, lo que fue más que suficiente para tranquilizarlo totalmente. Sólo pasaron unos cuantos latidos y él se durmió.

3. La Re-Unión

-¡Despertar... despertar! —el muchacho escuchó a lo lejos.

-¡Arriiiiiiba! ¡Arriiiibaaaa! —poco a poco podía oír cada vez más nítido. Sintió una mano pesada en el hombro:

-¡Despertar, Aprendiz...! ya estar soñando con mundo extraño... saber tú muy bien que estos no ser tiempos para tus prácticas astrales... Haber momentos para todo... jejeje...

El joven aún no recobraba bien la conciencia, y no sabía si la voz que escuchaba estaba inserta en la realidad o en sus sueños matutinos.

-Decir yo por última vez, Saargan... ¡¡¡¡¡Despertaaar!!!!! -sintió un grito directo en el oído.

El joven saltó sobresaltado de entre los mullidos ropajes de su cama. Con los ojos entreabiertos distinguió la figura de su interlocutor: era un hombre de edad avanzada, bajo, de cara redonda y con una barbita rala que venía bien a su aspecto sonriente.

-¡Vamos! Ya terminar tú de espabilar... afuera haber habido una grande caída de gotas blancas... muuuy, muuy raro en el Valle. Todo reluce... tooodo reluce... y las montañas ya estar terminando de dar su rostro a la Astro-sol —y luego agregó –; tú dormir y dormir. Ahora toma tus cosas, vístete... y abrígate ¿o ya tú abandonar ese cuerpo antes de tiempo? Hay frío afuera... muuy raro en el Valle... muuy raro. Y apresura... el Consejo del Mmulmmat estar reunido y te espera. Hoy no haber tiempo para tus rituales. Y no venir a mí tú con no recordar y con estar todo maltrecho ¡Yo no ser una Amlom! Jejeje…

El muchacho comenzó a vestirse perezosamente; en un principio no centraba muy bien sus pensamientos, pero lentamente se iba sintiendo más lúcido. Comenzó a ponerse la túnica que aquel curioso hombre le acercaba apresurado.

La habitación donde se encontraba era la misma de antes, de un tamaño mediano y con su singular forma de cúpula. Ahora pudo observar con más detalle que estaba construida con un suave material color tierra o estuco, y con pequeñas protuberancias que la hacían lucir confortable y cálida. Además, en los bordes bajos, y tal como recordaba, había extrañas escrituras, las que se desarrollaban en líneas que se dirigían hacia lo superior. Al observar aquellos signos sintió que tenían sentido, como si los comprendiese, o como si quizá lo hubiese hecho en algún momento. Algo en su interior le decía que eran familiares, pero ahora no los podía interpretar. La prisa de la persona que le ayudaba a acomodarse el abrigo no le permitió hacer o hacerse preguntas.

El hombre mayor miró al joven, a quien trataba como un antiguo protegido o estudiante. Terminó de arreglarle un grueso manto de color oscuro, de cuya parte superior nacía un amplio capuz que, a su vez, terminaba en una larga punta que caía elegantemente hacia atrás. También le acercó unos cómodos mocasines altos. Rápidamente le hizo un gesto para que lo siguiera. Indudablemente, algo lo apresuraba.

Ambos salieron de aquella construcción. Afuera corría una brisa suave y un poco fría, el piso estaba húmedo. El aire era limpio, los cielos lucían espléndidos colores contrastados con algunas nubes que se retiraban y que demostraban que ya iba atardeciendo. Había hermosos bosques rodeándolos. Lo primero que llegó a los sentidos del joven fueron deliciosos aromas, olores a flores y plantas mezcladas con el aire de las montañas y la humedad penetrante de la tierra.

A poca distancia se apreciaban otras construcciones circulares, similares a la que habían abandonado, rodeadas de enredaderas y de las plantas más diversas. De fondo, a lo lejos, grandes y blancas montañas eran una hermosa y a la vez fría compañía.

Por lo que se podía observar, la aldea estaba conformada por aquellas singulares cúpulas que emanaban calidez, acusando un delicado orden y cuidado por parte sus habitantes. A medida que caminaban aparecían más de ellas, mimetizadas entre frondosos árboles que asaltaban la vista junto con el fresco olor de una naturaleza plena de vida.

-Vamos Saargan, apresurar tu paso ¡Apresurar tu paso! Siempre igual... siempre yo esperarte, siempre el viejo Omboni esperarte... jejeje…

-¿Omboni...?

-¡¡Síííííííííí...!! ¡¡Ommmmmboooniiii...!! Tú ya saber, no me vengas con estar tú desmemoriado... desmemoriado... jejeje… suaves masajes para pobrecito chico perdido. A mí nada de sobaditas... tú espabilar rápido, así que tú caminar... Apresurar... apresurar... apresurar

-E... ¡Está bien! Oo... ¡Omboni! Ya entendí... —contestó el joven a regañadientes.

Tras un lapso de caminata se divisó otra de aquellas cúpulas; sin embargo, esta era bastante mayor. Ambos avanzaron apresurados a su destino. La entrada era completamente redonda, lucía un pórtico construido de madera obscura y gruesa, labrada detalladamente y al parecer de data muy antigua. Cuando llegaron, abrieron la puerta con un pequeño impulso y ésta simplemente giró como una rueda. Entraron a una especie de antesala y la puerta giratoria se cerró detrás de ellos, siguiendo una inercia inexplicable. Allí dejaron sus mantos y se descalzaron. Omboni miró al joven sin decirle nada. A esa altura, Saargan sabía que algo le preocupaba a él y a todos los que recordaba haber visto, y no era justamente él y su estado de salud o conciencia. Sin duda, esto iba más allá, y presentía que no era muy bueno. Sin decir nada pasaron a la habitación interior.

-¡Suam-odaonai Omboni, Suam-odaonai Saargan! –dijo amablemente y a modo de saludo una de las personas que se encontraba en la entrada del salón central; era la misma mujer adulta que le había atendido unos días atrás. También había otras siete acompañándola, de variadas edades. Hicieron un extraño gesto uniendo sus manos como venia y saludo para los visitantes, reafirmando lo que la primera de ellas había iniciado. Por otro lado, había dos hombres: un hombre anciano de pelo largo y barba larga, sentado y otro de edad mediana, también de barba crecida, pero negra y espesa.

-¡Sojamm! –contestó respetuosamente Omboni, quien guiaba a Saargan. El joven permaneció mudo y sorprendido; sin embargo, trató de imitar el gesto que todos habían hecho mutuamente, para seguir el ritual de alguna forma.

Quien los había recibido les indicó que tomaran asiento. Así lo hicieron. Bajaron una especie de escalinata de dos peldaños, para entrar a un círculo que formaba un desnivel, en el centro de salón esférico. Se acomodaron en los mullidos cojines que encajaban perfectamente, formando un gran sillón circular incrustado en el suelo. Abajo, justo al centro de todo, había una mesa redonda con extraños esquemas finamente labrados en su interior. Dentro de la misma mesa, hecha de piedra muy lisa, un círculo menor servía de base a una pequeña fogata central, la que era recibida por una especie de campana que hacía las veces de escape de chimenea. Todo ello daba al lugar un aspecto introspectivo, ceremonial pero acogedor.

Todos en la habitación habían tomado asiento. Subam-Na, la mujer mayor, se dirigió a Omboni:

-Sabemos el peligro que acecha al Valle. El clan de los Señores de la Piedra Negra ha extendido su influencia sobre muchas aldeas; los cambios y el enfrentamiento parecen inevitables.

-Mmm... Los rumores, a pesar de la nieve, rápido correr. Ya todos saber lo que eso significa –contestó Omboni, un tanto preocupado.

-Para muchos de nosotros todo eso parece muy lejano, estamos aislados, pero también somos conscientes de que los cambios afectarán ambas caras de la montaña –agregó otra de las mujeres que se encontraba en la reunión.

Otra de ellas, muy anciana pero de aspecto firme, añadió:

-¡Por los huesos de un bumtan! Debemos tomar una decisión... de otra forma las circunstancias sobrepasarán la posibilidad de tomar alguna determinación que cambie, o al menos, aminore el rumbo de los acontecimientos.

En ese momento, hubo un cierto rumor en la sala. Al instante, Subam-Na, la mujer que parecía encabezar la reunión, volvió a tomar la palabra y comentó:

-Debemos estar serenos e ir paso a paso... lo que ha de ser, ha de ser... –y pasó a dirigirse directamente al joven a quien habían llamado Saargan:

-Bien, Aprendiz, sabemos que has tenido un pequeño accidente, pero aún esperamos que traigas novedades del mundo exterior. ¿Qué puedes decirnos de Nau...?

El joven no sabía que pensar y, en verdad, no comprendía qué le estaban preguntando exactamente, no podía recordar nada y seguía confundido. ¿Sería todo esto sólo un sueño? Omboni intervino y salvó la situación.

-Mmm... El Aprendiz estar en estado transitorio, el viaje hasta aquí todavía tenerlo atontado. Sufrir un pequeño tortazo, jejeje... Yo procurar recuperarlo.

Las personas que asistían a la reunión se quedaron mirando entre sí. Subam-Na volvió a comentar:

-Esperamos que su recuperación sea lo más pronta posible; todos estamos conscientes de que la misión de Nau en el exterior debe haber tenido algún avance... él debiera saber algo –y tras una pausa, continuó -. Bien Omboni, tú eres el apropiado para guiar este tipo de situaciones, esperamos que el estado transitorio de vuestro estudiante no sea demasiado largo.

Omboni asintió con la cabeza y sólo dio un disimulado codazo a Saargan, quien miraba distraídamente a una de las jóvenes que estaba ubicada más atrás. El Aprendiz puso atención nuevamente, aunque fuera por un momento. La conversación prosiguió con temas que no comprendía. No podía concentrarse, e instintivamente volvía la mirada de reojo hacia la misma muchacha. Ella se dio cuenta.

Tranquilamente, la chica miró a Saargan. A él le parecía que ella era hermosísima. Veía que sus ojos pestañeaban tan suavemente... casi como el aleteo de una mariposa. Saargan se sobresaltó y sintió un cosquilleo en el estómago, y una palabra surgió en su mente: "Akinaya... Akinaya...", mientras la joven lo seguía observando desde el otro lado del salón. Saargan bajó la vista; no podía fijarla sin perturbarse. Los mayores siguieron conversando y discutiendo sobre el futuro.

Al poco rato la reunión se dio por terminada, y antes que se levantaran, Subam-Na dio las últimas palabras, refiriéndose al Aprendiz:

-Bien, Saargan, ya conoces a Omboni, quedas bajo su responsabilidad. Él es tu Guía eje. Sin embargo, no puedo decirte que confiamos en ti... pues la confianza es la certeza del futuro, y nuestro futuro, como el tuyo, corre en un oleaje fluctuante. Sólo estaremos conscientes de los hechos que demuestren tu capacidad como Saargan. Omboni te restablecerá de tu estado inconsciente –y dirigiéndose a la joven que estaba tras ella, que se acercó, prosiguió -; Akinaya también cooperará en tu recuperación.

Saargan abrió los ojos un tanto sorprendido. Quedó mudo.

La mujer prosiguió:

-Tenemos poco devenir... y tú tienes pocos plenilunios antes del regreso al mundo exterior. En este tiempo debes recuperar toda la condición de tu conciencia si queremos salvar con éxito el oleaje de este afluente –e inmediatamente lo saludó, diciendo -, ¡Suam odaonai!

Todos se despidieron de él y de su curioso Guía, haciendo el mismo gesto que el Aprendiz había visto anteriormente: uniendo las manos y extendiéndolas de una forma muy particular. Curiosamente, antes de salir, pudo observar que las personas que se encontraban allí se despedían enlazando las manos de maneras diferentes. Al momento, él y Omboni tomaron su abrigo en la antesala, se pusieron sus calzados y salieron al exterior. Afuera ya hacía un poco más de frío, y los hombres se cubrieron la cabeza con el grueso y largo capuz de las túnicas; el Aprendiz miró hacia el cielo, que se encontraba en gran parte despejado. La noche había caído rápidamente y las estrellas se desbordaban en el firmamento, parecía que se podían tocar. La Gran Vía estelar formaba un verdadero manchón en el cenit, anunciando que se hallaba plena de vida y de secretos.

Dieron unos pasos y Saargan no se pudo contener:

-Omboni... tengo que...

-Mmm… sí, yo ya saber... todavía no pasas tu estado de confusión... Paciencia... tú no preocupar, dejar todo en manos de Omboni, tengo mucho que redespertar en ti. Pronto sabrás dónde estás-eres. Por ahora debes descansar... relajarte. En próxima luna comenzar tu aprendizaje... jejeje... tu reaprendizaje... jejeje…

4. Despertar

El amanecer fue silencioso y acogedor. La reconfortante luz del sol cruzó la ventana circular que quedaba enfrente de la cómoda cama de Saargan, que estaba hecha del mismo cimiento de la construcción. Al otro extremo de la habitación se encontraba la cama de Omboni. Ya estaba lista y estirada, el viejo no se encontraba allí. El muchacho se levantó rápidamente, se puso el abrigo y salió de la cúpula con la intención de ir en su búsqueda. Tenía la cabeza llena de preguntas, y su primer despertar sólo lo había dejado más confundido.

Afuera, el sol y sus rayos invadían la hermosura e inmensidad del Valle, las nieves de días anteriores se derretían lentamente, y dejaban un rastro de humedad humeante que invadía los alrededores. Por fin podía darse cuenta con detalle dónde estaba realmente. Contempló tranquilamente aquel lugar en su plena armonía.

Las montañas rodeaban aquel Valle perdido en las inmensidades. Los sólidos picos lucían blancos e inexorables, como imponentes columnas de un palacio cuyo techo estaba formado por la cúpula celeste. Gran parte del lugar estaba cubierto de árboles, de las más distintas especies y tamaños. A poca distancia de la construcción circular donde él había dormido, se encontraban otras de tamaños similares, tal como recordaba haber visto, enlazadas por curiosas sendas hechas de piedra o troncos. A medida que avanzaba y miraba entre los árboles, volvía a ver más y más de aquellas cúpulas-vivienda, mimetizadas con los diferentes parajes. Sin duda, aquel poblado era más grande de lo que creía haber visto en un principio.

Pronto escuchó unas voces y vio a algunos niños en las cercanías. Los pequeños corrían de un lugar a otro, jugando y riendo. Daban la sensación de ser revoltosos duendes guardianes del bosque. Uno de ellos, una pequeña niña, se acercó al solitario Aprendiz. Los demás, más cautos o quizás más tímidos, mantuvieron cierta distancia ante el visitante.

La audaz pequeñuela vestía una abrigadora ropa tejida, que parecía ser de color blanco, pero que a esa hora de la mañana ya estrenaba algunas manchas de tierra y lodo, consecuencia de los juegos matutinos. Su cabello suelto y ondulado le llegaban a la cintura. Miró hacia arriba, de reojo, y dando unos pasitos se acercó sin más. Saludó, uniendo las manos como hacían los adultos:

–¡Suam odaonai...! –sonrió y agregó, adivinando –. Tú no eres una Amlom, tú no eres un Ititi... ¿Tú eres el bulto que trajeron hace unas lunas?

El Aprendiz se sintió un poco confuso y tocado, pero pensó que debía ser comprensivo y que ella todavía no sabía hablar muy bien. Contestó:

–Bueno... en verdad no lo sé, tal vez era yo –por dentro pensó que de seguro la pequeña pudo haber visto a los adultos de la aldea acarreando su cuerpo el día de la tormenta.

Inmediatamente la niña dijo, de manera definitiva:

–¡Sí! ¡Eras tú! –y mientras los demás niños se iban acercando lentamente, la niña prosiguió –. Dime... ¿qué se siente ser un bulto?

El Aprendiz comenzó a agotar su paciencia:

–Mira... lo que pasa es que yo estaba desmayado cuando llegué y no lo recuerdo muy bien, ni siquiera puedo recordar muy bien quién soy o dónde he estado últimamente... pero me han nombrado como Saargan.

La pequeñuela quedó pensativa, lo observó, giró la cara como para observarlo desde otro ángulo y agregó:

–No me pareces un Saargan... tienes más aspecto de bulto.

El Aprendiz se molestó:

–Oye... mira, entiende, no-soy-un-bulto... soy una persona, a lo mejor si me viste cuando me traían, me confundiste con un bulto, ¿no es cierto?

–Igual me pareces un bulto –dijo la niña, muy segura de sí misma.

–No sé qué tipo de educación te habrán dado aquí, pero ya tienes suficiente edad para saber lo que es una persona mayor y... y... ¡un bulto...!

La niña miró hacia atrás, donde estaban los demás niños, y sonrió levantando los hombros a modo de interrogación; los pequeñuelos se tiraban al suelo y reían a carcajadas. Luego lo volvió a mirar y le preguntó:

-¿Qué es "educación"...?

El Aprendiz titubeó y respondió:

-Bueno... "tener educación" es no llamar a los demás "bulto" ¡ni nada que les moleste!

La niña respondió:

-¿Aun cuando lo sean?

Saargan definitivamente se ofuscó, y dándose cuenta que no haría cambiar de parecer a la pequeña tozuda, quiso cambiar de tema bruscamente:

-Oye niñita, hazme un favor y dime dónde están los adultos y Omboni... si lo conoces.

La pequeña frunció el ceño y dijo:

-Te puedo llevar donde está Omboni... ven, sígueme —le respondió mientras se puso a caminar. Los demás compañeros de juego siguieron sus actividades sin darle demasiada importancia al extraño. La pequeña agregó:

-Dime, ¿qué es ser una "niñita"?

Él respondió, pensando que definitivamente la chica no tenía mucho léxico:

-Bueno, alguien que todavía no ha completado su educación ni su desarrollo.

Siguieron caminado por un pintoresco sendero que serpenteaba entre algunos árboles curiosamente plantados, algunos de ellos formando figuras geométricas. De tanto en tanto, se veían algunas piedras curiosamente labradas con figuras indescifrables. La pequeña caminaba rápidamente, y cada cierto trecho se volvía, mirándolo de manera pensativa. Agregó:

-¿Sabes...? pienso que aquí no encontrarás a ningún "niñita".

Saargan, confundido, no supo qué contestar. Casi de inmediato sintió sonidos provenientes del bosque. La pequeñuela lo tomó de la mano y comenzó a apresurarlo, al parecer deseosa de ver algo que se ocultaba más adelante. Tras unos momentos, y luego de cruzar unas rocas y arbustos, apareció ante ellos una especie de loma que poseía una escalinata para acceder a su cúspide, la cual se alzaba a la altura de un cuerpo.

-Apresúrate —agregó la pequeña, entusiasmada por algo -, van a comenzar el Arte del Despertar.

Ambos subieron rápidamente las escalinatas. El montículo se encontraba estratégicamente construido para recibir una gran cantidad de luz y sol matutino.

Al subir, pudo apreciar claramente la forma del lugar y lo que allí sucedía. Era una planicie artificial que formaba un círculo perfecto, de al menos 50 pasos de diámetro. En su perímetro había una hilera de pequeños árboles frutales, y al pie de éstos un hermoso jardín hecho con piedras y flores, no más ancho que un brazo. Luego venía un sendero, que marcaba la circunferencia mayor. El Aprendiz estaba sorprendido y curioso con el nuevo lugar que había descubierto. Allí estaba Omboni, con un grupo de otras quince personas; estaban ejecutando un extraño sistema de movimientos, semejante a ejercicios de estiramiento y respiratorios. Mientras lo hacían, ejecutaban un suave y persistente sonido, acompañando cada inhalación y exhalación.

Se les veía fluir como una brisa primaveral o como el oleaje de un mar tranquilo. Las manos giraban y formaban grandes círculos al unísono. Al tiempo, la respiración que hacían se asemejaba a un cántico, a una letanía aletargada y acompasada. Saargan se quedó lo más quieto posible, tratando de no interrumpir. La pequeña se sentó a su lado con las piernas cruzadas, e imitó con sus diminutas manos los movimientos de los adultos. Pasó un rato, y tan armoniosamente como habían repasado aquel sistema de movimientos, dieron unos pasos de término y todos juntos pusieron fin a la sesión. Omboni miró inmediatamente al Aprendiz y se acercó sonriente, como siempre:

-¡Suam odaonai, Saargan! ¿Disfrutar tú de la mañana? Jejeje -e inmediatamente saludó a la pequeña:

-¡Suam odaonai, Nandi!

Ella contestó alegre:

-¡Suam odaonai, Omboni! —y de un salto lo abrazó; él la cogió de manera muy cálida, y con toda facilidad la subió a sus hombros. Con ella arriba hizo un saludo a las demás personas que se encontraban aún allí y comenzó a caminar para bajar del lugar. Mientras se retiraban, comentó con el Aprendiz:

-Mmm... veo que tú siempre tener ingenio para encontrarme...

-Bueno... en verdad fue ella la que me llevó a usted.

-Jeje... Nandi, Nandi... tú ser siempre igual...

-Sí —contestó ella -, el pobre bulto estaba un poco perdido.

El viejo sonrió, pero el comentario no hizo mucha gracia a Saargan.

En ese instante, y ya nuevamente en el bosque, Omboni tomó a la niña y la bajó:

-¡Uuuu...! ¡Vaya que tu vehículo estar pesado, Nandi! Bueno, el paseo terminar. Ahora ve y seguir tú con tus andanzas... ¡Saludos a los Ititi!

La pequeña extendió su mano izquierda con el dedo índice recto y dijo:

-Ellos estarán contentos con sus saludos.

Luego lo abrazó, le tiró las orejas y tiernamente rozó su nariz y frente con la del viejo sabio. Saludó de manera ceremonial al Aprendiz y se fue corriendo.

Mientras, Saargan sentía que tenía muchas preguntas que hacerle al anciano. No sabía por dónde comenzar.

5. El Valle de los Argan

Saargan comentó:

-¿Qué hacían allá arriba, Omboni...?

-¡Oooh! Ya tú saber... formas del Jass-U, Arte del Despertar.

-El... ¡¿qué?! –preguntó confundido el Aprendiz.

El viejo sonrió y dijo:

-Jejeje... el Jass-U, Saargan. Boabom naciente. Movimientos simples cuando huesos simples, como los de este viejo, necesitar calor y necesitar despertar. Tú saber... tú saber, el primero de los Ocho Artes Sólidos.

-Por favor... ¿de qué me habla?, en verdad no sé... en verdad no sé nada. Me habla con términos que no entiendo. Usted supone que yo conozco este lugar perfectamente y lo que usted me dice, y no es así... estoy cada vez más confundido... en realidad... en realidad... necesito conversar tranquilamente con usted.

-Jejeje... tú hablar, yo escucharte, Aprendiz.

-No sé por dónde empezar, pero... es que ni siquiera sé bien dónde estoy y si pertenezco a este lugar. Todo me parece bien, pero me siento como un extraño... no puedo aclarar mis ideas, no sé ni qué día es hoy.

Omboni siguió caminando y sólo dijo:

-Mmm... ¡Ah! ¡Hoy! ¿¡Qué luna ser hoy...!? Ser luna de hoy, jejeje...

El Aprendiz, casi sin escucharlo, siguió haciendo sus comentarios:

-Bueno... no me confunda más; como le decía, no sé qué pensar. Recuerdo la reunión de ayer. Cuando me llevó pude sentir que ya los conocía a todos... pero hoy ya no es lo mismo; además hay cosas que no me calzan... aunque no sé si deba calzarme algo.

-Mmm... Bien, Saargan, tú no preocupar demasiado. Haber vivido una gran caída. Debes darte un tiempo, ya recordar. Desde cierto ojo ser normal tu estado, piensa que haber pasado muchas vueltas a la Astro-sol desde el momento y tiempo que haber tú alejado. Ya tener muuucha experiencia en el mundo exterior, y también muuucha confusión. Lo importante es que tú estar aquí, y tu confusión poder ser de gran ayuda a nuestro hogar, el Mmulmmat. De hecho ya tú ver, en futuro, que tu confusión puede salvarlo.

-¡Vaya, Omboni! Sigo sin saber qué pensar... pero ¿qué quiere decir con salvar este lugar? ¿Acaso hay algún peligro? ¿Y a qué se refiere con eso del mundo exterior?

-Mmm... Saargan, yo debo explicar muchas cosas a ti. Todas tus preguntas tener una respuesta que resuelve no sólo tu duda, sino la de muchos otros seres. Como yo decirte, haber estado demasiado en el mundo exterior, y ser esto lamentable para ti ahora... no recuerdas con claridad. Hemos esperado tu llegada desde hace mucho tiempo, tiempo en que tú vivir en mundo exterior, que ser más allá de los desfiladeros que protegen a este lugar. En aquel momento tenías una labor especial, y tú sabías bien quién tú ser, cuál ser tu origen y tu tarea en la Vía, lo que hoy haber olvidado... por lo cual, con razón te lamentas, pues la tristeza más grande brota de quién no saber quién ser y hacia dónde caminar.

La mañana estaba en todo su esplendor, y lentamente el extraño Guía y su Aprendiz se perdían entre la arboleda, dejando las viviendas-cúpula atrás. Omboni prosiguió:

-Síííí... esta etapa será fuerte para ti, pues no estar claro tú de ti mismo. Yo podría explicarte cómo fue tu nacer y desarrollo, podría explicarte por qué tuviste que marchar a mundo exterior y cómo era tu sentir. Pero no ser el camino recto que otro hable por ti y que determine quién tú ser, aunque como yo, sepa quién tú eres. Deberás descubrirlo solo, tienes tiempo de volver a conocer, de volver a ser tú mismo, pero por ti mismo, sin bastones. Sólo deja que las cosas fluyan, y verás que recuperas lo que habías perdido.

El Aprendiz seguía con atención lo que se le comentaba; deseaba con vehemencia recuperar la cordura, pero no sabía cómo comenzar, ni qué hacer. Al mismo tiempo, sentía una suave calma con las palabras del viejo sabio:

-Mmm… Saargan... sé que esto difícil para ti... relaja tu mente, y los elementos necesarios resurgirán. Para empezar, trataré de explicarte un poco acerca del lugar donde estás, y de ahí yo te presentaré a quienes ya conoces pero no recuerdas, para que te enseñen y tú te encuentres. No tenemos el afluente del tiempo a nuestro favor.

Mientras conversaban, se habían acercado a las laderas de los primeras montes que rodeaban el Valle y comenzaron una lenta ascensión que pasaba casi inadvertida con la charla que ambos seres discurrían. Ya pasado un rato, el bosque empezó a quedar atrás, y la montaña comenzó a lucir despejada y abierta. En ese instante, y a cierta altura respecto al Valle, Omboni hizo un gesto a Saargan para que se girara y contemplara el paisaje desde una nueva perspectiva, la cual mostraba gran parte del lugar.

-Jejeje… Aprendiz, deseaba que vieras esto. Desde aquí haber gran visión de todo el lugar donde tú estar y del cual tú dudar.

Saargan se giró, jadeando todavía por el ascenso, que a pesar de no notarlo era bastante empinado. Se puso la mano sobre la frente para cubrirse de la radiante Astro-sol del mediodía, y quedó maravillado ante la singular belleza y quietud del lugar.

Las grandes montañas nevadas, al fondo y alrededor, creaban un gran círculo, y los montes más cercanos eran de los colores más increíbles, desde el negro y todos los tonos de café que cabrían en la mente; al tiempo, éstos cortaban en tres líneas el gran círculo montañoso exterior. Un hermoso río cruzaba el Valle por la mitad; hacia ambos costados, el verde del bosque resaltaba con los colores de fondo. Había muchos cedros, piceas y otras especies conviviendo en conjunto. Más cercanos, distintos árboles formaban extrañas figuras geométricas, las que se apreciaban claramente desde esa altura. Entre ellos, aparecían algunas de sus construcciones.

A pesar de la distancia, tres de ellas, que eran bastante mayores, se destacaban hacia el norte del Valle. También se apreciaban algunos montículos abiertos, como en el que habían estado hacía un rato. Hacia ambos costados del lugar se podía ver algunas zonas que, al parecer, servirían de plantación o huertas. Lo curioso era que, desde aquel ángulo de visión, éstos sembradíos describían figuras que tomaban cierta apariencia humanoide. Hacia las faldas de las montañas se divisaba ganado pastoreando tranquilamente, la mayoría de ellos inmensos y peludos búfalos.

Saargan dijo:

-Esto es hermoso Omboni... nada de aquí deja de sorprenderme... pero...

-Mmm… Aprendiz... siempre un "pero"... disfrutar tú de esta visión... no razonar, no analizar, y ver más allá.

Había una temperatura perfecta, y parecía que la poca nieve que quedaba en las cercanías era sólo un adorno más en aquel hermoso panorama. Sin duda, había un agradable resurgimiento primaveral de la naturaleza que acompañaba la ocasión.

-Jejeje... bien, Aprendiz... este ser Mmulmmat... el mundo interior. Desde aquí tú poder ver casi todo ¡Ver tú los montículos! Nosotros poder apreciar la mayoría de ellos; si tú observar, ser más o menos como en el que estuvimos hace un poco rato... El río que tú ver y que ser eje del Valle, nosotros llamarlo Biba, la línea de la vida ¡Y por allá! ¡¿Ver tú más cúpulas?! Haber muchas de ellas para vivir... y otras para cultivar Artes. La que puedes ver entre esos tres árboles alargados y amarillentos ser donde tú haber descansado hasta hoy al amanecer. Como tú apreciar, Aldea ser única... ella albergar a los seres habitantes de la Vía Mmulmmat ¡más Amlom e Ititi! –y tras una pausa agregó -. ¿Ves las cúpulas mayores que se distinguen más altas hacia el centro en el inicio del río? Obsérvalas con atención, tal vez no poder tú apreciarlas del todo, pues estar más lejos. Ser tres grandes cúpulas, cada una reservada a una enseñanza: ser la mente del Mmulmmat. Pronto tú estar preparado para aprender de ellas. ¡Deber ponerte al día!

El viejo sabio siguió por un momento describiendo aquel espléndido lugar con gran entusiasmo, sus ojos brillaban y su sonrisa era cándida y alegre.

El Aprendiz estaba fascinado ante la visión y las explicaciones de su Guía; parecía que desde esa perspectiva algo podía ver, o algo de lo que le era mostrado le hacía sentir cierta tranquilidad y seguridad. Un pensamiento que había estado dándole vueltas surgió repentinamente en él y preguntó:

-Hay algo obvio que desearía saber –el sabio lo miró y sonrió, y el joven continuó –. El problema es que, en verdad, no recuerdo quién soy ni mi nombre, y no entiendo por qué todos me llaman Saargan.

-Mmm... yo entender... tú sufrir golpe fuerte. Saargan ser una distinción especial, ser más allá de un nombre. La última vez que yo verte, tú no llamarte así, pero observa –el viejo sabio se le acercó, y tomó de su cuello una especie de trencilla de cuero, de la cual pendía una madera ovalada, y agregó –; mirar tú, aquí dice que tú ser Saargan, esto sólo un navegante poder poseer, y por ello todos aquí ahora llamarte así.

El joven lo quedó mirando con cara de duda, y el viejo prosiguió su explicación:

-Jejeje… todo quien seguir una enseñanza del Valle, que ser todos, nosotros llamar Argan, que significar ser, que significar mujer, que significar hombre, que significar aprendiz o nacido para conocer... Pero como tú llamarte, ser un código muy raro... muuuy raro.

El joven quedó aún más confundido, y volvió a preguntar:

-Todavía no lo entiendo, ¿qué quiere decirme con eso?

Omboni prosiguió:

-Mmm... pon atención, ¿qué tú ver? –le preguntó, mientras le indicaba con su mano izquierda que contemplara el espléndido paisaje que se mostraba ante ellos.

-Un hermoso Valle, Omboni – y luego dijo, como reafirmando lo anterior –, el Valle de Mmulmmat... ¿no es cierto?

-Jejeje... Mmulmmat no ser este Valle; este lugar fue escogido para acogerlo, para desarrollarlo y hacerlo florecer. Algo parecido sucederte a ti ahora: Argan ser la tierra que sostener el Valle, Saargan ser los logros de tu Valle, pero tú ser el Mmulmmat. Sé que tú ahora no entender, y sé que mucho de esto tú no poder recordar.

El Aprendiz contemplaba el lugar con cierta curiosidad, al tiempo que trataba de entender a qué se refería el sabio. Deseaba seguir preguntando, pero también deseaba meditar con tranquilidad sobre lo que ya había escuchado. Omboni prosiguió:

-El Valle habernos protegido desde el Tiempo de los Gigantes, muuuchas vueltas a la Astro-sol y un círculo a la Astro-universal. Hoy aquí ser el lugar donde se guardan los signos de las enseñanzas, las cuales deben proseguir. Tú ya haber recorrido el camino, pero ahora no recuerdas... ya recordarás... yaaa... recordarás...

Saargan preguntó suavemente:

-¿Tiempo de los gigantes? ¿Signos?...

-Jejeje… paciencia –respondió Omboni.

El joven sólo dijo, un tanto conforme con la situación:

-¡Vaya!… en verdad tengo mucho que recordar...

6. Akinaya

Ya era mediodía, y la gran astro brillaba en su plenitud. Omboni y Saargan habían caminado un buen trecho de regreso a la aldea, aprovechando de conversar sobre el lugar y su forma de vida. El viejo sabio le comentaba a Saargan que debía comenzar a activar sus recuerdos, y que para ello le presentaría a algunas personas que le harían recordar lo que según su Guía, "alguna vez había aprendido".

En un momento se encontraron cerca las cúpulas-viviendas, recorriendo los agradables senderos entre la exuberante vegetación. El viejo Guía comentó:

-Mmm…ya pronto llegar. Cuando llegar, tú esperar y yo presentarte a tu primer Am-Ato…

-¿Aa..Am-Ato? —preguntó el joven.

-Sí… sí… ¡Am-Ato!, tu primer Guía de Enseñanzas… Este Am-Ato ser alguien con una gran capacidad, espero que tú comportar bien, atento y saber escuchar en cada momento… jejeje…

El joven sólo preguntó, un poco expectante:

-¿Qué aprenderé de él?... ¿del A… Am-Ato?

-Ser un Gran Sueamo, el que domina los ocho idiomas del Valle; tú necesitar Gran Sueamo… un Am-Ato Sueamo… tú entender… ser un enseñador —Saargan, aún más intrigado, comentó:

-Pero ¿qué quiere decir eso de "Sueamo"… y de Gran…? ¿Es un ancianito?

-Jejejeje…Este Guía ser quien habla y dibuja los sonidos que salen de la mente-garganta-boca, quien conoce muy bien el Arte de darle vida en signo-mente primordial, como también en el habla diaria y sus formalidades. Ser también tu traductor… quien te guíe en el Valle, ayudarte a entender a los demás Am-Ato… Mmm…

-Pero, usted ¿ya no me acompañará? —preguntó, un poco más nervioso.

-Jejeje… ¡Sí! —dijo alegre Omboni y agregó –, paciencia tú, Saargan… todo andará como debe ser… yo no poder ahora encargarme de ti siempre… ya yo verte cada luna, no preocupar tú...

En ese instante se encontraron delante de una construcción. Ésta estaba montada sobre unas rocas de poca altura, lo que le daba cierto aspecto de elegancia y plenitud. Su forma de esfera era casi perfecta, como todas lo que había visto en el Valle. Curiosamente, la construcción estaba pintada externamente con extrañas señales, letras o signos, aún indescifrables para Saargan. Parecían hechos de alguna tinta o tierra de algún color obscuro, que con el tiempo se había ido diluyendo gradualmente. La escritura en la parte superior debía ser la más antigua; las orillas inferiores, menos desgastadas, lucían más recientes.

La construcción era bastante amplia, y el joven pensó que seguramente albergaría a varias personas, tal vez a toda la familia del extraño personaje que debía conocer. Omboni se detuvo ante la entrada, la cual se encontraba adornaba por una hermosa estola tejida y bordada con figuras. El viejo hizo algunos gestos ceremoniosos, los cuales el joven no se explicaba por qué y ante qué lo hacía. Luego se adentró y sólo dijo, con las manos unidas:

-¡Suam odaonai...!

Al momento apareció ante ellos un hermoso rostro femenino de grandes y vivaces ojos negros, a quien Saargan recordó de inmediato, pues había estado en la reunión de algunas noches atrás, así como en su rescate y recuperación. Ella respondió:

-¡Omboni!... Esperaba su visita y la de Saargan.

El joven sentía que su corazón se aceleraba un poco, y torpemente dijo:

-¡Su-suam...! ... ¿Cómo está?

Ella contestó:

-Bien...-girando un poco la cabeza y mirándolo extrañada por una pregunta tan obvia. Omboni permanecía en silencio y sonreía. Ella hizo un gesto como para que ingresaran al salón central de la construcción.

El interior, tal como el exterior, estaba escrito con signos semejantes a los anteriores, aunque no cubrían los muros en su totalidad. El joven sólo pudo echar una rápida mirada e inmediatamente agregó:

-Sabes... eeeh .... Hemos venido a ver al Gran Sueamo ¡Ha sido designado como mi traductor! —expresó con cierto orgullo.

-Qué bien... -respondió ella, y prosiguió –, Gran Sueamo ya lo sabe... y está contento de poder ayudar a la determinación del Consejo.

Saargan dijo, un poco torpe y aun más nervioso:

-Bueno... ve por él... quiero decir... ¿podemos verlo...?

Omboni, sin dejar de sonreír, comentó:

-Jejeje... ¡tú ya estar ante Gran Sueamo!

El joven, de manera ansiosa, trataba de mirar al fondo de la habitación; no había nadie, y lentamente bajó un poco la mirada para mirar a la bella y vivaz joven. Por fin había entendido quién era el Sueamo. Ella agregó:

-Por favor, Omboni... usted siempre bromeando o exagerando sus consideraciones... Sólo soy Akinaya, ¿para qué eso de Gran Sueamo? —y prosiguió –. Pónganse cómodos, les traeré algo de refresco.

Ambos se adentraron en el salón central. Ella se dirigió al fondo del salón, donde había algo preparado en una mesa baja. Mientras la joven caminaba, lo hacía con gracia y sutileza, sus pies desnudos parecían casi no topar el suelo. El sencillo vestido que llevaba dejaba entrever su hermosa y tersa espalda, y el joven no podía evitar mirarla atentamente.

 Caía tenuemente la luz reflejada del exterior. Había un suave olor a madera, un aroma muy agradable y levemente dulce. Saargan estaba embobado y con la boca abierta. Omboni le dio un pequeño codazo, como de costumbre, y agregó en voz baja:

-Tú no cambiar, Aprendiz... no cambiar...

La joven volvió con unos tazones de arcilla repletos de algún tipo de té de hierbas que olía refrescante. Los tres se sentaron en el suelo, con las piernas cruzadas, sobre unos cojines mullidos y cómodos. Omboni comenzó la conversación:

-Mmm... Saargan, ella ser tu Guía del Sueamo, Akinaya, y te acompañará ante todos tus Am-Ato dentro del Valle. Los elementos de tus enseñanzas que no comprendas, ella descifrar para ti. Yo no exagerar, ella ser un Gran Sueamo: su Perfección ser el sonido de los lenguajes. Por eso, también todos llamarle "la Traductora". Lo escrito en el Valle, ella poder descifrártelo, lo hablado en el Valle que tú no entender, ella poder descifrártelo.... Ella hablar mejor que yo, jejejeje... yo torpe en el habla...tú ya conocerme... si tú hablar derecho... yo hablar al revés... si tú hablar al revés ... yo hablar derecho... jejeje... Omboni no ser un Gran Sueamo...

La joven, sonriendo, acarició suavemente las manos del viejo y dijo:

-Omboni... usted es tan tierno... pero no exagere... -. Él prosiguió:

-Tú atento, Saargan... ella no sólo dominar los lenguajes comunes, medios e internos del Valle, sino también los de muchas Aldeas más allá de las montañas; yo decirte, ¡ser una Gran Traductora!

El joven intervino, curioso:

-Akinaya... ¿Conoces más allá de las montañas? ¿has salido del Valle?

La joven lo miró con atención y le contestó:

-Sí, Saargan... hace mucho tiempo, cuando era muy joven, viajé tres primaveras por el mundo exterior. Pero desde que volví, nunca me he vuelto a alejar más allá de un par de lunas. Sólo los Navegantes más adultos han salido por tiempos prolongados...

-¿Qué es eso de Navegantes? —preguntó Saargan, a lo que Omboni respondió:

-Mmm... bueno, yo explicarte: los habitantes del Valle ser un poco reacios a alejarse por largo tiempo más allá de las grandes montañas. Aquí haber todo lo que desear. No necesitar nada más allá del Valle. Pero también, entre los habitantes del Valle, haber Navegantes, que ser forma de nombrar a los curiosos o exploradores que querer conocer e investigar el resto del mundo, más allá del Mmulmmat, por tiempo largo.

-¿Es decir que se puede salir de aquí? ¿Son libres? —preguntó Saargan.

Akinaya dijo:

-Todos en el Valle pueden ir y venir... y eso de li..li..¿libre? ¡Ah! ya sé a qué te refieres.. ya había escuchado esa palabra de los dialectos primitivos externos. Sí, Saargan, según lo que pienso que entiendes... todos en el Valle son libres, no podríamos entender la vida de otra forma... por eso aquí no hay una traducción para esa extraña palabra... quienes la conocen, la conocen por los dialectos externos, pues entender esa palabra implica entender otra palabra típica de esos dialectos: la esclavitud.

El joven quedó pensativo durante un momento, y volvió a preguntar:

-Pero si fue hace tanto tiempo, ¿cómo puedes conocer tan bien los dialectos de más allá del Valle?

-Tengo un oído rápido, y también los he aprendido escuchando a los Navegantes, de aquéllos que han ido y vuelto, como tú. Pero de quienes aprendí mucho fue de Osanmeo y de mi padre, un viejo y famoso navegante.

-Disculpa, Akinaya… pero estoy un poco alejado del idioma del Valle, ¿qué es Osanmeo?

Mientras, Omboni sonreía en silencio.

-Bueno, Saargan, si usara una palabra de los dialectos exteriores que tú puedas recordar, Osanmeo sería como "marido". El Osanmeo que se unió conmigo lo hizo en el mundo exterior, cuando yo era muy joven y acompañaba a mi padre.

Saargan no pudo evitar desilusionarse al escuchar que aquella muchacha que tanto había llamado su atención, "ya" tuviese un marido o lo que fuera parecido a ello.

Ella siguió explicándole:

-Mi padre tuvo muchas hazañas en el mundo exterior; yo le acompañé un tiempo corto, y después de eso, cuando volvía, también me enseñaba los dialectos y términos que había aprendido. A él y a mi Osanmeo hace muchos círculos a la Astro-sol que no los he visto. Es una larga historia, alguna luna te la contaré en detalle… Muchos navegantes no vuelven cuando siguen la peligrosa ruta de las Aldeas que habitan más allá de las montañas que están hacia el corazón, cuando la tierra vuelve a la Astro-sol.

El joven sólo puso cara de pregunta. Ella prosiguió:

-Lo siento, Saargan, en el futuro trataré de hacer entendible lo que te cuento. Pero sólo trataba de explicarte cómo había aprendido los dialectos externos.

Él preguntó, con cierta ilusión en los ojos:

-¿O sea que estás sola en esta construcción tan grande?

Ella dijo:

-¿Soo..? ¿Sooola…? ¡Ah! —y sonrió -. No, todavía hay dos Osanmeo más, están sanos y con mucha energía en sus cuerpos… Aunque ellos dos andan fuera unas lunas, cuidando los pasos.

Saargan quedó entre perplejo, sorprendido y molesto; a su mente únicamente llegaron tres palabras, "dos-Osanmeo-más". No pudo impedir expresar:

-¡¿Que?! Tres osanmm…¡¡¿Dos maridos más?!!

Omboni comentó:

-Jejejeje… disculpa tú Akinaya a Saargan, ser torpe. Tú ya saber, él recibir gran golpe en la cabeza en su regreso… no recuerda muy bien las cosas y no recuerda nada del Valle ni de su forma —en ese momento se puso de pie, y uniendo las manos añadió:

-Mmm… Bien, Saargan… Akinaya, ya yo terminar mi labor por ahora. Tú, Saargan, deber aprender de Guía Traductora: ella te conducirá a través del Valle. Al atardecer puedes volver a tu Cúpula, yo estar ahí casi siempre. Estas próximas lunas ser muy fuertes para ti. Deber recordar mucho y prepararte… síííí, prepararteee… Yo igual estar vigilando a ti…. jejeje… —agregó, guiñando uno de sus pequeños ojos. Luego prosiguió —. Desde este momento, considerar tú parte del Valle y de su Vía.

El joven, un poco turbado, se despidió siguiendo el mismo ceremonial. La joven acompañó al viejo hasta la entrada; algo comentaron que Saargan no pudo escuchar.

7. ʌm-ʌ૮o

Ella volvió tranquilamente al salón y comentó:

-Bien, Saargan... sé que estás lleno de curiosidades. Por algo, de alguna manera, has sido un Navegante, aunque no lo recuerdes. Ya llegará el momento en que debas recordar, tal vez más allá de lo que te acomode hacerlo, pero llegará. Por ahora, debes centrarte en tu preparación para ayudar a nuestra Aldea.

Él comentó:

-Mira, Akinaya... realmente todavía no comprendo en qué puedo ayudarles... menos en mi condición. Este lugar me agrada, pero también me sorprende, no sé qué decir... (y eso me asusta) –pensó en su interior.

-Poco a poco te aclararás... –le respondió la joven –, y ¡piensa positivo! Verás que todo irá volviendo a ti. Mira, comencemos con lo que tú quieras ¡¿Qué quieres conocer del Mmulmmat?! Haz tus preguntas, o dime dónde quieres ir y te llevaré.

-En realidad tengo mucho que preguntarte. Bueno, para empezar, por favor dime cómo se saludan todos, porque he tratado de imitarlos pero no sé lo que hago o lo que digo, y eso me hace sentir un poco incómodo. A veces, por instinto, sólo hago una reverencia, pero veo que aquí nadie las hace.

Ella sonrió y contestó:

-Eres buen observador, Saargan. En general, todas las maneras de saludar en el Valle son un símbolo que emana reconocimiento, una fuerza mutua, igualdad, respeto y fluidez a través de las formas que adoptamos con nuestras manos. Ellas son como un canal de fuerza y un idioma que más adelante te mostraremos en detalle. A veces acompañamos este gesto diciendo "Suam odaonai", que es un deseo de buena energía para la luna que vives. También podemos decir "Sojamm", que tiene varios significados, depende de cómo lo uses. Pero siempre es algo positivo: puede ser un saludo, una manera de decir que estás presente y de acuerdo con lo que se te consulta, o para expresar ¡que somos uno solo!

-Ahora me queda más claro. ¿Y a qué se refieren con eso de los "Am-Ato"?

-El Valle es nuestro hogar, pero es nuestro hogar físico, es quien nos ayuda a cultivarnos, a valorar y a aprender. Pero en verdad, nuestra esencia o nuestro hogar, si te lo traduzco de esa forma, no es el Valle en sí. Nuestro hogar es nuestra Enseñanza, nuestro verdadero Valle, al que llamamos "el Valle de los Lazos". Las enseñanzas son nuestra herencia, nuestra sangre y, a la vez, nuestras ganas de cambio, de experimentar y de evolucionar: es nuestra Vía, ¿me entiendes?

-Bueno... eso creo, pero...

-Sí, ya lo sé... los Am-Ato, a eso voy. Dentro del Mmulmmat, todos realizan una labor de Vida o Comunidad, y una de Arte. En las labores de vida ayudamos en las cosechas, otros en la alfarería, el tallado, los tejidos o en la construcción, depende lo que tú sientas más. Cuando hablamos de las Artes nos referimos a las enseñanzas que hablan de ti mismo, de la Vía; tu sentir como mente-cuerpo y energía única. Cuando pasas cierto tiempo de desarrollo, tanto en las labores como las Artes, te puedes convertir en un Am-Ato, quien viene a ser como un Guía que se encarga de traspasarte una enseñanza, un cierto lazo con la Vía de la cual te hablo. Es quien te enseña a ser parte del gran tejido. Cada Am-Ato tiene una Perfección... a ver... ¿Cómo te lo traduzco? -comentaba la joven, entusiasmada, tratando de poner al día lo mejor posible a Saargan, y al mismo tiempo, procurando refrescarle la memoria -; una Perfección es como una enseñanza especializada, un Arte en sí ¿Lo recuerdas?

-Sí, pienso que sí... por favor sigue explicándome —contestó Saargan, contagiado por el entusiasmo de la joven, aunque en verdad no recordaba nada.

- Los Am-Ato son muy variados; tal como te decía, cada uno posee una Rama, la cual ha heredado de otro Am-Ato más antiguo, y se ha dedicado a su Perfección y entrega a los habitantes más jóvenes del Mmulmmat. Cada uno de los Am-Ato ha sido estudiante en todas las diferentes formas de enseñanza de los Guías Mayores. Sólo cuando ya ha terminado su etapa de aprendizaje esencial, puede tomar la que más le ha llamado la atención y dedicarse a transmitirla y pulirla. Pero hay un pequeño número de Guías, a los cuales llamamos "Tefa", que forman un Consejo para momentos especiales; tú ya los conociste.

-Tú eres uno de ellos... ¿no es cierto?

-No soy un Tefa, pero sí soy un Am-Ato y poseo mi Arte.

-¡Pero eres muy joven!

-Para ser un Am-Ato no se necesita abandonar los tres cuerpos... ¡o abandonar tres veces!

-¿Qué quieres decir...?

-Mira... es sólo una expresión.

-Pero ¿qué quieres decir con aquello de los tres cuerpos?...

-Ya te lo explicaré mas adelante, lo importante ahora es que recuerdes o trates de entender lo que digo.

Saargan quedó pensativo e insistió:

-¿Todos los Am-Ato son tan jóvenes como tú?

-No necesariamente, hay de todos los tiempos; también, no necesariamente hay uno por cada una de las Perfecciones.

-¿Se supone que debo volver a aprender de todos ellos? —agregó un poco inquieto -. ¿Son muchos? ¿Deberé partir de la nada?

-Vamos, Saargan, ¿para qué te pones tenso?... Todo se va a ir dando, y no deberás partir de "nada", aquí nadie parte de "nada"... nuestras enseñanzas, si quieres verlas así, en verdad son simples... no necesitan una dedicación forzada. Al contrario, ni siquiera te darás cuenta cuando ya las hayas comprendido y aplicado. Además, tú ya las llevas en la sangre... relájate.

-Pero, sácame de la duda... ¿cuántas enseñanzas deberé cubrir para poder recuperar la memoria?... y ¿cuántas son?

-Por ahora, Saargan, deberás ser paciente: no puedo decirte cuánto tardarás en recuperarte... no pienses en ello, pues lo harás más complicado. En cuanto a las distintas ramas, ellas parten de tres esencias generales: la Solidez, la Forma y la Energía. Todo se podría ver a través de estas tres ideas.

El joven sólo pudo aumentar más su expresión de curiosidad y de incapacidad para entender. Ella continuó, pacientemente:

-Te lo expresaré de manera más práctica, con un poco de ejemplo dentro de lo que has visto y hayas podido recordar. Yo soy un Am-Ato de Formas, es decir, del "Sonido-Mente", lo que tú podrías ver como lenguaje. Mi campo más fuerte son los idiomas del Mmulmmat; ya verás que tenemos varias Formas Menores de expresarnos, que serían como las palabras en sí, Formas Media, que serían su forma de expresarlas en esquemas, maneras de saludar y de enlazar las manos como canales de saludo, tal como te decía, de emanación o para centrar la mente y su movimiento. Por último, hay una Forma Mayor, que pronto entenderás, en la medida en que estés preparado – decía mientras giraba su cabeza graciosamente -. Todo eso es una Perfección, una enseñanza, y es mi campo. Como me gusta y me gusta curiosear, también soy armonizadora de sonidos... ¡Una Traductora! ¿Me entiendes?

-Sí, Akinaya... pero y las demás enseñanzas ¿de qué van?

-Bueno, tienes a los Am-Ato de los caminos del Cuerpo-Arte-Mente... que cubrirían todas las enseñanzas o sistemas de ejercicios para el cuerpo, o lo Sólido, que tal vez has escuchado nombrar con la voz de Boabom. Dentro de esta etapa hay varios senderos, cada uno enlazado con el otro, y que para nosotros... y para ti, son esenciales si deseas tener una visión mayor de la Vía. Me parece que algo recuerdas... ¿no?

-Sí, en verdad, estaba pensando en los ejercicios que estaba haciendo Omboni hoy en la mañana. Se veían muy armoniosos y tranquilos, y pensé que era un ritual o algo así... después me pareció algo familiar. A propósito, algo recuerdo del rescate, tú estabas allí... algo pasó...

-¡Tolom! Ahí está, Saargan... ¿Lo ves? Ya estás comenzando a entender y verlo como parte tuya, pues lo es. Lo que hacía Omboni forma parte de una de las Perfecciones del Arte. Todos en el Mmulmmat las conocen, todos las han aprendido y las cultivan. Hay varias formas; además, pienso que tus primeros Guías serán en este campo. Sólo si comprendes esto comprenderás lo que viene.

-Me sigue dando vueltas lo del rescate, tú estabas allí... algo pasó...

-Ya vas despertando, Saargan. Sí, en la montaña siempre son necesarias y aplicables nuestras Artes, tanto para sobrepasar las fuerzas de la naturaleza como las de encuentros molestos.

-¡Tengo ganas de comenzar mi... "reaprendizaje"! –agregó, sonriendo y entusiasmado.

-Partiremos por lo sólido. Primero será bueno que te lleve donde los Am-Ato de las Artes; luego vendrán los Am-Ato de la Mente, que son más complicados... ya entenderás cuando te enfrentes con ellos. Luego deberás tomar tu decisión, Saargan...

-¿Que decisión...?

-Si ayudarás al Mmulmmat o si regresarás por donde viniste...

El joven sólo murmuró, casi para sí:

-En verdad, no sé ni por dónde vine...

Ella inmediatamente agregó:

-Vamos, Saargan... ¡Piensa positivo!

Aquella tarde pasó rápida para Saargan, quien escuchaba y preguntaba, tratando de descifrar sus designios y de conocer con mayor profundidad los secretos del Valle del Mmulmmat. La joven Guía hacía tan agradables las explicaciones y la conversación que todo le parecía cada vez más familiar, más perteneciente a él mismo, pero a la vez, su interés por saber no disminuía ni se satisfacía, sino al contrario.

Poco antes del ocaso, Akinaya acompañó al Aprendiz a la cúpula donde había sido recibido la primera vez. La gran Astro-sol se ponía rápidamente entre las coloridas montañas que protegían al Valle del mundo exterior. En los cielos se dibujaban hermosos colores, y las primeras estrellas se asomaban por el horizonte.

Mientras caminaban por el bosque, pudo sentir a lo lejos a los pequeños que volvían de sus travesuras y que se dirigían de regreso a sus viviendas. El Aprendiz comentó:

-Tengo otra pregunta para ti. Hoy escuché de uno de los ni... niños dos expresiones que creo recordar haber oído antes: Amlom e Ititi. ¿Qué significan?

-Jeje... Bueno, puede que no sólo nosotros habitemos en este bosque y en estas solitarias montañas. Los pequeños a veces ven más allá que los adultos y, aunque te parezca extraño, los árboles, el río, el aire o la tierra tienen su propia aldea invisible que guían y cuidan a su manera. Con el tiempo los verás... son pequeños seres traviesos, les encanta acompañar y jugar con los pequeños, ellos son los Ititi.

Saargan la miraba con cara de incrédulo, pero no quiso interrumpirla para no parecer mal educado; ella continuó:

-Las Amlom... bueno, ya sabrás quiénes son y las reconocerás, no tengas la menor duda. Se dice que, por lo general, aparecen en sueños y que puede enseñarte grandes secretos, o darte ideas que nunca has escuchado...

Él la miró y pensó hacia adentro que Akinaya parecía venida de un sueño, no sabía por qué se había sentido tan espontáneamente atraído por ella. Pero por otra parte, cruzaba por su mente el hecho de que tuviera demasiados hombres a su alrededor. La ilusión se le iba al suelo al instante.

A medida que se acercaban a la cúpula, parecía que Saargan disminuía el paso por instinto, pero la llegada fue inevitable. A poca distancia, Akinaya se detuvo y dijo:

-Bien... hoy ha sido un gran círculo. Me siento contenta de poder guiarte, Saargan, cuando volvamos a mirar a la gran Astro-sol, estaré aún más contenta de poder presentarte a tu primer Am-Ato en nuestras Artes, para que te integres en sus enseñanzas. Ahora, descansa... y ¡buen viaje!

El joven la miró un poco extrañado, y comentó:

-No voy a ninguna parte... ¿Por qué me deseas un buen viaje?

Ella sólo sonrió y le saludó en un suave gesto con las manos unidas; luego se alejó tranquilamente. El Aprendiz entendió que aquel día ya había sido suficiente para tantas preguntas y respuestas: ahora debía reposar y preparase para ver las cosas por sí mismo.

Entró a la cúpula, en silencio. Dentro había una pequeña flama en un pote de piedra, tal vez lleno de cera o de algún material que permitía su incandescencia. Al otro lado de la habitación, en un rincón que formaba una especie de parapeto, estaba recostado Omboni, cubierto y abrigado. El joven pensó que ya dormía, pero si hubiese podido ver su rostro, podría haber visto que sus ojos aún estaban entreabiertos, y que sonreía en silencio.

Saargan sopló la flama y se entregó al sueño, al gran viaje nocturno.

8. Seamm-Jasani: el Poder de la Quietud

Sentado en los edificios de ciudades desconocidas, disfrutando de la brisa inocua del más allá, saltando entre los bordes de las construcciones, sus alturas y tejados, contemplando vehículos movidos por fuerzas misteriosas. Rozar los innumerables cables pendientes de postes urbanos, alzados como telas de arañas cazadoras de seres astrales... Planear sobre caminos que están fuera de los recuerdos. Luego alzar el vuelo, volar, serpentear por el aire, sentirse traspasar nubes y fronteras. Divisar la grandiosidad de un lago-mar, sus colores, brillo e inexorable profundidad. Perder incluso el nombre y ganar la libertad.

Son sueños o viajes...

Para el Aprendiz, que deambulaba entre este mundo y otro, eso ya no importaba. Sin embargo sintió una voz que le llamaba:

-¡Saaaaaaaaaaargannn...!   ¡¡¡Despiertaaaaaaaaaaaa...!!!   Jejejeje... ¡Como siempre, no despertar tú por ti mismo!

Saargan dijo balbuceando:

-¿Dónde estoy...?

La voz respondió, remedándolo:

-Dónde estar.... dónde estar.... Estar aquííííí. El viejo Omboni, como siempre, tener que despertar a ti. ¡Arriba, arriba! Akinaya pronto estar acá por ti. Ya pajaritos cantar y Astro-sol alumbrar todo. ¡Arriba!

El joven lentamente se descubrió, y pesadamente levantó una fina frazada que le cubría. La habitación era invadida por una luz tenue que entraba por unas pequeñas ventanillas triangulares. Al frente estaba Omboni, con su vestimenta de siempre. Éste agregó:

-Jejeje... ¡Vamos, Saargan! ¡Arriba! Hoy tener tú muchas cosas que hacer... yo ya hacer mis movimientos de amanecer. Ahora ser tu turno para comenzar.

El Aprendiz respondió:

-¡Qué bien! Me va a enseñar algo de esos ejercicios y de su Arte, el que vi que realizaba el otro día en la mañana... –. El viejo contestó de inmediato.

- Jejeje... sí, sí, sí, "ejercicio" te voy a enseñar yo... jejeje. Este ser mi Arte, y tener movimientos muuuuuyyyyyyyyyy especiales. Ejercicio número uno: ¡¡¡tú levantarte y tú ordenar tu cama!!!

Saargan frunció el ceño un poco, pero acató. Se levantó, y a regañadientes comenzó a ordenar y sacudir la manta con la que había dormido. Mientras hacía esta labor, Omboni desapareció por unos segundos, y al momento trajo consigo un palo que no pasaba de su hombro, y que tenía amarrado en uno de sus extremos una serie de ramas más finas. El joven lo quedó mirando y dijo:

-¿Qué trae, Omboni?...

-¡Aaahhhhh!, éste ser "Arte" especial con elementos, y ser Ejercicio número dos: ¡¡¡a barrerrrrr!!! Jejejeje...

Finalmente, Saargan se dio cuenta de que era momento de comenzar a ayudar, y no de esperar sólo que se le concediese todo porque simplemente era él. Tomó la especie de escoba y comenzó a barrer ya más conforme. El viejo sabio agregó:

-Ver tú... éstos ser muy buenos y sanos ejercicios.... Mmm... mantener todo limpio y ordenado. Si no todo limpio y ordenado, tu mente nunca estar limpia y ordenada...

Pasó un momento mientras el joven realizaba la limpieza general del lugar. Mientras lo hacía, llamaban cada vez más su atención las figuras geométricas dibujadas o "escritas" desde lo bajo de los curvos muros de la recámara, hasta medio camino hacia lo alto. En ese instante, Omboni volvió a desaparecer. Pasó un rato en que Saargan quedó solo con sus labores matutinas, mientras pensaba qué papel le tocaría a él en ese lugar. Por otro lado, deseaba que llegara pronto Akinaya. No sabía si estaba más ansioso por verla a ella o por conocer a quién le enseñaría aquellas extrañas Artes del Valle de que tanto hablaban. Fuera como fuera, no quería analizarlo demasiado. Cuando casi terminaba sus "ejercicios matutinos" al estilo Omboni, éste volvió a aparecer.

-Jejeje... bien Aprendiz, yo ver que tú avanzar... bien... bien. ¡Ahora sí merecer enseñanza especial! —y tras una pausa y una mirada sonriente, agregó —. Venir tú, Saargan, yo tener muuuuuy buena enseñanza para ti.

Saargan dejó la escoba inmediatamente y partió tras el viejo sabio. Por un momento dudó, y le preguntó:

-Omboni... ¿necesitaré alguna ropa en especial.... o servirá este camisón de noche que llevo puesto? —dijo, indicando la ropa que le había servido para dormir, que estaba constituido sólo por un largo camisón tejido, sin mangas. Luego agregó, mirando sus pies —. Además estoy descalzo.

-Mmm.... tú no preocuparte... ese camisón estar perfecto, seguirme.... ¡Y si estar descalzo, mejor!

Ya fuera de la construcción, por la parte de atrás, Omboni se detuvo y comentó:

-Ahora, Saargan, tú aprender lección previa muy importante.... si tú pretender tan sólo entender básicamente las Artes que ser enseñadas a ti....-el joven escuchaba atento, y el viejo prosiguió —, seguir mis palabras, pararte tú aquí y cerrar los ojos, inhalar profundamente, exhalar y concentrarte en algo hermooooso…

Saargan obedeció al momento, y lo primero que llegó a su mente fue la figura de Akinaya. Pasaron unos latidos y...

¡¡Plashhhhh!!

Omboni había agarrado un gran jarro de agua fría y lo vació sobre el Aprendiz, mojándolo desde la cabeza a los pies; éste saltó y abrió unos ojos inmensos exclamando:

-¡¡¡Aaaahhh!!!

-Jua... jua... jua... jejejejeje… — reía sin parar Omboni, mientras se tomaba el estómago con ambas manos —, jua, jua, jejeje… — proseguía, y entre risas, comentó -. ¿Gustarte Tercer Ejercicio de mi Arte de los super-movimientos del viejo Omboni?... jejejejeje...

-Parece que hoy usted la tiene tomada conmigo —agregó el Aprendiz, molesto y humillado, pero tratando de no sobresaltarse con la situación.

Entretanto, el viejo no dejaba de reír. En ese instante, apareció la joven Guía Traductora, quien se asomó por uno de los costados de la construcción. Traía en sus brazos dos pequeños paquetes hechos de hojas.

-Suam odaonai Omboni, suam odaoani Saargan... ¿Parece... que... los... interrumpo?

El joven se quedó mirándola "empapadamente", sin poder decir nada. Omboni seguía riendo con ganas:

-Jejejejeje… Saargan.... ¿ver tú que ejercicio del viejo Omboni ser "refrescante" y "efectivo"?... ¡Ya tu deseo materializarse, y aparecer "algo" hermoso! Jua, jua, jejejeje....

La joven sonrió y comentó:

-Vamos, Omboni... mire a su pobre Aprendiz... ¿Qué le ha hecho?... lo ha dejado... helado.

El viejo agregó:

-Jejeje... ya Saargan, tu lección con Omboni terminar por esta mañana. Ahora ve adentro y cambiarte por tu ropa de día, ¡ésta ya debía ser lavada! Jejeje... Esa ser una lección muuuuuuy importante ¡Mantén tu ropa limpia! Mmm... No ropa limpia, no disciplina. No disciplina, ¡imposible Arte!... —y tras una pausa agregó-. Ahora apresurarte, tu nueva Am-Ato llevarte a conocer las Artes de los demás Guías... tú ya conocer el mío, jejeje...

El joven, un tanto resignado, pensativo, pero a la vez molesto, asintió con la cabeza y volvió sobre sus pasos a la recámara interior. Tras unos momentos, volvió ya vestido con la indumentaria de diario. En las manos traía estrujada y bien lavada la ropa mojada. Con energías renovadas, se dirigió a Omboni:

-Disculpe Omboni, en verdad he sido un poco dejado, y me doy cuenta que debo cooperar como todos a mantener nuestra limpieza, tanto del lugar como la mía propia. Lo que haya que hacer, dígamelo...

-Mmm... Saargan... tú comprender mi broma-verdad, jejeje... Ahora ven, te mostraré un lugar donde tú tender ropita.

El viejo hizo una seña para que lo siguiera. En un costado de la cúpula había como una pequeña escalinata, acoplada a la construcción: subieron y llegaron a una especie de terraza. En ella habían, cruzadas, varias varas delgadas. Los muros tenían unas especies de huecos que hacían que fluyera constantemente el aire; a su vez, la tierra con que estaba hecha, o tal vez pintada, era de un blanco puro, con el objetivo de aprovechar más el sol. Omboni comentó:

-Mmm... este lugar muy bueno para secar y ventilar energías, jejejeje....ahora apresurar tú. Akinaya esperar por ti.

Saargan colgó los ropajes y se despidió de Omboni con un gesto de manos, a la usanza del Valle, y con una sonrisa en el rostro. Sabía que le esperaba un gran día junto a su Am-Ato Traductora, y ya había "espabilado", como decía Omboni.

El día seguía naciendo, y poco a poco hacía más calor en el Valle, aunque en realidad el Aprendiz nunca había sentido mucho frío en aquel lugar, a pesar de la cercanía de las montañas y de la nieve. Ambos jóvenes caminaban despreocupadamente, disfrutando del aire. Se alejaron de la construcción y se adentraron por un sendero rodeado de árboles, por el cual corría una brisa agradable. El Aprendiz preguntó:

-¿Dónde iremos hoy?... Estoy un poco curioso.

-Bien, Saargan, hoy ha comenzado tu verdadero retorno... Debes entender que no eres un refugiado, sino que eres parte de este lugar...

-Sí... Omboni me dio una buena bienvenida esta mañana.

Ella sonrió y prosiguió:

-Omboni es muy especial.... es muy tierno, y sabe usar esa ternura y buen humor cuando tiene que enseñar.

-Sí, ya me di cuenta... pero dime ¿adónde iremos ahora exactamente? En verdad, aún tengo muchas preguntas dentro de mí.

-Está bien, tómalo con calma. Ahora nos dirigimos al Am-Ato del Seamm-Jasani, el camino del Boabom suave. Sé que me preguntarás de qué se trata.... Bueno, a las enseñanzas sólidas, para generalizarlas, les llamamos Boabom, ya te lo he dicho. Otra de ellas es la que te nombrado, el Seamm-Jasani, que es una forma suave de entender el movimiento como limpieza, disciplina y relajación-meditación-mente.

El incipiente estudiante quedó con cara de interrogación. Ella continuó:

-Mira, te lo explico con un ejemplo cercano; si te levantas en la mañana y no ordenas tu entorno, "no lo mueves", y luego te quedas allí, o sales, y regresas con todo el desorden y el polvo que se irá acumulando, te sentirás cada vez más deprimido... Al ser así, sólo comenzarás a pensar negativo. Luego, y como tu mente sólo se centrará en lo negativo, enfermarás o vivirás, por llamarlo de alguna manera, a medias. Tu negatividad, alimentada por otros detalles, será transmitida a los demás, y formarán tú y quienes te rodean un ciclo descendente... hasta llegar a un conflicto tras otro.

-En verdad no comprendo bien qué relación tiene una cosa con la otra... -contestó el Aprendiz.

-Déjame terminar... El Seamm-Jasani, es una de las Artes para mover tu energía sólida, es decir, esto... —y en ese instante, ella le dio unas palmadas en el hombro. Saargan la miró un poco extrañado y ella prosiguió con la charla:

-Lo que quiero decir es que lo que debes a comenzar a mantener limpio es tu cuerpo en general. Pero no sólo me refiero a refrescarlo... jiji... como lo hizo Omboni contigo en la mañana —agregó, sin poder contener la risa, y añadió —. El cuerpo también necesita su manutención, pero una manutención o una limpieza que va desde adentro hacia afuera. Al tiempo, desarrollarás una energía que es inexplicable mientras no la sientas. Ese sentir es necesario para que comprendas el Mmulmmat y sus enseñanzas más profundas.

-Pero ¿de qué se trata esa enseñanza exactamente?...

-Saargan, realmente no sé cómo no recuerdas todo esto, debería ser normal para ti... —agregó Akinaya con un dejo de nostalgia. Él no respondió, sólo puso una mirada con cierta tristeza en los ojos. Ella continuó su explicación para darle ánimo:

-El primer Arte que nosotros aprendemos nos enseña a controlar los primeros movimientos en la vida, y el primero de ellos es aprender a respirar, gatear y luego a caminar, ¿me entiendes?

-Bueno... eso creo.

-Sé que has visto a Omboni haciendo ciertos ejercicios muy particulares; lo que aprenderás ahora es como la continuación de esos ejercicios... sus resultados tienes que vivirlos, no hay un idioma para traducir sus sensaciones. En todo caso, lo mejor es que nos apresuremos para que conozcas a tu Am-Ato: él te mostrará qué debes hacer exactamente.

En ese instante, dos hombres y una mujer, todos de mediana edad, se cruzaron con ellos. Se notaba claramente que ella estaba embarazada. Saludaron a Akinaya, uniendo las manos y haciendo una forma con ellas que Saargan ya había visto entre los habitantes del lugar. A él también lo saludaron, lo que le pareció extraño, pues lo hicieron como si lo conociesen de siempre. La mujer embarazada le sonrió y continuaron su camino.

Siguieron caminando por el sendero del bosque; a lo lejos se podía escuchar que había un grupo de personas reunidas.

Por otra parte, el Aprendiz sintió un poco de curiosidad, ya que Akinaya llevaba algo envuelto en los brazos y todavía no se enteraba de qué se trataba:

-¿Qué llevas ahí, Akinaya?

-Bueno, en verdad traía dos de estos, mira... —comentó, mientras abría la curiosa bolsa de hojas, que contenía en su interior varios tipos de frutas de diversos colores. Olían extraordinariamente frescas y saludables, y se notaban recién cortadas. La joven prosiguió explicando —. Bueno, traía dos bolsitas como estas: una se la dejé a Omboni, y esta otra será tu asuaom para la Am-Ato del Seamm-Jasani.

-¿Qué quieres decir?

-Nadie en el Valle toma una enseñanza sin contribuir con la energía que le es dada de alguna forma. Para nosotros, un Am-Ato posee la más alta consideración y respeto. Un Am-Ato es la enseñanza viva, algún día lo comprenderás mejor. Por ahora debes saber que cuando entregas un presente a un Am-Ato le llamamos "asuaom". Éste lo preparé para que tú se lo des a quien será tu Guía en este Arte en especial. Hoy te guiaré en esto, mañana deberá nacer de ti.

-Disculpa nuevamente Akinaya, me siento torpe al ver que tu has tenido que tomarte la molestia por mí.

-No... no, Saargan, para mí no hay molestia en agradecer así a un Am-Ato... esto no es nada comparado con lo que él puede significar en tu caminar, me siento feliz de hacerlo. Sólo me daría pena que tú no entendieras el sentido de un asuaom; por ahora toma, llévalo tú y entrégalo -. El joven recibió el presente con cuidado; las delicadas manos de Akinaya le rozaron, y sintió el aroma de los frutos frescos. Ella agregó:

-También deberías usar las formas y las palabras correctas para dirigirte a tu profesor y pedir su guía... pero como desde cierto punto de vista eres alguien nuevo, sólo exprésate de manera respetuosa y como te nazca, ya tendremos tiempo para que te explique con más detalle las formalidades.

A los pocos pasos, el grupo de árboles comenzó a abrirse, y se encontraron en una zona más amplia con mucho pasto verde y mullido a los pies. Había un grupo numeroso de personas allí, y varios niños.

Uno de ellos, una mujer más o menos adulta, se les acercó. Sabía que la había visto antes: su pelo negro, con algunas canas, estaba amarrado hacia atrás. Le colgaba hasta la cintura. Poseía un aspecto tranquilo y elegante.

Llevaba un curioso y deshilachado tejido atado a la cintura, que llamó la atención del nuevo estudiante. Les saludó armoniosamente y luego comentó:

-Bienvenidos, especialmente tú Saargan... espero que ésta sea una buena vía para ti... hoy es un espléndido círculo para comenzar en los primeros caminos del movimiento largo.

El Aprendiz quedó un tanto extrañado, ya que no comprendía claramente qué decía, a pesar de que sabía que le deseaba algo bueno. Akinaya agregó, traduciendo lo que la Guía había comentado:

-Estoy segura de que Saargan disfrutará de vuestras enseñanzas, Am-Ato Subam-Na. Hoy es un buen día, especialmente para comenzar con los primeros movimientos de las Artes Suaves... –y luego agregó, dirigiéndose a Saargan, tratando de hacerlo hablar -. Vuestro nuevo Aprendiz... traía... eeh...

-¡Le traía su a... asummm... asuaom! –dijo el joven, procurando usar las palabras correctas, y extendió el paquete de hojas con las frutas a fin de que la profesora lo recibiera. Ella lo tomó sonriendo, comprendiendo la torpeza del nuevo estudiante.

Akinaya comentó:

-Saargan, la Am-Ato ya te ha aceptado, haz lo que ella te indique... ella será tu primer Guía de las Artes Sólidas del Valle... Lo que hoy comenzarás nosotros le llamamos Seamm-Jasani...

El joven la interrumpió, tratando de entender:

-¿Será como los ejercicios que Omboni hacía el otro día? Él lo relacionó con algo del amanecer...

Ella siguió su explicación:

-Es algo parecido, ya te lo dije, sólo que esta enseñanza es como la continuación de lo que viste, así que no te preocupes, sólo debes dejarte llevar y recordarás lo que tú ya sabes... ¿está bien? –él asintió con la cabeza y ella continuó –. Yo estaré por aquí cerca, observándote.

La nueva Am-Ato tomó el presente y lo dejó en un árbol que se encontraba a unos pasos de ellos. Luego invitó a Saargan a acompañarla y a integrarse a un grupo de unas veinte personas que se hallaban reunidas esperando recibir la lección de aquel día. Todos saludaron alegremente a Saargan. A éste le llamó la atención un particular tejido que todos llevaban atado a la cintura. Había tantas mujeres como hombres, casi todos jóvenes, tal como el Aprendiz. La Guía Mayor, Subam-Na, hizo un pequeño gesto y todos se ordenaron en filas, de modo que ella quedó al frente de todo el grupo.

El lugar era muy confortable, cerrado por un círculo de árboles, lo que hacía que quienes participaban se centraran únicamente en lo que iban a realizar. La mujer ordenó a Saargan que se ubicara en uno de los extremos de la primera fila. Ella se ubicó al frente, y uniendo las manos las estiró hacia el frente y dijo en voz alta:

-¡¡Ammait!!

Al unísono, todos unieron sus manos y contestaron:

-¡¡Sojamm!!

El Aprendiz, un tanto despistado, trató de imitar a los demás, pero un poco desfasado. La clase empezó: la Am-Ato comenzó a moverse graciosamente, y a respirar de una manera que tanto al inhalar como al exhalar producía un extraño zumbido con las vías respiratorias. Todos la imitaban y la seguían en lo que ella iba mostrando. Cada vez lo hacía con mayor elegancia, soltura y precisión. A medida que avanzaban, iban formando una especie de secuencia de ejercicios y movimientos, todos muy suaves y coordinativos, unidos a la respiración. Se desplazaban, estiraban los brazos como si empujaran un objeto imaginario. El Aprendiz trataba torpemente de seguirlos, parecía que a veces lograba entender la continuidad, pero a cada rato se perdía y se impacientaba. A veces miraba hacia los lados, buscando a Akinaya, refugio y seguridad, pero ella estaba fuera del alcance de su visión. Torpemente trataba de continuar con las secuencias.

Desde cierta distancia, junto a los árboles, y desde un ángulo que el Aprendiz no alcanzaba distinguir, se encontraba Akinaya observando la escena. Su cara reflejaba un poco de preocupación. En ese momento, llegaban silenciosamente Omboni junto a una mujer muy mayor pero de talante elegante, de pelo casi blanco, delgada y alta. La joven los saludó a ambos, y ellos hicieron lo mismo. Al parecer, a los tres los reunía la misma curiosidad. La mujer mayor comenzó el diálogo:

-¿Qué opinas, Omboni?... ¿Estará listo a tiempo para la expedición?...

El viejo sabio, sin dejar de observar la forma torpe en que se movía el Aprendiz, dijo:

-Jejeje... estar un poco olvidadizo... eso ser todo... todavía haber lunas por delante.

-Es posible que deban salir antes... el tiempo ahora también nos enfrenta, Omboni. Si él no está bien preparado... y no tiene claro por qué está aquí, deberán partir sin él.

En ese instante, Akinaya intervino:

-Con todo respeto, Mada Duga, sé que estará listo muy pronto, antes de lo que usted y el Consejo piensan, y antes que veamos la luna determinada para que salga la expedición de Navegantes.

Los tres personajes observaban atentamente la situación. El Aprendiz trataba una y otra vez de seguir los movimientos; estaba muy agitado, mientras que el resto se encontraba relajado, siguiendo los movimientos con una simetría y elegancia precisas. Mientras, Saargan parecía cada vez más torpe, más aún al verlo contrastado a la suavidad y armonía que poseía Subam-Na.

En un momento, la Guía del grupo giró sobre sí formando un elegante movimiento con las manos. Todos lo hicieron, pero el Aprendiz se enredó con sus propios pies y cayó de boca al suelo. Nadie rió ni dijo nada; sin embargo, se sintió un lapso de silencio, que al él le pareció larguísimo. Desde la distancia se veía a las tres figuras que seguían los acontecimientos, quienes sintieron una cierta desilusión. La anciana a la cual habían nombrado como Duga, comentó:

-Tendrán mucho trabajo por delante... sería bueno que hoy nos visitaran. Él debe conocer a la Mada Ayaata y al sabio Fadis. Si deseamos que avance, deberemos ayudarlo entre todos —y continuó -. Omboni, acompáñame por favor, debemos analizar ciertas cosas, Akinaya se puede encargar del Aprendiz.

Pocas veces se veía a Omboni serio o preocupado, y en ese momento lo pareció. Él tocó el hombro de Akinaya como para darle ánimos, y se despidió de ella junto con Duga. Ceremoniosamente se retiraron.

Entretanto, Saargan se había alejado solo del grupo, que ahora seguía con movimientos más complicados, aunque siempre a un ritmo suave, prolongado y tranquilo; sin embargo, ello no quitaba dificultad a las diferentes secuencias. El joven, después de dar unos pasos, se sentó junto a un árbol, cabizbajo y sin decir nada.

Akinaya se acercó lentamente a él. Se sentó a su lado, sin dejar de mirar al grupo que continuaba con sus ejercicios y coordinaciones. Luego de un momento en silencio, comentó:

-Debes tener paciencia Saargan, mucha paciencia y voluntad si deseas recuperarte.

-Hoy no es mi día... —contestó tristemente el Aprendiz —. Desde la madrugada que he partido mal. Aún no entiendo ni siquiera quién soy... o si pertenezco a este lugar. Todos me tratan como si me conocieran desde siempre; sin embargo, no puedo reconocer a nadie. Más encima, hoy pensé que podría integrarme con ustedes, ser uno más al participar en sus enseñanzas... pero no pude ni siquiera seguir los pasos de mi primera lección... ¡se mueven tan lento que al final me pongo nervioso! Quisiera volver al momento en que caí, en que ustedes me trajeron, pues al menos los hechos no dependían de mí.... ¡Soy un amnésico inútil en un lugar perfecto, pero en el cual no encajo!

Hubo un silencio interminable.

-Saargan... no eres un inútil... ni este lugar es perfecto. Todos necesitamos caminar, y sobre la marcha se aprende a caminar. Cuando yo era pequeña, me costó aprender las Artes del Valle, en especial la que hoy estás aprendiendo. Era un poco rígida y descoordinada, pero una de mis Am-Ato... quien era muy sabia y paciente, me enseñó esto.

En aquel momento, ella tomó una varita y comenzó a dibujar una línea continua pero curva, en forma de "s", sobre el suelo. Prosiguió explicando:

-Mi Am-Ato, haciendo esto sobre un poco de arena, comentó: "hoy dibujas curvo... si deseas dibujar una línea recta que se acerque lo más posible a la perfección... sólo hay una forma de hacerlo: seguir y seguir dibujando; mientras estés en movimiento, habrá siempre una opción para lo que desees..." Fue en ejemplo simple, pero para mí fue suficiente para seguir intentándolo y seguir mi avance y enseñanzas. Ya encontré mi rectitud, sin embargo, mi vara sigue dibujando.

El Aprendiz levantó un poco la mirada y se sintió mejor. Ella continuó explicándole:

-Esta forma de movimiento que hoy has visto requiere mucha paciencia para entenderla y ejecutarla bien, son muchos círculos a la Astro-sol. Por eso es una de las Artes que se enseñan primero. De hecho, nosotros también le llamamos "el Poder de la Quietud", porque se requiere mucha fuerza para cultivar la noción del tiempo y la paciencia, y cuando esto se comienza a lograr se pueden dominar fácilmente todas las demás Artes del Mmulmmat.

Mientras, el grupo que se encontraba con el Am-Ato en la lección matutina había terminado su clase, habían saludado ceremoniosamente y se habían retirado. Al tiempo, llegó un grupo de unos veinticinco o treinta niños de varias edades, pero en el cual el mayor no tendría más de ocho primaveras. Lentamente, se comenzaron a ordenar frente a la misma profesora que había estado con el grupo anterior.

El Aprendiz preguntó:

-Akinaya... y este nuevo grupo ¿viene a la misma lección?

-Podríamos decir que sí, con la diferencia que ellos, como tú ves, son pequeños y por lo tanto su desarrollo en este Arte es más simple. Digamos que están en una etapa menos complicada; con el tiempo llegarán a comprender cada vez más movimientos, ya que éstos van encadenados unos con otros, formando una línea continua y evolutiva según vas creciendo.

En ese instante, se acercó una pequeñuela de largo pelo ondulado y de aspecto curioso. Era Nandi, quien ya había conocido al nuevo integrante del Valle unas lunas atrás. Ella los saludó amablemente:

-Suam odaonai Akinaya, Suam odaonai.... mmm... –y el Aprendiz agregó, deprimido:

-Ya lo sé, ¡bulto!

Los tres soltaron una carcajada. La chica se sentó al lado de ellos riendo y tirándose hacia atrás en el suelo. Tras un momento, comentó con su tierna voz:

-Digamos que tú no eres un "bulto" y yo no soy una "niñita", ¡¿Tolom?!

-Me parece razonable, Nandi –contestó más animado Saargan.

La pequeña prosiguió:

-¿Sabes?, además te estuve observando en tu clase y me parece que necesitas un bueeeeeeeeeeen repaso, jijiji... - rió, tapándose la boca, y luego continuó –¡Acompáñanos en nuestra clase! Te irá mejor con nosotros –y mientras decía ésto, la niña se puso de pie y lo tomó de las manos, tirándolo para que se levantara. Saargan también se puso de pie y dijo:

-Bueno... eeeh... no lo sé...

-¡Vamos!, o no dejaré de llamarte "bulto".

-Bueno... ¿Qué opinas, Akinaya?

-Ve, Saargan... sigue dibujando y cultivando la quietud.

El joven accedió, y la pequeñuela lo llevó tirando para acercarlo al menudo grupo que todavía estaba ordenándose para comenzar su lección. El Aprendiz se acercó un momento a la Guía y le pidió disculpas por haber dejado a medias la lección anterior, al tiempo que le solicitó participar con el nuevo grupo. Ella lo integró inmediatamente, y sólo le comentó:

-Pero esta vez, sin retiros en medio de la clase. Él sólo asintió con la cabeza.

Ya todos ordenados, hicieron los saludos correspondientes y se sintió un gran y chillón "¡¡¡Sojamm!!!", como respuesta de parte de los pequeños hacia la profesora. La clase comenzó, sólo que esta vez los movimientos eran más sencillos que los de la lección anterior, las coordinaciones más simples y las formas de respirar más fáciles de entender. El Aprendiz se sintió cómodo, a pesar de estar rodeado de pequeños que en general le llegaban hasta la mitad de su altura. Trabajaron diferentes formas de solturas, estiramientos, y luego hicieron algunos ejercicios en el piso. Más adelante, en cierta etapa, jugaron con sus expresiones faciales, y ésta parte se notaba que les encantaba a los pequeños... gesticulaban con sus rostros de diferentes formas, a la vez que usaban la respiración como acompañante. Por último, se dedicaron más plenamente a un sistema de coordinaciones que se veía elegante, natural y sencillo. Todos los niños los seguían alegremente. Saargan, que aunque se veía extraño entre tan menuda clase, disfrutó a sus anchas de la lección, y algo en él comenzó a despertar que lo hizo sentir aliviado, cómodo y pleno de energía.

Después de aquella clase, todo comenzó a cambiar para el Aprendiz. Se sintió distinto, mejorado de alguna forma, tal vez más liviano y con un pensamiento más positivo y claro sobre lo que le rodeaba. Luego de despedirse de la Am-Ato y agradecerle por sus enseñanzas, se alejó con Akinaya.

Mientras caminaban, ella preguntó:

-¿Cómo te sientes, Saargan?

-¡Muuucho mejor!

-Me alegra escuchar eso... hoy has comenzado aprendiendo tres grandes lecciones.

-¿A qué te refieres? —contestó curioso el Aprendiz.

-Bien —continuó ella —, me refiero a que cualquier enseñanza que recibas en este lugar estará basada en tres elementos esenciales: disciplina, respeto y humildad. Primero Omboni, en la madrugada, te ha enseñado algo de disciplina; luego, yo te he tratado de conducir en el respeto, es decir, los valores hacia quien te enseña; por último, la lección más importante te la ha dado Nandi, que en su naturalidad te demostró la forma de ser humilde. A través de la humildad puedes tener una mejor y más amplia visión de lo que te rodea o sucede... así como te puede ayudar a no perder las verdaderas oportunidades. ¿Me entiendes?

El joven puso una expresión relajada y comentó:

-En verdad, me siento contento, Akinaya... ha sido una mañana agitada, pero creo que poco a poco voy entendiéndote.

-Paciencia, Saargan, verás que todo en ti se aclarará... ahora mereces un buen desayuno. Ven, sígueme, en el próximo palmo de sol te voy a presentar a unas personas muy singulares...

-¿"Palmo de sol"?...

9. Bosques, Arroyos y Sabios

La joven Traductora y el Aprendiz siguieron caminando por la arboleda. Había pequeños senderos marcados en el camino, y a pesar de poseer un orden, lucían naturales: ciertos detalles daban armonía al entorno. A poca distancia, pero sin poder apreciarse desde dónde exactamente, se sentía el fluir de algún riachuelo. Caminaron unos momentos mientras dialogaban sobre el Valle, sus habitantes y sus enseñanzas. Al rato de andar, se encontraron frente a una nueva construcción, que básicamente tenía la misma forma de las anteriores. Ambos subieron una pequeña escalera y se asomaron por la entrada. No se veía nadie.

-Suam odaonai... ¿hay alguien por ahí? —dijo Akinaya, mientras miraba hacia adentro. No se escuchaba a nadie. En el centro había una pequeña fogata casi apagándose, y se apreciaba una mesa llena de frutas y cereales en jarros de barro. El joven también se acercó lentamente, sin mucha confianza. Al observar con mayor detalle, pudo darse cuenta que las paredes curvas, tal como todas las construcciones que había podido ver, estaban llenas de signos geométricos, pero esta vez, los muros estaban casi totalmente cubiertos de ellos: no se distinguían espacios en blanco. En ese instante, dos mujeres de edad muy avanzada se asomaron paso a paso por la parte de atrás del salón central. Ambas hicieron un gesto respetuoso con las manos, tal como se usaba en el Valle. Una era alta y delgada, y la otra más baja y gordita, de rostro sonriente; ésta comentó:

-Adelante, Akinaya... adelante, te estábamos esperando. ¡Qué bueno que vienes con Saargan! Adelante, acomódense...

-Les estamos muy agradecidos Madas, ambos sabremos apreciar vuestra hospitalidad. Saargan ellas son la nobles y sabias Mada Ayaata y Mada Duga. Ambas volvieron a saludar al Aprendiz, quien respondió inmediatamente. Akinaya agregó:

-Ellas son Guías muy respetadas: son grandes conocedoras de la naturaleza de Valle y sus frutos. También serán tus Am-Ato en temas de cuidado y alimento... eres muy afortunado.

Las ancianitas dijeron picaronamente, y a la vez:

-Sísísísísísí... esas somos nosotras, jijiji... —y Ayaata continuó —. Pero pasen y relájense, ya habrá tiempo para tus enseñanzas...

Los jóvenes pasaron a sentarse alrededor del mesón que contenía el desayuno. El Aprendiz se iba a sentar inmediatamente, pero la joven le hizo un gesto para que no lo hiciera. Ella esperó a que las dos ancianas se acomodaran y se tomaran su tiempo, quienes además realizaron un curioso saludo; Akinaya hizo lo mismo, y el joven las siguió en ese extraño ceremonial antes del alimento. Luego se sentaron, y una vez que ellas lo hicieron, los visitantes se acomodaron. La más bajita, con una voz suave y aguda, comentó riendo, de manera picarona, mientras miraba atentamente al joven:

-Jijiji.... veo que todavía mantener una buena energía el joven Saargan, jijiji... y algunos otros encantos, jijiji... -. La otra ancianita le dio un pequeño empujón e interrumpió, comentando:

-Bien chicos... sírvanse... Hemos preparado algo especial para ustedes: miren, en este jarrito hay una miel deliciosa con algunos frutos —y en ese momento, ella acercó varios alimentos a los invitados. Luego prosiguió, dirigiéndose al Aprendiz:

-Dime, ¿ya te has vuelto a acostumbrar a los latidos del Valle?... Sé que has retomado tus lecciones.

Saargan comentó:

-Bueno, no me ha ido muy bien... en realidad mi memoria no me ha estado ayudando mucho, pero como me han ido mostrando Omboni y Akinaya, con un poco de disciplina, paciencia y humildad siento que iré entendiendo y... recordando.

Akinaya agregó:

-Ha sido un comienzo un poco difícil, sabias Madas, pero confiamos en que él recordará y podrá prepararse a tiempo...

La más baja dijo:

-¿Han comenzado con la Tefa Subam-Na?...

-Si, Mada... ha sido un tanto complicado para él recordar las bases de las Artes... pero poco a poco fue integrándose a la Gran Danza.

-Jijiji... —rieron ambas mientras se miraron y, casi hablando con los ojos, al tiempo, se pusieron de pie y comenzaron a realizar graciosos movimientos, semejantes a los que había visto Saargan en la mañana. Movían sus manos graciosamente, sin ninguna torpeza a pesar de que, por su aspecto, ambas debía tener muchas primaveras. Giraron de manera muy liviana y juguetearon unos segundos con las manos y la mirada, cual jóvenes quinceañeras. A la vez, canturreaban una suave melodía al compás de una suave respiración. El Aprendiz quedó sorprendido. Luego se detuvieron y Ayaata comentó:

-Jijiji... en nuestros tiempos... cuando la Luna era más grande... nuestro Arte era muuuuucho mejor, pero aún conservamos nuestra gracia —dijo, sonriendo de manera picarona.

-Vamos, Ayaata, siéntate y terminemos el desayuno: el Arte es para antes de comer —agregó Duga, tratando de ser más seria.

El joven estaba sorprendido con aquellas dos veteranas, más aún con la gracia que mostraron, y el perfecto dominio de los movimientos que él había visto y que le habían parecido tan difíciles. Siguieron disfrutando de los alimentos y conversando entretenidamente.

-Como siempre, vuestra selección de frutas está deliciosa... muchas gracias –comentó Akinaya, mientras probaba una gran manzana que apenas podía sujetar en una mano. Ayaata, la anciana de aspecto sonriente, dijo:

-Jijijiji... es una manzana deliciosa... ¿no es cierto? Nos ha costado muuucho lograr que sea así. Por su tamaño la llamamos manzana "cabeza de pequeño aprendiz"

-Está exquisita, Mada... pero díganme, ¿dónde se encuentra el sabio Fadis? Pensé que se encontraría por aquí... con ustedes.

Duga, la anciana más alta, respondió de inmediato:

-¡Ah!... tú ya lo conoces... nunca está donde debe estar... siempre anda pensando en algo en que nadie cree que pueda estar pensando, o siempre está analizando alguna forma de conducir mejor las aguas del Valle, de mejorar los telares, de crear alguna nueva herramienta o de seleccionar las semillas para las cosechas... y ahora, a medida que pasan los círculos a la Astro-sol, se pone más y más distraído. Justamente, nosotras estábamos con él conversando unos momentos antes que ustedes llegaran, y de repente él salió corriendo, diciendo que algo se le había ocurrido hacer en el río Biba. Salimos tras él y no hubo cómo detenerlo. Al fin nos devolvimos para que ustedes pudieran alimentarse tranquilos...

-Está bien, Mada... no tendrían para qué haberse molestado, les estamos muy agradecidos... -comentó la joven. Saargan agregó:

-Las frutas y los cereales están deliciosos... M... Madas... Les agradezco mucho vuestra invitación.

La ancianitas sonrieron.

Tras un rato de charla amena y de un buen y suculento desayuno, Akinaya comentó:

-Tal vez podríamos ir donde el sabio Fadis. Me gustaría que Saargan lo viese.

-No te preocupes, Akinaya, iremos ahora. No debe estar muy lejos –respondió Duga.

Cuando ya terminaron los alimentos, se pusieron de pie y ceremoniosamente volvieron a hacer el mismo saludo que habían hecho en un principio. Tras unos momentos, se dirigieron a la parte posterior de la construcción, y en ese momento las ancianas le dieron su primera lección al Aprendiz. Le comentaron que uno de los objetivos para los saludos antes y después de comer era para recordar el ritual de la limpieza después de los alimentos. Para realizarlo, ellos usaban un fuerte enjuague bucal con agua aromatizada con hierbas. El agua provenía de una vertiente única dentro del Valle, con propiedades curativas. Esta era la mejor forma de mantener sus dientes sanos por muchos círculos a la Astro-sol.

Luego se dirigieron al bosque. Las ancianitas iban adelante, riendo y tarareando una suave canción que imitaba animalitos y el sonido del viento. Saargan y Akinaya se sentían felices en la compañía de las Madas, tan dulces y amables. Poco a poco, al caminar, el lugar comenzó a estar más denso de árboles, pero tras un rato, entretenidos oyéndolas cantar, no se dieron cuenta cuando encontraron un hermoso río que abría el bosque. Las aguas corrían celestes y calmas, expulsando un aroma inigualable a limpio y a pureza de vertiente, junto con un sonido cristalino que armonizaba con su entorno. El estero no tendría más de ocho pasos de ancho en ese sector, y no demasiada profundidad. A lo lejos, para el lado del corazón, se sentía el sonido de una cascada. Las ancianitas se dirigieron hacia ese punto.

Unos pasos río arriba se comenzaba a distinguir un alto que cortaba el fluir del agua: una pequeña caída. A medida que se acercaban, se veía claramente que se trataba de un precario dique hecho de árboles caídos, piedras y ramas del mismo lugar. Como consecuencia, se había formado un gran chorro con la presión del agua retenida por el estanque. En medio del agua, totalmente mojado, había un anciano de larga barba blanca, que también lucía una larga cabellera del mismo color, la cual le caía hacia atrás, amarrada. Al Aprendiz le llamó la atención su aspecto, lo blanco de su pelo, y lo absorto que se encontraba trabajando con una paletas, palos y amarras. Parecía en otro mundo, tal vez soñando, o analizando una encrucijada que aún no podía resolver. Las ancianitas lo llamaron al unísono para volverlo a este mundo:

-¡¡Amsei Faaaaaaadiiiiiiissssssssssssssss!!... —pero el anciano no escuchaba nada. Volvieron a llamarlo:

-¡¡¡Faaadiissssssssss...!!! Han venido Akinaya y Saargan a visitarnos –. Parecía que en la profundidad de su mente había podido escucharlos: de repente se detuvo, y tras unos latidos, se giró y pudo apreciar que tenía compañía. El anciano gritó:

-¡¡¡Akinaya!!! Qué buen signo es verte nuevamente. Veo que vienes... con...

-¡Saargan! —se apresuró a terminar la frase el Aprendiz, para presentarse. Al tiempo, ambos jóvenes le daban el saludo ceremonial. El anciano se acercó, empapado y con unas especies de poleas y cuerdas en las manos. También saludó con todo el ritual mientras estilaba agua por todas partes. Duga, la más alta de las Madas comentó:

-Por favor... Fadis, otra vez empapado; parece que deseas abandonar ese cuerpo lo más rápido posible. Debes ser más cuidadoso, pues de otra forma de nada te servirán las infusiones de las Madas.

Él parecía que no escuchaba, estaba absorto pensando en algo. Luego pareció reaccionar y se acercó a las dos ancianitas y las abrazó a ambas cariñosamente, comentando:

-¡Aaaaah mis tiernas Madas...! Estaban preocupadas por su Fadis... ¡Aajaaa! Pues el Amsei Fadis ha estado trabajando en un nuevo artilugio... ya verán... —dijo, alegre, mientras hacía una especie de danza, girando alrededor de las ancianitas. Ellas reían contentas al compás de una música que sólo ellos entendían. En un momento, el anciano se detuvo y dijo:

-Y coméntame, Akinaya, cómo han estado los avances de Saa... Saa.... —y ella terminó la frase:

-¡Saargan!

-¡Eso! —dijo Fadis, mientras se acercó al Aprendiz para observarlo con más detalle, como si buscara algo en él, tal vez alguna característica en especial. Lo tomó de los hombros y lo miró muy de cerca, y prosiguió -. Cuéntame cómo han estado sus progresos... Mmm… parece Saargan... tal vez no del todo... pero parece Saargan... Mmm… una buena rueda se aprecia haciéndola girar... Veremos cómo es ese "cierto ojo" de Omboni.

El joven se quedó quieto, y se sintió un poco observado y curioso por lo que se iba comentando sobre él. No sabía qué decir, y sin saber de dónde sacar un tema, comentó:

-Es un agrado para mí conocerlo a usted y a las Madas... veo que tenía mucho trabajo – y luego pensó un poco más y agregó -. ¿Puedo ayudarlo en algo?... veo que estaba construyendo un... tal vez yo podría ayudar... —dijo, mirando a Akinaya, y buscando su ayuda o confirmación.

La Mada Ayaata se le acercó afectuosamente y le comentó:

-Ayuda tú a que Fadis se apresure con sus problemas y sus experimentos, no puede andar todo mojado hasta la tarde. Nosotras necesitamos hablar sobre varios temas con Akinaya, y cuando tengamos a la Astro-sol pasando el camino más alto los vendremos a buscar para que tú prosigas conociendo el Valle... y el Amsei se abrigue —los demás se miraron, confirmando lo que decía la pequeña y graciosa Mada. Duga agregó:

-Fadis te mostrará sus juguetes y nosotras prepararemos algo para la Noche de los Sueños... Sólo faltan pocas lunas... jijiji…

La tres mujeres se despidieron del anciano y del joven. Éste miró a Akinaya con un dejo de nostalgia.

Mientras las tres se alejaban conversando, Fadis tomó a Saargan por los hombros y lo condujo unos pasos hacia el dique, diciendo:

-Bien, muchacho... ¿cómo van las energías?...

-Supongo.... que bien…

-Jejeje... ¿cómo que supones?... ¿Te ha ido bien o no?

-Bueno, sí... ha ido todo bien.

-Con una compañía tan agradable como la de Akinaya... no puedes decir que te ha ido mal... Mmm…

-Es cierto, toda va bien.

-¿Que has recordado del Valle?

-En verdad no mucho, pero también todo me parece familiar, aunque a la vez, todo parece nuevo ¿Nunca ha tenido la sensación de vivir una vida paralela?

-Una vida paralela... una vida paralela... —repitió el anciano —, es una buena expresión para explicar las sensaciones que no se comprenden. De alguna forma, muchacho, toda vida es paralela... yo tengo una vida que comparto con mis Madas... tengo una vida que comparto con el Valle y su río.... y otra que comparto con todos estos objetos que ves aquí —agregó, mientras tomaba algunas cuerdas y ponía cierto orden.

El Aprendiz siguió pensativo, escuchando las lecciones de Fadis, mientras trataba de ayudar al anciano a recoger las cosas que estaban más lejanas. Tras un buen rato, y después de haber ordenado un poco el lugar, se sentaron junto al riachuelo, divagando sobre diversos temas y contemplando la cascada. De alguna forma, ambos deseaban resolver algo.

El joven, a medida que iba charlando con el sabio del río, sentía una extraña confianza como para abrirse con él, preguntar y a la vez compartir sus inquietudes. Así, preguntó:

-¿Qué trata usted de hacer con todo esto, Fadis?...

-Mmm… buena pregunta... La respuesta exacta aún no la tengo, muchacho. El río fluye, y quizás quiero descubrir la forma de que me regale algo de su movimiento... Para eso se supone que son todos esos artilugios. Pero en verdad, no estoy seguro de qué va a resultar. Sólo experimento...

El Aprendiz sonrió y dijo:

-Cada vez me agrada más este lugar, Fadis... y temo que me agrade demasiado, y no deseo descubrir al final que no pertenezco aquí. Me han tratado abiertamente... me gusta este lugar, me siento en paz... —El sabio sólo agregó:

-Pero...

-Bueno, sí... pero a la vez que me gusta, mi mente trata de descubrir qué sucedió antes llegar aquí, dónde estaba y de dónde vengo de verdad.

El anciano hizo una señal y se inclinó hacia el agua del río, que en el sector donde se hallaban formaba un quieta y pequeña playa. Ambos se inclinaron, y sus rostros se reflejaron en el fondo: se veía el rostro sonriente del anciano, con su larga barba blanca que casi llegaba al agua, y a su lado el rostro del Aprendiz, mucho más joven, pero más serio, mostrando una barba naciente.

-¿Qué ves muchacho?

-Le veo a usted y a mí reflejados en el río... ¿y usted qué ve...?

-Veo a unos seres vivientes mirándose... tratando de descubrir sus diferencias, aun cuando ésta es una tarea imposible.

-¿A qué se refiere, Fadis?

-No importa de dónde vengas, muchacho, o de dónde vengan quienes forman este Valle; somos del mismo clan, todos somos Navegantes... todos los ríos descienden, y las lluvias mojan a todos los seres por igual.

El Aprendiz quedó meditativo con las palabras del anciano. El estero fluía, produciendo un sonido que de alguna forma tomaba parte en la conversación. El anciano continuó:

-Debes aprender a dejarte llevar por lo que sientes... y no por lo que crees que sientes. Vive tu momento y disfrútalo... y si lo vives, hazlo simplemente porque lo sientes.

-Creo que voy comprendiendo, Fadis... no sé de qué forma, pero creo que comprendo.

-Mmm... con el tiempo comprenderás, y no "creerás" que lo haces... –. Luego agregó:

-Te contaré un viejo relato, muchacho. Hace muchas primaveras, un joven, tal vez de tu tiempo en cuerpo, deseaba ser un Navegante. Deseaba saber qué había más allá, y ver por él mismo lo que otros Navegantes contaban que habían visto. Una luna, habló con los mayores, preparó sus cosas y abandonó el Valle. Caminó durante muuuchos plenilunios, visitó numerosas aldeas, cada una de ellas con extrañas y primitivas costumbres. Siempre evitó problemas, y trató de adaptarse lo mejor posible a los lugares que iba conociendo, respetando el "silencio de Navegante". Cuando ya llevaba mucho tiempo de viaje, cruzó un gran lago y conoció a una hermosa jovencita. Él quedó inmediatamente prendado de ella, y la chica también. Comenzaron a visitarse, a pesar del recelo de los parientes de ella ante un extranjero. Al final, el joven la invitó a volver con él al Valle: era una tarea complicada, ya que las costumbres del clan de la muchacha no permitían de ninguna manera que ésta abandonara su aldea, y menos aún que se involucrara abiertamente con alguien que no era de su pueblo y sus creencias. Los rumores comenzaron a correr entre los familiares y los aldeanos, y la situación cada vez se torno más arriesgada para la vida de ambos. El Navegante insistió en su invitación, ya que era la única forma de seguir juntos, y a la vez, de estar sanos y salvos. Sin embargo, la joven no estaba totalmente convencida de ir con él a "su" mundo en las lejanas montañas. Entre las costumbres de ese pueblo estaba la de golpear a las mujeres, pues como te decía, eran muy primitivos, por lo que era normal que ella temiera tanto por su vida y la del Navegante, y por otro lado, que espontáneamente dudara y no creyera que fuese posible que hubiese un lugar donde se respetara a todos por igual. Cuando la situación ya llegaba a su punto más conflictivo, se reunieron una noche en secreto. La luna estaba en su máximo esplendor; se sentaron cerca del río que alimentaba la aldea a la cual ella pertenecía, justo frente al gran lago que él había cruzado para llegar hasta allí. Ambos sabían que había que tomar una decisión pronto... era una decisión de vida o muerte ¿Sabes lo que él hizo?

Saargan encogió los hombros a modo de interrogación, y el anciano prosiguió su relato:

-Él le cantó, simplemente cantó... Su voz no era de las mejores, pero le susurró y cantó... —y en ese momento, el anciano, con una voz suave y tranquila, comenzó una suave melodía:

"Yo soy el lago, tú eres el río,
te desbordas hacia mí
así te alejas, así me dejas.
Soy el lago, te contengo,
al tiempo fluyes sobre mí
me cubres, me traspasas,
pero no te retengo
A veces pienso que puedo ser tú,
a veces pienso que puedo ser el río,

y me imagino sobre mí, que me escapo contigo.
Y estando así,
me contemplo detenidamente...
y a veces descubro y sé que no soy el lago,
no soy su orilla.
ni su fondo obscurecido.
Pienso,
pero sigo donde mismo.
Quiero ver dónde van tus aguas de misterioso río,
a qué mar lejano pueden llegar, dónde se unirán,
dónde pueden descansar...
No sé qué es el lago, no sé qué es el río...
si es el agua,
si es la orilla,
o el fondo obscurecido.
Solo sé que te siento,
Sé cuando me traspasas,
cuando te acercas y eres una conmigo..."

Saargan sintió que se relajaba, y que el tiempo tomaba otra forma mientras escuchaba cantar al anciano y sus poéticos relatos de viejas leyendas. Cuando Fadis pareció acabar con su canto, el joven preguntó un poco ansioso:

-¿Ella lo acompañó? ¿Se vinieron al Valle?...

-La pregunta es si ella comprendió el mensaje...

-Pero ¿qué sucedió, sabio Fadis?....

-Mmm... muchacho, muchacho... sólo tú conoces el final.

El joven quedó curioso, pero aceptó la respuesta evasiva del anciano.

La Astro-sol ya llegaba a su plenitud, y se dejaba ver claramente por la abertura que producía el riachuelo en el bosque. El desorden de cuerdas, toscos engranajes de madera, y pequeñas ruedas estaba ahora en orden en un rincón, y el dique había quedado despejado, listo para que en una mejor ocasión el anciano prosiguiera sus labores y experimentos con el agua y las fuerzas ocultas por los afluentes.

A lo lejos se comenzaba a sentir la conversación de las Madas junto con Akinaya, que ya estaban de regreso. Mientras, el anciano y el Aprendiz se pusieron de pie y fueron a su encuentro. El joven no pudo evitar mirarla de manera distinta. Ella también pudo percibir ese sutil cambio.

El grupo caminó tranquilamente por las sendas de los cálidos bosques. Sus voces se sentían al compás de los rumores de los árboles.

Aquel día había sido a lo grande, y Saargan se sentía cada vez más seguro del lugar en que se encontraba, más unido a él. Sin embargo... y al mismo tiempo, en su interior crecían sentimientos y sensaciones encontradas. Por un lado crecía su atracción por la joven Am-Ato Traductora, lo que no sabía si era correcto o no, y por otro lado deseaba cada vez saber más y más sobre la vida del Valle, cómo se había formado, sus enseñanzas y misterios.

10. Vida en el Ⅽ𝒐mulmmac

Cada vez que la tierra giraba y asomaba el rostro del Valle a la Astro-sol, se podía sentir que el invierno ya se iba entregando al recuerdo y que la primavera comenzaba a inundar los parajes.

Junto con el despertar de la naturaleza, el Aprendiz se había adentrado poco a poco en las costumbres del lugar. Ya había hecho grandes progresos en sus enseñanzas matutinas del Arte Suave; puntualmente, cada mañana, Akinaya lo acompañaba al mismo lugar a tomar sus lecciones. Él se preocupaba de recolectar algunos frutos silvestres para así contribuir con Subam-Na, su sabia Guía en el Seamm-Jasani y a quien todos también llamaban "la Voz del Consejo". El Valle, en esa temporada, se iba tornando más y más generoso en prodigar alimentos, aunque le comentaban que durante todo el círculo a la Astro-sol se podía encontrar algún tipo de fruto. Akinaya había enseñado a su protegido los lugares donde se encontraban los árboles más fértiles, y en muchas ocasiones sólo se alimentaban al pie de ellos, sin ninguna formalidad. Ella le dio de probar muchas variedades producidas en el lugar, como los nois, un curioso fruto amarillento muy ácido y un tanto amargo; también probó muchas otras especies, así como diferentes tipos de manzanas, desde unas casi incomibles y amargas hasta otras muy dulces. Fue conociendo las historias de cada uno de ellos, ya que muchos habían sido traídos por antiguos Navegantes tras sus viajes. Lentamente, la selección natural, ayudada por la mano de una mente recta, había permitido su evolución en aquellas fértiles tierras.

El Valle estaba dividido por el río Biba, que se deslizaba suavemente, proveyendo la vida necesaria a la exuberante naturaleza que lo bordeaba. Estaba alimentado principalmente por ocho esteros, que descendían de distintas vertientes desde las montañas. El principal de estos nacía de una espléndida cascada ubicada hacia el norte, la cual se podía ver a la distancia. Sus aguas siempre se sentían templadas, tanto que los habitantes podían bañarse incluso de noche. Además, el sabor de éstas era único, casi dulce, y dejaba una sensación agradable en la garganta. Sus fondos estaban plagados de gran variedad de piedras preciosas, luciendo los más hermosos colores; también se veía brillar en él trozos de oro, o lo que ellos llamaban rocas amarillas, junto con pececillos de colores. A nadie le llamaba mucho la atención la increíble variedad de zafiros de todos los tonos azules, amatistas, diamantes, topacios y muchos otros al alcance de la mano, tanto en el río como en los alrededores. El Aprendiz le preguntó una vez a Fadis que por qué no las sacaban y usaban de adorno, y el sabio sólo le respondió:

-"Ver lo precioso en el fondo de un río es tener ojos, ver la preciosa vida que danza junto a ti es ser sabio... Hay cosas aun más brillantes, y que siempre están contigo; nadie en el Mmulmmat necesita más adornos que los que ya porta".

Saargan recordaba que en algún lugar de su pasado había visto gente que se colgaba todo tipo de metales y piedras como las que lucía el río, a los que llamaban "joyas". Ante ello, Fadis le comentó:

-"Una piedra puede adornar las aguas y las montañas pues son de su naturaleza, así como un rostro y unos ojos radiantes de felicidad adornan una mente plena, pues son de su naturaleza. ¿Puede haber joyas más preciosas que las que nacen con tu esencia? Tratar de adornar lo que no necesita adornos es la creación de una mente débil que no confía en sí misma, ni en los demás... lo que denota una triste existencia".

Las lecciones del viejo sabio siempre dejaban algo que pensar. Por algo en el Valle también le llamaban el "Ingenioso Poeta", ya que siempre estaba investigando e inventando algo, recitando y cantando poesías llenas de metáforas.

Por otra parte, al ir pasando las lunas, y sin darse cuenta, ya había podido entender con detalle los movimientos del Arte suave, sus diversas formas de coordinarlo y expresarlo. En verdad, le parecían familiares. Pensaba que tal vez, era cierto que había vivido allí, y que pertenecía a aquel lugar, que antiguamente ya había aprendido todo eso y que sólo necesitaba un poco de tiempo para reavivar la memoria completamente. Tras unas cuantas lecciones fue integrado con los aprendices mayores. Se sentía fuerte, relajado y recompuesto.

Akinaya, cada atardecer, le volvía a mostrar nuevos lugares de la Aldea y algunas zonas donde realizaban cultivos de cereales y frutos. Todo se conservaba en un orden que se acompañaba con la naturaleza circundante y se adecuaba perfectamente al fondo repleto de montañas con múltiples colores que, al retirarse la nieve de las alturas mayores, iban descubriendo parte de su piel rocosa y de sus múltiples tonos.

Era curioso ver, cada mañana, a buen número de pequeños del Valle, como a Nandi, repasando sus clases con Subam-Na o con otros Am-Ato, luego jugando y riendo en el bosque cual pequeños duendes, libres de toda influencia de un mundo externo. Nada como la risa feliz y espontánea de los niños, pensaba el Aprendiz. En verdad, poco a poco llegaba más a la conclusión, de que, aunque no recordara o no estuviese muy seguro de pertenecer allí, quería ser uno de ellos y compartir su vida y enseñanzas, sin importar su pasado, cualquiera que fuera. Todo era perfecto para él. Cada uno de sus habitantes guardaba una simpleza y sabiduría única.

Con el correr de los días podía reconocer a gran parte de los habitantes de aquellos parajes: los Amsei, los Am-Ato, los pequeños, los aprendices y a casi todos en general. Era agradable ver que siempre se saludaban de una manera muy amable, aun cuando no tuviesen contacto unos con otros constantemente, debido a la amplitud del Valle. Por lo que iba observando, la mayoría de los Am-Ato era de edad mediana y se encargaba de las enseñanzas por niveles y según las edades de los aprendices más jóvenes. Los que ellos llamaban Amsei eran los más ancianos y, a la vez, los más sabios del Valle, y se preocupaban de estudios mayores y de corregir detalles en los Am-Ato menores. Los pequeñuelos también ayudaban en distintas labores de cuidado y tenían sus momentos de aprendizaje, pero primordialmente jugaban libres, sin necesidad de que nadie se preocupara por ellos. Estaban bien resguardados por los Ititi.

De vez en cuando, veía grupos del Valle trabajando juntos en la reconstrucción de alguna de sus cúpulas. Si dependiese de la energía que cada uno de ellos demostraba en ayudar, él nunca habría podido enterarse de quiénes serían los que usarían la vivienda que reparaban o construían: todos siempre trabajaban con el mismo entusiasmo. Espontáneamente, Akinaya, cuando veía esos trabajos, se acercaba a ayudar, y Saargan la seguía. Al final del día, quienes habían participado cenaban juntos, conversando con alegría de las obras del día o de las lecciones de tal o cual Am-Ato.

En esa etapa se hablaba mucho de las "Sabias de la Cosecha". Al principio no entendía a quienes se referían, pero después comprendió que hablaban de las Madas, quienes estaban encargadas de saber cuándo era el tiempo adecuado para comenzar la primera gran cosecha de los cereales de aquel círculo a la Astro-sol. Por otra parte, eran grandes expertas en la naturaleza verde, sus propiedades y ciclos. El Aprendiz trataba de entender todo, y al mismo tiempo, se dejaba llevar. El Valle tenía su magia, y él pensaba que comenzaba a sentirse encantado de ella.

Cada ciertos días visitaba a las Madas, junto a su Traductora Akinaya. Ellas le explicaban la función de cada una de las frutas que él recogía, así como la función de muchas plantitas silvestres. Las ancianas le enseñaron cuáles podían usarse para dormir mejor, cuales le ayudarían a entender más acabadamente sus lecciones del Arte Suave, cuáles mejorarían su piel, así como el uso para cada planta, hierba y flor que se daba generosamente en los alrededores.

En una de esas ocasiones, después de una gran clase en la mañana en la que Saargan había hecho grandes avances, Akinaya y él llegaron corriendo y riendo donde las sabias ancianitas, que estaban en las cercanías de su cúpula, cuidando el jardín. El joven venía transpirado y jadeando. Se detuvieron a algunos pasos, y saludaron con la cortesía de siempre. Duga comentó:

-Veo que tus lecciones matutinas han sido intensas.

-Han sido excelentes Mada Duga, me siento muy contento. De hecho, la Am-Ato Subam-Na me ha ido ascendiendo en sus clases —agregó un poco orgulloso –, y dice que, después de todo, sí tengo condiciones.

Ayaata comentó:

-Jijiji… ¡Qué bien! Con un pooooco de paciencia, todo se puede lograr —mientras se acercó como olfateando algo y agregó –. Jijiji… Saargan, éstas viejas ancianas te deberían aconsejar algo.

-Díganme, hoy me siento con energías para aprender.

Duga, que siempre parecía saber perfectamente lo que Ayaata quería decir, comentó:

-Lo que sucede es que el Seamm-Jasani es una de las formas no sólo de aprender paciencia, tranquilidad y equilibrio, sino también de quemar a los malos espíritus.

Mientras, Ayaata y Akinaya se llevaron, casi al mismo tiempo, la mano a la boca como para contener la risa. Él comentó:

-Creo recordar que Omboni también me ha hablado algo de los "malos espíritus"... – y luego añadió, un poco dudoso –¿Se refiere a los malos olores?

-Bueno – continuó Duga –, piensa que tus primeras lecciones en esta etapa de las Artes no han sido muy fuertes, pero que ahora, como te habrás dado cuenta...

-¡Y nosotras también!, jijiji... –dijeron riendo Ayaata junto con Akinaya. Duga continuó:

-Quiero decir que tus clases son más fuertes, y por tanto estás quemando de manera más profunda todo lo negativo ¿Captas la idea? – prosiguió Duga, haciendo un gracioso gesto con la nariz.

-¿Huelo mal? -preguntó el Aprendiz, tratando de olerse a sí mismo.

Ayaata contestó:

-Jijiji... sólo son los malos espíritus.

Con la espontánea respuesta de la simpática ancianita todos se pusieron a reír; Saargan también se rió, pero un poco más serio. Luego preguntó:

-Debería ir a lavarme, ¿no es cierto? Es que como ya lo había hecho en la mañana...

-Aprendiz, Aprendiz... –comentó nuevamente Ayaata –, cada mañana es bueno renovar tu energía, pero si tu energía se libera más allá después de una clase como las que estás comenzando a tomar, es mejor que tomes el baño ritual de oammai. Te ayudará a renovar tus fuerzas, liberarte de los malo espíritus, jijiji... y prepararte para Artes profundas. Además, ¿qué chica del Valle te mirará si, además de no conocer el Arte de la Simiente, los malos espíritus siempre te acompañan?

Akinaya le comentó, como para hacerle más clara la idea, ya que al parecer el Aprendiz no entendió bien a qué se refería la ancianita:

-Saargan, todos en el Valle, cuando hemos tomado alguna lección muy intensa en las Artes, como el Seamm-Jasani, nos cuidamos de darnos después el baño ritual de oammai. Es un lugar que posee aguas excepcionales: un baño no muy prolongado en aquel lugar te hará sentir como nuevo, además de alejar de ti algún olorcito malo... jejeje... ¿Me comprendes?

En ese instante, la Mada Ayaata había cortado unas hierbas y unos pequeños frutos que estaban en la cercanías y comentó, mientras se los pasaba a Akinaya:

-Jijiji... Bien jovencita, toma estas yerbas y frutos y lleva a Saargan a las fuentes oammai: será bueno para él conocerlas –y mientras decía esto, le guiñaba un ojo y sonreía –; procura que se dé una buena zambullida, pero antes, pon éstas en el agua como tú ya sabes, le harán muy bien. Ahora váyanse... váyanse... – comentó, mientras gesticulaba con sus manos como para despedirlos.

Se despidieron y comenzaron a caminar, pero antes de tomar cierta distancia, el Aprendiz trató de preguntar algo a la sabias ancianas, un detalle que había llamado su atención:

-¡Madas! ¡¿Qué es el Arte de la Simiente?!

Ambas contestaron al mismo tiempo:

-¡Eeiiiiiii!... ¡Ya lo sabrás! ¡Primero ve y mata los malos espíritus!

Al momento se despidieron amablemente de las ancianitas y se pusieron en marcha entusiasmados. Akinaya le iba mostrando el camino mientras seguían varios senderos que él nunca había recorrido. Comenzaron a ascender por una pequeña quebrada. Lentamente el paisaje se puso más árido, y a medida que subían por ella, los generosos bosques iban quedando atrás. El sol calentaba bastante a esa altura del día.

Pasó un rato, pero para el Aprendiz, cada vez que se encontraba en compañía de Akinaya, el tiempo pasaba volando. Después de cruzar una gran roca que interrumpía la visión hacia adelante, se encontraron nuevamente ante un poco de vegetación, una pequeña arboleda. Entre las rocas asomaban una serie de pequeños pozos, de los cuales salía vapor de agua.

-Ya llegamos, Saargan, este lugar es el que llamamos "oammai". ¡Te sentirás como nuevo después de que tomes un baño en ellos!

El joven quedó sorprendido, y se acercó rápidamente a observar con más detalle el lugar. Se arrodilló y metió su mano en el primero de los pozos.

-¡¡Está caliente!!...

-Sí, y si pruebas el otro que está unos pasos más allá, notarás que está aún más caliente –respondió Akinaya, y luego comentó –. El Valle guarda muchas sorpresas; si lo tratas bien y le tienes paciencia, verás que te puede hacer muchos buenos regalos. Ahora, espera un poco antes de zambullirte.

Ella se acercó al pozo de roca que estaba a unos pasos, y delicadamente zambulló las hierbas en el agua, la cual revolvió un poco con sus manos. Tomó los pequeños frutos aparte y los arrojó en el primer pozo. Luego dijo:

-Está listo, Saargan: ven y zambúllete aquí primero, es mejor que te remojes en éste que está más caliente. En un rato puedes probar el más tibio.

El joven se acercó un poco tímido, probó con un pie y comenzó a dudar si meterse o no. Ella le comentó:

-Supongo que no te vas a meter con ropa... no te haría bien volver con ella mojada.

-¡Pero me vas a estar mirando!

-Pues claro que miraré... ¿Por qué no he de mirar? –dijo la joven, desinhibidamente.

-Pues no me sentiré bien si me estás mirando... preferiría que voltearas y miraras el paisaje, está muy lindo... ¿Está bien?

-¿En qué cultura extraña has estado Saargan, que has adquirido costumbres tan locas e inútiles? ¿Por qué no puedo mirarte? Eres un humano como yo, y aunque no lo fueras...

Saargan contestó, un poco más molesto y perturbado:

-Akinaya, yo soy un hombre y tú una mujer... Me sentiré mejor y más tranquilo si miras para otro lado...

-¡Vaya, tus argumentos son brillantes Saargan! —contestó ella, extrañada por la actitud del Aprendiz. Este dijo, aún más molesto:

-Mira, si mis argumentos son tan malos, ¿por qué no te bañas tú también, y todos en paz?... ¡Te apuesto que tus argumentos serán tan malos como los míos!

Ella contestó:

-Saargan, este no es mi día de los baños oammai, ayer lo fue y no es bueno abusar muy seguido de este lugar. No sé si mis argumentos te parecerán bien, pero así es.

-Sí... y seguramente estabas bien acompañada...

Ella volteó y se puso a mirar hacia un pequeño grupo de árboles en las cercanías. Luego replicó, con voz seria, pero sonriendo sin que el Aprendiz la pudiese ver:

-Realmente necesitas una buena zambullida en los baños oammai, Saargan... pueda ser que los malos espíritus te dejen.

Al rato, ambos se calmaron, y Saargan pasó un largo y relajado momento en aquellos agradables pozos. Las hierbas produjeron inmediatamente su efecto, y el baño se convirtió en una agradable sensación de renovación en el cuerpo del joven, mientras Akinaya seguía mirando hacia a los árboles. Pasado un lapso, ella le aconsejó que era tiempo de cambiarse al otro pozo; él lo hizo lo más rápido posible para que ella no voltease, pero la joven miró de reojo y sonrió. El segundo pozo estaba un poco más frío, aunque sin dejar de estar bastante cálido, pero lo que lo hacía más diferente era que los frutos silvestres que había echado Akinaya habían dado un olor exquisito a esas aguas. El Aprendiz se sintió como nunca, y se sintió tan relajado que ya no discutió más con su atractiva Guía Traductora. Fue un baño renovador, y pudo sentir cómo cada músculo de su cuerpo se relajaba, cómo su piel se ponía suave y adquiría el agradable olor a las hierbas y especialmente el de aquellos frutos. Se sintió rejuvenecido y vital.

El retorno al Valle desde los baños oammai fue tranquilo y sin mayores agitaciones entre ambos. Ella le habló un poco sobre las diferentes plantitas, y sobre los beneficios que producían esas aguas en especial, las cuales se conservaban calientes de manera natural todo el año. Además, le explicó que no eran las únicas en el lugar, y que existían otras aún mejores, que ya conocería.

Por ese día habían sido suficientes aventuras. El Aprendiz se retiró temprano a su cúpula y se entregó renovado a los deslindes de los sueños.

11. Arte de la Simiente

En sus ratos libres, Saargan siempre acompañaba a Fadis en sus trabajos en el río. Lentamente, con el ingenio del viejo sabio, habían podido confeccionar una gran rueda que comenzaba a moverse lentamente, extrayendo la fuerza del agua. El Ingenioso Poeta se quedaba mirándola absorto cada vez que avanzaban en la obra. Saargan no sabía para qué serviría. El viejo divagaba y cantaba: "agua, río, vida... ¿qué es la existencia sin movimiento?". El Aprendiz escuchaba sus poemas y se sentía bien con él, así como con las Sabias de la Cosecha.

En aquel momento, Fadis comentó que ésa sería su sorpresa para el Gran Samesame, después de la Noche de los Sueños. Ante la curiosidad de Saargan por estas expresiones, el viejo le explicó:

-Bueno, muchacho... la Noche de los Sueños es una vieja costumbre. Cada ciertas lunas, cuando el Valle mira a las estrellas, un gran número de sus habitantes se reúne en las cercanías de algunas de las cúpulas o en el gran círculo de piedras. Ya lo vivirás. En esa reunión, muchos de nosotros contamos nuestros sueños, nuestros viajes y nuestras historias. Los que han sido Navegantes, que ya no son muchos, o son ancianos, cuentan sobre sus aventuras y sobre los pueblos que han habitado. Los que han venido de fuera de nuestras fronteras junto con los Navegantes, y que han sido adoptados por el valle, cuentan viejos relatos de lugares que conocieron en sus vidas. Siempre hay algo nuevo que escuchar, cada vez es distinto. A veces las historias más largas son las aventuras de los pequeños en los sueños. Además, esta próxima ocasión será más especial.

-¿Por qué? —preguntó el Aprendiz.

-¡Porque estarás tú, muchacho! Además prepárate, viene una buena época para el Valle. También se acerca el Samesame, y es una ocasión que se da una vez cada círculo a la Astro-sol.

-¿Es algo como lo que explicaba de la Noche de los Sueños?

-Nooo... es aún mucho mejor... y no es sólo una noche, jejeje. Ahí verás a cada uno de los habitantes del Valle: Amlom, Ititi, Osansua, Argan, Am-Ato, Amsei. Nadie falta al Samesame. Como habrás notado... —y agregó, mirando los ojos de Saargan de manera picarona -... tooodo en el Valle florece, y eso hay que celebrarlo. Los árboles comienzan a dar sus mejores frutos, pronto habrá cosecha y comenzará la gran danza... para mí, ésta será única ¡Tolom! . Fadis se puso de pie y comenzó a danzar, girando de modo gracioso y a tararear alguna canción indescifrable. El Aprendiz sonreía ante la alegría que emanaba el anciano. Éste lo animó a levantarse y seguirlo en su extraño ritmo, y le dijo:

-¡Arriba muchacho!... Ya viene la Noche de los Sueños, y el Samesame ya casi está aquí... va a terminar la danza y va a comenzar la gran danza... faltan pocas lunas y ¡ya tendremos listo nuestro presente para el Valle!

Jejeje... —los ojos del anciano brillaban mientras giraba, bailaba y tarareaba. Saargan trataba de seguirlo. En un momento comentó:

-Fadis... hace unas noches tuve un extraño sueño: estaba sobre una montaña cortada de manera recta, y miraba hacia abajo.... después me di cuenta que había muchas de ellas...

El viejo le interrumpió:

-Shhhhh... no me digas nada... resérvalo para la Noche de los Sueños: será en pocas lunas. Simplemente, lo que veas retenlo en tu mente, cuando sea el momento compártelo... yo te lo recordaré... tú no te preocupes.

La tarde era agradable, el riachuelo fluía suavemente con su acompasado paso. Una suave brisa hacía cantar a los árboles que les rodeaban. El Aprendiz pensaba que, en verdad, todavía no conocía lo suficiente sobre la vida y costumbres del Mmulmmat; deseaba ponerse al día y sentirse uno más. Preguntó:

-Fadis, usted acaba decir que a la reunión del Samesame iban a ir todos, ¿quienes son las Osansua y los... ?

-Muchacho... te refrescaré un poco los pensamientos. Cuando tú naces en el Valle, es decir, cuando eres nuevo con ese cuerpo, te llamamos Osansua, o un aprendiz naciente. A medida que te desarrollas, se dice en general que eres un aprendiz mayor. En verdad, nunca dejamos de ser aprendices —le tomó del hombro y prosiguió –. Tú me entiendes... hay aprendices jóvenes y aprendices vieeeejos como yo, jejeje... Bueno, te sigo explicando: cuando las Osansua crecen un poco, se les suele nombrar como Argan, que en realidad significa aprendiz menor. Argan puede ser un período largo, hasta que tomas el camino no sólo de aprender sino que también adquieres algunas responsabilidades y, a su vez, comienzas a enseñar o a ayudar a enseñar a los menores: en ese instante, te conviertes en un Am-Ato. Como tú ya sabes, hay muchos tipos de Am-Ato, pues cada uno puede seguir un camino en especial o una Perfección. Sin embargo, para demostrar que eres un Am-Ato, es necesario que sepas entregar lo que se te ha trasmitido. Pero el tiempo, así como este riachuelo, no se detiene, y tampoco se puede detener tu desarrollo. Así, cuando ya eres muy, muy adulto, también se te nombra como Amsei, que es una forma respetuosa para nombrar a un Am-Ato con un gran desarrollo en tiempo y formas.

El joven comentó, confirmando si había entendido bien:

-Es decir, usted es un Amsei Am-Ato... así al menos he escuchado que le nombran.

-Por cierto... -y agregó sonriendo –, y muuuy Amsei, tal vez ya demasiado.

-Hay algo que todavía no entiendo, y que trato de explicarme, ¿que significa exactamente Saargan, mi nombre?

El viejo suspiró y dijo:

-Buena preguntam muchacho; ven, acércate —le dijo, haciendo una seña. El Aprendiz se estiró, y el anciano tomó el pequeño trozo de madera ovalada que traía colgado del cuello, y continuó –. ¿Ves este sello que traes?

¿Ves estos signos? —comentó, mientras señalaba las extrañas figuras geométricas marcadas en ella —. Aquí dice que eres un Saargan, y asimismo, trae marcada una ruta. Eso significa que posees una especial distinción entre todos los Argan, posees una cualidad única. Es más que un nombre, un estado.

-Pero ¿de dónde pude haber sacado yo esto? Alguien me lo habrá dado...

-Por supuesto, muchacho. Nadie conoce estos signos, sólo los habitantes del Mmulmmat. Alguien de aquí ha reconocido que puedes portar ese estado, y los únicos que pueden otorgarlos son los Am-Ato mayores o Tefa. Sé que no me entiendes, pero escucha con paciencia... Tefa es un círculo de Guías, generalmente son tantos como la energía de tu cuerpo: ocho, actualmente sólo hay seis, de los cuales conoces a Subam-Na, Omboni, las Madas y a mi. Ya tendrás tiempo de conocer al sexto de nosotros. Este círculo es el que aconseja al Mmulmmat cuando hay que tomar decisiones importantes.

-Son los que mandan, los que rigen el Valle...

-Jajaja... te aseguro, muchacho, que el Valle se rige perfectamente sin el Círculo de los Tefa. Si nosotros rigiéramos o mandáramos, como tu has dicho, no seríamos nombrados como Tefa... sólo se nos consulta, y nosotros aconsejamos, no necesariamente se debe seguir nuestro consejo. Cuando la sabiduría se comparte, nadie necesita tomar grandes decisiones —y luego agregó, mirando directamente a los ojos del Aprendiz —. Ahora, lo que interesa para ti, es que quien te otorgó el estado de Saargan es uno de los dos Tefa que están fuera del Valle, y ambos son Navegantes que no hemos visto en muuucho tiempo. Gracias a uno de ellos, el Valle te ha abierto los brazos y te considera como uno de los suyos.

El Aprendiz se quedó muy serio mirando el agua. Había algo en la conversación que no le agradaba, algo no calzaba con todo lo que había vivido. Pensó, y tras reflexionar, preguntó serio y preocupado:

-Fadis, hay algo que no acabo de entender: si fue un Navegante el que me ha reconocido como Saargan... quiere decir que yo no nací aquí, ni fui criado aquí, ni que tampoco estuve aquí en el pasado ¡como todos me lo han insinuado!

El viejo se puso de pie y se fue corriendo hacia el medio del riachuelo. El Aprendiz no entendía qué le pasaba. El Ingenioso Poeta se acercó a la rueda y comenzó a limpiar una serie de palitos que se habían juntado alrededor de ella, y a reubicar las tablas, para que por fin girara. Saargan se levantó, un poco extrañado, y volvió a preguntar:

-Pero Fadis, respóndame... ¿De dónde vengo realmente? ¿Qué estoy haciendo aquí? ¿Tengo padres? ¡Por qué me reconocen si en verdad no me han visto nunca! Quiero saber la verdad.

El anciano prosiguió su labor sin ponerle mucha atención. Luego le dijo, con tranquilidad:

-Muchacho, muchacho... todavía tienes mucho que aprender y ver.

El joven estaba serio, confundido y algo molesto. El anciano comentó, mirando la rueda:

-Dejemos que la rueda gire y sabrás para qué sirve.... deja que gire.

Saargan no podía dejar de pensar. Por un lado creía avanzar y entender lo que se le enseñaba, pero por otro dudaba de todo. Se sintió molesto.

Justo en ese instante aparecieron revoleteando los pequeños del Valle. Antes que pudiesen darse cuenta, estaban rodeados por varios de ellos. Saludaron cariñosamente al anciano y al Aprendiz, aunque como lo notaron un poco serio le mantuvieron una leve distancia. Los pequeños traían en los brazos muchos palos cortados como para poder usarlos de leña. Se les notaba cansados y que venían caminando de lejos. De entre la veintena de chicos pudo reconocer a Nandi inmediatamente. Ésta comentó:

-Fadis, Fadis... ¡Mire toda la leña que hemos encontrado!

Otra chica, tan pequeña como ella, agregó:

-Sí, Fadis, hemos estado toda la mañana juntándola para traérsela a usted y a las Madas... vimos que les quedaba muy poca.

El anciano se les acercó sonriendo y les preguntó:

-Bien, bien... las Madas estarán muy contentas con vuestra atención y ¿cómo es que habéis encontrado tanta leña junta?

Todos dijeron:

-¡Pane la encontró! ¡Pane la encontró!

En ese momento apareció uno de los chicos, un palmo más alto que Nandi. Era delgado, de aspecto vivaz. Aparentaba tener tantas primaveras de vida como los dedos de las dos manos. Dijo orgulloso y sonriente:

-¡Sojamm, Fadis! Yo la encontré cercana al paso del este. Parece que el gran alud que hubo el invierno pasado arrastró varios árboles a su paso, así es que llamé a los demás y nos pusimos a trabajar... por supuesto escogimos la más seca y aquí estamos.

El viejo tocó con su gran mano la cabeza del pequeño Pane y dijo:

-Buen trabajo, Pane... todos habéis sido muy amables. Si es el lugar que pienso, queda bastante lejos, más aún si hay que ir cargado: deben estar hambrientos. Vayan a dejar la leña ahora, y luego sigan directo a la cúpula de Akinaya. Sé que ella esta reunida con Koal y varios otros preparando el larset del verano pasado, y hoy hará un plato exquisito.

Todo los chicos gritaron demostrando su alegría:

- ¡Tolom! ¡Tolom! ¡Tolom!

Luego, el Ingenioso Poeta se dirigió al Aprendiz:

-Los chicos van muy cargados, Saargan. ¿Podrías ayudarles a llevar la leña donde las Madas?

-Por supuesto, les ayudaré.

Mientras los chicos redistribuían los fardos de leña y se preparaban para proseguir su viaje, el joven se acercó disimuladamente al oído de Fadis y le preguntó:

-Dígame una cosa, Fadis, ¿cómo sabe que Akinaya está preparando comida extra en este instante, si yo he estado con usted toda esta mañana y ella no lo ha visitado?

-¡Eeeiii!... Muchacho, muchacho... todavía hay muchas sorpresas que este viejo se guarda.

El Aprendiz puso cara de interrogación, tomó el grupo de fardos que cargaría, y meneó la cabeza en silencio. Al momento, todo el grupo se despidió y siguió su marcha con la preciada carga.

Marcharon por el sendero del bosque hacia la cúpula de las Madas. Saargan pudo observar que los pequeños aún tenían muchas energías y que, a pesar de cargar los pesados fardos, varios de ellos corrían, se adelantaban o aprovechaban de juguetear por los alrededores. Sin embargo, él llevaba un paso constante, y no podía evitar dejar de pensar. Su rostro reflejaba inevitablemente que su mente no estaba ni tranquila ni conforme.

El camino a través del bosque demostraba que la primavera afectaba todos los alrededores. La vegetación se veía más vívida y erguida, los pequeños pajaritos, que habían hecho sus nidos, revoloteaban por los alrededores. Algunos hacían sonidos extraños, agudos y graves, en una sinfonía tan pintoresca como el Valle.

Saargan avanzaba y observaba a los pequeñuelos jugar despreocupadamente. A veces uno de ellos exclamaba:

-¡Ahí va un Ititi! -y salían todos corriendo y riendo en busca de quizá qué misterioso ser.

Luego se les escuchaba probando voces y chillidos que imitaran a diferentes animales y ruidos que escuchaban:

-¡Muuumuuuaaah! ¡Muuumuuuaaah! ¡uu... uu... uu…! ¡iu... iu... iu...! ¡fuuuiiiiooo...! ¡tiqui- tiqui! ¡¡¡¡tiqui-tiiiiiiiiiiiiiii!!!

Al Aprendiz apenas le hacía gracia tanta alegría alrededor, pero no podía evitar sonreír ante toda la energía que desenvolvían los Osansua.

El grupo más revoltoso, junto con Nandi, se adelantó un instante. De repente, Saargan sintió un extraño silencio, apresuró su paso y se dirigió hacia ellos con curiosidad: todo el grupo se había detenido frente a unos árboles que bordeaban el camino más adelante. Se acercó lentamente, para no interrumpir algún secreto juego que ellos estuvieran realizando en aquel momento. Ya a unos pasos de distancia pudo apreciar que miraban atentos al piso, a los pies de un árbol, pero guardando una cierta distancia. Saargan se asomó sobre sus cabezas y, mirando atentamente, pudo descubrir que había un pajarillo recién nacido en el suelo, caído de su nido. Saargan, dejó en el suelo el pesado bulto que traía en la espalda y pasó entre los pequeños. Con mucho cuidado tomó al pajarito, se subió sobre una roca y estirándose un poco lo dejó en el nido, que se asomaba en lo alto de una de las ramas de un gran árbol. Dentro del nido había varios huevos, los acomodó y dejó al animalito en el centro. Saargan sonrió y giró hacia los pequeños, como para darles un alivio de que ya todo se había solucionado por su afortunada altura y su maravillosa sensibilidad para con la naturaleza.

Los chicos le devolvieron una mirada seria y para nada contenta. Saargan pensó que a lo mejor no habían visto bien lo que él había hecho y les comentó:

-Niños... quédense tranquilos, el pequeñuelo ya está a salvo, lo he devuelto a su nido y he procurado que esté seguro y no vuelva a caer... -la expresión seria siguió en los rostros de todos, y en vez de mejorar, empeoró un poco. Saargan estaba como en un suspiro, y pensaba qué les pasaba, si acaso no escuchaban bien o algo.

La pequeña Nandi dijo de manera tajante:

-¿Sabes? Ahora me vuelves a parecer más un ¡bulto!... que un Saargan —la expresión de éste se tornó seria de inmediato, pues ya sabía a qué se refería ella al decirle eso de "bulto":

-Oye... tú siempre con tus cosas. Ahora vengo, salvo al pajarito, lo subo a su nido, lo acomodo... ¿y no les gustó? ¿O qué...? ¿O querían verlo morir y nada más? -y agregó, cada vez más molesto —; traté de hacer mi acción buena del día, como ustedes ¿o no? ... ¿No es eso lo que les enseñan?

Pane, que también observaba la escena, se acercó y le respondió:

-Saargan, los mayores nos han enseñado que, cuando algo no se comprende, se puede ver lo bueno como malo y lo malo como bueno. A nosotros, los Am-Ato nos muestran lo positivo, pero también nos previenen que nuestro afán por lo bueno puede ser no siempre lo positivo...

En ese momento Nandi agregó molesta:

-Cualquiera aquí sabe que si tú tocas a ese tipo de animalito, en especial a un meme, y más encima manoseas sus huevos, su madre no los vuelve a cuidar ¡¿Entiendes ahora?!

Otra chica, más adolescente, y que se veía la más adulta del grupo, añadió:

-Saargan... Ellos te están tratando de explicar que has dejado impregnado tu olor y energía... y ya que no sabes controlar ninguno de los dos, los has dejado impregnados en el pajarito, en sus futuros hermanos y en todo el nido... Su madre ya no se arriesgará a volver...

Saargan quedó mudo, pero comprendió rápidamente que había cometido un error estúpido, y por querer lucirse ante los chicos, lo había estropeado.

Nandi comentó nuevamente, indicando con su dedillo un árbol próximo:

-¿Ves? Allá está su madre: ya no volverá, formará un nuevo nido. Nosotros estábamos esperando que ella se alejara, y sin que nos viera recogeríamos al pajariiitooo con una ramiiiita... ¡para no tocarlo! Y lo pondríamos en su lugar para que siguiera siendo... ¡pajarito!

Saargan sólo dijo en voz baja:

-Lo siento...perdónenme....

Los pequeños lo miraron extrañados, como si no le entendiesen. Uno de ellos, que era muy regordete y colorado, agregó:

-¿Sabes? ¿Podrías acercarnos al pajarito? ¡Ah! Y también los huevos: los cocinaremos junto con la comida que está preparando Akinaya. ¡Son muy sabrosos!

Saargan frunció el ceño y respondió:

-Bueno, hace un momento querían salvarlos y ¡ahora quieren comérselos!

-¿Qué es ser salvado? -preguntó Nandi

-Quiero decir... que... ¡¡ustedes querían darle una oportunidad de vivir a ese pajarito y a los huevos, no comérselos!! ¿¡Quién los entiende!?

-Sin su madre, el pajarito morirá, y los huevos se pudrirán —comentó Pane, e inmediatamente prosiguió —. Si nos acercas al pequeño, podremos alimentarlo por unas lunas hasta que pueda volar y valerse por sí mismo. Los huevos los podremos comer, y así habrán tenido un objetivo bueno —agregó, sonriendo y tocándose su pequeña panza.

Saargan volvió a fruncir el ceño, no sabiendo qué pensar; de alguna manera tenía demasiada lógica lo que los niños argumentaban, pero por otra parte, se sentía ofuscado y un poco humillado por la situación, que no contribuía para nada a su estado de humor.

Justo en ese instante se acercaban las Sabias de la Cosecha, riendo como siempre. Los chicos se acercaron a ellas espontáneamente y comentaron algo que el Aprendiz no pudo escuchar. La Mada Duga se paró arriba de la roca, tomó el nido que era causa de tanto conflicto, y se lo encargó a Pane. Al instante salieron todos corriendo con los fardos que habían traído. A la pasada, también tomaron los que traía consigo Saargan. Duga se acercó al joven, que se encontraba a unos pasos, un poco serio, y le comentó:

-Vemos que estás en líos... Saargan —y la Mada Ayaata agregó:

-Jijiji... Vemos que tú quieres ayudar, hacer bien... pero muchas veces, cuando tú crees hacer bien, sólo es el criterio de tu mente. Lo apropiado o no, a veces es difícil de diferenciar.

-¿Cómo?

Duga continuó:

-Aprendiz, el bien, así como el deseo de ayudar, no deja de ser un deseo determinado por ti, y lo que llevas dentro tuyo... de tu visión, pero ¿será lo adecuado para que todo fluya?

Saargan quedó pensativo por un instante, mirando el piso. Luego comentó:

-Hay demasiadas cosas que no entiendo... No entiendo mucho a estos chicos, los veo jugar, los veo cuidarse entre ellos, los he ido conociendo poco a poco, pero no dejan de sorprenderme con sus respuestas y su seguridad ante ciertos hechos de la vida, de los cuales yo no estoy tan seguro. Por otra parte, todo lo que me sucede aquí me ha producido algo positivo y a la vez un choque. No sé si me explico: me gusta como es el lugar, pero también hay cosas que no me concuerdan... Hoy ha sido un día confuso para mí —pensó, y continuó —. Me gustaría pensar que nací aquí.... Además, por ejemplo, en el caso de los chicos, me llama la atención que aunque conozco a muchos en este lugar, no tengo claro quiénes son los padres o quién cuida de ellos.

Ayaata dijo sonriendo y como cantando:

-Jijiji... Nacen tus hijos... nacen mis hijos... si todos provienen del mismo círculo ¿de quién son estos chicos?

La Mada Duga agregó, de forma más concreta:

-De alguna manera, Saargan, estos chicos son hijos de todos nosotros; no hay gran diferencia si nacieron de uno u otro, hacer esa diferencia no sería justo para ellos.

Él respondió, un poco escéptico:

-Bueno, de cierta forma, no quiero contradecirla, pero supongo que sus madres sabrán cuáles son sus hijos, ¿o será más bien que ningún hombre sabe cuáles son sus hijos?

La Mada Duga continuó su explicación:

-Aún no estás preparado para ver más allá, Saargan. Sin embargo, si deseas una respuesta, te diré que cada mujer y cada hombre en el Valle sabe perfectamente quiénes son sus hijos, y no sólo eso —tras una pausa continuó —. Sé que no entenderás lo que te voy a decir, pero cada habitante del Valle sabe perfectamente en qué fecha es bueno traer una vida al mundo, si ésta será hembra o varón, y cuántos realmente desean, así como pueden determinar no tener hijos durante toda su vida.

El Aprendiz puso una cara todavía más escéptica de la que ya tenía, y comentó:

-Definitivamente no las entiendo. Si un hombre y una mujer están juntos, es imposible que tengan la certeza de qué producirá esa relación, nadie puede controlar "eso"... ¿me explico? Menos aún determinar si el bebé que nazca será hombre o mujer, o el número de hijos que pueda tener...

-Te insisto, Saargan: hay enseñanzas para las cuales no estás preparado, por lo tanto, es poco probable que entiendas o creas lo que te estamos diciendo, así como no entendiste la situación del pajarito... o lo que Fadis te quería explicar. Aún necesitas conocer y experimentar, ampliar tu visión.

El Aprendiz quedó dubitativo, no sabía qué pensar. En ese instante, jugueteando como acostumbraba siempre, Ayaata comenzó a girar y a realizar una especie de danza, mientras tarareaba una canción:

-La simiente, la simiente, la simiente está acá arriba... —e hizo un gracioso gesto indicando con su dedo índice el entrecejo de Saargan -. Allá abajo, allá abajo, allá abajo está la vida...

Éste se perturbó un poco, e hizo un gesto de incredulidad, y contestó titubeando:

-Todavía no las entiendo... ¡No sé qué quieren decir!

Duga le habló más seria:

-Voy a usar una palabra que no he usado en muchos decenios, la cual no aprendí aquí... pero "discúlpanos" Saargan por querer hacerte ver más allá, pero eres un buen ignorante. Puedes creer que las sabes todas, y mostrar grandes cualidades de hombre exterior, pero en cuanto a lo más esencial de la vida, es decir, de la real vida, eres un completo y absoluto ignorante. Debes comenzar por practicar la humildad y saber escuchar.

En ese instante, el Aprendiz se sintió avergonzado, agachó la cabeza y se sentó en una piedra que había a su lado. Tras un momento en que hubo un silencio general, él comentó en voz baja:

-Lo siento, Madas, soy un poco torpe, y además estoy un poco molesto. Por favor explíquenme, yo escucharé.

Las Madas también se sentaron a la sombra del bosque. Ayaata dijo:

-Aprendiz, Aprendiz, uuuh... tienes un laaargo camino. Sé que te preocupa tu origen, pero más te preocupa la vida mujer-hombre. No estás preparado para estar solo, pero tampoco para estar acompañado. Sé que es extraño para ti lo que nosotras las Madas te hemos comentado, pero lo primero que debes saber, para entender, es que tooooodos los hombres del Mmulmmat poseen la Sabiduría de la Simiente, la sabiduría que da el podeeer de la vida.

En ese momento, Duga continuó la explicación:

-Cada hombre del Mmulmmat posee las enseñanzas de la simiente, que también es un Arte y una Perfección. Al parecer, te cuesta entender esto, pero trataré de explicártelo. Tú ya debes haber aprendido de Omboni y Fadis que existen muchas formas para conducir la mente, desde las que determinan simples conductas, hasta las más complicadas que pueden afectar tu energía y metabolismo. Una de estas formas mayores, no sólo desarrolla o encauza tu pensamiento, sino que transforma esa energía a través del cuerpo, y éste responde perfectamente a tu dirección, obviamente cuando ha sido adiestrado de la manera correcta. Todos en el Mmulmmat conocen el desarrollo de este proceso, para nosotros es normal... para ti también debería serlo. Pero el hecho concreto es que cada hombre tiene el control absoluto sobre su propia energía y, a la vez, sobre su propia capacidad para engendrar o no una nueva vida cuando se une a una mujer. Por otra parte, la mujer también posee este control o Sabiduría de la Simiente, pero éste sólo actúa como un mecanismo secundario o de resguardo, o forma una segunda barrera, si lo quieres expresar de otra forma. Esta barrera va relacionada con su ciclo general, cuya guía es la luna: es un hecho que todos conocemos, pero también esta barrera va relacionada con el control de los ciclos propios del cuerpo. Cuando ambos están preparados en este Arte, mujer y hombre en acuerdo, pueden determinan si generan o no una nueva vida, con toda la responsabilidad que ello implica. Esta responsabilidad va más allá entre nosotros, pues sólo a sabiendas podemos generar esa nueva vida: el deseo se convierte en algo sagrado y único. El hecho de haber heredado y conocer la sabiduría que controla la simiente que genera todo cuerpo para formar un nuevo cuerpo-mente, no es un lujo, es como te decía una gran responsabilidad. Ninguna mujer aquí consentiría traer un nuevo ser porque sí, o para salir de la curiosidad, para imitar a los demás, o para realizarse ella sin pensar luego en el pequeño... tampoco ningún hombre consentiría en ello. Cada uno debe valorar en verdad la gran responsabilidad de generar esa vida y de darle lo mejor de sí mismos, ocho elementos de la semilla: tiempo, cuidados, atención, cariño, fuerza, seguridad, disciplina, y el más importante, Arte ¿Qué opinas ahora, Aprendiz?

-Voy comprendiendo, Mada. Sólo necesito un poco de tiempo para entender de verdad. Me gustaría haber nacido aquí, pero creo que no soy de aquí como he sabido hoy.

Ayaata comentó:

-¿Qué importa de dónde has nacido, si has nacido para ser tú mismo?

Saargan quedó aún más pensativo y cabizbajo con el extraño comentario de la Mada. Luego, una idea cruzó por su cabeza, y preguntó:

-Con todo respeto, Madas, ¿no todas las mujeres tienen hijos en el Valle?

Ayaata le respondió:

-Jijiji... Todos los chicos son nuestros hijos – dijo abrazándose a sí misma -,pero sé que te refieres a hijos que una mujer haya parido –agregó, acariciándose la panza -; en ese sentido, debes comprender que no es condición, para ser mujer u hombre, engendrar y engendrar hijos. Muuuchas mujeres del Valle nunca parirán un crío, porque simplemente no lo sienten, y además poseen las vías para controlar ese hecho a voluntad.

Saargan estaba intrigado una vez más, y un poco sorprendido con lo que se le explicaba: le parecía increíble, pero a la vez lógico. Comenzó a pensar con más calma, y a entender que en verdad sólo de esa forma aquel lugar podía mantener un número medio de habitantes, ni más, ni menos de lo que el fértil Valle podía sostener. De alguna manera, ello calzaba con todo ese medio ambiente de eterna abundancia. Cualquiera sabía que ningún recurso natural era para siempre e inagotable. El equilibrio y la sabiduría para aceptar la vida, su plenitud y su restricción eran fundamentales para una evolución real, abierta, pero al mismo tiempo sopesada y meditada sobre las posibilidades reales de la naturaleza.

Duga continuó la charla:

-Por ejemplo, me llama mucho la atención que en muchos pueblos piensen que la unión mujer-hombre sólo sea para... ¿cómo dicen?... ¡ah! "reproducirse", así le dicen ¿no?... Parece increíble y extraño que, muchas veces, las mujeres no deseen tener un bebé, e igualmente queden embarazadas, pero me parece más increíble que muchas veces los hombres vean esto como un detalle sin importancia, o un error de la mujer, y no como un compromiso adquirido de por sí, y ya de antemano. Lo que más puede parecer extraño a los habitantes del Valle es que, si no desean ese bebé, no hayan podido controlar su energía en su etapa de unión ... ¡y que ninguno de los dos haya podido! Sin embargo, estamos conscientes de que hay costumbres muy raras, bárbaras y primitivas más allá de las montañas; son muy hábiles para enseñarles tabúes a sus hijos, siempre piensan que los tabúes los salvarán, y sin embargo, nunca les enseñan lo más esencial.

Saargan no sabía qué pensar: por un lado, pensaba que lo que ella decía era verdad, y a medida que hablaba parecía que venían a su mente viejas imágenes del pasado, lo que junto con los hechos, confirmaba lo que las Madas explicaban claramente. Ante el silencio de Saargan, Duga prosiguió:

-¿Sabes?... una de las costumbres que nos parece más espeluznante de las que se practican más allá de las fronteras del Valle, es el hecho de que en muchos pueblos y tribus, gobernados por una sola persona o un pequeño grupo, estos puedan convencer a todo el resto de que deben tener muchos, muchos hijos para servirles mejor... y que más encima cuando esa nueva generación crece, son motivados, si no obligados, a ir a lo que ellos llaman "guerra" contra otros pueblos. A veces dicen y justifican que ese pillaje organizado ha sido bendecido por sus "hechiceros", y las nombran como "apoyadas por los dioses". Dicen que es por necesidad de tierras, de caza y alimento, pero siempre es para morir y matar, mientras, obviamente, quien ha dado las órdenes se queda muy bien resguardado. Cuentan muchos antiguos Navegantes que, en tiempos anteriores, los pueblos eran más simples y sus gobernantes menos ambiciosos y crueles, pero todo cambia, Saargan... tú bien lo sabes, y las historias de los Navegantes lo confirman. Como lo han dicho ellos, para todos esos pueblos la unión de la mujer y el hombre se convierte en una necesidad de conveniencia... Entre los que mandan usan una palabra... ahora se me olvida —luego agregó —: ¡Ah! ya sé, dicen que el poder de procrear es sólo una necesidad "estratégica", para los que obedecen "el designio divino"...

Saargan dijo:

-Es verdad, pero por otra parte, esta forma que usted dice que siguen aquí me cuesta entenderla. La veo un poco fría, o alejada de los sentimientos...

Ayaata comentó:

-Saargan... Saargan... tan pequeño... El Mmulmmat no se rige por la especie de sentimientos que tú imaginas, o que aprendiste en tu laaargo alejamiento... Cuando la gente es sentimental, genera hijos y luego los abandona a su suerte, no hay tiempo para ellos, sólo para sus "sentimientos". También fuimos Navegantes, hemos visto demasiado, como lugares donde cambian a los hijos por alimentos, piedras o metales... ¿de ese sentimiento nos hablas? También hemos visto lugares donde sí adoran a sus hijos, tanto así que cuando éstos ya crecen, están dispuestos a entregárselos a sus jefes de tribu para que sean enviados a lejanas guerras... que a veces nadie recuerda cómo comenzaron, sólo las recuerdan aquellos que tienen "sentimientos". No, Saargan, el Mmulmmat no lo forman los sentimientos, no aquellos con los cuales tú te has rozado; si fuera así no existiríamos, seríamos una aldea más, y tú no verías ninguna diferencia, ni aquí nada chocaría con lo que tú recuerdas. No somos normales, Saargan: la evolución no es normal, siempre rompe un esquema ya establecido como norma.

Duga continuó:

-Debes meditar mucho, Saargan, y sobre todo, necesitas pulir tu visión de la vida, dar el siguiente paso. Pero a su vez, no te exasperes, el tiempo es una Gran Guía, y ella te enseñará.

Lentamente, la tarde iba cediendo su lugar a una hermosa puesta con colores de los más diversos tonos rojos que alguien pudiese imaginar. Las montañas de fondo hacían las veces de una pantalla perfecta para reflejar la hermosura del sol al poniente. El cielo estaba limpio, y en el pequeño bosque donde se hallaban la Madas y el Aprendiz, comenzó a correr una agradable brisa.

Esa tarde había sido fructífera.

12. Boabom: la Fuerza de lo Óseo

Pasaron las lunas.

Las labores y la práctica del Arte Suave seguían manteniendo entretenido y alerta al Aprendiz. Las enseñanzas de las Madas lo hacían cada vez más apreciar la naturaleza que lo rodeaba, tanto como el valor real de sí mismo. La rueda de Fadis lo mantenía curioso por las fuerzas ocultas del movimiento.

Dentro de sus dudas había una en especial que lo rondaba: Akinaya.

En una de esas mañanas, ella lo acompañó como de costumbre, caminando por el bosque, en dirección a sus lecciones con Subam-Na. Él se había ido habituando demasiado a su compañía. Mientras pensaba en esto, la miraba: se veía tan dulce y tranquila, pero a la vez tan segura. Al tiempo que la contemplaba y pensaba en todo eso, su memoria sufría ráfagas que lo hacían volver a un pasado desconocido. De entre esas ráfagas recordó una de cuando había sido rescatado. Parecía tener en mente a Akinaya enfrentándose con un grupo de hombres en la montaña. No pudo contener su curiosidad por aclarar lo que pensaba y le comentó:

-Akinaya... me parece recordar algo del pasado —ella abrió los ojos con cierta sorpresa y esperanza, y él continuó –: recuerdo que me llevaban en un pequeño carro, arrastrando, por un estrecho sendero...

Ella expresó cierta desilusión en su rostro, pero luego sonrió y dijo:

-Debes recordar la luna que te trajimos. Fue un viaje difícil. Sólo hay cuatro formas externas de entrar al Valle, y todas son peligrosas... eso hace que este lugar se mantenga aislado del resto del mundo.

Él comentó:

-Recuerdo que hubo una lucha. No sé cómo, pero tengo la imagen de verte luchar...

-Es extraño, Saargan... es verdad que hubo una lucha, pero fue a cierta distancia tuya. Tuvimos un "pequeño encuentro" con los Ukros.

-¿Quiénes son?

-Más allá del Valle, más allá de los altos pasos que le resguardan, hay muchas tribus; algunas son un poco agresivas, como la de los Ukros. A pesar de ello, es extraño que nos hayan atacado, generalmente nunca se acercan, ni siquiera a los pasos del Valle. Los Navegantes que han seguido más allá cuentan que tampoco han tenido grandes conflictos con ellos... sólo alguna que otra escaramuza sin importancia. Por eso, nunca esperábamos tener ese problema al encontrarte y traerte aquí.

-Tengo una curiosidad Akinaya, ¿cómo pudiste enfrentarte con ellos?... ¿Lo que hiciste está relacionado con mis lecciones de las mañanas?

-Has llegado a un buen punto. Tal como te he ido mostrando, el Valle posee muchos caminos, caminos para lo sólido y caminos para lo sutil. Lo sólido tiene a su vez muchas ramas, y tú recién has ido explorando la primera de ellas, el Arte Suave. Los recuerdos que tienes del enfrentamiento tienen más relación con otra rama, el Arte Óseo, la que a su vez deriva en otras más.

-Es decir... que todavía no he aprendido nada...

-No Saargan... nunca se aprende "nada". En estas pocas lunas has ido cultivando un sistema que era necesario para restablecer tu estado; recuerda que llegaste un poco golpeado y afiebrado. El Arte Suave es especial para quienes están convalecientes, es una forma de restablecer tu energía, de preparar tu estado de ánimo y, al mismo tiempo, de prepararte para conocer las formas más fuertes, de las cuales te estaba hablando. A estas formas fuertes le llamamos, en general, Boabom Óseo, "el Arte de los Mil Caminos". Es un sistema que requiere mucho más tiempo y dedicación, y representa la columna vertebral de todas las Artes sólidas, las que has conocido y las que conocerás.

-¿Esa parte de la enseñanza fue la que utilizaste para moverte tan ágilmente y poder defenderte? –preguntó el Aprendiz.

-Sí, pero en verdad era mi primera vez en usarlo de esa forma. Es raro que tengamos que aplicar el Boabom en su forma defensiva.

-¡Vaya! Si casi nunca lo usan, ¿para qué le dedican tanto tiempo?

-Mis Am-Ato me enseñaron que la utilidad de las cosas se limita a tus prejuicios. Además, la respuesta es muy simple Saargan: el objetivo del Arte Óseo no es la defensa en sí.

-Entonces ¿cuál es su objetivo? –volvió a preguntar el joven.

-Mira... ¿recuerdas el riachuelo donde Fadis realiza sus trabajos?

Claro que si.

Ella prosiguió:

-El cuerpo-mente es como un riachuelo: si el agua pasara muy lenta siempre, ¿qué te imaginas que sucedería? –el joven quedó pensativo, y ella continuó –. Bueno, te explico: si el agua fluyera lenta siempre, tendería a acumular musgo, palitos, y al final podría estancarse.

-Bueno... y ¿cuál es el punto? –replicó un poco ansioso Saargan.

-El Arte Óseo es como si a ese riachuelo se le aplicara, de un momento a otro, una gran presión de agua... –explicaba al tiempo que hacía un gesto explosivo con las manos - los palitos y el musgo desaparecerían, y ahora, al volver el torrente a su fluido normal, correrá con mayor fluidez y sin estancarse. Es un ejemplo, Saargan: este Arte es un sistema de limpieza extraordinario, sólido, fuerte y eficaz; permite que tu mente esté mejor alimentada, que tu comportamiento sea más equilibrado y a la vez, seguro y energético... al final, que puedas ver más allá. Lo suave es una forma de preparar el camino a lo fuerte, y viceversa.

-Creo comprenderte... pero me cuesta un poco.

-Te voy a decir algo que he escuchado decir al Guía cuya Perfección es el Boabom Óseo, él también es el herrero de la Aldea y siempre canta: "empuja certero el fuelle del movimiento, pues así el aire fluye y sopla con fuerza por los caminos de la sangre que acrecientan la llama que baila sobre las brasas del órgano superior. La mente se extiende y logra su temple".

Por un momento, Saargan quedó pensativo. Ella continuó:

-Es bueno haber tocado este tema contigo y refrescarte un poco la memoria, ya que justamente, debido a tus avances con el Arte Suave, quería presentarte hoy a este nuevo Am-Ato, quien será tu Guía en el Arte Óseo.

Ella le tomó la mano y agregó:

-¡Apresurémonos! Debemos ir a un lugar un poco más alejado en el bosque, y deseo que puedas conocer al Am-Ato Nnuya, quien ha estado unas lunas alejado y hoy retoma sus labores. Él se encargará de transmitirte éstas enseñanzas.

El joven apresuró el paso, siguiendo a la tierna Akinaya; no sabía si sentirse contento porque aprendería un nuevo secreto del Valle, o porque ella le había tomado de la mano. La brisa era tan agradable, los árboles tan llenos de vida, así como la compañía de los riachuelos que alimentaban las cercanías. Pasaron unos latidos y, sin darse cuenta, estaban frente a una explanada que se abría en el bosque, protegida a la sombra de los árboles. Había un grupo reunido en espera de comenzar alguna lección. El Aprendiz reconoció a varios de ellos, y al mismo tiempo, le volvió a llamar la atención el curioso tejido que todos llevaban amarrado a la cintura.

Akinaya comentó:

-Espérame un poco, te presentaré al Am-Ato.

-Pero... pero no hemos traído nuestro asuaom para el Am-Ato...

-No te preocupes —contestó ella —, nuestras costumbres no son tan estrictas; además, conozco bien a Nnuya... mañana le puedes traer algo más especial.

En ese momento, Akinaya se adelantó un poco; todos la saludaron atentamente, y ella se acercó a una de las personas del grupo, quien parecía ser el Am-Ato. Éste se le acercó de manera diferente, y la miró con una expresión más familiar. Era un hombre de aspecto fuerte, alto, de barba crecida, de pelo abundante y cobrizo y de edad cercana a la de Akinaya. Saargan lo notó inmediatamente, y le pareció reconocerlo; sin embargo, algo en él lo puso incómodo. El Am-Ato y Akinaya se saludaron, y luego él se le acercó, la abrazó, y rozaron sutilmente sus frentes, sus narices y luego sus labios. El

Aprendiz sintió que el piso se le movía; trató de disimular su molestia y esperó que ella regresara para presentarlo. Ella volvió y le comentó:

-Ven, Saargan, te presentaré a tu nuevo Guía —el Aprendiz la siguió cabizbajo.

-Bien Saargan —continuó Akinaya -, él es el Am-Ato Nnuya-Jaitne; muchos le llaman "el Forjador". Él se encargará de ponerte al día en el Boabom.

Éste le saludo de manera ceremoniosa:

-¡Suam odaonai! ¡Bienvenido!

El Aprendiz contestó de manera precisa, sin agregar nada:

-Sojamm.

Akinaya presintió que las energías no estaban muy bien en él. Agregó, como para hacer fluir los acontecimientos.

-Bien, Saargan; el Boabom Óseo es un Arte difícil, pero noble. Me he arriesgado a traerte a este grupo de Ulan, que ya tiene cierto avance, pero no demasiado, aún son jóvenes. No hay mucho tiempo para revivir en ti lo que ya sabes, por tanto, pon atención a tu lección de hoy. Nnuya está dispuesto a ayudarte lo más posible, pero eres tú el que debe valorar esta enseñanza y saber dar lo mejor de ti para que produzca su efecto. Este Arte es provocativo, juega con las energías sólidas, Saargan; si no lo entiendes como debe ser, puedes hasta retrasar tu aprendizaje.

Él sólo comentó:

-Está bien... está bien… —y con cierto orgullo agregó-, si pude con las otras lecciones, podré con ésta —y luego añadió-. ¿Qué es eso de "Ulan"?

-El Boabom, en general, se halla dividido por sistemas de movimientos y niveles de complicación. Cada sistema tiene un nombre, que representa el proceso de un cultivo. Esta lección pertenece a una etapa que llamamos Ulan, y también se les llama así a los que participan en él. Como te decía, poseen un cierto avance, pero no demasiado. Ahora ve e intégrate.

El grupo estaba compuesto por un número de unas dieciocho personas, y había tanto mujeres como hombres, más o menos adolescentes. Algunos ya eran conocidos de Saargan, pues los había visto en sus lecciones anteriores o se los habían presentados en esos días. Todos le sonreían, pero aún así, él se encontraba serio y su rostro lo reflejaba claramente.

Los aprendices se formaron frente a su Am-Ato. La clase comenzó con un saludo ritual. Los primeros movimientos eran simples, y al Aprendiz le sonaban conocidos. Pudo seguirlos, ya que de alguna manera, se asemejaban a los que había conocido a través de Subam-Na. Además, las Madas y el Ingenioso Poeta siempre danzaban en forma similar a como se desarrollaba tanto este Arte como el otro. Todos esos detalles le habían ayudado a comprender rápidamente, o quizá, a recordar rápidamente.

A medida que la clase avanzó, se puso más complicada; sin embargo, el Aprendiz ejecutaba cada fase de manera natural. Cada sistema coordinativo se realizaba de manera rápida y certera. La transpiración comenzó a correr fluidamente, tanto en Saargan como en sus compañeros. Le llamó la atención la fuerza con que realizaban cada técnica las mujeres aprendices, quienes sin perder su femineidad emanaban una energía y seguridad única. Nadie allí podía decir que estaban en ventaja o desventaja, y de alguna manera mágica, el Aprendiz se ponía a nivel de todos ellos sin la dificultad que podía esperarse. El Arte Suave ya le había abierto el camino.

Pasado un rato, Nnuya los ordenó de otra forma, en parejas y frente a frente. Les mostró ciertas coordinaciones que debían ejecutar con sus compañeros; estas secuencia contenía una cadena de movimientos que se formaban por proyecciones o extraños y sutiles golpes, que tenían una contrapartida en desplazamientos o movimientos circulares de manos y pies, que los desviaban y anulaban. La secuencia formaba un patrón de ida y vuelta en las parejas. A Saargan le tocó al frente uno de los aprendices que se movía con gran precisión y agilidad, y debía seguir atentamente las coordinaciones si no deseaba perder la cadena que enlazaba los movimientos tan graciosamente. Con el correr de la clase se sintió mejor y más relajado, y se olvidó un poco de lo que sucedía alrededor.

Ya a esa altura se percibía que la clase estaba llegando a su término. Nnuya hizo una señal, y todos se sentaron de manera ordenada en un amplio círculo. Luego, dio una pequeña reseña de lo que ejecutarían:

-Bien, Ulan... hoy seguiremos profundizando la aplicación de nuestra materia en la parte práctica, tanto como defensa práctica, pero simulada, para enfocar nuestros deseos y pensamientos, como una danza precisa que necesita de una total espontaneidad –y luego agregó -. Les recuerdo que cada movimiento es simbólico: cuiden sus desplazamientos y mantengan una distancia apropiada.

Acercándose a Saargan, le comentó amablemente:

-No te preocupes... apenas veas cómo ejecutan esta parte del Arte Óseo los demás Ulan, lo recordarás de inmediato. El Arte sólo se aprende una vez. Podrás olvidar tu nombre, pero no el Boabom.

En ese instante saludó a dos estudiantes. Ambos se pusieron de pie, se acercaron, saludaron cortés y ritualmente a su Am-Ato y se saludaron de la misma manera entre sí. Inmediatamente tomaron una extraña posición de costado, frente a frente, con las piernas formando un elegante arco, y con las manos en forma de garras hacia el interior del cuerpo. Nnuya se acercó con cierto ceremonial, y dio una orden que se parecía más a un sonido alargado y fuerte.

Ambos comenzaron una especie de enfrentamiento, que asemejaba a una danza salvaje, pero equilibrada. Uno de ellos era muy rápido con las manos, y sus pasos para evitar a su contrincante eran precisos y seguros. El otro estudiante también se movía bastante bien, pero haciendo más hincapié en los movimientos de pie, que continuaban en extrañas proyecciones circulares, semicirculares y en giros indescriptibles; ambos parecían estar muy seguros de lo que hacían. Además, cada técnica era acompaña de ciertos sonidos junto con la respiración. Todo ello aparentaba ser algo peligroso, pero se podía percibir que entre ambos había un respeto poco común. Esto llamó la atención de Saargan, y le agradó la belleza, agilidad y fuerza con que se movían: si uno avanzaba, el otro cedía; si el que cedía reaccionaba, el otro a su vez volvía a ceder, como dos largos árboles que bailaban al fluir del mismo viento.

Tras un momento, Nnuya comenzó a dar una especie de conteo, que debía significar el término de aquella "danza defensiva". Pasado un instante, dio la última orden, y ambos se detuvieron. La acción terminó tan ceremonial y respetuosamente como había comenzado.

Nnuya fue llamando a casi todas las compañeras y compañeros del grupo, quienes siempre actuaban más o menos con la misma formalidad y respeto. Mientras, el Aprendiz sentía que esta visión iba removiendo algo en su interior. A la vez, pudo apreciar que a poca distancia suya, tras el grupo, se encontraba Akinaya mirando atentamente; sus pensamientos se contrapusieron en su interior y su semblante cambió con ellos. Justo en ese instante, Nnuya se le acercó y le comentó:

-Bien, Saargan... ¿te sientes preparado para reincorporarte hoy en esta etapa de la clase?

Él contestó con cierto orgullo, poniéndose de pie:

-Por supuesto.

El Am-Ato lo hizo adentrarse en el círculo formado por los alumnos. Al tiempo, señaló a otra de las Ulan para que participara con el Aprendiz, una jovencita de estatura mediana y de contextura regular. Realizaron el ceremonial correspondiente, y la acción comenzó.

Primero, a Saargan, sin saber por qué, no le agradó mucho el comenzar sus prácticas con una mujer, además tan joven. Su inicio fue un poco inseguro, tratando de desplazarse y proyectar algunos de los extraños movimientos que habían visto ese día. Su compañera se puso a su ritmo, para tratar de ayudarlo y que no le fuera tan difícil. Poco a poco, el Aprendiz fue tomando confianza, e intentó alguna secuencia más complicada; sin embargo, la joven se movía ágilmente, liviana, y neutralizaba fácilmente lo que Saargan intentaba con dificultad. De repente, y sin que su compañera lo tocara, Saargan resbaló y cayó al césped, de bruces. La caída fue suave, pero su orgullo la sintió fuerte. En el suelo, quedó justo a distancia como para cruzar la mirada con Akinaya: él la miró molesto, y ella lo comprendió inmediatamente. A la vez, Nnuya se acercó para preguntarle si deseaba continuar. Saargan se puso de pie inmediatamente, y asintió con la cabeza con seriedad. La danza continuó, pero repentinamente pareció que el Aprendiz quería convertirla en enfrentamiento.

Algo instintivo se despertó en Saargan al caer: ya no veía a un compañero al frente, veía a una mujer, como Akinaya, que lo estaba haciendo parecer como un tonto inexperto. A pesar de su molestia, algo se encendió en él que hizo que sus movimientos fueran más acordes y fuertes. Sin embargo, sus confusos deseos lo motivaban más allá de lo debido; las manos fluyeron ágilmente. La Ulan se movía con precisión y a más velocidad, y Saargan reaccionaba violentamente ante la ágil acción de ella. Se sentía que cada movimiento cortaba el aire. Los desplazamientos eran los precisos para esquivar la aplicación hacia uno y otro oponente. El Aprendiz estaba más y más irritado, y eso se reflejaba en cómo se movía y en la manera en que alternaba con su compañera. Trató de prevalecer, de ser mejor, algo que se confundía con su pasado borroso, y sus emociones lo impulsaban a tomar la lección como si fuera una agresión, algo personal. La Ulan persistía en mantener la calma: se movió con elegancia y suavidad, usó un amplio movimiento circular e interior de manos, que evitó de manera precisa la continua aplicación de Saargan, la que ya pasaba a convertirse en un ataque frontal. Quienes contemplaban la situación mostraron cierta inquietud. Mientras, Nnuya, que estaba expectante, intervenía de vez en cuando, tratando que la continuidad de movimientos no derivara en lo que no debía. Todos se pusieron intranquilos. Saargan pudo ver de reojo la mirada de Akinaya, que estaba seria, así como la de los demás compañeros. Se notaba que nadie de allí estaba acostumbrado a ese tipo de reacción: estaban entre sorprendidos y extrañados. La Ulan contenía perfectamente la forma fuerte que había tomado el Aprendiz: desplazaba hacia un lado, girando totalmente el cuerpo hacia atrás, y de vez en cuando, reaccionaba proyectando movimientos cortos y precisos con las manos, que podrían haber dado perfectamente en el blanco, pero que desviaba intencionalmente. La joven respetaba sus distancias y procuraba con sus movimientos calmar a Saargan. Éste insistía en adelantarse. En un parpadeo, proyectó su pierna derecha de manera semi circular con gran fuerza y velocidad, que casi dio en el pecho de la Ulan, pero ella pudo evitarla con una precisión que, si hubiese tardado un pequeño instante más, habría tenido nefastas consecuencias. La situación se puso tensa: Nnuya también lo sintió, y comenzó a dar el conteo de término a modo de anunciar el fin de la secuencia: "iiitniii... jaanneeee...". No alcanzó a terminar el ceremonial cuando Saargan proyectó aún con mayor potencia y agresividad; la joven fue certera, y debió ser implacable para contenerlo. Mientras, el molesto Aprendiz volvió a levantar la pierna para dar en el blanco, y ella nuevamente desplazó de manera suave un paso más atrás, haciendo un movimiento amplio y circular con ambas manos; con estas, al mismo tiempo, tomó la pierna que Saargan le había proyectado, sin bloquearla, sino que simplemente impulsándola y dándole mayor velocidad. Esto provocó que todo el cuerpo del Aprendiz hiciera un giro sobre sí mismo, y a la vez, perdiera un tanto el equilibrio. En el mismo instante, y de manera perfectamente coordinada, la Ulan, mientras daba impulso a las piernas de quien se había convertido en su oponente, giró por el lado opuesto y proyectó su pierna derecha de manera recta, con una velocidad y potencia necesaria como para desarmar a Saargan sin dañarlo. El Aprendiz recibió el movimiento directamente en el pecho, y sintió como si un búfalo lo embistiera. No supo qué pasó: salió impulsado hacia atrás varios pasos, y sin saber qué había sucedido, quedó de espaldas, mirando al cielo.

Aquel momento, tanto para él como para todos los que estaban presentes, pareció larguísimo. Saargan deseó que la tierra se hundiera y lo tragara. Definitivamente, estaban más adoloridos su orgullo y sus sentimientos que su cuerpo. Sus ojos se llenaron de lágrimas.

Nnuya se acercó a Saargan, y se inclinó sin hacerle ningún comentario. Lo examinó rápidamente, confirmando que no le había sucedido nada. El Aprendiz se puso de pie en silencio y volvió a su posición. Nadie en la clase habló, sólo volvieron a ordenarse. El Am-Ato dio cierta explicación sobre los trabajos que habían realizado en esa ocasión. Tras un momento de descanso y relajación, todos se pusieron de pie, y con la misma energía que habían saludado en un principio, se despidieron. Se escuchó un fuerte:

-¡¡¡Sojamm!!!

Sólo había uno de los estudiantes que no se escuchó con el mismo ánimo que al inicio.

Tras los saludos, el grupo se despidió entre ellos y de Saargan, sin hacer comentarios. Cada uno partió a diferentes labores y en diferentes direcciones. Nnuya se acercó a Akinaya, y algo conversaron. Saargan, desde cierta distancia, alcanzó a escuchar la voz del Am-Ato:

-No será tan simple que esté preparado a tiempo —ella no decía nada—. ¿Él sabe los problemas que se avecinan?

Ella contestó:

-No está completamente consciente.

Nnuya agregó:

-Tal vez el Consejo debiera enviarlo donde Amilom...

-Eso lo decidirán Omboni y Saargan; aún debe aprender más de sus Am-Ato —comentó Akinaya, un poco seria. Inmediatamente se acercaron al joven, quien estaba cabizbajo y a la vez curioso por lo que pudieran decirle. Nnuya dijo, de manera escueta y precisa:

-Saargan... debes cultivarte, pero tienes lo esencial. Te espero mañana para que sigas avanzando. Considérame como tu Am-Ato en el Boabom Óseo —y tras decir esto, se despidió cortésmente.

Akinaya y el entristecido Aprendiz se alejaron caminando.

Curiosamente, el tiempo había cambiado de manera abrupta. Nubes negras cruzaban las cordilleras y nublaron rápidamente el Valle. Comenzó a correr una brisa de lluvia y tormenta.

Ninguno de los dos parecía querer hablar, pero de repente, Saargan comenzó la conversación:

-Parece que cada vez que comienzo mis lecciones hago el ridículo de una forma u otra.

Ella dijo:

-Eso sucede porque tal vez no aprendiste bien las lecciones anteriores... y no me refiero a los movimientos en sí.

-Está bien, está bien... la humildad y esas cosas. Además, la Ulan que me derribó ni siquiera se disculpó.

La joven quedó pensativa y dijo:

-"Disculparse...", "disculparse...", esa palabra no pertenece a nuestro idioma; seguramente la aprendiste afuera.

- Bueno —dijo él -, me refiero a que me derribó... debía haber dicho que lo sentía ¡que no fue su intención, o algo así!... ¿No hablan tanto "ustedes" de la humildad? —contestó, abiertamente molesto.

-Saargan... primero que todo, la Ulan no podría decirte que no fue su intención, pues sí la fue. Ella hizo lo preciso para que te dieras cuenta que estabas equivocado en tu actitud, y lo suficiente para no dañarte. Si su intención hubiese sido dañarte ¡lo hubiera hecho antes que el pestañeo de un meabom! Y no te habrías puesto de pie de inmediato.

-¡Vale! —dijo, ya molesto, el Aprendiz -. ¿¡Y qué pasa con tu famosa humildad!?

Ella lo miró con cierta tristeza, y comentó:

-Pienso que ella la tuvo. Si tu punto de vista está nublado por otras razones, y no has entendido ni has practicado debidamente la humildad, es poco probable que puedas distinguir dónde la hay y dónde no.

Él insistía en seguir la discusión:

-No sé qué sucede con las mujeres de este lugar... ¡se las saben todas!

-Saargan, si no te agrada mi compañía o no te agrado como Guía, dímelo; no es necesario hablar como hombre, en cuadrados, y no como un Argan.

Él miró hacia abajo y refunfuñó algo ininteligible. La joven agregó, directa y afirmativamente:

-Te molestó que Nnuya me saludara de manera especial.

El Aprendiz no dijo nada. Ella continuó:

-Él es un Osanmeo para Akinaya. Ha compartido muchos círculos a la Astro-sol conmigo.

Saargan pareció aún más molesto, a la vez que trataba de disimular:

-Sí... sí... sí... lo supuse... ya sé que tienes varios maridos —comentó, con un dejo de sarcasmo.

-Eso de "marido" no es palabra del Valle, pero sé a dónde va tu intención. Así es, dos más, y ya te presentaré al segundo de ellos -contestó Akinaya

-¡Qué bien! —contestó Saargan, aún más sarcástico.

-De hecho, ya conocías a Nnuya y a Koal: ellos estaban en tu rescate, y ambos se arriesgaron para salvarte de tu caída.

Él se sintió un poco conmovido por lo que ella decía, y a decir verdad, recordaba bien a ambos. Bajó la cabeza y sólo comentó:

-No me siento muy bien, Akinaya, me gustaría volver a la cúpula de Omboni, para descansar. Ha sido un día ajetreado... además, parece que va a llover.

Ella lo acompañó en silencio una cierta distancia. Luego se despidieron, sin comentar nada más. Akinaya se dirigió a sus labores, y Saargan se fue a paso lento y triste de regreso a su cúpula. Cayeron algunas gotas desde lo alto y le mojaron la cara: éstas parecían confundirse con sus propias lágrimas. Deseaba estar solo. Tenía la esperanza de aclarar un poco sus sentimientos, enfrentados.

Pasaron algunas lunas y sus enseñanzas continuaron, aunque Akinaya no volvió a presentarse. Él la extrañaba en silencio, y se enfocaba en sus lecciones para no pensar.

13. Cúpula Nao

Una de esa noches, Saargan tuvo extraños viajes. Sus sueños parecían a veces lúcidos, a veces delirantes. Fue confuso. Veía gente caminando, indiferentes unas de otras, miradas de desconfianza, ojos tristes y solitarios, ancianos caminando solos y balbuceando palabras que imploraban por compañía y valores que nunca llegarían. Vivían en colmenas, en montañas que parecían hechas por termitas, y en uno de los huecos formados en aquellas extrañas construcciones veía a un hombre gritando a una mujer insultos incomprensibles para él: "¡sucia, pecadora!".

El despertar tampoco fue claro. Pudo abrir los ojos antes de abrirlos; eso ya le había sucedido muchas veces, aunque no recordara cuándo, ni dónde. Pudo ver el interior de la cúpula, el círculo en la cúspide, sus indescifrables dibujos en los bordes, el cielo claro, la luz tenue entrando por las ventanillas. De nuevo se preguntaba dónde estaba, quién era. ¿Tendría toda aquella confusión una respuesta finalmente? A lo lejos, escuchó una voz familiar:

-Saaaargaaaaaaaaaannnnn...... caaaalmarte tú. Oooooommmmboniiiiiiiiiiiiii estar aquíííííííí...

El Aprendiz abrió los ojos nuevamente. Pareció despertar y vio la cara sonriente de Omboni, su viejo guía. Comentó, aún medio dormido:

-Creo que he dormido demasiado, Omboni, debe ser tarde... me levantaré de inmediato.

-Jejeje... No preocupar tanto de levantar, Aprendiz. Yo no volver a tirarte agua, jejeje... Aún no ser tan tarde como pensar. Yo despertar a ti porque tú estar inquieto... cuando la Astro-sol estar muy activa, la luna tambiénnnnnnnn...

-¿Qué quiere decir, Omboni? —preguntó Saargan mientras comenzaba a levantarse.

-Mmm... tener tiempo ahora yo para explicarte. Akinaya tampoco vendrá hoy para tus lecciones en las Artes.

Akinaya... ¿No vendrá? —repitió, preocupado.

-Ajaaaaaa... ya tú ver a qué referir el viejo Omboni.

Ambos se dirigieron a la parte de atrás de la construcción. A unos cuantos pasos caía un pequeño chorro de agua que nunca estaba fría. Allí, Omboni y su confundido Aprendiz solían asearse en las mañanas, antes de partir a sus labores. Se refrescaron un poco, y salieron a caminar por las cercanías.

El simpático sabio continuó ampliando el tema que había quedado inconcluso:

-Mmm... decir tú, Saargan ¿cómo ir tus avances en las Artes? –comentó, mientras movía sus manos con cierta gracia y elegancia, y luego agregó —¿o haber gustado más Boabom de huesos?... jejeje... –agregó, mientras le mostraba extraños movimientos de manos, a las cuales hacía tomar varias formas graciosas y fuertes, junto con desplazamientos cortos y elegantes, que por la apariencia simple de aquel sabio pareciera que no hubiese podido hacer.

El Aprendiz sonrió, se sorprendió un poco, y le preguntó:

-¿Acaso usted también es un experto en las Artes más fuertes, Omboni?

-Jejeje... Aprendiz... Aprendizzzzzzzz... Todos en el Valle conocer todas las Artes, Tooooodooos aprenderlas. El conocimiento del Mmulmmat ser para tooooooooodos, Saargan, nuestro Valle ser así... Cada Am-Ato comparte lo que conocer con cada uno. Si tú nacer en el Valle, cuando pasar algunos círculos a la Astro-sol y crecer, algunos Am-Ato enseñarte lo básico; luego tú crecer y conocer muuuuchas Artes con demás. Cuando madurar, tú entregarlas, y enriquecer una en especial... pero conocer todas a la vez. Esa ser nuestra Vía, siempre en movimiento... siempre aprendiendo y experimentando.

-Si es así, Omboni ¿cuál es su Arte? ¿cuál es su campo en especial?

-Mmm... viejo Omboni tener dos Artes para los cuales recibir muuuuuchos aprendices: uno ser Bamso, el mundo de los sueños, y otro ser que estar a cargo de las grandes bitácoras internas y memorias del Mmulmmat. Por eso muchos llamarme Omboni "el Memotecario"...

-Suena interesante, Omboni... debería ayudarme con mis sueños: últimamente están extraños...

El viejo rió de manera extraña, y comentó misterioso:

-Yo ayudaaaaarteee, Aprendiz de los Suueeños... yooo ayudaaaarteeeee...

El joven quedó curioso; sin embargo, no quiso profundizar en el tema, tal vez había otra cosa que le preocupaba más en ese momento. Comentó:

-Hay algo que no entiendo de este lugar, Omboni, ¿cómo Akinaya puede tener tres o más maridos? ¿es algo común aquí?

-Jajajajaja... jejejejeje... –Omboni rió por un buen rato, y exclamó de una manera que no parecía él -¡Qué simple ser la naturaleza de quienes habitan la Tierra!

Luego agregó, en forma más explicativa:

-Mmm... Aprendiz... tú partir con idioma incorrecto, tener mucho tiempo afuera y muchas "palabras" en tu mente. Dime tú, ¿qué ser marido para ti?...

-Bueno... una mujer debe pertenecer a un hombre... pa... pa... para siempre. Tienen hijos juntos, son marido y mujer y ¡son fieles el uno con el otro!

-Juajuajua... jejejeje... jijiji... jojojojo... –Omboni no podía parae de reír, y con dificultad comentó:

-Jejeje... no sé de qué mundo salir tú.... Mmm... ¿qué ser fiel?

-Bueno... no siga, Omboni ¡No entiendo la forma en que vive Akinaya!

El sabio Omboni comentó:

-Mmm... Aprendiz... tú haber estado en lugares que enseñarte costumbres egoístas y primitivas ¿También enseñarte que respiraras en primavera y no en verano? ¿O esos mundos primitivos enseñarte a ti que "alguien" debe "pertenecer" a "alguien"?... Nosotros no pertenecernos, nosotros ayudarnos, compartir energía. Tú estar molesto con ella porque ella "no" pertenecerte, y tú "si" pertenecer... esa ser tu duda.

Saargan agregó suspicaz, aunque ya había escuchado la respuesta:

-Si es así, Omboni ¿a quién pertenecen todos los niños del Valle? ¿Sabrán quiénes son sus padres?

-Mmm... Aprendiz, ellos saber perfectamente... ser tú el que no saber.

-No le comprendo, Omboni... todo esto me parece raro.

Omboni dijo, más serio:

-No, Saargan, tu confusión ser rara y usar argumentos raros para tú entender tú mismo y quedar tranquilo con tus sentimientos y resabios de memoria, pero sin ver verdad simple. Mente una cosa, verdad otra; cuando mente y verdad una sola... tooodo tranquilo –agregó, mostrando como ejemplo ambas manos por separado, y luego uniéndolas de manera peculiar.

El joven replicó, insistiendo en el tema, y sin pensar en lo que Omboni decía:

-Además, me pasa lo mismo con las Madas... ¿una de ellas... o las dos son la mujer de Fadis?

-Mmm... ¡qué preocupado tú por Vía de los demás, Aprendiz! ¡Eso demostrar que tú no tener vida!... –y luego continuó -. Aprendiz... mmm... desde cierto ojo, en el Valle nadie decir a nadie cómo vivir. Tú aprender Arte, tú aprender la Vía y tú aplicarla como tú sentir... pero tu sentir no puede obligar a "otro" sentir. Tú aprender a ver libertad y respetarla. Fadis no tener mujeres... porque el no poseer "cooao". Saargan, tú estar aquí justamente por ese conflicto, que ahora desbordar en ti, por sentimientos.

El semblante del Aprendiz estaba serio. Cada palabra del sabio lo hacía meditar y cavilar. Omboni prosiguió:

-En Valle, mujer y hombre ser uno; fuera del Valle, mujer y hombre lentamente convertirse en enemigos... y haber gran pesar por ello. La Vía enseña a valorar y respetar, Aprendiz. Si mujer y hombre querer compartir su Vía sin más compañía que la de ellos dos, así deber ser. Si mujer compartir su Vía con más de un hombre, o al revés, y ser sinceros entre ellos, ser su Vía...

Aprendiz, tú no intervenir. Si mujer u hombre preferir meditar sobre su Vía sin la compañía de nadie, también ser un camino ¡¿Quién tener autoridad para decir "esto sí y esto no...", si a todos en el día nos alumbra mismo astro, y en las noches nos alumbra misma luna?! La vida no tener un molde en el cual tú obligar a todos a encajar. Tu intervención suena a "envidia" y "pasión", y esas palabras yo sólo escucharlas en mundo exterior, no en el Valle. Si querer tú saber sobre vidas de las Sabias de la Cosecha, te diré que ellas compartían su Vía con cinco hombres hermanos. De ellos sobrevivir Fadis y yo, que ser el menor.

El Aprendiz quedó un poco conmovido y atento a lo que el sabio le explicaba.

-Jejeje… sí Saargan... Fadis, como tú dirías, ser mi hermano. Y por si tú tener curiosidad, yo conocer a madres y a ambos sabios padres. Osanmeo padres compartir su Vía con ocho mujeres hermanas... hijas del Valle. Varios de mis hermanos ser Navegantes que no volver. En mundo primitivo del que parecer tú venir... todo ser individual y excluir los demás, en muchas de esas aldeas ser necesario y obligación sólo un padre, sólo una madre... yo no entender eso, Aprendiz... pero yo respetar tu confusión. Mis ocho madres criarnos, y ser las más sabias del Valle, Am-Ato todas, cada una con su carácter y forma. Mis dos padres ser profundos y dedicados Am-Ato, sabios Amsei. Además, para el Valle, toooodos los pequeños ser hijos, y tooooodos merecer cuidado y energía. Y cada uno de nosotros cuidar de cada uno de ellos: si uno de ellos sufre es como si todos sufrieran. Sólo una Aldea muy cruel y primitiva podría permitir el cuidado exclusivo de ciertos "hijos", y no así el de otros.

El Aprendiz estaba extrañado por lo que explicaba Omboni. Le encontraba cierta lógica y simplicidad, y trataba de entenderlo, pero le aparecía en la mente Akinaya y su entendimiento se nublaba inmediatamente. Entre lo que podía aclarar en su mente, comentó:

-Omboni ¿por qué no está usted con las Madas y Fadis?

-Jejejeje… las Madas y Fadis ser un poco mayor que Omboni, y estar en estado transitorio, tú ya comprender más adelante. Estar unidos, pero también cada uno tener su Vía y liberados. En verdad, tú olvidar todo o no saber nada sobre el camino de vida de la Aldea.

A pesar de no encontrarse muy satisfecho con lo que había escuchado, Saargan se encontraba más tranquilo. Omboni trataba de explicarle lo mejor posible las abiertas costumbres del Valle, y el Aprendiz no sabía si le entusiasmaba esa libertad, menos aún cuando se sentía atrapado por sus propios sentimientos.

El sabio le explicaba sobre el respeto y conocimiento que se debían las mujeres y hombres en la Aldea, sus costumbres más profundas, su poder de decisión, así como el "poder de la simiente" que le habían explicado las Madas, a través del cual mantenían el equilibrio en el número de habitantes.

Fue una mañana para analizar lo que había vivido y experimentado todo ese tiempo, primordialmente sobre él mismo. El Aprendiz escuchaba.

-Jejeje… seguirme tú Saargan, yo mostrarte mi mundo… pues éste no ser el que tú pensar. Ya ser tiempo que ver más allá y por qué tú aquí. Los fluidos río-tiempo no siempre favorables. Aunque tú intranquilo, es tiempo de ver más… No confundir tú tus sentimientos, debes ver y elegir.

Tras una caminata hacia el norte del Mmulmmat, llegaron a un lugar en que no habían estado anteriormente. Ante ellos aparecieron tres grandes cúpulas, que el Aprendiz sólo recordó haber visto alguna vez desde lejos, casi cubiertas por el bosque: eran de tamaño mucho mayor a las normales y se encontraban en línea. La del centro, que lucía como la más antigua, había sido construida en medio del riachuelo, que a esa altura se abría, formando un islote que había sido aprovechado para dicha construcción.

Ambos se acercaron a la cúpula que quedaba en tierra firme, al lado derecho de la instalada al centro, en el río. Cada instante, Saargan estaba más curioso por lo que el viejo Guía le mostraría. Al mismo tiempo, no sabía qué pensar acerca de los temas que habían conversado. Le parecía que le iba a tomar tiempo poder comprenderlos.

Ahora tenía ante sí algún nuevo secreto que le sería mostrado. A medida que se acercaban al lugar, pudo divisar la blanca cabeza del Amsei Fadis, que estaba arreglando algunas plantitas alrededor de la gran cúpula. En un instante estuvieron a su lado.

-Suam odaonai, Omboni… Muchacho, veo que tu Guía te trae a tiempo…

Omboni contestó:

-Jejeje… yo recibir tu mensaje… desde muuuuuuy temprano.

-Todavía estas mensajeras me ayudan —agregó el anciano, tomándose su larga y blanca barba, y luego agregó –; ya es tiempo que el Aprendiz dé un paso mayor.

Saargan escuchaba atento y sólo deseaba saber qué debían mostrarle que fuese tan importante para requerir la presencia de dos Guías tan venerados y sabios. El Ingenioso Poeta le hizo un gesto, como invitándolo a seguirlos, y bajó junto con Omboni por una pequeña escalinata por la que se entraba a la Cúpula. Inmediatamente se hallaron ante una puerta semicircular, como algunas de las que el Aprendiz había visto antes, pero ésta era de mayor tamaño. Omboni hizo un gesto al joven para que se detuviese un momento. Dio unos pasos más adelante, junto con Fadis, e hicieron al unísono unos extraños pero fluidos movimientos hacia la puerta. Ésta lucía totalmente labrada con signos.

Por un momento, el joven se imaginó que la puerta se abriría por arte de magia, pero simplemente Omboni se acercó y la hizo girar como una rueda, la que encajó perfectamente en el muro. Adentro estaba obscuro, sólo iluminaba la Cúpula un rayo de luz que provenía de la parte superior de la misma, donde había un agujero redondo, no más ancho que un brazo. Fadis encendió rapidamente uno de los cuencos con grasa con sólo rozar un par de pequeñas piedras. La luz hizo más claro el salón. Poco a poco, se comenzó a distinguir la forma del recinto.

Se trataba de una cúpula bastante alta, tal vez de unos ocho cuerpos o más de altura. Las paredes estaban casi totalmente escritas. Los muros eran de color claro, crema o tierra. En contraste, los intrincados jeroglíficos, eran de tono obscuro, al parecer escritos cuidadosamente con algún tipo de tinte ocre. Cubrían casi todo, y llegaban cerca del tope del techo. En la parte superior y final de éste, estaba el círculo abierto haciendo las veces de ventana.

Hacia abajo del recinto había como unas especies de repisas, hechas con la misma estructura de la construcción, que daba la sensación de estar construida de adobe y piedra. Adentro se sentía un silencio extraño, como hueco, vacío y a la expectativa de algo que sucedería. El Aprendiz quedó observativo y quieto: se sintió pequeño ante lo que veía. Miró a Omboni y a Fadis, y lucían diferentes, casi fantasmagóricos, como si perteneciesen a otra dimensión. El lugar y su vivencia parecían un sueño. El Aprendiz no pudo contener más la curiosidad y preguntó:

-¿Qué es este lugar?

Omboni le contestó:

-Mmm... ser Bitácora Interior, la Cúpula Nao.

Fadis prosiguió la explicación:

-Muchacho, debes saber que este lugar es la mente del Mmulmmat, su memoria, su experiencia, su visión. A su vez, este lugar guarda muchos de sus secretos. Ahora observa, te mostraré algo extraordinario.

En ese instante, el anciano se acercó a unas vasijas anchas que sobrepasaban su cintura; eran dos, y estaban amarradas entre sí por maderas y sogas trenzadas. De las vasijas salían unas varillas metálicas que se juntaban en el extremo superior, en una unión de un metal más delgado cubierto por una cápsula de cristal. Fadis comenzó a manipularlas de alguna manera, y en un instante, la delgada unión superior comenzó a despedir una suave luz. El lugar se tornó más claro. El joven Aprendiz estaba con la boca abierta. Omboni comentó:

-Jejeje… ¿gustar tú nuestras vasijas?... jejeje… la Cúpula Nao tener muuuchos secretos de la antigua Mua.

El Aprendiz se acercó a los curioso jarros "mágicos", sin poder entender claramente lo que ellos producían. Sólo comentó:

-¡Son increíbles!, pero... ¿qué son? Lo curioso es que tengo la sensación de haber visto algo así antes... no lo sé, es extraño.

Fadis, el Ingenioso Poeta, dijo:

-Justamente es esa una de las razones por la cual tú estás aquí. Ya lo entenderás.

-Pero dígame, ¿qué son estas cosas? ¿Y a qué se refieren con "Mua"?

-Sabrás en su momento qué es realmente Mua, pero te puedo decir que es una manera de nombrar al Valle, pero también a toda la antigua Tierra –luego prosiguió -. Estos artefactos son nuestras "antorchas sin fuego". Estas vasijas están llenas de ciertos minerales, y estos minerales producen, al parecer, un fluido, como en el Biba. Pensamos que este fluido se mueve, tal como el río puede continuar su movimiento en la rueda que hemos estado construyendo, ¿recuerdas?, y que ese movimiento produce una reacción entre ellas, y esto finalmente desencadena la incandescencia de la vara-unión más delgada.

-¿Y de dónde salió?... ¿A quién se le ocurrió?

Omboni comentó:

-Jejeje... Esa ser una laaaaaaaaaaarga historia, Saargan; el Tiempo de los Gigantes dejarnos muuuuuchos recuerdos, y éste ser uno de los pocos que nosotros salvar en Bitácora Interior. Quedan pocas que nosotros aún poder hacer funcionar.

-Sabemos que es difícil que nos entiendas ahora, muchacho — intervino Fadis —, pero estas curiosas vasijas fueron reparadas por nosotros en base a viejos registros que, justamente, guardamos en este lugar. Usamos metales de las montañas que nos rodean. Nnuya, el Forjador, a quien ya conoces, es un gran herrero, experto en la forja de metal rojo, y está probando con otros; él nos ha ayudado mucho con estos artefactos y con otras herramientas. Nosotros también tenemos mucho que aprender y experimentar, tal como tú. Los antepasados nos dejaron muchas enseñanzas, y nuestra tarea es recuperarlas, enriquecerlas y traspasarlas debidamente para el bien de todos, y en la medida que quienes las reciban estén preparados para ello.

En ese momento, el Aprendiz se percató con mayor claridad que, en el borde de los muros, había cientos de tabletas acumuladas, una arriba de las otras. De la misma base de la construcción se formaban pequeñas cavernas, divididas como para contenerlas como repisas. Se acercó y observó con curiosidad que estaban todas escritas con símbolos semejantes a los que había visto antes. A la vez, muchas de ellas estaban cubiertas con cera. La escritura era simétrica y simple, basada en líneas y figuras básicas. Todas estaban grabadas a mano. A medida que ponía más atención en lo que observaba, descubría que había muchas más. El Amsei Fadis prosiguió su explicación:

-Como podrás observar, este lugar está lleno de recuerdos e información. En tu mente hay una sección para la memoria, la que tanto ahora añoras... Bueno, ésta es la memoria del Valle: lo que aquí se contiene viene guardándose desde hace muchos círculos a la Astro-sol.

-¿Habla sobre los orígenes del Mmulmmat?

-Sí muchacho, también habla de nuestros orígenes.

-¿Y cuál es?

-Los inicios de nuestras enseñanzas y del Mmulmmat se remontan a muchas generaciones atrás, demasiadas para la memoria de un viejo. Llegará la Luna en que lo sabrás y lo entenderás como es debido; si te lo dijera ahora no me lo creerías, ten paciencia... Sin embargo, te diré que los que peregrinaron al Valle, por primera vez, trajeron consigo las enseñanzas: las Artes que vitalizan el cuerpo, las Artes que conducen la mente, las Artes de los signos que expresan las formas y las fuerzas... Ellos enseñaron a un grupo de toscos aldeanos, quienes poco a poco formaron parte de una nueva generación, libre de las supersticiones y tabúes que los habían mantenido en el retraso y el miedo. Este pueblo aprendió las Artes, y con ello a comprender más sobre la naturaleza y sobre sí mismos, aprendió a medir el tiempo y a descubrir su forma, el comportamiento de los astros y sus círculos infinitos, a seleccionar las mejores plantitas y hacer que los frutos amargos se conviertan en dulces. Demostraron el poder de la evolución, así como la necesidad de, por un lado, atarse a las tradiciones, y por el otro, a saber liberarse de ellas a tiempo. Nadie en la actualidad conoce esto, ni esta preparado para comprenderlo... sólo han escuchado rumores. Por ello, hemos de conservar este saber y esperar el momento.

El joven estaba fascinado, no hallaba qué decir, sólo observaba intrigado. Su vista se alzó lentamente, ayudada por el suave fulgor extra de aquellas antorchas sin fuego. Observó con más cuidado los muros ovalados de la construcción: estaban casi tapados completamente por las escrituras que usaban los habitantes del Valle, sólo que aquí se combinaban con formas que no había visto: círculos, curvas, figuras entrelazadas, grandes líneas que unían una forma con otras. Parecía algo fuera de este mundo, y al mismo tiempo, poseía cierta armonía inexplicable. Los muros estaban cubiertos casi hasta llegar al círculo vacío en el tope de la construcción. El joven comentó:

-Es curioso, pero las cúpulas que se habitan en el Valle tienen una escritura similar a éstas... ¿qué significa?

Omboni comentó:

-Jejeje… yo explicarte, Aprendiz, tú escuchar: cada cúpula del Valle ser Bitácora de quienes habitan; ellos, cada círculo a la Astro-sol marcar lo que vivir, lo que anhelar, su memoria y paso en vida, los que nacer, los que abandonar. Si tú leer cada cúpula, saber vida de la cúpula. Si escritura ser poca, sus habitantes ser jóvenes, y si parte de escritura llegar al tope, algún habitante de cúpula estar cercano al abandono. Haber formas de interpretar y conocer cada línea y forma... tú ya entender cuando ser tu tiempo.

-¿A qué se refiere con "abandono"?

-Jejeje... todo nace, crece y abandona... abandona porque cambia, porque seguir movimiento, siempre e inevitablemente... ya tú entender mejor.

-¿Morir? –preguntó, titubeante, el Aprendiz.

El Ingenioso Poeta intervino:

-Esa es una palabra que no se usa en nuestro lenguaje, Saargan, pero sabemos qué quieres decir. Ya verás que lo que tú llamas muerte es sólo un cambio más, de tantos otros que sufres.

El Aprendiz seguía observando el lugar con cuidado, especialmente lo escrito en las paredes, mirando hacía arriba. Por el agujero superior se notaba la claridad celeste del cielo. Pensó un momento, y comentó:

-Si es como ustedes dicen... ¿qué significa que las escrituras de este lugar estén llegando a su tope?

-Mmm… siiiiimple, Saargan —dijo Omboni —, escrituras llegar a tope porque vida de Valle llegar a su fiiiiin pronto... por ello tú estar aquí.

-Pero ¿cómo? ¡¿qué va a suceder?! ¡¿a qué se refiere?!... —contestó, alterado, el joven.

Hubo un profundo silencio en la habitación. El joven sintió que, de alguna manera, el pecho se le apretaba. Había presentido siempre algo negativo sobre el futuro, algo sobre lo que no le agradaba pensar, más aún en la medida que conocía más a todos los habitantes de la Aldea. Agachó la cabeza entristecido, y pensó en que hacía unos instantes dudaba del Valle y sus enseñanzas, pero cuando le decían que todo eso se podía acabar, sentía que apreciaba el lugar.

Luego, en su mente, cruzó la idea de que siempre que se siente que se posee algo bueno, se termina rápidamente.

14. Profecías

La Gran Cúpula guardaba aún muchos secretos, tenía mucho que contar, y cada signo grabado en sus muros parecía que hablaba y transmitía su propia historia.

Fadis habló tranquilamente:

-Muchacho, escucha con calma: tú estas en la tercera cúpula de la memoria, o Bitácora Interior del Valle. Eso significa que hemos vivido tres ciclos de gran armonía y tranquilidad. Cuando la primera cúpula, la que viste en medio del río, en el islote, fue escrita totalmente, significó para los antepasados del Valle que se había terminado un ciclo, y comenzaba otra era. Pero, también, todo cambio trae consigo una prueba. Los cambios anteriores no significaban necesariamente que todo se terminaba, o que las futuras pruebas iban a ser muy duras. Luego se construyó la segunda bitácora, la que está al otro lado de río. Con el tiempo, se edificó esta tercera cúpula... la cual anuncia conflictos para una era "cuatro".

-Pero ¿cómo pueden ustedes estar seguros de lo que sucederá? Nadie puede tener esa certeza. Tal vez no sucede nada... y además ¿qué puede pasar aquí, en medio de las montañas?

En ese instante, Omboni tomó una vara que se encontraba apoyada en una de las repisas que contenían las tabletas. Se dirigió a una sección especial del muro y se subió en un banquillo de madera, como para alcanzar algo. Ya arriba, indicó hacia ciertos signos especiales; uno de ellos formaba un cuadrado doble, uno conteniendo al otro. Luego comentó:

-Mmm... observar tú Aprendiz... observar lo que aquí decir. Nosotros anotar acontecimientos del Valle, pulso del mundo interno, y anotar acontecimientos de más allá del Valle, pulso del mundo externo. Pero externo e interno ser caras del mismo cuerpo —y mientras explicaba iba señalando distintos signos, y los iba relacionando de una manera que al Aprendiz le parecía que contenía lógica y precisión. Omboni continuó —. Tiempo tener forma, Aprendiz... ser la "figura del tiempo", y detalles de esta figura ser los acontecimientos que nosotros escribir. Si tú conocer figura del tiempo, sus latidos, saber que el tiempo estar vivo, se contrae y se dilata. Él ser un fluido, como el río, un fluido como el que alumbrar antorchas sin fuego, un fluido que tener fuerza y peso, que nosotros navegar pero no gobernar ni entender totalmente. Nosotros saber esto y no nublar nuestra visión ante los hechos, aún si no gustarnos. Tú tener tu tiempo, el Valle tener su tiempo.

-Pero ¿qué significa todo esto?... ¿que todo se terminará?

Fadis comentó:

-No muchacho, sólo cambiará, aunque los cambios pueden significar mucho. Observa aquel dibujo que Omboni te señaló: simboliza una aldea más allá de las montañas que rodean al Valle, la Gran Aldea de Urota, pero las consecuencias que están relacionadas con ese lugar pueden llegar hasta aquí.

-Pero ¿en qué los puede afectar a ustedes una aldea lejana?

En ese momento Omboni bajó del piso de madera, como si hubiese visto algo fuera de lo común. Se acercó a una de las repisas y se agachó, como para observar algún extraño secreto guardado en un rincón de la Gran Cúpula Nao. Hizo un gesto con la mano para que el Aprendiz se acercara a observar; éste lo hizo inmediatamente, curioso por saber qué nueva sorpresa le tenía guardada el viejo sabio. Cuando ya estaba a su lado, se agachó junto con él, y afinando un poco la vista pudo darse cuenta del extraño suceso que Omboni deseaba mostrarle. Había una tela de araña agarrada desde uno de los bordes del muro hasta el piso. El viejo sabio tocó suavemente uno de los delicados hilos de la intrincada tela; ésta se sacudió suavemente, pero bastó con eso para que inmediatamente saliera corriendo la arañita dueña de casa.

El Aprendiz se puso de pie y quedó pensando qué significaba todo eso; antes que preguntara, Omboni comentó:

-Jejeje... movimiento-tiempo-espacio, seres-tierra-estrellas, todos estar tejidos con las mismas hebras, de la misma tela, de la misma araña que trabajar incansaaaablemente... Nosotros saber, por tanto, nosotros vivir de acuerdo a ello. Tú pensar que el Valle estar aislado... eso sólo ser circunstancia aparente, nada más. Lo que suceder afuera, suceder adentro... lo que vivirse más allá del Valle, tarde o temprano tocar el Valle...

Fadis se acercó, lo tomó del hombro, y prosiguió con la explicación:

-Ven muchacho, siéntate y escucha con atención —y tras una pausa continuó —. Desde muchos círculos a la Astro-sol hemos descrito aquí nuestra vida y experiencia. A la vez, hemos anotado detalladamente lo que los Navegantes, que han visitado el exterior, nos informan y relatan. Con ello, nos tomamos el pulso a nosotros mismos y a lo que nos rodea. Lo que hemos sabido últimamente no es muy alentador. Déjame explicarte como se tejen los hechos: Urota, la Aldea de la cual te hablábamos, es un pueblo que lentamente se ha convertido en algo que nunca habíamos visto, al menos en esta generación. Ese pueblo ha reunido gentes de muchos lugares, y va creciendo cada luna. Ha ido consumiendo los recursos que naturalmente ha producido siempre la zona donde se encuentra. La aldea está gobernada por una mujer: Nanna. En un principio, sólo ella dirigía a su pueblo; a medida que el lugar creció, se convirtió en el centro de todo. Ella es una mujer justa y una matriarca ponderada, pero ya está muy anciana, y las circunstancias la están sobrepasando.

El Aprendiz escuchaba atento, tratando de asimilar lo que se le contaba. El anciano continuó su relato:

—Nanna tiene varios hijos, pero en este momento los más importantes son las dos mayores: su hija mayor Inan, y Damuzla, la segunda mayor, y por otra parte, el cuarto de sus hijos, que es un varón, de nombre Utu. Según las tradiciones del pueblo original de Urota, deberían gobernar las hijas mayores; este pueblo, como muchos otros, siempre ha sido dirigido por la mujer. Así, también, ha sido un pueblo pacífico y tranquilo, respetuosos de los demás. Pero al parecer, eso está por cambiar, y ya lo hemos notado hace un tiempo: viene una nueva generación que aún no acabamos de comprender. Tal como te comentaba, Urota ya no es un pueblo común, tiene muchísimos habitantes, y los seres humanos son como los saltamontes: en números pequeños son tranquilos y pacíficos, pero cuando su número es demasiado grande, cambian, sus valores ya no son los mismos, y tal como el saltamontes, se transforman en plagas de langostas, se transforman en entes manipulados fácilmente. De esta manera, los humanos suelen volverse agresivos, y desean lo que tienen los demás, desean su bienes, desean cambiarlos a todos y absorberlos, o simplemente eliminarlos... como siempre, se da la vieja costumbre que fascina a fuertes y a débiles, el saqueo y la rapiña —y tras una pausa continuó —. Mientras viva Nanna no habrá problemas, ella contiene la situación, pero pronto abandonará... y dejará el mando a sus hijas. Damuzla es una mujer tranquila y justa, pero tímida; su hermana Inan, la mayor, es fuerte pero pasional, poco razonable y de visión estrecha. Ella se casó con Utu, el cuarto hermano varón, lo que es un hecho común entre las familias de Urota. Este hombre es astuto, y vemos que es inevitable que él acelere los acontecimientos que son de por sí parte de este ciclo. Es muy probable que termine tomando el control de aquel pueblo, y si es así, será el primer hombre con tanto poder en muchos círculos a la Astro-sol. Además, se sabe que ha buscado alianza con una tribu del norte, que se autonombran como "los Señores", y para éstos el saqueo y el pillaje son una rutina.

Saargan quedó pensativo y preguntó:

—Comprendo, pero no entiendo aún en qué los puede afectar a ustedes o al Valle; además, ¿quién podría llegar hasta aquí?

Omboni comentó:

—Mmm... cuando tú vivir alejado en los valles de las altas montañas, sólo quien apreciarte mucho querer visitarte... o quien desearte mucho malo...

El Ingenioso Poeta siguió la explicación con mayor detalle:

—Muchacho... todo está relacionado. No somos una Aldea tan desconocida como puedas pensarlo, siempre se han corrido rumores de este lugar. Las tribus más cercanas nos respetan, y a veces poseen cierto temor supersticioso para con nosotros; además, tampoco están seguros de cómo llegar hasta aquí. En las aldeas más lejanas como Urota se corren rumores, y los rumores muchas veces sirven para justificar las locuras más injustificables. A este lugar se le nombra de muchas forma: le han llamado "Paraíso", "el País de los Dioses", "el Valle de la Cálida Brisa", o de las "Aguas Blancas", y de maneras semejantes. Para un pueblo que por primera vez comienza a sobrepoblarse y padecer hambre, un lugar que llaman "Paraíso", puede ser atractivo por muchas razones. Utu, el marido de Inan, es un hombre astuto, y los últimos Navegantes lo han conocido bien, y saben que tiene en su mente el poder y la expansión de su influencia como nunca antes se ha visto. Tememos que para llevar a cabo su revolución pueda encontrar un objetivo justificable: el Valle del Mmulmmat, según ellos un mundo lleno de abundancias, secretos, metales y tesoros. Mientras gobierne una mujer habrá paz, pero si un nuevo cambio deriva en el gobierno del hombre y los Señores, significa que no nos queda mucho tiempo para actuar.

El joven intervino, un poco más preocupado:

-Pero ¿a quién se le va ocurrir venir hasta aquí?... Además es muy complicado cruzar los pasos; siempre he escuchado de ustedes que quien no conoce bien los pasos, lo más probable es que al único lugar que llegue sea al abismo. Además ¿en qué los puedo ayudar yo?

Fadis contestó:

-Es cierto, pero ya varias veces han tratado de llegar hasta aquí pequeños grupos que sospechamos que han sido dirigidos por Utu y los Señores. Cuando ya se ha intentado algo, es cosa de tiempo para que se insista en ello hasta que se logre. Tarde o temprano sabrán como llegar.

El Aprendiz volvió a preguntar, pero esta vez mucho más alterado y preocupado:

-Está bien; supongamos que pueden llegar hasta aquí, ¿qué pueden hacer ustedes para impedirlo?

-Lo importante es qué puedes hacer tú... —contestó Fadis, y luego continuó —. Estamos preparando un grupo especial de Navegantes que tendrán una misión desesperada: pensamos contactarnos directamente con Nanna, antes que abandone. Ella puede ayudarnos, y si no es así, el objetivo será contactar a Inan y a Damuzla para que no se dejen influenciar por Utu, y si las cosas no salen como hemos pensado, al menos debemos saber cuánto saben y cuánto tiempo tenemos para lo inevitable: la confrontacion final.

-Realmente es una misión desesperada... pero aún no entiendo en que lo puedo ayudar yo en especial.

Omboni comentó:

-Mmm... Tú ser el último Navegante, Saargan. Aunque tú no recordar, tú haber sido preparado como tal... experiencia como Navegante ser ahora vital.

-Pero ¿acaso no hay más Navegantes? No comprendo...

-Mmm... últimos Navegantes nosotros ver cuando tú llegar, ellos partir también en tarea desesperada... Pero nosotros recibir que ellos no poder cumplir tarea... abandonar en intento. Ahora sólo quedar viiieeeeejos

Navegantes como Fadis o como yo... nosotros no poder hacer esta tarea. Necesitar Navegantes jóvenes y con gran vitalidad.

-No sé qué pensar... —comentó, cabizbajo, el Aprendiz —. Soy el mas torpe de los aprendices… cada vez que comienzo en un Arte meto la pata... siempre voy al final, o pienso negativo antes que positivo, no soy el "ideal" para esta labor tan complicada... ¡Además, ya me estaba gustando el Valle! ¡Y justo ahora tendría que dejarlo!...

Fadis le contestó:

-Por ello eres el apropiado...

-¿Qué quiere decir?...

-Quienes vayan necesitan a alguien de experiencia en el mundo exterior. Sólo estás tú...

-Pero parece que sólo tengo experiencia para pensar mal...

Omboni intervino:

-Jejeje… justamente, Aprendiz... tu mente estar empapada de mundo exterior, eso ayudar a jóvenes Navegantes... ellos tener gran vitalidad, pero ser demasiado limpios y simples. Ellos no comprenderán mala energía o mala intención, porque nunca vivirla... ¡Tú serás su Guía!

Saargan se puso muy serio, y tras un momento de silencio comentó:

-¡Vaya cargo que me quieren dar!... no sé si sentirme halagado o despreciado. Antes no estaba seguro de nada, menos ahora.

-Muchacho... —dijo Fadis -, ninguno de nosotros te puede obligar a tomar una decisión. Si tú lo deseas, te puedes quedar aquí. Cuando el Mmulmmat te recibe, lo hace para siempre. Eres libre de quedarte, o ayudarnos con los nuevos Navegantes.

-¿Debo tomar una decisión ahora?

-Desde cierto punto, todavía no es tiempo de que la nueva expedición salga más allá del Valle; los pasos aún son peligrosos, y las nieves altas. Debemos esperar. Pero en este lapso debes seguir preparándote... y cuando llegue el momento, puedes tomar tu última decisión. Por ahora, deberías seguir apresurando tus enseñanzas.

-¿Cuál sería el siguiente paso? —preguntó Saargan.

-Para que entiendas la respuesta, pon atención a lo que te voy a decir —Fadis tomó un suspiro y continuó —. Hay un grupo de aprendices del Valle que se han ofrecido y que están casi listos para partir; a pesar de que ellos no han vivido lo cruel del mundo exterior, conocen perfectamente los riesgos. Nadie los ha elegido o convencido de ninguna manera, simplemente saben lo que ocurre y desean ayudar, aunque eso signifique enfrentarse a peligros increíbles, y enfrentar al peligro más grande... la cruel astucia de la mente humana. Por otra parte, si tú vas con ellos, sólo pedirán algo que tú debes cumplir y demostrar...

-¡Vaya! Ahora debo pasar alguna prueba en especial para ayudarlos... ¿debo saltar alguna montaña, traer la piel de algún oso o algo por el estilo? —agregó, algo irónico, el Aprendiz.

Omboni comentó:

-Jejeje… actos tontos y vencer a otros hacerlos cualquiera, vencer a sí mismo... sólo un verdadero Argan.

Fadis continuó la idea:

-Muchacho... escucha con paciencia y entenderás. El Mmulmmat se desarrolla abiertamente, no necesitamos de pruebas o demostraciones. Sin embargo, bajo ciertas circunstancia importantes, se pide la palabra del Consejo: el Círculo Tefa. Si no cuentas con la aprobación de ellos... ningún Argan del Valle te acompañará.

-Bueno, recuerdo que usted algo me había explicado... pero, si ustedes junto con las Madas y Subam-Na forman el círculo Tefa, pienso que estoy autorizado... ¿ o no?

-El Consejo, por ahora, lo forman seis, y debemos ser los seis los que te aprobemos. Omboni y yo pensamos que estarás preparado a tiempo; también las Madas y Subam-Na, la Voz del Consejo, te apoyan. Falta el Am-Ato Krupta, el sexto, a quien también llamamos "el Constructor". Él debe conocerte más y aprobarte en su Vía. Pero no te preocupes por él, es el Guía Consejero más joven y como tal, puede parecer duro, fuerte y exigente, pero también es comprensivo. Pronto serás su Aprendiz... él te apoyará.

Omboni intervino:

-Mmm... los Tefa apoyarte, Saargan, tú no preocupar por nosotros... ser Amilom quien debe aprobarte finalmente...

-Pero ¿no son seis los Consejeros? ¿Quién es Amilom?

-Jejeje... A veces Mmulmmat no ser tan simple... Amilom ser ermitaño muuuy peculiar, que vivir aislado en las alturas. Él dar aprobación final para tu tarea... si ser así, ningún Navegante dudará de acompañarte a dónde sea, y a enfrentar todos los peligros, ¡vientos y abismos junto a ti!

El joven comentó, seguro de sí mismo:

- Está bien, pues llévenme dónde él ahora.

-Mmm… Amilom ser extraño Guía, Aprendiz... él ser muuuuy extraño. Tal vez tú no quereeeer conocer. Mejor dejarlo tú para el final.

El otro Amsei dijo:

-Más allá de los bordes y los pasos de las montañas nos han llamado de muchas formas; también nos han llamado "locos", pues les extraña nuestro conocimiento y nuestra forma de ver la vida... Pero has de saber que también hay "Loco de Locos", como Amilom.

-Ya tengo bastante que pensar como para preocuparme por un nuevo Am-Ato, y además un ermitaño loco. No quiero pensar ahora al respecto. Sólo quiero preguntarles algo ¿para presentarme a Krupta y a Amilom es necesario que ya haya tomado una decisión por mi parte en relación a acompañar o no a los futuros Navegantes?

-No, muchacho... no te preocupes por tu decisión hasta que llegue la luna indicada para iniciar el viaje a Urota. Para esa luna deberás tomar la decisión de verdad, pero sólo cuando sepas que cuentas con la aprobación de todos y de Amilom. Por lo tanto, aún no tienes nada que decidir.

-Es cierto Fadis... tiene sentido, y otra vez tiene razón. Es mejor que siga mi proceso de aprendizaje, ya veré en el momento qué decido... –tras un suspiro agregó -. Me siento bien con ustedes, espero que el nuevo Am-Ato y Amilom sean iguales.

-Jejeje… no esperar nada, Saargan... –agregó Omboni –; la Vía siempre tener sorpresas. Krupta, el sexto consejero, tú conocer pronto, pero si tú dispuesto a conocer a Amilom, deber hacer pequeño-gran viaje a montaña Osi, al norte del Mmulmmat. Pero tú ahora sólo proseguir tus enseñanzas y conocer mejor el Valle. Ya momento llegar de conocer a anciano "loco de locos", jejeje... Nosotros decir: "todo tiempo... en tiempo, todo tiempo... en tiempo".

La tenue luz de las ánforas incandescentes comenzó a disminuir, El Ingenioso Poeta se levantó y las manipulo de tal forma que, tan mágicamente como se habían encendido, dejaron de funcionar. La luminosidad del salón se redujo inmediatamente. En ese instante el viejo sabio Omboni, miró hacía arriba, al círculo que dejaba ver un pedacito de cielo en el tope del techo: la tarde se había desvanecido con toda la charla y los misterios que Saargan iba descubriendo sobre él mismo y sobre aquel extraordinario lugar. El viejo sabio se acercó a una zona del muro que poseía una especie de ventanilla redonda de madera, no más grande que una mano. La desatornilló de la pared, y apareció un hueco en ella que dejaba entrar un claro rayo de luz del poniente. El rayó atravesó como un relámpago la habitación, y fue a dar al otro extremo, donde iluminó una serie de dibujos hechos en el muro. Rápidamente, a medida que la Astro-sol se ponía, cruzó una serie de signos y rozó un gran círculo con unas figuras geométricas en su interior. El viejo sabio comentó:

-Jejeje… ¡Mirar tú, Aprendiz! ¡Mirar! Ya pronto ser tiempo del Samesame... no todo preocupaciones en el Valle... gran reunión y vida, acercarse buen luna para todos... tú ya conocer.

Saargan pensó qué sería eso del Samesame que tanto alegraba a Omboni, pero en ese instante ya tenía demasiadas cosas en la cabeza como para preguntar. Quedó meditativo un buen rato. Era tarde, había llegado la noche. Los sabios y el Aprendiz prosiguieron su charla, y sólo cuando estaba totalmente obscuro, abandonaron la tercera Cúpula de las Memorias, Nao.

Había sido una tarde muy larga, y Saargan meditaba en silencio sobre las profecías y los augurios para el futuro. Le parecía que cada vez que resolvía algo sobre sí mismo y aquel lugar, las cosas aún se complicaban más.

Era tiempo de descansar, se acercaban grandes labores.

15. La Noche de los Sueños

En los días que siguieron, Saargan se sentía afligido por lo que sabía, pero para canalizar esa energía procuró levantarse y cumplir fielmente con todos los rituales que se le habían enseñando. Cada mañana se daba un tiempo para meditar y aclarar un poco su pensamiento. Luego ordenaba el lugar, y lo limpiaba pacientemente con las ramitas que hacían el papel de escoba. Siempre procuraba que su lugar de descanso estuviese en orden y limpio. Sabía que debía avanzar y aprender lo más rápido y antes posible.

Después de hacer lo necesario partía a sus lecciones matutinas. A veces, Omboni lo acompañaba, y le daba largas charlas sobre las formas de enfocar la mente, el camino de los sonidos que fortalecen la voluntad, las vías para que los signos y escrituras se convirtieran en canales de fuerza para el pensamiento, así como la proyección consciente a través de los sueños, incluso en el estado de vigilia. Luego, en momentos únicos, le mostraba y le demostraba el difícil Arte de desarrollar la visión interior que hace visible el "fluido-pensamiento" de los demás. Ésta era la más extraña y fina de las enseñanzas. Omboni decía: "Nadie con visión atenta en su propia cultura, poder ver a sí mismo... sólo ver cáscara de sí mismo; quien no poder ver a sí mismo, no poder ver el fluido-pensamiento en su estado crudo y natural".

Paralelamente, en las Artes físicas ya podía notar los progresos: no era el torpe del principio. Paso a paso comenzaba a dominar el Arte Suave, el Seamm-Jasani de Subam-Na. Ya no tropezaba sin darse cuenta, no se apresuraba, ni perdía el equilibrio. Habían quedado en el recuerdo las mañanas en que tenía que participar con los pequeños en las lecciones más simples. De alguna forma, él iba creciendo, y lo hacía rápido.

Luego, en las tardes corría donde las Madas, que a su vez se habían convertido como en una especie de madres para el Aprendiz, madres sabias, comprensivas, pero a la vez fuertes y profundas. Cada luna aprendía más sobre las plantas, hierbas, frutos y las cosechas del generoso Valle, sus usos y beneficios, como los secretos que guardaban lo que ellos llamaban nois, y otros como la asafétida, la manzana y el ajo. Al mismo tiempo, aprendió a respetar y apreciar la naturaleza que lo rodeaba; le enseñaron que todo estaba vivo a su manera, que la vida era infinita y sorprendente. Le mostraron que las Amlom y los Ititi también existían, tal como los veían los pequeños, revoloteando y jugando por todas partes, enseñando una sabiduría tan pura como incomprensible para quienes no están dispuestos a abrir su mente.

Saargan disfrutaba cada vez más del Mmulmmat; sin embargo, se sentía afligido por lo que sabía, y las Madas lo notaban. Akinaya no aparecía hacía varias lunas, y él instintivamente la buscaba en cada lugar, fuera donde fuera, visitando a las ancianitas, en sus lecciones o labores en los alrededores, pero no la encontraba, y temía que ella se hubiese molestado para siempre por la discusión que habían tenido la última vez.

Mientras, también visitaba a Fadis, a quien seguía ayudando a terminar su rueda en el riachuelo, la que poco a poco tomaba forma y comenzaba a girar, acompasada con el fluir de las aguas. Cada cierto rato había que repararla, y el Aprendiz le preguntaba para qué serviría, pero el anciano siempre respondía: "por ahora, aunque torpemente, sólo para girar... sólo para girar"

La clase que más ansiaba era la de Boabom Óseo. Cuando era el día determinado para esa enseñanza, corría para llegar un tiempo antes. De alguna manera, no sólo quería aprender y superar el Camino Óseo, sino que guardaba la secreta esperanza que Akinaya pudiese encontrarse junto a Nnuya; al fin y al cabo, él era su Osanmeo, y si era así, tal vez lo acompañaría o se encontraría en las cercanías. Deseaba verla, aunque fuera de lejos, pero su deseo no se cumplía. Cada luna que pasaba se reprochaba más y más la forma en que la había tratado la última vez que habían conversado. Ahora tenía tanto que hablar con ella, todo lo que sabía del Valle, los problemas que se avecinaban y sus avances. Si ella lo pudiese ver en sus lecciones, cómo había evolucionado en tan poco tiempo…

Su Boabom era cada vez más fuerte y mejor. Rápidamente había sido llevado a clases más complicadas y profundas, donde los movimientos eran continuos y agotadores, pero al mismo tiempo producían una gran sensación de renovación. Conoció y revivió en él los tres caminos de las manos fluidas: el suave, el ágil y el fuerte... la palma, el gancho y la garra. Comprendió los desplazamientos largos y cortos, las formas abiertas y cerradas, la defenza mecánica, la defensa espontánea, y los principios de la defensa invisible, que se unía con las enseñanzas de Omboni sobre el fluido-pensamiento. Aprendió a aquietar su temperamento, pero en ocasiones perdía su concentración: su mente no podía evitar la imagen de su Guía Traductora.

Aprendió mucho de las lecciones de Nnuya el Forjador; también aprendió a respetarlo y a valorar su discreción y rectitud para mostrarle el camino para resucitar en él las viejas Artes. De alguna manera, el Am-Ato debía estar enterado de lo que él sentía por Akinaya; además, las gentes del Valle tenían ese especial don de saber siempre cómo se sentían los demás o qué pensaban. A pesar de esto, Nnuya nunca le demostró ningún tipo de rechazo, y al contrario, le ayudaba y trataba que sacara cada vez lo mejor de sí.

En una de esas ocasiones en que Saargan ayudaba a Fadis en el riachuelo, le preguntó si había visto Akinaya, pero la respuesta y actitud del viejo lo dejaron aún más intrigado: él simplemente se puso de pie, miró la luna, miró hacia todos lados y comentó: "Luna nueva, luna nueva, luna nueva... si no ves mujeres jóvenes en los senderos de la Aldea, es porque todas ellas se refugian tres lunas sagradas, y con ella se renuevan...". El Aprendiz quedó un poco meditativo, pero pensó que, en verdad, durante un par de lunas no había divisado a ninguna de las mujeres jóvenes del Valle. Eso lo tranquilizó un poco, pero aún pensaba que la joven traductora podía estar molesta con él.

En uno de los atardeceres que siguieron, se encontraban Omboni y su estudiante en su cúpula de descanso, comentando alguna de las labores y lecciones que éste iba teniendo. Corría una brisa cálida y agradable, que hacía sonar suavemente las hojas de los árboles de los alrededores.

De pronto, se sintió el sonido de pequeños pasos que se acercaban corriendo a la cúpula. Eran Nandi, Pane y varios de los pequeños, que corrían cuales duendes traviesos. Se asomaron en la entrada; todo el grupo se detuvo en el dintel. Casi se empujaban unos con otros, ansiosos por algo. Se sintió un saludo fuerte y agudo proveniente de sus menudas voces:

-¡¡¡Sojamm!!!

Omboni les respondió y les hizo pasar:

-Jejeje… Pasar, Osansua… ¡¿Por qué los pequeños visitar al viejo Omboni?!

Varios de ellos hablaron a la vez:

-¡Hoy es la Noche de los Sueños, y deseamos que usted la dirija! –y otros dijeron -. Ya muchos están esperando en el Círculo de Piedras, ¡vaya, vaya!... ¡Diga que sí, Omboni!... ¡¿Ya?! -y todos repetían a la vez – ¡Tolom! ¡Tolom! ¡Tolom!

-Jejejeje… ¡Tolom Osansua! ¡Tolom! Nosotros ir… ¡Viejo Omboni dirigir la Nooooche de los Sueños! – y luego agregó, dirigiéndose al Aprendiz –. Saargan… hoy ser Noche de los Sueños, tú venir también… muchos del Valle venir, ser noche para escuchar y viaaaaaajar, jejejeje…

Antes que se diese cuenta, el Aprendiz se encontraba caminando por el bosque con su viejo Guía y una veintena de pequeñuelos, que revoloteaban por todas partes. En el caminó preguntó:

-Pero, explíqueme un poco de qué se trata todo este alboroto, Omboni ¿qué es esto de la Noche de los Sueños? Ya lo había escuchado antes, pero todavía no me lo ha explicado completamente.

-Jejeje… cada ciertas lunas, muchos del Valle juntarse en lugar abierto y tranquilo, el Círculo de Piedras. Es un momento para descansar, compartir, dialogar sobre las cosechas venideras, las enseñanzas, los aprendices y sus avances, pero en especial…. para los sueños –y continuó –. Todos sentarnos a escuchar: Aprendices, Guías y Ancianos, todos contar sobre sus viajes y vidas en sueños. Tú poder escuchar y aprender, cada uno tener algo que decir.

-Supongo que debe ser una noche interesante, ahora entiendo el entusiasmo de los pequeños.

-Jejejeje… ser la Noche de los Sueños, y Noche de los Sueños ser para que todos recordar que la imaginación estar más viva que la realidad.

La caminata pasó en un instante, y el grupo se encontró en las cercanías de una de las cúpula-vivienda; luego de pasar por el lado, y tras una línea de árboles, se vio un grupo de gente reunida. El lugar estaba formado por un amplio círculo de grandes piedras, acumuladas tras muchas primaveras.

Todos conversaban entre sí, y al parecer esperaban que llegaran más personas para comenzar la reunión. Se acercaron y les saludaron. Había bastantes personas, al menos ocho veces todos los dedos de un ser caminante, que para la cantidad de habitantes del Valle era un número bastante elevado; el Aprendiz no había visto a tantos de ellos reunidos. Sin embargo, notó que conocía a la mayoría. Lo mejor era que, aunque no lo hubieran visto demasiado anteriormente, siempre le saludaban de manera muy afectuosa, como si ya fuese un viejo conocido.

Había mujeres y hombres adultos y ancianos, así como los pequeñuelos, y aprendices de todas las edades.

Instintivamente, Saargan buscó entre los asistentes a las Madas y a Fadis, pero al parecer no vendrían. No quería pensarlo, pero también tenía la esperanza de poder ver a Akinaya.

Miró a los alrededores y casi al instante la pudo encontrar.

Vestía una dócil indumentaria de tono claro, que se ceñía grácilmente a su cuerpo; llevaba su pelo castaño suelto, el que le llegaba casi hasta la cintura. A sus ojos, le pareció que el pasar de los días la había hecho aún más bella. Su corazón palpitó más rápido de lo que hubiese querido, y sintió un sutil cosquilleo en el estómago.

En ese momento, un codazo en el brazo y la voz de Omboni lo despertaron del trance:

-Jejeje... ir, tonto... ir tú y saludar como buen Saargan.

Sin pensarlo mucho se acercó, y ella lo quedó mirando. La joven lo saludó de inmediato:

-¡Sojamm, Saargan! Me da gusto verte.

Él se detuvo un momento, y por un latido no supo qué decir. La saludó titubeante:

-Akinaya... eeeh... qué bueno que has venido.

-Me alegra que también hayas venido, me han contado que has avanzado rápidamente en tus Artes.

El joven se puso un poco más serio y comentó:

-Pensé que ya no te veía, o que estabas enojada... como no aparecías...

-Saargan... enojarse es no conocerse y no saber lo que se desea; no te confundas, no estoy enojada contigo. Lo que sucede es que he sido tu Am-Ato mientras me has necesitado. Si no he ido a visitarte es porque he estado en un pequeño retiro de descanso, y luego también porque tú ya te desenvuelves bien en el Valle y no me necesitas. Conoces a quienes deben guiarte, y te las puedes arreglar perfectamente sin mí.

En ese instante, varios de los Argan estaban preparando unas fogatas que iban a servir para centrar la reunión. A unos pasos de éstas, el terreno estaba delimitado por piedras de diferentes tamaños, que hacían las veces de un gran cerco circular. Todos cooperaban a juntar un poco de leña de entre las ramas y palos caídos de los alrededores, mientras otros despejaban un poco el terreno. Se notaba cierta ansia en todo el grupo. El Aprendiz se sentía bien entre ellos.

Allí estaban Subam-Na, sus compañeros en las lecciones de las Artes, y muchos otros. También estaba una joven mujer embarazada, a quien Saargan había visto en algunas ocasiones: todos la llamaban Isenasu. Siempre que la veía, ella lo saludaba amablemente y él siempre pensaba que, en verdad, era a la única que había visto embarazada entre todas las mujeres de la Aldea.

La Astro-sol se alejaba lentamente: esa noche brillaría una tímida luna creciente.

Uno de los adultos que apareció en ese momento traía en los brazos algo envuelto en un gran paño. Lo puso sobre unas piedras planas, junto a una de las fogatas, que debía de haber sido encendida hace mucho rato, ya que tenía una gran cantidad de cenizas en la base y brasas encendidas en la parte superior.

La joven comentó:

-Ven, Saargan, acércate: probarás algo delicioso.

Varios de los que estaban alrededor se acercaron a ayudar: abrieron el paño, y dentro había unas grandes masas circulares, de un dedo de grueso y dos manos de ancho. Mientras unos las tomaban con unos maderos planos, otros hacían un hueco en las cenizas. Simplemente arrojaron la masa en su interior y la cubrieron inmediatamente con las cenizas, y en la parte de arriba del pequeño montículo distribuyeron una pequeña capa de brasas incandescentes.

-¡Se les va a quemar la masa, Akinaya! –dijo un poco sorprendido Saargan por la forma como estaban cocinando.

-Las apariencias engañan Saargan: no todo el fuego quema –le contestó la joven, mirándolo tiernamente a los ojos. Luego agregó –. Es el maboso, un alimento especial para una noche como ésta. Está hecho sólo de harina, buenas manos, algunas hierbas aromáticas que hemos seleccionado con las Madas para la ocasión, y principalmente buenas energías. Después de eso, verás que el fuego donde se cocina es aparente, ya que es el calor de las cenizas el que lo prepara y lo cocina, a su vez, sin quemarlo. La tierra, el fuego y las cenizas van a hacer que tenga un sabor delicioso... ya lo verás.

Pasó un rato entre la conversación y explicaciones de Akinaya, cuando quienes estaban encargados de vigilar tan delicioso plato se acercaron para ver los resultados. Con la misma tabla que habían introducido lo que ellos llamaban maboso, lo sacaron: la primera horneada estaba lista y venía humeante, y despedía un olor cálido y penetrante; de inmediato la pusieron cuidadosamente sobre otro paño. Varios de los aprendices se acercaron y tomaron varios trozos, que pusieron en unos boles hechos de arcilla. Los repartieron entre todos: primero a los Am-Ato de más antigüedad, y luego a todos por igual. Uno de ellos se acercó a Akinaya y Saargan, y les ofreció el extraño plato. Venía caliente, y los jóvenes apenas podían sostenerlo. Ella hizo un gesto con las manos junto al alimento que sostenía, él la imitó y lo probaron. El rostro curioso y escéptico del Aprendiz cambió inmediatamente: el maboso era delicioso, tenía un sabor semejante a un pan suave, pero a la vez un dejo a ceniza que le daba un gusto indescriptible al paladar. Pensó que, en verdad, el fuego de la madera era un sabio cocinero.

Tras un rato de disfrutar el curioso alimento, el grupo de asistentes se comenzó a ordenar y acomodar en el gran círculo. Primero se le daba la preferencia a los más ancianos, quienes se sentaban en la fila más central. Todos demostraban un respeto espontáneo con los mayores, pero también entre sí. Entre ellos también se sentó la joven embarazada: se ponía especial cuidado en darle un lugar confortable y en donde recibiera calor. Tras la primera fila se sentaban a los pequeños y los más jóvenes; luego los Am-Ato en general, que se distribuían en varios puntos del círculo, y hacia atrás quedaban los Argan más fuertes. Al mismo tiempo, el Aprendiz comenzó a buscar a Omboni, ya que como de costumbre había desaparecido. En ese momento llegaban Koal y Nnuya, quienes saludaron amablemente a Saargan, aunque él se sintió un poco extraño. Trató de no pensar, y se sentó junto a Akinaya.

Ya estaban todos más o menos acomodados y formando un grueso círculo. Sin saber de dónde, apareció Omboni, quien cruzó las filas y se dirigió al centro de la reunión. Su rostro se veía gracioso y alegre al iluminarse con las antorchas. Hizo un saludo general con las manos entrelazadas; todos respondieron al unísono:

-¡¡¡Sojamm!!!

-¡Suam odaonai! —volvió a decir el viejo sabio, pero ahora tomando un tono más dramático y llamativo— ¡Esta noche ser la Noche de los Sueños! Amlom, Ititi y Osansua estar invitados; Argan, Am-Ato y Amsei estar invitados. ¡A todos Astro-luna alumbrar por igual! ¡Venir aquí, al Círculo del Bamso! ¡Venir aquí y hablar de vuestros viajes en las dos vidas! —decía, mientras movía sus manos de manera muy expresiva: casi hablaba con ellas, así como con las expresiones de su cuerpo en general. Prosiguió -. Venir todos, y recordar que las dos vidas tejer una a otra, que sueño y vida o vida y sueño ser uno. Ser tiempo del sueño, ser Noche de los Sueños ¡Venir todos y abrir el paso interior! ¡Los que habitan en el Valle del Mmulmmat ahora escuchar vuestros relatos!

Saargan observaba atentamente lo que decía su viejo Guía, y de reojo podía ver el rostro de los pequeños: estaban como fascinados, parecía que a medida que el viejo hablaba, aunque lo hiciera de manera tan extraña, podían imaginar y darle forma en sus mentes a lo que él iba expresando. Su ojos casi parecían reflejaran a Amlom e Ititi que, provenientes del bosque y descendiendo de las montañas, se acercaban para escuchar y participar en la gran reunión sobre historias y vidas astrales.

El fuego era mantenido por algunos aprendices, y la noche se abría espléndida en un cielo que parecía que se podía tocar con sólo ponerse de pie. Hacia el fondo, donde se perdía la vista, las montañas formaban un grandioso y obscuro marco de fondo, extrañas columnas que sostenían la gran cúpula celestial.

El viejo sabio continuó hablando:

-¡Esta noche ser Noche de los Sueños! ¿quién traer un mensaje, quién hablar al Círculo de Piedras?... ¿Quién traer relato de otros mundos en esta luna? —en ese instante, la pequeña Nandi se puso de pie y saludó con sus manitas unidas a Omboni, quien estaba en el centro. Éste le devolvió el gesto, y la pequeña pasó al medio de la reunión. Todos se quedaron atentos para escucharla: la chica, con gran personalidad, saludó y comenzó su relato:

- "¡Traigo un mensaje! ¡Escuchad! ¡Porque en esta luna hablaré al Círculo de Piedras!" —luego dijo —. Hace pocas lunas yo dormía pláááacidamente en mi camita –y mientras hablaba gesticulaba con las manos, acompañándose de una curiosa mímica, y proseguía –, y entonces me encontré en el bosque jugando soliiiita, soliiita. Caminé, y canté para entretenerme, y sin darme cuenta me encontré con una ruedita ¡como la que está haciendo el Amsei Fadis con la ayuda de Saargan!, pero ésta era pequeñiiiita –y mientras explicaba, hizo un simpático gesto con sus dedos índice y pulga, como para explicar mejor lo que decía –; jugué un rato con ella... pero al momento me di cuenta que estaba soñando, así que pensé que podría traerme la ruedita de los sueños para acá. La tomé en mis brazos y la apreté lo más posible, cerré los ojos y desperté... pero ¿saben? –todos quedaron observándola –, no pasó nada, y desperté con los brazos apretados, pero no había traído mi ruedita conmigo. Peeeeero no perdí la paciencia, y comencé a hacer los ejercicios que Omboni nos ha enseñado para cruzar los sueños y volver a ellos. Me dio resultado, y en un momento estaba corriendo nuevamente por el bosque, jugando con mi ruedita... pensé nuevamente que la de ahora sí que la podría traer de vuelta conmigo, si la tomaba bien fuerte sabía que podía traerla, así que la tomé ¡y la abracé con todas mis fuerzas! –y en ese instante se abrazaba a sí misma, haciendo la mímica correspondiente, para proseguir el relato que ya los tenía a todos un poco intrigados en cuanto a su desenlace –. La abracé y la abracé... y en un pestañeo desperté... –y todos abrieron un pocos más los ojos para saber qué sucedería con la ruedita del sueño. La pequeña sólo dijo –, ¿pero saben?... no la pude traer conmigo, seguro que la próxima vez sí lo hago... "Este ha sido mi relato en la Noche de los Sueños".

En general, todos hicieron un gesto de ternura por la dulzura y espontaneidad de la pequeña para contar su historia.

En ese instante, Omboni volvía a tomar la palabra y pedía que alguien más participara. Casi de inmediato se puso de pie Pane, el compañero de juegos de Nandi. El chico saludó respetuosamente, se acercó al centro de la reunión y comenzó su historia de manera muy ceremonial:

-"¡Traigo un mensaje! ¡Escuchad! ¡Porque en esta luna hablaré al Círculo de Piedras!" –y luego continuó, de manera más simple –. Quiero contarles un sueño extraño que tuve ayer en la noche: me encontraba en mi cúpula dormitando un poco intranquilo, y no me di cuenta cuando ya estaba dormido. Me hallé en la entrada de la cúpula, por dentro, la puerta de invierno la cerraba. Alguien me llamaba del otro lado, pero no lo podía ver; en ese momento pensé que nadie me llamaría, simplemente entraría a buscarme. Ahí fue que recordé las enseñanzas de Omboni y pude saber que estaba durmiendo. Si era así, podría pasar para el otro lado sin problemas, así es que me fui directo hacia la entrada: pude sentir cómo pasaba la madera y ésta me hacía cosquillas en la cara, la atravesé sin problemas –y mientras explicaba, el chico hacía gestos muy curiosos con las manos, dándole realismo a su explicación –. Del otro lado no había nadie, pero alguien me seguía llamando... "Pane, Pane, apresúrate", decía, "Apresúrate". Seguí la voz: ya en el bosque vi un Ititi ¡del tamaño de dos palmos!, que corría de un lugar a otro como asustado por algo, y me volvía a decir "Apresurate, apresúrate", y tras decirlo comenzó a correr; yo lo seguí de cerca, él empezó a volar, yo empecé a saltar y a tomar vuelo, cada vez saltaba más y mááás alto. El Ititi tomó gran altura y yo también emprendí el vuelo. Desde lo alto pude ver las tres Cúpulas Mayores, pude ver los baños de oammai, los cultivos, la catarata del norte, el bosque dividido por el rio Biba. Se veía toooodo el Valle y las montañas que lo rodean. El Ititi siguió volando y volando hasta la cima de la Gran Osi, y allí en el tope se sentó. Yo lo seguí y me senté a su lado. Pero como sucede generalmente con los Ititi, no era muy bueno para hablar. El viento corría fuuuuuuerte, pero no nos hacía nada. Sé que hacía frío, pero estábamos temperados y cómodos contemplando el Valle al fooondo de nuestra vista. De repente, el Ititi se tomo de las rodillas y se encogió, bieeeen encogido. Y como todos sabemos, cuando un Ititi se agacha, debe estar enojaaaaaado o molesto por algo. Yo no sabía por qué... la vista era muy buena desde allí. El Ititi, sin alzar la cabeza o girarla, extendió uno de sus brazos hacía atrás... como indicando algo. Yo me giré y miré hacia el otro lado de la montaña. A lo leeeejos se veían nubes obscuuuuras de tormenta, los relámpagos caían por todos lados y avanzaban hacia nosotros. El Ititi me llamó de nuevo, lo perdí de vista por un latido y al momento pude ver que se había tirado por la orilla de la gran Osi, resbalándose por la nieve, riendo y con las manos cubriéndole los ojos... Yo lo seguí y me tiré... también me cubrí los ojos y en un instante ¡ya estaba despierto! "Éste ha sido mi relato en la Noche de los Sueños".

Hubo un murmullo general. Saargan, que estaba un poco extrañado con los relatos, le preguntó en voz baja a Akinaya:

–¿Cuál es el objetivo de todo esto...? ¿Tanta importancia tiene un sueño de un ni... quiero decir, de un aprendiz tan pequeño?

–De hecho, son los más importantes... Pero ¿sabes?, la Noche de los Sueños no tiene un objetivo en especial o un orden de importancia o como tú quieras verlo. Simplemente es. Por qué es, tal vez no lo entiendas... Piensa que es una forma de conocernos más entre nosotros y a ti mismo, y si puedes profundizar en ti, a la vez, entenderás mejor a los demás. Pienso que Omboni ya te lo habrá explicado mejor, pero para nosotros los sueños y la realidad son dos caras de la misma cabeza, no hay diferencia. Se trata de la misma mente con diferentes ojos.

En ese momento, los Am-Ato mayores hacían algunas preguntas a Pane, el pequeño aprendiz. Le consultaban sobre ciertos detalles de su historia. Él contestaba abiertamente y luego hacían algunos comentarios.

Saagan volvió a consultarle al oído a Akinaya:

–¿Y qué sucede ahora, a qué viene tanta pregunta y respuesta?

–A veces alguno de los Am-Ato hace alguna pregunta o comentario sobre el relato. Muy de cuando en cuando, alguno de los Amsei habla y puede dar una idea de qué significa lo que se ha relatado.

Pane se despidió y volvió a su puesto. Omboni siguió guiando la reunión, e iba dándole la palabra y animando graciosamente a los asistentes que tuvieran algo que relatar sobre sus sueños.

Pasaron varios aprendices, incluso algunos de los Am-Ato mayores. Se contaban extrañas historias sucedidas en los sueños de los habitantes del Valle. Algunas contaban sobre vuelos increíbles a través de lugares desconocidos, de montañas que nadie había visto y de lagos en los que no se podía ver las orillas. Otros contaban que se convertían en animales y corrían por praderas lejanas, donde no había humanos. Algunos de ellos eran visitados por curiosos seres, como los Amlom, con los cuales tenían extrañas charlas. Había algunos que relataban sueños en que escuchaban nuevas melodías, o les mostraban nuevas herramientas que al día siguiente habían hecho reales en la vida diurna. Más de alguno relataba, riendo, cómo había soñado con un nuevo manantial, que nadie había visto antes, y al día siguiente lo había ido a ver y estaba justo donde lo había soñado.

También había quienes contaban sobre hechos cotidianos, acerca de las cosechas, las construcciones y los animales del Valle. Más de alguno de los ancianos relataba viejas aventuras de cuando habían sido Navegantes, y describían lejanos pueblos y sus costumbres.

Ya había transcurrido un buen rato, y Saargan se había ido compenetrando con los diferentes y curiosos relatos de aquella noche. También le llamaba la atención cómo algunos de los sueños eran resueltos con los comentarios de los Amsei. Pero por otra parte, le encantaba ver la cara y los ojos brillantes de los más pequeños al escuchar las diferentes historias: parecía que dentro de ellos podían vivir claramente cada uno de los episodios que les eran contados, fueran relatos del pasado real o de la vida onírica. Cuando contemplaba a esos chicos, pensaba que Omboni en verdad tenía razón cuando decía que la imaginación estaba más viva que la realidad.

Entre todos los relatos, llamó la atención del Aprendiz un sueño que contó una joven Argan. Ella habló que había visitado una montaña, tan recóndita como el Valle, en la que se ocultaba un lago cristalino, rodeado de un bosque cuyos árboles tenían barbas y pelo largo como los habitantes del Mmulmmat. La aguas de éste eran aún más beneficiosas que las fuentes oammai, y el lago era tan tranquilo que si uno hablaba con una voz demasiado dura, éste se enojaba y producía pequeñas olas. Era como un nuevo Valle, con las mismas cualidades pero más resguardado y oculto. Cuando ella terminó su relato, casi todos los Argan jóvenes dijeron haber tenido el mismo sueño. Los Am-Ato adultos se miraron entre sí y murmuraron algo, y no quisieron hacer mayores comentarios. Sólo uno de ellos explicó que, en ciertas ocasiones, los sueños pertenecen a todos. Por su parte, el Aprendiz hizo un poco de memoria, y le pareció que en alguna de esas noches también había participado de ese viaje astral.

Tras otros relatos, el viejo sabio Memotecario invitaba a contar las últimas historias de aquella noche:

-Jejeje… ya la Luna hacer parte de su viaje… ¡¿Quién más hablará esta noche?! Jejeje… todavía ser tiempo…. todavía ser tiempo…

En ese instante se escuchó una voz familiar detrás del círculo formado por quienes estaban reunidos en esa ocasión:

-¡Valle de Mmulmmat! Hablaré esta noche... dejad pasar a este anciano, que tengo algo que contarles.

Todos se giraron para ver: era Amsei Fadis que venía a integrarse a la reunión. Al momento, los jóvenes se pusieron de pie para abrirle el paso. Omboni sonrió, y le saludo más ceremonioso que otras veces, cediéndole su lugar. Saargan notó algo extraño en la mirada de ambos. De fondo, se escuchó un rumor general entre todos los que asistían; hubo una cierta expectación fuera de lo común. Todos sabían que los relatos del Ingenioso Poeta eran poco frecuentes, y que cuando tenía algo que decir siempre resultaba extraordinario. Además, su forma de relatar era especial: en general, simplemente cantaba o contaba su historia como un poema. Pasó un momento mientras el anciano se ubicaba en el centro de la reunión, y cuando ya estuvo en su lugar se produjo un silencio absoluto, parecía que nadie respiraba. El anciano, a pesar de su avanzada edad, lucía imponente: sus cabellos blancos estaban sueltos, y su larga barba era más brillante a luz de las fogatas y las estrellas. Llevaba la simple indumentaria de siempre, pero algo en su expresión lo hacía lucir diferente, emanaba una cierta serenidad y felicidad interior. Saargan se sintió contento de verlo y, tal como todos en ese momento quería poner mucha atención a los sueños de un sabio como Fadis. Éste habló de una manera profunda y extraña:

-Suam odaonai... sueom toamosue seiam... "¡Traigo un mensaje! ¡Escuchad! ¡Porque en esta luna hablaré al Círculo de Piedras!" Respira la tierra y da el aire a este viejo, pasa la luna y alumbra a este viejo, la Astro-sol calienta la lejana Mua y le da vida a este viejo.... escuchad, Valle del Mmulmmat, y recordad lo que este viejo les relate, porque he estado en el Bamso... de ahí vengo y ahí iré... que mi voz sirva como el sonido del río, que anuncia el movimiento —y luego comenzó a cantar, de una manera muy armoniosa y suave:

"El tiempo después del sueño
ser el sueño del tiempo.
¡Despierta! ¡Cierra los ojos!
¡Abre la visión interior!
Ve al dónde no ha de haber
y al cuándo no ha de ser...
Desviste los prejuicios,
ve tranquilo, ve confiado,
no te perderás en el sendero Luna-Sol,
camino lúcido que se da al amanecer.
Recuerda que una vida graba la otra,
un pensamiento teje al otro.
Piensa sobre lo que no ser necesario llevar y descansa antes del descanso final.
Ser el tiempo del sueño, el tiempo del despertar.
Hoy, has de volar;
hoy, has de ser libre;

aquello que aquí perturba, allá consuela;
aquello que aquí anhelas, allá se cumple.
Ve, Aprendiz de los Sueños,
sólo deséalo y allí estarás..."

Hubo un silencio. El anciano pareció cansado y permaneció un momento con la cabeza gacha, y daba la sensación de que no iba a proseguir. El Aprendiz, que observaba atento lo que sucedía, se puso nervioso, pero Fadis continuó con su canto:

"Cuando las nobles vestiduras se recuestan todo palidece,
pero el reflejo de sus sombras se eleva,
mientras detrás los recuerdos languidecen.

¡Este viejo vuelve a ser liviano como el viento!
Camina sin tocar el suelo,
respira sin necesitar el aliento,
se eleva al cenit
y con sólo pensarlo,
traspasará su cúpula en el momento.

Escuchad, éste es mi mensaje desde el tiempo que no es tiempo;
vi tras de mí las viejas vestiduras, deshechas por el río de los anhelos,
atravesé el alto del techo que las han protegido por decenios,
vi sus pequeños círculos internos,
caí a los cielos, tirado por la sutil cuerda del silencio.

Me elevé mirando el noble Valle de los Lazos,
aprecié desde las alturas las espléndidas montañas,
contemplé los deslindes lejanos de los ocho extremos,
vi el círculo.

Traspasé las nubes,
el fino cascarón de la cúpula de los cielos,
me alejé inasible, impalpable...
pude ver a Mua, la cándida azul
vestida de blancas telas y de movimiento...
vi el círculo.

Me alejé guiado por las Artes del Bamso,
cayendo hacia arriba,
conducido por las ataduras de lo etéreo,
elevado por vientos estelares,
acogido por los suaves brazos de lo inmenso,
a mi izquierda dejaba atrás

la voluptuosa luna...
vi el círculo.

Seguí arrastrado,
dirigido sin destino por los cantos del misterio,
vi pasar a la generosa gran-astro de luz,
cálida y palpitante,
pude mirarla sin quemar mis vacíos ojos,
recuerdo de los órganos que para viajar dejo.
Aprecié el espléndido fulgor,
palpitante y quieto.

Seguí arrastrado más allá,
me alejé sin destino y sin recuerdos.
Y estando tan lejos... tan lejos
sólo vi el Gran Símbolo del Círculo.

Lo vi como una esfera aplanada en una línea,
como una recta curvada a lo lejos,
como una esquina sin término...
Mmammat asuise, mmammat sueise...

Cuando las nobles vestiduras se recuestan todo palidece,
pero el reflejo de su sombra se eleva,
mientras detrás los recuerdos languidecen..."

Todos escucharon atentos y con cierta nostalgia lo que el anciano cantaba. Éste, simplemente quedó un momento sin decir nada, y luego agregó sonriente:

-"Éste ha sido mi relato en la Noche de los Sueños".

Inmediatamente saludó y todos le respondieron de manera profunda y cálida: "¡¡¡Mmammat Sojamm!!!". Fadis se dirigió a Omboni, quien también se despidió de una manera extraña: algo en su mirada había cambiado.

El anciano caminó un poco y se tambaleó. De inmediato, tres aprendices que estaban más cerca le ayudaron. El sabio se detuvo un momento, e hizo un gesto de agradecimiento, a la vez que les pidió que lo dejaran proseguir solo. Siguió caminando y se dirigió justo hacia Saargan, quien se puso de pie de inmediato. Cuando llegó a su lado, le tomó de su hombro izquierdo y le dijo:

-Saargan, ahora debo descansar... así como las Madas; pero ahora es tu tiempo en la Noche de los Sueños, cuenta lo que has visto. Todos te escucharán.

-Pero...

-Nada de peros –dijo el sabio anciano –, sé que tus viajes son especiales, es tiempo de compartirlos, será bueno para ti y para ellos...

114

El joven unió sus manos en señal de aceptación, y el noble Amsei se alejó en silencio, sin permitir que nadie lo acompañara. Se sentía un cierto rumor y comentarios entre los que estaban reunidos. El Aprendiz no había comprendido lo que Fadis había relatado, pero sí se había dado cuenta de que significaba algo importante para quienes lo habían escuchado.

16. Confundido en la Realidad

La noche estaba en su plenitud. Las fogatas ardían, manteniendo un calor agradable entre los seres nocturnos. Los grillos entonaban su canto a lo lejos, confundidos con el sonido que producía una ligera briza que servía de mensajera para los tiernos olores a vida y frescura de los bosques que rodeaban el Círculo.

Omboni saludó desde la distancia a Saargan y lo invitó a pasar al centro de la reunión. El Aprendiz se puso un poco nervioso. Pensaba que, en verdad, todos los que habían hecho algún relato eran muy buenos en ello, sabían expresarse bien, hablar y demostrar lo que decían con gestos, dándole fuerza y emoción tanto a sus palabras como a su rostro. Parecía que cuando hablaban uno podía adentrarse en sus historias. A pesar de ello, Saargan tomó ánimos y se dirigió al centro, tratando de ser lo más seguro posible. Mientras caminaba para acercarse, inhaló profundamente.

Estando en el medio, saludó a todos y dio inicio a su historia, al tiempo que procuraba recordar las frases ceremoniales que los anteriores relatores habían usado. Usó la voz más profunda y adecuada que encontró dentro de sí y dijo:

-"¡Traigo un mensaje! ¡Escuchad! ¡Porque en esta luna hablaré al Círculo de Piedras!" Valle del Mmulmmat... mis sueños son tan extraños como mi vida. A veces no sé dónde comienzan, dónde terminan. A veces sueño y no sé cuál es mi nombre, no sé si tendré alguno. Viajo por lugares que nunca he visto y me siento en casa; cuando despierto, no sé dónde estoy, y me cuesta reconocer el lugar en que me hallo. A veces me veo a mí mismo y no me reconozco; otras veces soy yo un pequeño Ititi mirando a través de estos ojos, como si fuesen ventanas protectoras y dispuestas para explorar un mundo extraño. A veces sueño y recuerdo lo que he vivido en ellos como parte de lo real, y lo real como parte de los sueños. Pero de todas esas sensaciones, la más reconfortante es no saber quién soy, de dónde vengo o a dónde pertenezco.

Toda la reunión comenzó a poner especial atención a Saargan, quien luego de un suspiro continuó:

-Sueño con lugares extraños, lejanos, les contaré de algunos que guardo fielmente en mi memoria −suspiró y prosiguió −. Me he visto sentado en el borde de un extraño y desconocido precipicio creado por una montaña tan cuadrada y tan recta como estoy seguro nadie del Valle ha visto antes.

Contemplé los alrededores y me di cuenta que era toda un cordillera. Había decenas de esas montañas, todas igual de cuadradas, largas y rectas, aunque de diferentes alturas. Lo más extraño es que, a medida que mi observación mejoraba, veía cosas más raras y curiosas. Vi que estas extrañas cumbres estaban llenas de huecos, a su vez cuadrados, iluminados con antorchas sin fuego; parecía que había gente adentro, pero no estoy seguro... me detuve un momento y disfruté de la brisa inocua del más allá, pero inmediatamente me invadió un olor pestilente, como a algo quemado, pero muy desagradable, no podría decir de dónde venía ese olor. Sin pensarlo, salté de borde a borde de aquellos montes rectilíneos, sobre sus alturas y máximos topes. Pero de pronto vi algo más raro aún: contemplé hacia los abismos que se formaban en el fondo de los largos montículos, y había carros-trineos movidos por fuerzas misteriosas. En ese momento, bajé suavemente, y me hallé entre las paredes de aquellos barrancos rectos e iluminados. Sin darme cuenta cómo, rocé innumerables cuerdas alzadas por largos árboles sin ramas, traté de salir pero me vi atrapado por ellas: eran como telas de arañas cazadoras de seres astrales. En ese instante, desperté.

Hubo un cierto rumor entre los que escuchaban, especialmente los más jóvenes y los pequeños, que estaban muy atentos a las extrañas visiones del Aprendiz. Éste continuó:

-Pero en otra de estas noches he tenido sueños parecidos al anterior. Escuchad: me vi nuevamente sentado en aquellas montañas cuadradas y alargadas, pero ahora bajé con cuidado para no verme atrapado. Llegué hasta la parte más baja de la quebrada: estaba formada por caminos rectos como nunca ustedes puedan haber visto. Me posé en el piso, era liso, como hecho de una sola gran roca. A la orilla de esos caminos se alzaban árboles sin ramas, que ardían como antorchas sin fuego, a la vez que sujetaban aquellas infames e innumerables cuerdas. El desagradable aroma a quemado persistía, e invadía todo. Miré a mi alrededor y vi gente, como yo o como ustedes: lucían extraños, ninguno tenía olor a humano. Pude fijar mejor mi visión y vi que eran muchísimos; caminaban y nadie se saludaba cuando se cruzaba con los otros, parecía que era un clan de innumerables solitarios. Salían y entraban a aquellas montañas. Caminaban solos, habiendo tantos de ellos para compartir y charlar. Vestían ropas estrechas... —y en ese instante, el Aprendiz quedó sin palabras, tal vez reflexionando sobre lo que hablaba. Luego prosiguió su relato —. Vi uno de esos grandes carros-trineos que se movían por sí mismos, y contenía gente en su interior... se abalanzó sobre mí, y en ese instante, con la impresión desperté. Sin embargo, al momento me volví a dormir, y regresé a lo alto de aquellas cumbres cuadradas y rectilíneas. Esta vez no quise bajar a investigar, y simplemente alcé el vuelo, llevado por el viento como una pequeña hoja. Planeé sobre caminos que están fuera de los recuerdos, caminos larguísimos, dibujados al fondo con luces de extraños colores que terminaban formando líneas interminables. A medida que me alejaba, contemplaba todo el lugar iluminado, como si fuesen miles de antorchas reunidas; su luz era tan fuerte que no podía ver el cielo ni sus estrellas. Sólo quería alejarme, alejarme, alzar el vuelo, volar, serpentear por el aire, sentirme traspasar nubes y fronteras. Pude divisar la grandiosidad de un lago-mar, sus colores, brillo e inexorable profundidad. Me hundí en él. Desperté.

Tras un silencio, sólo dijo:

-"Éste ha sido mi relato en la Noche de los Sueños".

Inmediatamente, todos hicieron comentarios entre ellos. Hubo un cierto alboroto, pero tras unos latidos, una de las aprendices se puso de pie y pidió la autorización a Omboni para hacer preguntas. Éste se la concedió.

-Saargan, esas antorchas sin fuego que viste en tu visión, ¿son como las que guardan Fadis y Omboni en la Cúpula Nao?

-Bueno, sí, pero eran cientos de ellas, incontables, y su luz era aún más fuerte.

Los rumores continuaron. Uno de los pequeños consultó cándidamente:

-¿Había Ititi en tus sueños?

-Bueno, la verdad es que sólo vi gente... mucha gente sola.

Tras la respuesta, el pequeño puso cara de desilusión y se sentó. Pasó un buen rato en que varios de los asistentes le hicieron preguntas a Saargan. Cuando los comentarios se acabaron, Omboni intervino e hizo las últimas apreciaciones para aquella noche. Todos se pusieron de pie y saludaron con gran energía, con lo cual se dio por concluído aquel capítulo en la vida del Valle.

Mientras se iban retirando, Akinaya se acercó para despedirse de Saargan. Junto a ella estaban Koal y Nnuya:

-Ha sido una extraña visión... nos has dejado curiosos. Espero que tus sueños continúen y nos digas qué sucederá.

Nnuya agregó:

-Me ha llamado la atención eso de las montañas cuadradas, no me lo puedo imaginar. Sólo me llegaron a la mente las montañas-viviendas que forman unos bichos, muchas lunas más allá de los pasos, a los que llaman termitas. Pero sólo los Navegantes las han visto. También pensé en los panales de las abejas...

Saargan comentó:

-Para mí también es extraño, pero esas montañas parecían contener gente, tal como les contaba. Si vuelvo a tener una visión así, tengan la seguridad que se las relataré. Habrán más Noches de los Sueños ¿no?

Akinaya comentó:

-Bueno, en realidad, la próxima reunión que tengamos será mucho más grande, y tendrá un objetivo diferente.

Koal agregó:

-Se acerca el Samesame, esa sí que será una gran reunión. Vendrá toda la Aldea. Son ocho lunas únicas.

Justo se acercó Omboni. Todos le saludaron respetuosamente e hicieron un silencio, como una deferencia ante un Amsei tan apreciado. Dijo:

-Jejeje… Aprendiz, ya ser tiempo de descanso. Esta noche haber sido larga, haber tenido su momento; ahora, vamos.

Casi todos los habitantes ya se habían retirado. Saargan siguió a Omboni, pero antes se despidió de Akinaya y de quienes la acompañaban.

Guía y Aprendiz caminaron tranquilos de regreso a su cúpula. La noche estaba estrellada al máximo, y la gran vía cruzaba todo el cielo, iluminando el serpenteante sendero a través del bosque. Los grillos sacudían sus patitas en un canto cálido, que acompañaba a quienes volvían a sus refugios. El fresco aroma al bosque nocturno alimentaba el olfato.

El joven comentó un poco nervioso a su viejo Guía:

-Hay algo que debo decirle, Omboni…

-Mmm… cuando tú decir "algo debo decir", ser algo que molestar muuucho…

-La verdad es que sí… me siento mal con quienes asistieron, en especial con Fadis… hay algunos detalles que no me atreví a contar en mi relato, no dije todo lo que había soñado.

-Mmm… cuando tú decir "algunos detalles", tú decir "que ser lo más importante". Pero Aprendiz, cuando tú ocultar, sólo temer de ti mismo. Terminar tu relato ahora, si así sentirte mejor.

El joven quedó un momento pensativo mirando hacia la senda, pareció tomar ánimo y comentó:

-La verdad es que no conté todo lo que sentí o vi en ese lugar extraño. Lo raro es que algo en él me parecía familiar, y eso no me gustaba. Luego, cuando estaba en el fondo de esos grandes montículos rectos, donde se formaban caminos por los que transitaban aquellos carros que se movían solos, sucedió algo de lo más raro. Cuando vi el carro que se venía encima, estaba lleno de gente: esa cosa se me vino encima, y en ese instante pude ver el interior del carro con mayor claridad… —tras una pausa, agregó —; lo curioso es que… yo, yo iba dentro, con las demás personas del lugar, confundido en esa realidad. Era uno entre todos esos miles. Arrastrado por esa marea humana… era sólo uno más. Me quedé mirando a mí mismo, y no estoy seguro a quién vi o a quién quería ver. No sé si me gustó lo que vi, pero a la vez temí algo… temí no volver a ver el Valle, no escucharlo más a usted y a todos los habitantes de este lugar, dejar la cúpula y vivir en un cuadrado, no sentir el aroma de las montañas de verdad, no poder ver más a Akinaya, no poder ver el cielo abierto y claro encima mío, o simplemente acostarme en el pasto y sentir el gusto de la tierra… no sé Omboni, no sé qué pensar. Fue una sensación extraña.

Hubo un momento de silencio entre ambos, mientras seguían caminando por el tranquilo bosque. Después de reflexionar, el viejo Guía dijo:

-Mmm… Aprendiz, Aprendiz… los sueños ser extraños, pero más extraños ser quienes los viven. Cuál ser el mundo, la forma, los ojos que ver, la mente que pensar… la energía que ella quemar y que luego sus vapores perder. Tener tú paciencia… tener paciencia. Nada escapar del movimiento,

Aprendiz, pero también todo poder nacer de él, lo que tú realmente querer... pero de verdad, de verdad... eso será.

Saargan lo quedó mirando, extrañado por la respuesta, la cual no había comprendido totalmente. El viejo prosiguió:

-Jejeje... tú ya comprender... cuando ser tu tiempo.

Ambos caminaban cual siluetas fantasmagóricas por un camino de sueños. Iban a paso lento, disfrutando del paseo. Pasaron un pequeño riachuelo que indicaba que ya estaban por llegar a su refugio nocturno. El Aprendiz volvió a comentar:

-Hay otro detalle que me preocupa, Omboni, ¿qué quiso decir Fadis con su relato? Lo noté como cansado...

-Mmm... viejo noble Fadis, tú entender pronto lo que él querer decir, ya entender... muuuuuchos cambios venir, Aprendiz... muuuchos cambios. Lo que tú ver ahora, entender después... Ahora descansar y tú dejar que el fluido-tiempo te muestre su forma cuando tú estar preparado. Tú deber concentrarte en aprender lo más que tú poder... tú deber explorar todas las enseñanzas del Valle y tú entender...

Ambos entraron en la cúpula-vivienda. Aquella noche había sido diferente. El Aprendiz había conocido algo más del Mmulmmat, así como continuaba aprendiendo de sí mismo. Pero también parecía que, ahora, a medida que se sentía más acogido, comenzaba a sentir más y más aprensión sobre el futuro.

17. La Danza de la Vida

-Saargan, Saargan... ¿estás por ahí?

El Aprendiz escuchó a lo lejos una voz que le llamaba. Él se encontraba en el interior de su cúpula, mientras arreglaba la zona donde solían hacer fuego en las noches. Ya había amanecido hace un rato, y Omboni se encontraba en una sección adjunta destinada a la meditación. Pensaba hacer algunas labores e ir a visitar a Fadis: tenía muchas ganas de hablar con él. Pero ahora lo llamaban, y era una agradable voz familiar.

-Saargan, soy yo, Akinaya ¡Suam odaonai!

-¡Sojamm, Akinaya! Qué agrado verte aquí. Pensé que no volverías a visitarme, como me dijiste que ya me las arreglaba solo...

La chica sonrió y dijo:

-Bueno, es verdad que ya te las arreglas solo en lo que conoces. Pero Subam-Na, la Voz del Consejo, me ha encargado que te presente formalmente a los nuevos Am-Ato que es necesario que conozcas si desear seguir avanzando.

-¡Vaya, siempre alguna sorpresa! Estoy encantado, lleno de energía y listo para lo que sea, principalmente si se trata de aprender algo nuevo. Además, hoy lo tenía libre.

En ese instante aparecía Omboni, quien tras saludar comentó:

-Jejeje... nosotros siempre tener sorpresa para ti. Todos los Amsei estar de acuerdo en que tú deber aprender más... ya ser tiempo que ser presentado a Consejero Krupta y Am-Ato que mostrarte los secretos mááááááás allááááá de Artes Boabom... Si todo bien, como tú saber, último Consejero aprobarte.

Saargan comentó:

-Pero ¿de qué enseñanzas se trata exactamente Omboni?

-Jejeje... tú eso descubrirlo en el momento... Ahora partir, ya ser tiempo, ya ser tiempo... tú estar contento cuando entender.

El Aprendiz acató sin hacer más preguntas, y a la vez se sintió contento de ver nuevamente a su personal Guía Traductora en el Valle. Rápidamente se prepararon para salir: ella le indicó que sólo llevara una ancha vasija hecha de una especie de trenzado de cáñamo. Él la tomó y se pusieron en marcha. Se dirigieron por un nuevo sendero a la parte Oeste del Valle. Cruzaron el riachuelo Biba, y en el camino recogieron algunos frutos silvestres que se daban en abundancia en el Valle. Serían un buen presente para los Am-Ato que conocería aquel día, según le explicaba Akinaya. El Aprendiz ya se sentía familiarizado con las costumbres, por lo que no necesitaba pensar en ello para hacerlo. Sabía que si quería avanzar, también debía valorar en su medida, y se sentía contento colaborando y cargando la canasta repleta de frescos y deliciosos alimentos.

Mientras caminaban, Saargan comentó:

-Akinaya, deseaba preguntarte algo. No sé si te has dado cuenta, pero he notado a Fadis un poco cansado últimamente, al menos eso fue lo que pensé anoche ¿Estará enfermo?

-No te preocupes, Saargan. Fadis ya tiene muchos círculos a la Astrosol, es normal para su tiempo en la Tierra que se sienta cansado.

-En verdad, nunca había preguntado, pero ¿cuánto tiempo de vida tiene Fadis?

-Al menos los dedos de ocho hombres, es todo un tiempo.

El joven pensó primero cuánto sería eso, y tras un momento dijo sorprendido:

-¡¿Qué?! ¡Estás diciendo que tiene ciento sesenta años en la Tierra! Pero no puede ser, ¡nadie vive tanto!

Ella sonrió y lo miró, pensando que en verdad, el Aprendiz no tenía idea de muchas cosas que le rodeaban, y agregó, confirmando lo que había dicho:

-Así es, Saargan, lo puedes expresar a tu manera, pero es tal como escuchas.

-Entonces ¿qué tiempo en la Tierra tienen las Sabias de la Cosecha?

Ella contestó tranquilamente:

-Ambas son mayores que Fadis, pero de las dos, Duga es la menor.

El Aprendiz comentó, escéptico:

-Vamos, debes estar bromeando... ¿Ahora me vas a decir que tú tienes ochenta primaveras o algo por el estilo?

-No, sólo tengo el número de los dedos de un ser caminante y la mitad de otro. Pero en verdad, aquí nadie se preocupa mucho de los números exactos. Las medidas de tiempo y todo eso son algo que usan sólo Subam-Na, las Madas, Omboni y algunos otros Am-Ato que se encargan de llevar los registros del Mmulmmat y de dividir el tiempo del círculo al sol y las estrellas, para así saber el momento de las cosechas y otros acontecimientos. A nadie le interesa andar pendiente de su tiempo en la Tierra, y a veces debemos recurrir a ellos para que nos recuerden cuánto ha pasado desde que nacimos.

El joven meneaba la cabeza, y no podía dejar de sacar cuentas con sus manos. Tenía en su expresión algo de incredulidad. Akinaya se veía al menos diez años más joven de lo que él concluía que ella tenía. La joven dijo:

-Saargan, el Valle es un lugar privilegiado. Puede que estemos aislados, pero entendemos perfectamente que nuestra forma de ser es diferente, y que este lugar es único. El Valle y las enseñanzas nos han ayudado a conservar nuestra longevidad más allá de lo normal. Aunque tú no lo creas, muchos de los que tú conoces son más ancianos de lo que puedas pensar: ellos han pasado su segunda infancia, sin problemas. El clima y los alimentos de aquí ayudan, así como el hecho de que todos nos mantenemos en constante movimiento a través de nuestras Artes y labores y ¡disfrutamos de ellos! ¡y a lo grande! Ese es un gran secreto... pero que todos conocemos. Además, ¿recuerdas los baños oammai?

-Por supuesto, Akinaya, he ido de vez en cuando, después que me los enseñaste. He seguido lo que tú y las Madas me han aconsejado.

Ella comentó:

-Bueno, ese también es un factor importante para el buen vivir de los habitantes de aquí. Esos baños tienen cualidades curativas especiales, y por lo que sabemos, ayudan a alargar la vida muuuuchos círculos a la Astro-sol.

El joven estaba realmente extrañado, y no sabía si creer o no lo que escuchaba. Sólo preguntó:

-Es increíble, Akinaya, no pensé que alguien pudiera vivir tanto. En verdad, Fadis me parece bastante anciano, pero se desenvuelve sin ningún problema —y luego de una pausa agregó —¿A qué te referías con eso de segunda infancia?

Ella dijo:

-Cuando has traspasado cierta barrera, marcada por primaveras en número igual a los dedos de cinco humanos ¡sobreviene la segunda infancia, Saargan! Crecen dientes nuevamente, tu pelo se renueva, tu vista se nubla por un tiempo, y con las aguas de los baños, comienza a despertar nuevamente, todo se renueva. Tal como te decía, es como un segundo despertar. Quienes logran pasar esa barrera suelen vivir muchas primaveras más, sin problemas, más aún con el dominio completo de todas las Artes. Ellos aprenden a convertir su vida en un Arte único.

El joven no dejaba de sorprenderse con lo que ella le explicaba. Ante el rostro sorprendido del joven, ella prosiguió:

-Mira Saargan hacia allá, en los límites del Valle se ven los altos picos de las montañas nevadas, obsérvalos —en ese momento, ambos se detuvieron, y ella le indicó hacia lo alto de la cordillera que los rodeaba, las verdaderas fronteras infranqueables. Akinaya siguió —. Más allá de los pasos que nos protegen, la vida es dura, Saargan. La tierra no es tan generosa como se demuestra aquí: el alimento escasea, hay muchos animales fuertes y peligrosos y, por lo que cuentan los Navegantes, así como puedes encontrar parajes hermosos, también los hay con muchos peligros para los seres humanos; las aguas no son tan claras, ni los pastos tan verdes. Las temperaturas son extremas, no como en el Valle; en él, las nieves y las tormentas se mantienen a raya. La naturaleza es generosa en este lugar y la temperatura generalmente es cálida o templada, y como tú sabes, el alimento nunca falta. Dicen los antiguos registros que hubo un tiempo, el Tiempo de los Gigantes, en que hubo un gran valle como éste en otro lugar, lejos de aquí, que era inmensamente extenso, y en el cual había una gran abundancia, la cual alcanzaba para todos. Pero un gran cataclismo y conflicto lo cambió todo: hubo una emigración que duró muchos círculos a la Astro-sol, hasta que un grupo muy preparado para atravesar las pruebas que se les impuso pudo, junto con algunos aborígenes que se les unieron, descubrir este lugar y prepararlo para vivir en él, desarrollando las enseñanzas y la forma de vida que habían heredado. Por eso se dice que, de esos tiempos, el Valle es como un pequeño ejemplo.

Mientras caminaban seguían conversando. El Aprendiz comentó:

-Es interesante lo que me comentas, me gustaría preguntarle más sobre ello a las Madas, a Fadis o a Omboni... deben tener mucho que contar, estoy curioso por el tema. Realmente es algo que nunca he sabido con detalle: exactamente de dónde vienen las enseñanzas y los habitantes de aquí... supongo que tú lo sabes.

-Bueno, pienso que no soy la adecuada para responderte en detalle, Saargan. Es una larga y vieja historia; tal como te decía, el Valle es sólo un pequeño ejemplo de un gran lugar, del cual ya quedan pocos recuerdos. Ya sabrás a quién, cuándo y cómo preguntar. Si te lo ganas, tendrás tus respuestas, por ahora revive las enseñanzas en ti. Nosotros siempre decimos: "las aguas de las lluvias del invierno pasado ya están regando las tierras mas allá del Valle, el agua que bebes ahora es la importante".

-Entiendo, Akinaya, tendré paciencia.

Ambos siguieron su caminata, disfrutando del aire fresco de la mañana. El cielo estaba claro y despejado, y en el ambiente se sentían los aromas de la primavera y de la vida que florecía suavemente por todas partes. El Aprendiz y su Guía femenina caminaban y conversaban despreocupados. Él disfrutaba tanto del paisaje y del aroma, como de la compañía que tanto había echado de menos los días anteriores. Para Saargan, instantes como aquél debían durar para siempre. De alguna forma, él sentía que tenía casi todo lo que podía desear.

Tras un momento de ir por un lugar abierto, volvieron a cruzar un bosque bastante denso, y se encontraron rápidamente frente a una abertura entre los árboles y un suave y amplio montículo circular. Arriba había algunas personas reunidas. El Aprendiz y Akinaya subieron por unos pocos escalones, y se encontraron frente a una planicie muy bien cuidada, llena de césped y rodeada por flores de distintos colores. El joven venía a paso lento, ya que llevaba cargando en los brazos la fuente repleta de frutas que habían recogido en el camino. Al subir, su acompañante le hizo un gesto para que esperara. Ella se adelantó a conversar con quienes se hallaban en el otro extremo de la planicie: eran dos mujeres y un hombre, todos de una edad mediana adulta. Se encontraban de pie, a la sombra de cinco árboles que parecían especialmente plantados en la posición opuesta a la entrada, como para indicar que ese lugar tenía cierta importancia. A los pies de los tres personajes había encendida una pequeña fogata, rodeada de piedras.

Akinaya los saludó ceremoniosamente y conversó un momento con ellos. El Aprendiz no pudo entender qué decía, estaba ansioso. Ella regresó a su lado y le comentó:

–Ven conmigo, trae la canasta con los frutos; te presentaré a tus nuevos Am-Ato. Sé formal, entre ellos esta Krupta, el sexto Consejero. Recuerda la forma de pedir su guía.

El joven se acercó sonriendo: estaba alegre, pero también un poco intrigado y preocupado por saber si les gustaría su asuaom, y si había aprendido bien las formalidades correspondientes. Dejó la fuente frente a los Am-Ato y, haciendo un gesto especial con sus manos y pies, saludó de manera profunda, tal como Omboni y Akinaya le habían enseñado a hacerlo:

–¡Suam odaonai, nobles Am-Ato! –saludó por segunda vez, y luego prosiguió, respetuosamente –. Yo, Saargan, Aprendiz de las Artes Internas, pido ser humildemente recibido y guiado a través del Camino de vuestras enseñanzas, ¡ahora!

Tras sus palabras, hubo un silencio que al Aprendiz le pareció eterno. Anteriormente había cometido muchos errores y ahora quería comenzar bien desde el principio, por lo que para él aquel momento de aceptación o rechazo era importante.

La mujer que se encontraba a la izquierda fue la primera en hablar. Era de estatura mediana, de brazos y manos fuertes, con una larga trenza que le colgaba hacia atrás, la que combinaba con su rostro serio, pero al mismo tiempo, de cierta hermosura madura. Sólo dijo:

–¡Sojamm Saargan! Mi nombre es Nimmba, también me llaman "la Artesana". Soy Guía en el Arte del Yaan-Muanba, el Arte de los Elementos. Te puedo aceptar en mis enseñanzas; sin embargo, me he enterado que los pequeños han encontrado una buena fuente de leña en los bordes de los pasos. Provéeme de leña para mi cúpula para la próxima temporada, y serás mi Aprendiz y yo tu Am-Ato.

El joven pensó que, en realidad, no sería una labor tan dura, y se sintió alegre por haber sido aceptado al menos por el primer Guía. Ahora necesitaba el consentimiento de los demás; sólo dijo:

-¡¡¡Sojamm, Am-Ato Nimmba!!!

La mujer sonrió, y él se dio por aceptado. Inmediatamente intervino el hombre que se encontraba a la derecha. Lucía un rostro sólido, de tez morena y de expresión un poco ruda, que se avenía con su barba negra y abundante, bastante crecida. Usaba el pelo tomado en un gran moño en la nuca. Él dijo:

-¡Sojamm, Saargan! Mi nombre es Krupta, "el Constructor", Consejero y Guía del Arte del Yagra. Te aceptaré si la Am-Ato que falta también te acepta. Pero también te pediré una labor: mi cúpula necesita reparaciones, su parte superior está un poco desgastada y ha perdido su adobe, así como las construcciones que están anexas a ella. Cumple la labor de limpiar, reparar y trabajar adobe nuevo para ella, y serás mi Aprendiz y yo tu Am-Ato.

El joven comenzó a pensar que, en verdad, estas nuevas enseñanzas de las cuales tampoco sabía mucho de qué se trataban, le iban a salir más pesadas de lo que esperaba. Pero no podía renegar ahora, menos aún cuando el segundo Guía también era un Tefa. Por fin, sólo dijo:

-¡¡Sojamm, Am-Ato Krupta!!

Por último, habló la mujer que se hallaba en el medio. Era la más joven de los tres: su cabello estaba suelto, y le terminaba ondulado en las puntas, que casi llegaban a su cintura. Era de color obscuro y lucía alguno que otro mechón de color castaño claro. De porte se veía un tanto más alta que la Am-Ato que había respondido primero, y sus ojos eran almendrados y de un color miel muy extraño y profundo, que llamó en especial la atención de joven postulante. Su cuerpo era muy bien contorneado, sus caderas eran anchas y bien formadas. Una mujer realmente hermosa, pensó el Aprendiz, mientras la miraba un poco inquieto y alucinado. Ella habló de manera suave pero precisa:

-¡Sojamm, Saargan! Mi nombre es Seime, "la Tejedora", Guía en el Arte Isemo. Tienes mi consentimiento. Sólo hay dos detalles: alimento e hilado. Las ánforas de la cúpula que me protege todo el círculo a la Astro-sol están vacías de frutos secos para el próximo invierno; llénalas de ellos y provéeme de suficiente hilo para tejer un manto circular de dos cuerpo de ancho, y ten por seguro que serás mi Aprendiz y yo tu Am-Ato, así como serás Aprendiz de los Guías que están aquí presentes.

Al joven postulante ya lo anterior le parecía bastante pesado, pero además tener que recolectar los frutos, secarlos correctamente y llenar las ánforas para todo un invierno sonaba bastante duro y tedioso, sin pensar de adónde sacaría el hilo que ella también exigía. Ya no le pareció tan cálida la belleza de Seime, ni las tareas parecían tan sencillas. Instintivamente miró de reojo a Akinaya. Algo le dijo en su cabeza que debía "pensar positivo" y aceptar sin más. Tomó ánimo y dijo:

-¡Sojamm Am-Ato Seime! Cumpliré con lo que me pide.

Seime volvió a comentar de manera suave, pero sin dejar lugar a dudas:

-Bien, Saargan, puedes comenzar en nuestras enseñanzas cuando hayas terminado tus labores.

En ese instante, al ver que el Aprendiz no reaccionaba, Akinaya lo quedó mirando, abriendo sus ojos como tratando de decirle que respondiera positivamente. Pasaron unos latidos y el joven comentó titubeando:

-Bueno... eeeh... ¡Podría comenzar los labores ahora mismo!

Akinaya suspiró de alivio al ver que había captado la idea. Los tres Am-Ato se quedaron mirando entre sí por un momento. Nimmba, la Guía que era un poco mayor, respondió:

-Por ahora puedes retirarte, Saargan, lo dejamos a tu criterio. Simplemente, el día siguiente a cuando tus labores estén terminadas, nos reuniremos en este mismo lugar y comenzaremos tus enseñanzas.

Ambos jóvenes se despidieron del grupo de Am-Ato respetuosamente y se retiraron en silencio. Cuando ya se habían alejado un poco e iban caminando de regreso, el Aprendiz dijo orgulloso:

-¿Has visto, Akinaya? ya me han aceptado, fue un poco complicado esta vez, pero me han aceptado.

-Bueno... casi te han aceptado.

-Vamos, Akinaya, tú misma dices que no hay que ser negativo... – luego quedó pensando y prosiguió –; en realidad no esperaba lo de las labores y todo eso, esperaba que fuera como en mis primeras lecciones, fue más sencillo... ¿O no?

Tras un momento, la joven contestó:

-Saargan, debo aclararte varias cosas... primero, tus lecciones anteriores fueron simples porque lo ves desde el punto de vista de ahora. Se supone que tu energía ha ido evolucionando, por lo tanto, tus nuevos Am-Ato han sido más exigentes... de hecho, te han probado de una manera que no te has dado ni cuenta.

-¡Cómo que no me he dado cuenta! ¡Claro que me di cuenta! ¡Vaya que eran buenos para pedir cosas estos Am-Ato, me la voy a pasar más en labores que aprendiendo!... Además, ni siquiera tengo bien claro qué es lo que debo aprender de ellos.

La joven sonrió y le dijo:

- Bueno, lo primero que debes aprender de ellos, y que ya deberías saber, es a ver primero lo fino antes que lo grueso.

-¿A qué te refieres, Akinaya?... ya me estás haciendo las cosas complicadas.

-Si entendieras, ya estarías tomando tus primeras lecciones ahora mismo... —el joven se molestó un poco ante las palabras de Akinaya, y ella prosiguió –. Cuando el primero de ellos te preguntó si tú aceptabas sus condiciones, aceptaste alegre...

El Aprendiz, pensativo, se detuvo un momento y finalizó lo que la joven Guía le quería explicar:

-Pero al final dudé, Akinaya... lo sé, ya me he dado cuenta. Al final acepté, pero no con la misma energía que al inicio, me lo pensé.

Ella sonrió, lo quedó mirando mientras suavemente le despejó de la cara unos mechones que le habían crecido y que le cubrían un poco el rostro. Inmediatamente, el joven se sintió bien, renovado y lleno de fuerza. Ella le comentó, cariñosamente:

-Has madurado, Saargan. Estás viendo más allá, Omboni tiene razón cuando habla de ti... y aún puedes dar y descubrir mucho más de ti –tras una pausa, ella continuó sus comentarios -. Sé qué has entendido... cuando en el Valle alguien acepta o pide, lo hace de principio a fin, y con todas sus fuerzas, si no, simplemente no recorre ese camino. Los Am-Ato querían ver eso en ti, que no dudaras por lo que ellos te pedían. Si tú sentías que te estaban pidiendo mucho, quiere decir que no valoras lo que se te ha trasmitido ni lo que se te transmitirá, pero si valoras... lo que ellos te pidan, para ti no debería ser nada, más bien te parecería natural.

Ambos continuaron su camino tranquilamente, y el joven comentó:

-Entiendo, Akinaya... a veces uno da cosas por sentado, como que simplemente tienen que darte todo porque sí... sin hacer ningún esfuerzo; sin embargo, en este tiempo que he llevado aquí con ustedes me he dado cuenta que, a pesar de que este lugar es generoso y su naturaleza es espléndida, hay mucho trabajo que hacer... y que las cosas funcionan porque todos ponen algo de su parte, todos cooperan. No quiero abusar de nadie, ni de ti, ni de los Am-Ato. Me gustaría que me llevaras directo a la cúpula de Nimmba: comenzaré trayendo la leña, y apenas termine repararé la otra cúpula e iré por los frutos –y tras una pausa agregó -. También me gustaría que me dijeras qué te hace falta a ti...

Ella respondió:

-No te preocupes por mí ahora; comienza por tus labores y luego se te presentará la oportunidad de ayudarme.

Sin que el Aprendiz se hubiera podido dar cuenta, la joven Guía había cambiado el rumbo de la caminata, y al poco rato, tras seguir charlando habían llegado a una cúpula. Era de un tamaño regular, y además tenía anexadas unas construcciones similares, pero más pequeñas. Él pensó que sería la de la Guía que le había dado la primera labor. Cuando ya estaban al frente, la joven comentó:

-Pues aquí estamos, Saargan, ésta es la cúpula que necesitabas conocer. Los huecos que ves en la parte baja de la construcción son para la leña. De hecho, ésta es la misma construcción que necesita reparación y, si observas, esas ocho ánforas que ves afuera son las que están destinadas a los frutos secos. En realidad, los tres Am-Ato viven juntos, por lo tanto, tu labor será más sencilla. Ya que estás aquí, te aconsejo que comiences con las reparaciones, que es lo que necesita más urgencia.

El joven miró un poco alrededor y comentó con ánimo:

-Comenzaré ahora, Akinaya... quiero hacerlo antes de que lleguen. Buscaré donde encaramarme, para ver qué hay que reparar exactamente.

Ello le sonrió y le dijo:

-Ya has visto cómo construimos, esto no será tan difícil, Saargan. Yo también debo retirarme a mis labores... te veré nuevamente cuando estés listo para comenzar tus enseñanzas con los Am-Ato.

-¿Te puedo preguntar algo Akinaya, antes de que te vayas?

-Por supuesto, dime.

-Si los Am-Ato viven juntos... ¿quiere decir que Seime está comprometida con Krupta o algo por el estilo?

-Mira, eso de "algo por el estilo" no sé qué quiere decir; tampoco eso de que está "comprometida". Si te refieres a lo que pienso que te refieres, te diré que ningún Am-Ato mayor está comprometido... pero sí Krupta ser Osanmeo para Seime, como Nnuya y Koal lo son para mí.

El joven frunció el ceño, murmuró en voz baja y se despidió:

-¡Vaya ojo que tengo!... Está bien, Akinaya, te veré pronto.

18. Las Labores de un Aprendiz

Aquella misma tarde, tras despedirse de Akinaya, el joven puso manos a la obra. En un momento juntó y amarró unos maderos que le sirvieron de tarima para subir; en un instante estaba arriba del techo de la cúpula, laborando en los detalles de la construcción. Había que limpiar los agujeros y grietas que se habían producido por el inexorable transcurso del tiempo, y luego trabajar el adobe necesario para parchar. Pasado el mediodía llegaron los tres Am-Ato, junto con otros aprendices jóvenes, que también estaban recibiendo enseñanzas. En un principio, todos saludaron al recién llegado, pero no le dieron mucha importancia. Él prosiguió tranquilamente en sus tareas. Cuando ya habían pasado un par de palmos de sol, al observarlo que persistía, los Am-Ato decidieron ayudarle. Cuando ellos se acercaron, fue como una especie de autorización inmediata, pues los demás aprendices se prestaron a ayudar inmediatamente. Unos procuraron seguir la limpieza, mientras otros, con Saargan, hicieron y transportaron el adobe.

Krupta, el Guía varón a quien a todos llamaban "el Constructor" por su afición por reparar y levantar nuevas viviendas, indicaba detalladamente al Aprendiz cómo mezclar el adobe, cómo hundir las manos en él y cómo amasarlo con manos, antebrazos, brazos y pies. Al rato, ya estaban embarrados enteros y riendo con la cara sucia. Mientras, Seime, la Guía de ojos de miel, acarreaba agua en una jarra sobre su cabeza, y se acercaba graciosamente, y cuando caminaba parecía que danzaba y contorneaba todo su cuerpo, dejando la jarra con el agua flotando en el aire. El Aprendiz la miraba disimuladamente, de reojo, y en su interior trataba de adivinar cuánto tiempo en la Tierra tendría. Con lo que había visto en el Valle, nunca se podía estar seguro de eso.

Las labores se hicieron simples en tal ambiente. Saargan se sintió contento y cómodo. Ahora que había visto a los Am-Ato más de cerca durante el día, no le parecieron tan serios, y se sintió feliz de poder ayudarles. A medida que pensaba mientras trabajaba, trataba de imaginar acerca de qué se tratarían las enseñanzas que ellos entregaban; sabía por parte de Omboni que sus Perfecciones eran variantes de las Artes que ya había aprendido de Subam-Na y Nnuya. Estaba seguro que, si el viejo Guía y los Amsei deseaban que él tomara este paso, era porque de todas formas sería algo especial y nuevo.

Aquel mismo día ya habían quedado terminadas las labores en la cúpula, y todo había salido mucho más fácil de lo que había pensado; de hecho, había aprendido muchos trucos de cómo trabajar las diferentes mezclas de barro y hierbas para que se adhirieran bien en los puntos que necesitaban reparación. Una de las tareas que se le había designado para conocer las Artes más profundas del Valle, ya estaba lista. Sólo le quedaban la leña y los frutos secos, junto con el hilado.

Para ser su primer día en las nuevas enseñanzas, había sido un día duro pero pleno. De alguna manera, Saargan sintió que había aprendido algo especial, y que lentamente se ganaba a sí mismo. Pero también, al conocer más sobre los habitantes de la Aldea, nacían en él nuevas inquietudes. Aún así, esa noche Saargan se aseó rápidamente y durmió como un bebé.

El Aprendiz todavía tardó unas lunas más en cumplir las demás encomiendas. La segunda tarea, que comenzó de inmediato, fue la de acarrear leña. Afortunadamente, siempre se encontraban por ahí los pequeñuelos: Pane, Nandi y otros más lo acompañaron al lugar donde habían encontrado los árboles caídos por un alud en el invierno pasado. Para llegar hasta allí tuvieron que alejarse bastante del Valle y llegar casi a los pasos que le protegían del mundo exterior por el lado oeste, dónde la vegetación comenzaba a perderse bruscamente para confundirse con la roca, que nacía abrupta para formar grandes abismos y montañas inmensas, los muros que protegían al mítico Mmulmmat.

Aquellas lunas fueron alegres y llenas de sorpresas. Saargan disfrutaba del aire frío de las montañas confundido con la calidez del Valle. Se fortalecía en cada caminata y aprendía a reír con las bromas y travesuras de los pequeños, que espontáneamente habían querido ayudarlo en el transporte de la leña. Cuando marchaban al lugar del alud, el Aprendiz llevaba sobre sus hombros a Nandi, que reía diciéndole:

-¡Eres un Saargan… jijiji… y uno graaande!

Él se sentía bien al escucharla decir eso, aunque ella sólo lo dijera por su altura. De vez en cuando, en el camino, donde hubiese tierra apropiada, él se detenía, tomaba un palito y les dibujaba figuras en el suelo: Amlom, Ititi, animalitos, árboles o lo que ellos le pidieran. Los chicos disfrutaban a sus anchas de su buena mano para repetir la forma de las cosas. Por su habilidad para dibujar, varios de los pequeños lo habían comenzado a llamar: Saargan, "el Dibujante".

Al llegar, hacían grandes paquetes de ramas y leña que amarraban y luego cargaban en la espalda o en la cabeza. Llamaba la atención que en toda labor los Osansua siempre estaban riendo, haciendo bromas y cantando. La energía les sobraba. De vez en cuando, el Aprendiz le preguntaba a Pane o a los chicos si eran estudiantes de los Am-Ato Nimmba, Krupta y Seime, y de qué se trataba lo que ellos enseñaban. Todos reían por sus consultas. De inmediato le decían que ellos también eran aprendices de estos tres Am-Ato, pero respecto a la segunda consulta nunca le explicaban nada. Cuando insistía en sacarles información, los chicos le decían:

-Mira, ¿te gusta bailar?

Y mientras algún otro hacía sonar dos palitos y los demás le acompañaban con armoniosas voces, dos o tres de ellos tiraban los leños y se ponía a danzar graciosamente. El Aprendiz se reía y les volvía a preguntar sobre las enseñanzas, y ante su insistencia los chicos le respondían, riendo:

-¡¡Eeeiii!!... juguemos a quién llega primero, si llegas antes que nosotros ¡te decimos!

-¡Tolom!¡Tolom! -repetían todos, y al instante tomaban los leños y salían corriendo. Así como no había forma de sacarles información, no había forma de alcanzarlos. Hasta el más pequeñito del grupo era más veloz que Saargan.

La labor tardó, pero con toda la compañía y ayuda que le habían brindado, ese tiempo había pasado volando. En la tarde en que ya sólo faltaba la última carga de leña, Nimmba, la Guía que le había encomendado esta tarea, se le acercó y le comentó de manera precisa:

-Saargan, ya casi has terminado. Ahora, cuando vayas al lugar de donde traen la leña, quiero que junto con la última carga elijas las mejores ocho varas que hayas visto; deben ser muy rectas, firmes y no más gruesas del círculo que forman tu dedo índice y pulgar. Una de las varas deberá medir lo justo para llegarte al hombro, la segunda debe medir lo que tu mides más un puño, otras dos deben medir lo que miden tus brazos, otras dos lo que miden tus antebrazos y las dos últimas lo que mide un palmo de tu mano.

El Aprendiz ahora sabía cómo reaccionar y fue lo más energético posible en su respuesta:

-¡¡¡Sojamm, Nimmba!!! Délo por hecho. Partiré de inmediato.

Los chicos habían marchado a otras labores y lecciones aquel día, así es que Saargan partió solo y rápidamente a terminar la última etapa de aquella tarea. Antes que anocheciera y los cielos se plagaran de estrellas estaba de vuelta con todo lo que se le había pedido. Ese anochecer, Nimmba la Artesana, le dio ciertas instrucciones precisas sobre qué hacer con las ocho varas que le había encargado. El joven debía pulirlas muy bien, y hacer en cada una de ellas ciertas marcas. Aún tenía bastantes tareas por delante.

Cada noche que volvía a su cúpula, comentaba con Omboni las tareas del día. Tampoco se había olvidado de la cúpula donde dormía, y había llegado con una carga extra de leña para abastecerla. El viejo Guía, como siempre, sonreía y le hacía alguna broma. Ahora, el último objetivo eran los frutos secos junto con el hilado; parecía una tarea un tanto más difícil para quien nunca había hecho un trabajo semejante. El Aprendiz le comentó que, tal vez, las Madas podrían ayudarlo en este tema; sin embargo, Omboni le dijo que él mismo podía guiarlo y que no era necesario molestar a las Madas, ya que estaban en una etapa de retiro y meditación junto a Fadis, y era mejor dejarlos tranquilos por el momento.

En las siguientes lunas, Omboni le mostró cuáles eran los frutos de la época más apropiados para comenzar a secar, y por cuáles debía esperar todavía. A unos pasos de la cúpula, le mostró cómo construir una especie de colgador, donde daba de manera más directa el sol, y en el cual pondría a secar los frutos. Otros los puso sobre una especie de plataforma, construida sobre un horno que se encendía a fuego lento, especialmente con ese objetivo. Rápidamente el Aprendiz comenzaba a llenar las ánforas; sin embargo, fue una tarea en que se demoró más en esperar que los frutos estuvieran en su punto necesario, que lo que requirió en recolectarlos. Saargan aprovechó también de dejar bien aprovisionado a Omboni, y preparó unas vasijas extras como un presente especial para las Madas, Fadis y los demás Am-Ato.

Omboni, junto con Nandi, Pane y los chicos, le enseñaron a Saargan cómo recolectar miel de los panales de abejas. La miel era no sólo un excelente alimento, sino también el mejor de los preservantes. Lo importante era adquirirla sin que las abejas lo dañaran, y sin que él las dañara a ellas. Era una labor delicada y que requería mucha sangre fría. "¡Ellas saber quién tener miedo, jejeje…!", le decía el viejo sabio mientras el joven se acercaba con duda a la riesgosa labor. A veces, el mismo Omboni tomaba la iniciativa y le mostraba a Saargan cómo hacerlo:

-Primero tú saludar, "¡Suam odaonai, abejitas!... Yo respetar su labor... humildemente concederme ustedes un poco de alimentos para este viejo inofensivo" -. Luego entonaba una especie de cántico alargado, y tomaba lo necesario en una vasija, de lo más tranquilo. Al retirarse decía -"¡Sojamm, abejitas, sojamm...!"

Entretanto también aprendió a tomar la lana del abundante ganado que pastaba libremente en los alrededores del Valle. Primero venía el "saludo apropiado" para el búfalo lanudo, las explicaciones del caso y los objetivos y beneficios de la tarea encomendada que estaba relacionada con el trabajo. Había que tener cuidado para cumplir con todo de manera apropiada, y luego cortar el pelo sin molestar, ya que eran enormes e imponentes animales. En general se comportaban muy pacíficamente con los habitantes del Valle, pero fácilmente podían desconocer a una nueva cara. Tras obtener lo suficiente, seguía el trabajo de la limpieza y el hilado. Al principio parecía tedioso, pero al tiempo se convirtió en algo entretenido y relajante.

Por otra parte, nunca dejaba de sorprenderle que el viejo Omboni siempre salía con algo nuevo o con alguna respuesta fuera de lo común. En una de esas ocasiones, Saargan tuvo la mala ocurrencia de preguntarle primero cuántos círculos al sol tenía él, y luego, disimuladamente, cuántos tenía la hermosa Am-Ato Seime. El viejo sonrió y le contestó:

-Jejeje… Saargan… este viejo tener tantas vueltas, que ya estar mareado, y Seime tener las suficientes vueltas a la Tierra como para estar tan bien contorneada como se ve, jejeje… y para atraer ojos de un joven Aprendiz como tú y también de un viejo Am-Ato como yo, jejejeje…

Saargan se sonrojó y prefirió no preguntar más.

Las labores proseguían sin descanso, pero se hacían amenas y simples con la compañía de los chicos o el viejo Memotecario.

Para Saargan, estas tareas le habían significado más de lo que pensaba; le habían dado un ejemplo de cómo era la danza de la vida en el Valle. Había aprendido paciencia y humildad, había aprendido a respetar cada vez más la naturaleza que le rodeaba, a sólo tomar lo necesario, y cuando lo hacía, a saber pedirlo y agradecerlo; había aprendido a compartir aún más con los habitantes de la Aldea y de su capacidad para ayudarse mutuamente y para disfrutar del trabajo en común, siempre riendo y cantando.

Nada como aquellas lunas de labores en el Mmulmmat ¡¿Quién podría olvidarlas?!

19. La Puerta de Mua

Ya faltaba poco para que el Aprendiz terminara con los últimos detalles de sus labores; sin embargo, un incidente en el camino hizo que viese anticipadamente a Akinaya.

En una de esas mañanas, Saargan se encontraba en las afueras de la cúpula, puliendo pacientemente las ochos varas que le habían pedido y que en realidad nadie todavía le decía para qué servirían. Sólo se le había ordenado que estuvieran perfectamente pulidas, y que fueran muy suaves al tacto. Estaba absorto en su trabajo, tratando que éste fuera lo mejor posible. Las varas eran rectas, estaban secas y no poseían defectos. Estaban en óptimas condiciones para ser trabajadas y mantener sus cualidades sin problemas. Para su labor usaba trozos de cuero curtido con arenas de diferentes tipos, partiendo de la más gruesa hasta la más delgada, y con ellos envolvía y lijaba las maderas.

Sin que se diese cuenta, llegó Akinaya corriendo.

-¡Saargan! ¡Necesito urgente a Omboni! ¡¿Está en la cúpula?!

El Aprendiz no alcanzó a responder, y ya el viejo sabio se había asomado afuera de la cúpula para saber qué acongojaba tanto a la joven. Ella le dijo apresuradamente:

-¡Sojamm, Omboni! Isenasu está a punto de parir. Se resbaló y tuvo una caída hace un rato, y no sabemos si ella o el bebé se hicieron daño; además, comenzó a tener señales de parto. Me avisaron, ya que están un poco preocupados porque el crío se ha adelantado... me han pedido que llame a las Madas, pero he venido antes donde usted.

-Mmm... hacer bien, Akinaya... tú no preocupar... No necesitar nosotros interrumpir en su meditación a las Sabias de la Cosecha... viejo Omboni ya traer críos del mundo de los sueños, jejeje.... Saargan, tú venir con nosotros, necesitar ayuda.

Primero, el Aprendiz estaba un poco sorprendido: conocía a Isenasu, la había visto en varias ocasiones y hace poco tiempo en la Noche de los Sueños. En verdad, siempre le había llamado la atención, pues era la única mujer embarazada que había visto en toda la Aldea. Ahora debía acompañar a Omboni y Akinaya: siempre le gustaba su compañía, pero en esta ocasión hubiera preferido quedarse. El viejo insistió:

-¡Tolom! ¡Tolom! ¡Saargan... no quedar tú ahí pensativo con cara de buho... tú moverte... ir con nosotros!

El joven no tuvo otra alternativa que moverse: los tres partieron apresuradamente por el sendero. Al poco rato, ya estaban en la cúpula de Isenasu. Afuera se encontraban varias personas, entre ellas algunas ancianas y los dos Osanmeo de la mujer a punto de parir.

Todos saludaron respetuosamente a Omboni y a sus acompañantes, y les hicieron pasar inmediatamente al interior. El Aprendiz estaba un poco incómodo con la situación, pero no tuvo más remedio que entrar: le sorprendió que al ver a Isenasu recostada, ésta se encontraba de lo más tranquila. El viejo se le acercó, la saludó y la tomó de la mano, tocó su frente y su panza, que lucía grande y había tomado una forma más bien ancha. Dialogaron algo que Saargan no pudo escuchar; después de un rato, Omboni se dirigió a Akinaya y al Aprendiz para explicarles la situación y lo que debían hacer:

-Mmm... lástima que parto ser antes de tiempo designado... pero ésa es la Vía... nadie, ni el Mmulmmat ni sus sabios, poder controlar el movimiento, jejeje... pero sorpresas a mí gustarme... hacer pensar, mmm.... Todo antes estar calculado para lugar y tiempo preciso, ahora no haber tiempo. Pero ella estar bien, aún tener tiempo. Yo poder ayudar, pero también necesitar que ustedes ir con la vieja Bakepar, "la Componedora de Huesos". Ella todavia tener fuerza para trabajo duro si ser necesario, ustedes ir rápido y explicar situación. Yo encargame con algunos Argan de transportar a Isenasu a la Puerta de Mua.

El Aprendiz no supo qué pensar cuando ya se encontraba corriendo nuevamente. Varios aprendices se les cruzaron en el camino, y mientras lo hacían, Akinaya les decía apresuradamente que el crío de Isenasu iba a nacer y que necesitaban ayuda.

Tras un buen rato de correr, habían llegado casi a uno de los extremos en el noroeste del Valle, donde el bosque era abruptamente cortado por una inmensa montaña cuyo borde era un verdadero muro. Comenzaron a ascender por la ladera, donde había una pequeña escalera tallada en la piedra. Ascendieron, y en un momento se encontraron en un construcción muy curiosa, ya que no era una cúpula como las que el Aprendiz estaba acostumbrado a ver: se trataba de una construcción hecha en la mismísima montaña, una verdadera caverna-vivienda. Habían aprovechado muy bien la forma de una caverna natural, e incluso habían hecho una especie de puerta y un par de ventanillas ovaladas.

Akinaya llamó:

-¡Suam odaonai, sabia Bakepar! Soy Akinaya... el Amsei Omboni solicita su ayuda... —luego agregó, al no escuchar ninguna respuesta - ¿Está usted por ahí?...

De repente, se sintió la voz de una anciana desde adentro:

-¡Por los huesos de un bumtan! ¡¿Por qué vienen a interrumpir a esta vieja Amsei... ?! ¡En qué lío se ha metido ese viejo tozudo de Omboni que necesita mi ayuda?... ¡¿Alguno de los torpes de sus aprendices se ha quebrado una pata, acaso?!

Akinaya se asomó. Dentro estaba obscuro y no se veía muy bien. Inmediatamente se volvió a sentir la voz de la anciana:

-Adelante Akinaya... esta vieja es gruñona, pero siempre mantiene la entrada despejada para sus aprendices... adelante.

Ambos pasaron, y el Aprendiz pudo distinguir con claridad a la anciana: era una mujer bien parada para su edad, de contextura ancha y de llamativos ojos claros y azules. Su expresión aparentaba ser muy gruñona, pero se notaba inmediatamente que era algo superficial, y su cálida energía iba más allá de su forma de expresarse. La mujer comentó:

-¡Ajaaa... así que aquí estás!... el famoso Saargan... deja mirarte de cerca —dijo, dando unos pasos para adelantarse, mientras ponía cara de seria - ... jijiji... estás un poco gordo... mmm... —y siguió mirándolo de arriba abajo -, y ¿qué te pasó en el hombro derecho?... lo tienes caído, el que te reparó ese hombro no sabía lo que hacía...

El Aprendiz contestó, titubeante:

-Eeeh... en verdad no recuerdo qué me sucedió...

-No recuerdo... no recuerdo... —le remedó burlescamente la vieja, y agregó —, siempre ese viejo chico de Omboni con sus Aprendices con ondas raras, jejeje... Para reparar ese hombro deberían haber recurrido a esta vieja Componedora... cuando se trata de huesos, soy la mejor... —lo siguió observando de arriba a abajo y agregó, a la vez que lo tocaba, examinándolo — deberías cuidar tus riñones... apuesto que tras esa sonrisita se esconde un gruñón, juajuajua... a ver... —tomó y observó las manos y brazos del Aprendiz, y le comentó — ¡y más encima eres un poco quisquilloso! y por supuesto, sensible a las picaduras de algunos bichitos...

Akinaya intervino, un poco nerviosa:

-Amsei Bakepar, hemos venido por un encargo muy especial... Isenasu va a parir en este momento: tuvo una caída, y todo se ha adelantado, y la Madas no están disponibles para ayudar. Omboni nos aconsejó que pidiéramos su ayuda.

La vieja habló, segura de sí misma:

-¡¡Baaahh!! Conozco a Isenasu tan bien como los huesos de esta habitación... y es lo suficientemente fuerte, yo la recibí cuando fue parida... Dejénme ver… —y al tiempo se acercó a la entrada de la caverna, miró hacia afuera, observó el cielo que estaba seminublado y con una suave tonalidad rosa y comentó — la cría no nacerá hasta el anochecer... no sé a qué tanto apuro —y dirigiéndose a Saargan agregó:

-Y tú, zopenco, cuando veas algún bichito que te pica ¡cachá! ¡aplástalo!... salúdalo como corresponde por haber interrumpido su existencia... y lo guardas en este frasquito —le explicó mientras le acercaba un pequeño recipiente de greda con una tapa hecha de un pedazo de madera, y continuó —. Cuando hayas logrado juntar tantos de ellos, como los dedos de tus pies y manos, se los traes a esta vieja...

Akinaya volvió a intervenir:

-La verdad es que están todos un poco preocupados, sabia Bakepar... como usted sabe, todos esperaban que el parto aún fuera en unas lunas más; ahora la deben estar llevando a la Puerta de Mua.

-¡Ah! ¡Ah! Atados de debiluchos... ya no es como en mis tiempos... se preocupan demasiado... actúan como "hombres"; sólo dejen que la vieja Bakepar vaya y les diga qué deben hacer. Ahora, ustedes esperen aquí, yo iré por algunas cosas... y no anden hurgando mis cosas o hurgándose entre ustedes, jejeje... ¡ahora no hay tiempo!

Saargan se sonrojó un poco con el comentario de la Amsei, y para distraerse prefirió husmear por el lugar, mientras la vieja iba a una habitación anexa. A medida que se acostumbraba a la luz, comenzó a distinguir mejor los detalles de la habitación: se notaba muy bien cuidada y limpia, a pesar de encontrarse dentro de una caverna. Había como unas repisas en los muros, donde sólo pudo distinguir que había cosas ordenadas o clasificadas. Se acercó un poco, e inmediatamente se echó para atrás: estaban repletas de huesos humanos de todos los tipos, que estaban divididos en secciones. En otra de las repisas había craneos completos, con sus mandíbulas y todo. El joven siguió mirando sorprendido, y levantó un especie de tela: tras ella había un esqueleto completo, con cada una de sus piezas. Miró a Akinaya y comentó en voz baja:

-¿Quién es esta mujer, y qué hace con todo esto?

-Es la Am-Ato Amsei Bakepar, muchos la llaman la Componedora de Huesos. Ella es una gran sabia... conoce mucho del cuerpo y de su funcionamiento. Si hay algún accidente, todos acuden a ella; puede reparar cualquier cuerpo... ¡y lo deja muy bien!

-Parece un poco extraña ¿no?

-Bueno, en el Valle todos somos un poco extraños a tu parecer... simplemente ella tiene su carácter, y todos la respetamos. Yo también he sido aprendiz de ella, es una gran persona... un poco gruñona y bromista, y una excelente Guía. Nadie en la Aldea sabe más que ella en lo que respecta a huesos y el cuerpo en general. Sólo las Madas se le podrían comparar.

-Pero ¿de dónde saca todos estos huesos?

-¿De dónde creees tu?... ¿del aire? —agregó, sonriendo, Akinaya.

-¿Son de los habitantes de la Aldea?

-De los habitantes actuales no lo creo; ya te explicaré cómo estos huesos llegaron aquí...

Justo en ese momento, la anciana volvió de la otra habitación cargando unos canastos. Al parecer había escuchado algo de la conversación, así que comentó:

-Mmm… Saargan... has preferido hurgar mis huesos secos y no los de ella ¡zopenco! Los huesos de ella están dóóóóóciles y frescos... los que yo guardo ya no le sirven a nadie sino a mí, jejejeje... Ahora deja de poner cara que no entiendes, y pongámonos en marcha.

El Aprendiz se puso colorado, pero para su suerte, y debido a la baja luz, pensó que no se había notado. Inmediatamente se pusieron a caminar. La anciana iba tranquilamente, a su paso. Los jóvenes llevaban unas canastas: una de ellas contenía cosas envueltas en paños, y la otra iba llena de hierbas de diferentes tipos.

La Amsei Bakepar comentaba, mientras caminaba:

-Y bien, grandulón... ¿eres tan zopenco con las mujeres como en el Arte? Juajuajua...

El Aprendiz trataba de mantener la compostura, y procuró contestar lo más sobrio posible:

-Bueno, eeeh... voy bastante avanzado en las enseñanzas —y dijo con un poco de orgullo -; de hecho, pronto comenzaré mis lecciones con Nimmba, Seime y el Consejero Krupta.

-Juajua… así que no eres tan zopenco como lo pareces, ¿y qué has aprendido hasta ahora?

-He estado constantemente bajo la guía de Omboni y Akinaya...

No pudo terminar la frase y la anciana le interrumpió:

-¡Ja!… Entre un Guía viejo chico que habla como trabalenguas, y una Guía jovencita a la que te mueres por hincarle el diente, juajua…

Esta vez Saargan no pudo disimular el color rojo de sus mejillas. Akinaya, para tratar de salvar la situación, intervino diciendo:

-Subam-Na, la Voz del Consejo, también lo ha estado preparando. Por otra parte, Nnuya, el Forjador, lo ha tomado como aprendiz en el Boabom Óseo... En verdad se ha esforzado por aprender y reavivar el Arte. También ha estado un tiempo bajo el consejo de las Madas y Fadis. Lo han ayudado mucho.

La Amsei Bakepar comentó cariñosamente, tomando el brazo de Akinaya:

-Pequeña... sólo hay un plenilunio en casi tantas lunas como los dedos de un ser caminante, más los dedos de las manos de otro... mientras, ella creeece y decreeece. Va a costar mucho que este hombre entienda nuestra forma de vida... No necesito conocerlo para saber que tiene mucho que resolver de su propia existencia antes de entender la Vía del Valle... Tendrán que tener paciencia con él —y luego agregó —. Sé que aún no finalizan su retiro las Madas y Fadis ¿no es cierto?

La joven contestó, un poco dudosa:

-Bueno... así es, Amsei Bakepar. Omboni la ha llamado a usted porque no podemos interrumpirlos.

-Y ha hecho bien... no hay problemas, hija, esta vieja puede reparar cualquier cosa... —y mientras miraba a Saargan, agregó —, bueno... casi cualquier cosa.

Los tres personajes siguieron su caminata, conversando. El Aprendiz trató de no tocar ningún tema que dijera relación con él o Akinaya, y preguntó:

-Disculpen, pero ¿a qué se refieren con "la Puerta de Mua"?

La anciana tomó nuevamente la palabra:

-Bien, Saargan... te podría dar un respuesta muy precisa y profunda... pero eres un poco zopenco y no estás preparado para ese tipo de respuestas, pero igual te diré algo para que te quedes contento; escucha y aprende —y tras una pausa, continuó —. La Puerta de Mua es una cúpula construída especialmente para que la mujer traiga sus críos a la Tierra. En ese lugar se dan las condiciones ideales para que la naturaleza haga su función como lo ha hecho siempre, ¡con o sin nuestra ayuda! ¡Juajua…!

La joven agregó:

-Ya la verás, pronto llegaremos.

Siguieron la caminata y la conversación, y ya cerca del anochecer llegaron ante la cúpula que serviría para el parto. Había varios Argan afuera, y cierta expectación. El lugar era semejante a las otras construcciones, pero en la parte exterior estaba completamente rodeada de inscripciones y símbolos. Todos saludaron respetuosamente a la Amsei Bakepar, y ella pasó inmediatamente. Tras ella iban Akinaya y Saargan, quien trató de quedarse afuera; sin embargo, la joven lo tomó de la mano y disimuladamente lo obligó a pasar. Entraron e hicieron un saludo general. El Aprendiz la siguió tímidamente.

Dentro había un ambiente único. Lo primero que llamaba la atención era que, en el centro de la construcción, había una especie de fuente que casi tenía la forma de un triángulo: era un poco más ancha que un cuerpo extendido, y se notaba inmediatamente que era un pozo natural. Del agua que contenía salía un tenue y constante vapor. Una de las esquinas servía de desborde para el agua sobrante, que corría por un estrecho canal de piedras que seguía su camino a través de los muros. El recinto estaba despejado, y lo alumbraban muchas candelas sujetas a los muros, que formaban un gran círculo.

Frente a esta fuente estaba Isenasu, la mujer que estaba apunto de parir. Estaba caminando en círculos, apoyada en Omboni, quien mientras le hacía una forma de masaje en uno de sus brazos, ejerciendo cierta presión en zonas específicas de su mano izquierda. Junto con ella, caminaban sus dos Osanmeo. Uno de ellos cantaba una suave melodía que daba tranquilidad al ambiente. Entretanto, la futura madre realizaba extraños sonidos al inhalar y exhalar, los que hacían recordar las técnicas respiratorias de las Artes. A un lado había tres mujeres adultas, que vigilaban una fogata en uno de los extremos.

La anciana Bakepar se acercó a la mujer a punto de parir, la observó de cerca, tocó su panza y luego tomó inmediatamente las hierbas: las puso dentro de un tejido y las introdujo a la piscina que se formaba en el centro. Comentó:

-¡Por los huesos de un bumtan! Traigan agua fría, esta agua está demasiado caliente: debemos atemperarla para que llegue a la temperatura adecuada.

De inmediato, varios de los que estaban presentes trajeron jarros con agua y los vaciaron en la fuente. Comenzó a salir un suave olor a hierbas, muy relajante y agradable. La anciana volvió con Isenasu, y dijo:

-Está bien... eres una joven fuerte, no habrá problemas. La cría nacerá con esta luna... será una hermosa y sana hembra... Por algo se ha dicho que será la cría de los nuevos vientos, no hay nada de qué preocuparse –y luego agregó –; y tú Akinaya, ve afuera y haz algo interesante con Saargan, aquí ya no servirán de mucho... y necesitamos aire... ¡¿me entienden?! ¡Aaaiiiiireeeeeee!

Ambos se despidieron y le dieron un saludo especial a Isenasu. Ya afuera, el Aprendiz se tranquilizó, aunque todavía tenía varias dudas dándole vueltas en la cabeza. La noche se había apoderado del medio ambiente y corría un poco de brisa fresca. Él dijo:

-Tengo una pregunta, Akinaya ¿para qué es la fuente central?

-Es el lugar en que ayudarán a Isenasu a entrar. Todos los críos de la Aldea han nacido ahí... a no ser que pase algo fuera de lo previsto, como casi sucede hoy.

-¿Y el crío no se ahogará ahí adentro?

-Jejeje... Saargan... claro que no... nacen de lo más sanos. Ya te he dicho que las aguas y vertientes del Valle son especiales. Esa piscina es una vertiente natural de aguas calientes, y que ayudan a que la mujer se relaje... Una vez que entre no tardará nada en parir. Dicen que es una sensación muy agradable... pero en verdad yo no lo sé, ni tampoco me llama mucho la atención averiguarlo.

-Pero ¿para qué la hacían caminar? ¿No debería estar en una posición más cómoda?

-Al contrario, ésa es la mejor forma para que ella se relaje y el crío se acomode; verás que el nacimiento será muy rápido.

El joven volvió a comentar:

-Es curioso, Akinaya, pero Isenasu es la única mujer que he visto embarazada entre todas las habitantes de la Aldea... ¿tan pocos críos nacen aquí?

-Últimamente han sido muy pocos, en esta primavera sólo será esta cría... En el último tiempo, nadie desea traer críos a la Tierra. Por eso este nacimiento ha llamado tanto la atención.

-No lo entiendo, Akinaya... ¿tiene algo que ver con las profecías de la Cúpula Nao?

-Sí. Todos sabemos que se avecinan cambios; el Valle ya no está tan seguro como antes, por lo tanto, todos están a la espera de que el fluido-tiempo del futuro se aclare. De otra forma, sería un riesgo traer un crío. Sólo podría traer sufrimientos para él –y luego agregó, algo triste –. Algunos Amsei dicen que ésta será la última cría que nacerá en el Valle.

Saargan quedó un poco pensativo y comentó:

-Creo que voy entendiendo... si Bakepar dijo que ésta sería la cría de los nuevos vientos, no creo que signifique que nadie más nazca aquí. En todo caso, sácame de otra duda, ¿cómo sabe que será mujer, si todavía no ha nacido?

-Hay muchas cosas que aún no sabes. A Bakepar le basta ver a una mujer, y sabe inmediatamente si lleva dentro una hembra o un macho. Además, Isenasu, cuando engendró esa cría, eligió qué debía ser.

-¿Pero eso se puede hacer...? Algo me han explicado las Madas, pero no acabo de entenderlo, lo veo como imposible. Nadie puede tener la certeza de qué sexo será el niño que nacerá.

-Las Madas y Fadis te habrán explicado que la mente no tiene límites, Saargan... y cuando trabaja de acuerdo con el cuerpo, se le abren caminos que para quien no está preparado, parecen imposibles.

El Aprendiz quedó pensando nuevamente y comentó:

-Me gustaría volver a ver a la Madas y a Fadis, los echo de menos. Incluso les he preparado un par de fuentes de frutos secos con miel. Los tengo guardados para ellos, pero Omboni me ha dicho que se encuentran en un estado especial y que no debo interrumpirlos.

Ella contestó:

-No te preocupes, Saargan, ten paciencia, ya entenderás por qué debe ser así.

En ese instante salió Omboni en silencio, y una de las mujeres que estaba adentro salió con una expresión de alegría y alivio en el rostro. Todos los que estaban ahí los quedaron mirando. Ella dijo:

-Ha sido una hermosa hembra, tal como estaba predicho. La madre y la cría están bien y descansando.

El grupo que se encontraba a la espera de las novedades, dijo espontáneamente y al unísono:

-¡¡¡Sojamm!!!

Akinaya y el Aprendiz se abrazaron instintivamente; al fin aquel nacimiento había concluido. Hubo todo un revuelo entre los que estaban reunidos, habían llegado algunos de los pequeños y muchos aprendices mayores y gente de la Aldea. Había una gran emoción. Por otra parte, Omboni no estaba tan alegre: se alejó un poco del grupo y se puso a observar el cielo, que se encontraba pleno de estrellas. No había luna. Tomó una tabla que llevaba en sus vestiduras, y la marcó con un pequeño pedazo de metal muy fino que llevaba amarrado a ella. El Aprendiz lo observaba desde la distancia, tratando de no interrumpirlo. El anciano miró hacia lo alto e hizo un extraño gesto hacia la inmensidad.

20. Nacer y Re-Nacer

El tiempo siguió su transcurso y, a los pocos días del nacimiento, el Aprendiz ya tenía listas sus tareas; así, llegó el momento en que debía presentarse ante los nuevos Am-Ato. La mañana dispuesta para ello, Akinaya pasó por él, tal como le había prometido.

A pesar que ya había cumplido con las labores que se le habían encomendado, Saargan cogió nuevamente una canasta y la llenó de frutos mientras iba en camino a iniciar sus enseñanzas. Quería empezar bien, y deseaba demostrar que respetaba y valoraba tanto lo que había aprendido como lo que podía aprender.

Mientras avanzaban, Akinaya le preguntó:

-¿Cómo te sientes, Saargan? ¿Estás con energías para comenzar?

-Sólo deseo comenzar lo más pronto posible, ya quiero enterarme de qué tratan las Artes de mis nuevos Guías.

-Es bueno sentir esa curiosidad: verás que te llevas unas buenas sorpresas. Ellos mismos te explicarán qué objetivo persigue cada una de sus enseñanzas, y cuál es la forma de desarrollarse; lo demás lo entenderás mientras aprendes.

Ambos aceleraron el paso, pues querían llegar lo antes posible a la reunión. Mientras iban caminando, algo cruzó por la mente de Saargan y comentó:

-Hace unas noches, después del nacimiento, tuve otro sueño extraño, Akinaya, y quisiera contártelo –y luego le relató -. Primero veía un lugar de colores fuertes... era como una habitación. En el centro, en una especie de tablón de color claro, había una madre que estaba a punto de parir a su hijo. Lo curioso del sueño es que, para que lo pariera, la tenían acostada sobre ese tablón... Ella sufría y gritaba mucho, y yo podía sentir que no estaba para nada feliz con la situación. El lugar estaba lleno de artefactos muy extraños, que daban un poco de miedo. Los que la estaban tratando de ayudar no la conocían, y sus pensamientos estaban en otra parte: sólo querían terminar rápido, y que ella dejara de chillar. Algo hicieron con ella que alivió el dolor que sentía, pero la pobre mujer seguía muy incómoda, tratando que su hijo saliera de su vientre. Pensé en cómo podían ser tan estúpidos de obligarla a parir acostada, pues sería tan incómodo como comer boca arriba; además cualquier idiota sabe que una mujer pare en cuclillas, o semi sentada. También me llamó la atención que en el cuarto no había nadie que realmente la conociera... estaba sola, frente a unos desconocidos. Además, podía sentir un olor horrible en el ambiente, que con sólo respirarlo daban ganas de gritar. Al final, el bebé nació, y uno de los que estaban ahí hizo algo increíble: tomó al crío bruscamente, y le dio una tremenda palmada en las nalgas, y por supuesto, el niño rompió en un llanto horrible. Después lo tomó otro y se lo llevó quizás a dónde. Veía esta escena y me dio pena... más que un sueño, fue como una pesadilla. Además, pensé en lo que sucedió la noche del nacimiento, y no recuerdo haber escuchado a nadie gritar, ni a la madre ni a la cría: ella sólo nació.

-En verdad que tus sueños son extraños, Saargan... —y luego ella agregó, bromeando -, quizás a qué mundo terrorífico viajaste, jejeje...

No se habían dado ni cuenta cuando ya se encontraban frente al montículo donde anteriormente se habían reunido. Se hallaron en el lugar acordado y frente a los tres Am-Ato. Saludaron, los tres nuevos Guías se mostraron más abiertos, y el Aprendiz se sintió con confianza. Disimuladamente miraba con más atención a Seime. Luego de volver a saludar, entregaron el presente.

Nimmba, la Guía más baja y de aspecto fuerte, comentó:

-Has cumplido bien, Saargan: la leña que has recogido es más que suficiente para la temporada —y luego agregó, observándolo suspicazmente -. Pero tal vez sería bueno que también aportaras la necesaria para la próxima temporada...

Antes que ella terminara la frase, Saargan dijo de manera segura y directa:

-¡¡¡Sojamm Am-Ato!!! Délo por hecho, partiré inmediatamente.

Los tres Guías y Akinaya sonrieron. Nimmba volvió a comentar:

-Está bien, Saargan, te has ganado nuestras enseñanzas; lo de la leña no es necesario, lo veremos en su momento. Simplemente prepárate, hoy renacerás para nuestras Artes.

El Aprendiz contestó de manera segura:

-¡¡¡Sojamm!!! Dispongan de mí plenamente.

Luego intervino Krupta, el Guía varón de espesa barba, quien además poseía una voz profunda y sólida:

-¡Bienvenido Saargan! Podemos ver en ti que los esfuerzos de los Am-Ato que te han conducido no han sido en vano, especialmente Omboni. No podemos esperar menos de ti, sino que demuestres una energía plena y completamente segura ante cualquier camino que elijas tomar.

Seime, la tercera Guía, que era más alta, contorneada y de ojos almendrados, también le dio un recibimiento especial:

-¡Bienvenido! Hace ya muchas lunas que has conocido los secretos de las Artes Boabom del Mmulmmat. Ahora te darás cuenta que, si bien nuestras Artes poseen el mismo tronco, se ramifican y florecen, formando nuevos caminos. Te han enviado con nosotros para que conozcas la plenitud de las enseñanzas, y con ello las comprendas como un todo, no como miembros separados. Hoy podrás aprender con nosotros porque ayer te preparaste adecuadamente.

El Aprendiz escuchaba en silencio: ya había asumido que se aprendía más escuchando y meditando sobre lo que oía que interrumpiendo a cada rato. Seime prosiguió con su explicación:

-Has visto el Arte como una forma de despertar tu energía, luego como una forma de hacerla fluir suavemente, como te lo mostrado Subam-Na, la Tefa y Guía del Seamm-Jasani. Una vez que has dado esos primeros pasos, se te mostró el Boabom Óseo, un Arte fuerte y noble para las mentes que están preparadas para entenderlo. Sin embargo, ahora hemos probado tu temple, y te iniciaremos en las formas más profundas que, de alguna manera, son una continuidad de las anteriores. Todo lo que has aprendido, como lo que aprenderás, tiene un sólo objetivo, Saargan... ¿Sabes cuál es?

Saargan titubeó un poco, y sin saber qué decir, contestó:

-La... la... ¡la defensa!

Todos se pusieron a reír, lo que al Aprendiz no le gustó mucho, pero ya se estaba acostumbrando a que lo probaran y que sus respuestas provocaran alguna risa. Seime continuó su explicación:

-Aprendiz... la defensa es para quienes ven a todos como enemigos. En esta noble Aldea, nadie es enemigo de nadie. No nos malinterpretes al desarrollar nuestras Artes, tanto como las que has visto. Si bien, todo movimiento proyectado puede causar un profundo daño, su objetivo no es ése. Debes entender que todo lo que has desarrollado y estás aprendiendo tiene un solo objetivo... tu mente, que eres tú mismo. A medida que domines el movimiento externo, comprenderás el movimiento de tu mente.

Tras una pausa Krupta, el Constructor, agregó de manera seria:

-Para nosotros será una gran tarea prepararte, Saargan: se avecinan tiempos difíciles para el Valle, y no podemos alargar demasiado nuestra labor. Tú serás fuerte en tus decisiones y nosotros también.

Seime siguió la explicación:

-Debes entender que ya has pasado tus pruebas para con nosotros y las Artes que portamos, ya es suficiente; ahora necesitamos tu dedicación absoluta por las próximas lunas si quieres recuperar estas enseñanzas. Quien está preparado no necesita sufrir para nacer, no necesita probarse para vivir, así como no necesita de la angustia y los sentimientos para diluir su cuerpo. Hoy comenzarás a cargo de Nimmba: ella te iniciará en su rama y ocupará algunas de tus mañanas. Krupta te mostrará otra forma completamente distinta, y se encargará de ti, ciertas lunas, en las tardes. Mis lecciones serán alternadas, al anochecer. Empieza a preocuparte de alimentarte bien y concentrarte en la labor que te espera, porque comenzará a circular mucha energía en ti, y deberás saber cómo conducirla y cómo usarla.

Saargan estaba ansioso por iniciar sus lecciones. Tras algunos comentarios, Seime y Krupta se despidieron, junto con Akinaya. El Aprendiz se sintió un poco huérfano, pero estaba emocionado por comenzar sus enseñanzas y descifrar el Arte de su nueva Am-Ato.

Una vez que estuvieron solos, Nimmba, la Guía del Arte de los Elementos, dijo:

-Bien, Saargan, lo primero que necesito es que vayas a tu cúpula y traigas las varas que te pedí que prepararas.

El joven partió corriendo. Tras un rato, llegó apresurado, abrazando las ocho varas, que eran de distintos tamaños. Ahora había un grupo de cinco estudiantes, dos varones y tres mujeres, junto con la Am-Ato. Todos eran bastante avanzados, y habían sido designados especialmente para acompañarlo.

La Guía hizo que el Aprendiz se sentara junto al grupo y escuchara:

-¡Sojamm! Hoy comenzarás a revivir el Arte del Yaan-Muanba. Este camino es una forma fuerte a la que también llamamos Boabom de los Elementos. En él aprenderás a manejar cada una de estas varas de manera particular. Todas ellas son tuyas, el trabajo ha sido para ti mismo. En el futuro, cada una demostrará la etapa que has dominado. El inicio puede que sea torpe, pero si eres constante, verás que tu desarrollo en él será fluido y lo sentirás como si siempre lo hubieses sabido. Lo que ya has aprendido con Subam-Na y Nnuya aquí florecerá a través de estos elementos. Con el tiempo, podrás apreciar que estas simples varas en movimiento te ayudarán a llegar a tu mente desde un nuevo punto de vista, diluyendo tu miedo instintivo a lo exterior. A medida que crezcas en este Arte, sentirás que las varas son una extensión de ti mismo, que no sabrás dónde terminas tú y dónde comienzan ellas. El poder de los elementos, su fuerza, su peso y su inercia serán tus guías en este poderoso Arte. Te exigiré mucha concentración, Saargan. El tiempo que estés, deberás estar aquí –y luego agregó -. Y recuerda una cosa: esas ocho varas son tuyas, nadie debe tocarlas. Úsalas sólo cuando repases tus lecciones, y guárdalas en un lugar especial.

El joven miraba sorprendido a Nimmba: se veía una mujer fuerte y decidida. Su contextura se adecuaba perfectamente a lo que decía que le enseñaría. No era delgada, sino mas bien robusta y de brazos fibrosos, pero a pesar de ello, poseía toda la gracia de su femineidad, y aun siendo más adulta que él, sintió una inevitable atracción por la mezcla de seguridad y gracia de la Am-Ato.

Aquella mañana comenzaron inmediatamente las lecciones, a plena marcha. Lo primero que le mostraron fue el uso de un bastón mediano, que llegaba al hombro del Aprendiz. Todos se formaron tal como se solía hacer en las clases que había tomado antes con los otros Guías; la labor comenzó con ciertas coordinaciones y formas respiratorias muy extrañas, sin embargo, Saargan las captó rápidamente, le eran familiares. Se sintió contento y con energía al ver que podía avanzar rápidamente y seguir al curso. En un principio, la vara parecía liviana, pero después de haberla tomado demasiado tenso un rato, le comenzó a pesar cada vez más. Ya no parecía un simple bastón de algunos cuantos dedos de peso.

La mañana pasó rápidamente y, aunque fue la primera, el Aprendiz terminó bien su lección. La clase dio su saludo de despedida.

En la tarde, a la luna siguiente, volvió al lugar de reunión en el tiempo acordado. La lección anterior le había dejado unas cuantas agujetas en los músculos, como una especial marca de recibimiento. Pero ahora no podía quejarse, era el turno de Krupta. Sin embargo, aún no podía adivinar cuál sería su forma de enseñar. Además, poseía una inquietud extra: también él era el sexto Consejero.

Cuando llegó al lugar de reunión, el Guía se encontraba allí, junto a un nuevo grupo de cinco aprendices. Hubo los saludos de rigor y la lección comenzó inmediatamente. Lo primero fueron las explicaciones del Am-Ato:

-¡¡Sojamm!! Pon atención: el Arte que te he de trasmitir es el Arte del Yagra, una forma de Boabom tomado. Es el camino de entender las fuerzas de sí mismo y las energías que circulan por un cuerpo. Tu cuerpo es una estructura de la que debes comprender cómo funciona y cómo se puede proyectar; si entiendes esto, estarás a un paso de entender cómo funciona tu mente. Tu estructura, como la de una cúpula, tiene base, palos y tierra que, para amoldarse, ha necesitado de agua y hierbas. Sin embargo, esta estructura también tiene debilidades y fortalezas. El Yagra estudia tus articulaciones, tu peso, tu propia inercia, y tus reacciones ante estas mismas características, pero manejadas por el contacto con otro cuerpo. El movimiento en este Arte es el último detalle del Boabom Óseo, que ya has aprendido, lo finaliza y te permite tomar y neutralizar una energía y cuerpo opuesto, al tiempo que tú comprendes el tuyo propio. Verás que todo cuerpo está lleno de puntos débiles y fuertes, y que a su vez, los débiles se pueden convertir en fuertes si sabes cómo conducir la mente-movimiento, y que los fuertes se pueden tornar débiles si te confías demasiado. Nuestro objetivo será que sepas ceder para tomar, y que fluyas con las energías que aparentemente se te oponen.

Luego, Krupta formó a todos para dar inicio a la lección del atardecer: cada uno de los estudiantes se puso frente a otro y el Am-Ato les fue mostrando diferentes coordinaciones que debía ejecutar cada pareja, pero esta vez, los movimientos no eran como en el Boabom Óseo, en que prácticamente nadie se tocaba, y la danza consistía en proyecciones rápidas y retráctiles. Ahora, todos los movimientos eran graciosas formas de agarre y desagarre. Primero parecían simples ejercicios, y el cuerpo de cada compañero iba sirviendo como peso y contrapeso para cada movimiento, pero cuando ya había pasado un rato, los sistemas de agarre comenzaron a complicarse, y había que estar muy atento a cómo se debía reaccionar, tomar y retomar. El Aprendiz pudo entender rápidamente a qué se refería en la práctica la explicación de Krupta. Con cada técnica, podía sentir inmediatamente las debilidades y fortalezas de cada una de las articulaciones de su cuerpo. Por otra parte, valoró cómo todas las Artes que había aprendido iban relacionadas y enriquecían un aspecto de su propia personalidad: el saber despertar, la quietud y fluidez del Seamm-Jasani, la seguridad y agilidad del Boabom, la fuerza del Yaan-Muanba y ahora el Arte Yagra, la vía del Am-Ato Krupta.

Sin darse cuenta, ya estaba transpirando nuevamente, pero a medida que comprendía lo que se le enseñaba, los esfuerzos eran menores y simples.

Cada toma se transformaba en un nuevo agarre, en que predominaba el movimiento circular y en espiral. Pronto pudo darse cuenta que había que tener cuidado, y recordó algo que siempre decía Nnuya sobre el Boabom: "Hay que saber encender el fuego y trabajar con él; o cocinas o terminas cocinado". Esta nueva Rama tenía esa misma particularidad, pero aún más marcada: cada movimiento debía ser ejecutado sutilmente, con gran cuidado para sí mismo y para con el compañero.

Ese día había sido magnífico para Saargan, se sentía cada vez más completo. Por el momento, los esfuerzos realizados eran lo justo. Una vez terminada la clase, el fuerte Am-Ato Krupta le pareció suave y delicado. Tras hacer los saludos de despedida, el Guía le comentó al Aprendiz que descansara y que se retirara temprano a su cúpula, pues las próximas lunas serían intensas. Pronto lo llamaría Seime, la Tejedora, para iniciarlo en el Arte del Isemo.

Las clases de cada día eran esperadas con ansias por Saargan. A medida que pasaban las lecciones, iba lentamente comprendiendo el verdadero objetivo de cada una de la Ramas enseñadas por sus nuevos Am-Ato. Poco a poco, descubría cómo lo que le había sido explicado tomaba vida real y práctica. ¡Cuán lejos están las palabras de las sensaciones! A veces recordaba lo que Omboni le decía: "El idioma ser una caricatura de la realidad". Cuán cierta se convertía aquella aseveración, mientras iba profundizando en el trabajo del Boabom y de sus ramas, el Yaan-Muanba y el Yagra. Pensaba y meditaba al respecto :"Energía es una palabra, una palabra que simboliza un estado, el estado que se ha simbolizado es una forma de vibración, la vibración es un movimiento, los que unidos forman la vida como olas continuas... de esto ¿quién soy yo?". Mientras trabajaba las coordinaciones y ejercicios que constituían cada Arte, trataba de descubrir su esencia, de descifrarla como un idioma. Sus Guías le volvían a demostrar lo contrario: "El idioma está lejos de la realidad". El Aprendiz se volvía a preguntar: "¿se podrá pensar sin palabras?".

Avanzó rápidamente en las dos primeras Artes. Lo que en un inicio parecía un reto, ahora era parte de la vida. Las agujetas de las primeras clases se habían convertido en energía. La curiosidad se había transformado en una búsqueda plena y llena de vibración. Los valores se tornaban en fuerza interior. Los movimientos que antes lo agotaban y lo hacían transpirar, ahora simplemente eran como respirar, un ciclo más en el ciclo de la vida; sudar era simplemente liberar lo que en su momento debía ser liberado.

Pronto llegó el día en que Krupta le anunció que la Guía Seime lo esperaría al anochecer. Comenzaría con el último Arte; Saargan se sintió emocionado.

Nuevamente, Saargan comenzó a sentir esas ansias por lo nuevo, pero ahora, más que ello, eran ansias por nuevas sensaciones. Cada enseñanza le había hecho sentir algo distinto, tanto en su cuerpo como consigo mismo. Cuando después de su llegada al Valle comenzó los primeros pasos, habían sido como salir de la somnolencia; luego vino la sensación de poder controlar el cuerpo, pacientemente, con fluidez, que prosiguió con el dominio de la vitalidad y esa sensación de estar vivo, y muy vivo. Por último, con las nuevas ramas, había sentido que todo elemento podía ser consumido por el movimiento, y con ello perder su peso, así como podía aprender a que su propio cuerpo y mente eran una construcción con todos los detalles, trabajando en conjunto, en armonía, recordándole de alguna manera que mente y cuerpo eran una sola cosa que podía ser finalmente consumida por sí misma.

La noche sobrevino, y el Aprendiz se presentó en el mismo lugar de siempre, la pequeña planicie que servía para las nobles enseñanzas. Las estrellas comenzaron a aparecer, desbordándose en el cielo, como queriendo hablar y comunicar su mensaje a los seres que habitan la lejana Tierra. Corría una brisa cálida. Ya desde abajo, antes de entrar al círculo, pudo ver que habían encendido una fogata en la parte superior. Subió rápidamente, y ahí estaba Seime. A su lado había cinco nuevos aprendices, que al parecer, también eran sus estudiantes más avezados. Tres de ellos eran unas hermosas jóvenes: el Aprendiz no pudo evitar mirarlas con atención; los otros eran dos aprendices varones, a quienes ya había visto anteriormente. Estaban junto al fuego, y a un lado del fuego había varias cosas cubiertas con unas especies de amplios tejidos bordados con símbolos. Saludaron con gran energía a Saargan, y éste les devolvió el saludo con igual energía, especialmente hacia la nueva Guía. Ella habló con suavidad y firmeza:

-¡Sojamm, Saargan! Esta luna es la propicia para tu comienzo en el Arte del Isemo, cuando el Boabom danza. Sé que estás lleno de inquietudes, pero no te angusties: pronto descubrirás que esta forma del Arte es simple, y que de alguna manera siempre la supiste. Has tenido que recorrer un camino largo para llegar a este punto: has pasado tus pruebas, has seleccionado los frutos correctos y has aprendido a mantenerlos para el futuro y para la vida del mañana; has tenido la paciencia y la delicadeza necesaria para preparar lo materiales del gran tejido; hoy es tiempo de disfrutar, de alimentarte y de abrigarte con lo que has acumulado. Desde tu primer acercamiento, hasta ahora, ha transcurrido el lapso necesario en ti para que comprendas lo que realmente hoy aprenderás bajo la luz de esta luna. Hoy renacerás para el Isemo. Primero fue el movimiento, y su primera forma en la vida fue respirar; luego se desplazó de manera lenta, hasta que descubrió la velocidad y su propia fuerza; tuvo un pedazo de control y tuvo la visión para evolucionar; se inspiró, explorando nuevas formas; por último, sólo danzó Saargan, sólo danzó.

El Aprendiz escuchaba con atención. Su nueva Guía, Seime, le parecía aún más hermosa e interesante a medida que se expresaba. Mientras hablaba, movía sus manos graciosamente, como hojas mecidas suavemente por el viento. La luz de la fogata y el cielo eran la compañía adecuada para esa ocasión. El corazón de Saargan latió de un modo extraño. Al fondo, se sentía el cantar de algunos parajillos nocturnos. Seime prosiguió con la lección:

-Has venido en esta luna para conocer el Arte que completa a todos los demás, Saargan, la forma que transforma el movimiento en danza. Verás que al final, cada elemento que aprendiste era necesario, como hilos que se unen para formar una sola túnica, y que ahora cada uno de esos elementos toma vida, gracia y se liberan unidos. —y luego agregó —. Lo de hoy será sólo un despertar. Los aprendices que ves te ayudarán, ellos son mis estudiantes más cercanos. Los dos varones te ayudarán a su manera, y las jóvenes desde otro punto de vista. Solo relájate y síguelos; lo de hoy es sólo un ejemplo, mañana este Arte significará para ti una fuerza impredecible, y el acercamiento a una energía inmensa y universal.

La Am-Ato hizo un gesto muy armonioso a los dos aprendices que se encontraban a su lado y estos descubrieron los objetos que estaban cubiertos con la tela. Eran varios tambores de diferentes formas, y unos tipos de flautas de diversos tamaños. Por mientras, las tres jóvenes se pusieron a su alrededor. La Guía hizo una señal, y los jóvenes comenzaron a tocar una suave melodía con sus instrumentos. Saargan no podía creer lo que estaba viviendo: parecía que había sido transportado a otro mundo. Las estrellas, la música y los movimientos que le mostraba su nueva Guía, la forma como se movía Seime era única, poseía una gracia indescriptible y una mirada que a veces le hacía distraerse. Trató de concentrarse y de seguir los pasos. De alguna manera, tenían un cierta semejanza a lo que ya conocía de las otras Artes, pero poseían, a la vez, una aplicación totalmente distinta. Nadie podría decir cuánto rato estuvo siguiendo los nuevos pasos y los movimientos. En ocasiones le pareció perder el sentido del tiempo, le pareció entrar en una especie de trance. Hubo paso suaves y elegantes, otros amplios y fuertes, acompañados con diferentes formas de manos. Se le enseñó a usar su expresión, la mirada, la alegría, la fuerza de la vida, lo que en un principio no fue tan sencillo. Una nueva sensación recorrió los enrevesados caminos del cuerpo del Aprendiz. Esa noche fue única.

Una vez que terminó, le pareció que algo había cambiado o despertado en él. Al rato, todos se despidieron amablemente. Saargan caminó tranquilamente a su cúpula: tenía una sonrisa de plenitud, los ojos le brillaban y miraba las estrellas mientras avanzaba por el sendero. Miraba hacia arriba sin tropezar y sin saber por qué le venía la imagen de Akinaya a la mente.

Meditaba y sonreía para sí mismo, sentía que había renacido. En verdad, lo que los Am-Ato le habían pedido previamente no era nada comparado con sus enseñanzas. Ahora, lo único en que pensaba era en volver a sus lecciones y, en especial, a las de Seime.

21. Floreciendo

El tiempo transcurría en una medida distinta. Más aún, después de haber comenzado los nuevos senderos del Arte. El Aprendiz asistía puntualmente a sus prácticas, se hallaba completamente entregado a ellas. Mientras, entre los habitantes de la Aldea, se percibía cierta algarabía, un extraño renacer y alegría; sin embargo, Saargan estaba tan absorto en lo suyo que no lo notaba completamente.

En esos días, su mente estaba centrada totalmente en las nuevas enseñanzas, especialmente las del anochecer.

Por otra parte, poco a poco dominaba el Arte de los Elementos: fácilmente comprendió el uso del bastón mediano, así como el del largo. Aprendió a transformar la energía de éstos en un continuo y poderoso movimiento. Mientras participaba en estas clases, pudo sentir cuán pesado podía ser un trozo de madera, pero a la vez, en cuán liviano y útil se podía transformar. Luego vineron las aplicaciones del bastón con los demás aprendices: su grupo era exigente y completamente sometido a estas enseñanzas; poco a poco, se fue dando cuenta que su dedicación era más allá de lo común. Con ellos comenzó a entender cómo, en la práctica, el desarrollo de movimientos cortos y luego continuos podía transformarse tanto en una forma de centrar la mente como en una defensa implacable. El solo roce de uno de estos bastones podría traerle consecuencias irreparables a quienes los usaban. Sin embargo, su Am-Ato, Nimmba, la Artesana, era exigente en su transmisión, y cada uno sabía cómo desviar, cómo ceder y como proyectar en la medida exacta. Nadie se dañaba, pero en más de una ocasión el Aprendiz vio cerca la posibilidad de que algún movimiento le mostrara su cara obscura.

Durante ese período también asistía a las enseñanzas de Krupta, el Constructor, un hombre de aspecto intimidante, pero en verdad amable como todos en la Aldea. En cada ocasión iba desarrollando de manera más natural estas enseñanzas. Conocía más su cuerpo, y al hacerlo, entendía más cómo funcionaba la mecánica en cada ser; la fuerza de una palanca, lo inevitable de la inercia, la confusión de la espiral, la potencia de la rectitud y la sorpresa de la velocidad parecían simples en manos de Krupta. El Aprendiz observaba, imaginaba, aplicaba... ése era el camino de los Argan si deseaban progresar en un Arte tan complicado y simple a la vez. Vida y muerte son entrañables compañeras, como la mano izquierda y derecha; un movimiento mal ejecutado, o un trabajo tomado a la ligera, podían significar dar por hecho tal apreciación. Pero el desarrollo de la enseñanza fue fluido; simplemente, la vida floreció.

Aun cuando esperaba cada enseñanza con ansia, tal vez la que más lo conmovía y de la cual más deseaba aprender era el Arte que enseñaba la hermosa Seime. No sabía si era por ella o era por lo difícil que le parecía imitar su gracia, pero el Arte Isemo lo atraía de manera única, quizá porque no era muy ágil en él ¡Cómo le habría gustado entenderlo más! Pero, poco a poco, comprendía lo que Omboni le enseñaba: "En Valle, todos deber conocer de todos... pero no confundirte tú, Aprendiz... no por ellos todos iguales... mano no ser igual que pie, ni oído que ojo, todos venir del mismo huevo, pero cada uno tener sus habilidades y desarrollar su camino..." Saargan entendía que era bueno para él entender la armonía de la danza que le mostraba Seime, aunque pensara que nunca sería su etapa más fuerte. La paciente Am-Ato le mostraba paso a paso los caminos de la Danza del Valle: la gracia de una mano, la docilidad de una pierna, la belleza de una espalda. Él trataba de seguirla y entender cómo él debía interpretar, a través de su mente-cuerpo, lo que ella explicaba. Tendría que tener mucha paciencia todavía, pero sabía bien que por algo tenía la oportunidad de aprender el Isemo.

En una de esas noches, Seime, cuando ya todos los aprendices se habían retirado después de sus lecciones, se quedó conversando con el nuevo estudiante. Él comenzaba a sentir cierta confianza con ella. La Guía comentó:

-Me alegra, Saargan, que seas Aprendiz de esta Am-Ato. Veo que poco a poco comienzas a sacar tus energías ocultas. Debes tener paciencia... ya entenderás.

-Me siento bien, Am-Ato Seime: lo que usted me ha mostrado, así como todas las Artes en general, me han ido cambiando de alguna manera, y me agrada ese cambio. Lo único que me preocupa es el Valle...

-Por ahora debes prepararte... sólo prepararte. El tiempo dirá qué sucede.

-¿Usted conoce la Cúpula Nao?

-Por supuesto, Saargan, todos en la Aldea la conocen. Sé lo que quieres decirme, sé que te preocupa nuestro futuro, sé también lo que habla la Cúpula Nao, pero la realidad se verá en su momento. Cuando danzas en el Arte Isemo, no puedes pensar en qué vendrá o qué harás, o qué pasará si tomas una forma u otra, simplemente te dejas llevar. Demasiados pensamientos obstruyen la mente.

El joven siguió preocupado y comentó:

-¿Cree usted que será cierto que la Aldea esté en peligro?... Aquí se ve todo tan tranquilo...

-No hará mucha diferencia lo que yo crea o no, Aprendiz. Lo importante es que hoy yo te puedo enseñar lo que he cultivado, y tú puedes evolucionar. Cuando yo te pedí que seleccionaras frutos para mí, tomaste los mejores... ¿no es así?

-Por supuesto, de todas las variedades que encontré, y entre ellos, los más apropiados.

-Así es, Saargan: toma lo que debas tomar... no tomes lo que no está apto, pues no está hecho para ti en ese momento. Tal vez será el adecuado para otro... pero eso nunca lo sabrás; la vida es una cosecha de corta temporada, la cual debes aprovechar.

El joven quedó pensativo y, sin querer, no podía dejar de mirarla. Su rostro y su labios se reflejaban tenuemente a la luz de los últimos restos de la fogata de ese anochecer. Pasó un instante, y ella comentó:

-Bien, Saargan... es momento en que debo partir a mi cúpula. Mañana hay muchas actividades, también tengo mis labores y tú debes preocuparte de repasar. Sólo tendremos algunas pocas clases más, y de ahí habrán ocho lunas sin enseñanzas.

La Am-Ato se iba a despedir, pero el joven comentó:

-¿La puedo acompañar? Además, mientras caminamos, podría explicarme por qué habrá ese período de descanso.

-Bien, Saargan, vamos —se pusieron a caminar inmediatamente, y ella agregó -. Si has conocido la Cúpula Nao, sabrás que también ella anuncia buenas nuevas: no creo que lo hayas notado... pero ¿has observado a tu alrededor últimamente?

Él sólo dijo:

-La verdad es que no, sólo me he concentrado en las Artes.

-Lo que sucede es que pronto comenzará el Samesame...

-Ya había escuchado esa expresión antes, pero no sé a qué se refiere... me imagino que tiene alguna relación con esas ocho lunas de descanso.

Ella contestó:

-Las ochos lunas son justamente para celebrar el Samesame —y agregó sonriendo -, y no son ocho lunas de "descanso".

El Aprendiz comentó:

-Ya estoy intrigado de nuevo, Seime, ¿me podría explicar más?

-No entenderías todos los detalles, ya lo vivirás en su momento. Pero, en resumen, será una gran reunión, y en esta ocasión estará todo el Valle. Nadie falta al Samesame. Cada luna tendrá un destino. La primera reunión será en la luna creciente, ocho días antes de la luna llena que viene. En la primera noche todas las Artes se sellan, y al tiempo, nos prepararemos para la primera gran cosecha de este círculo a la Astro-sol. Todos ayudaremos, también tú. Toda la vida florece, Saargan, y pide tu parte, si deseas realmente entenderla... —y luego agregó, mirándolo con aquellos hermosos ojos de miel y moviendo gracilmente sus manos —. Cuando comienza el Samesame, comienza la Danza...

El Aprendiz sintió una atracción irresistible. No sabía por qué, ni cómo tan rápidamente se había sentido atraído por esa mujer. No pudo evitarlo. Una parte de él le decía que no debía sobrepasarse, pero cuando las fuerzas de la naturaleza se despiertan, siempre los argumentos de la razón son poco convincentes. Simplemente alargó su mano y acarició suavemente el dócil pelo de Seime. Ella se detuvo, lo miró, y le sonrió, y el Aprendiz trató de acercársele. La Guía le comentó suavemente, pero de manera firme:

-No te confundas, Saargan. De todas las mujeres de la Aldea, no soy yo la apropiada para compartir tu energía.

El joven se sintió avergonzado y molesto. Dijo:

-Lo siento, Am-Ato... no debí olvidar que usted es una Am-Ato y yo soy sólo un Aprendiz.

-No se trata de eso.

-Siempre meto la pata, Seime... no quise faltarle el respeto a usted o al Am-Ato Krupta.

Ella contestó:

-No sé por qué mencionas a Krupta.

El joven respondió, entristecido:

-Me siento solo... es verdad lo que decía antes del Valle: la naturaleza florece, y los veo a todos alegres. Siempre están bien acompañados, riendo, jugando, haciendo bromas o trabajando y cantando. De alguna manera, yo estoy solo... solo con mis memorias, que van y vienen sin decirme quién soy. Parece que no puedo acercarme a ninguna mujer del Valle... y ahora que me acerco a usted, por un momento he olvidado que también tiene sus compromisos.

Ella le sonrió con una expresión comprensiva:

-Tal vez aún no es tu tiempo para encontrar a la persona adecuada... o simplemente no estás preparado para distinguirla. En cuanto a lo que mencionas de "compromisos", no sé a qué te refieres. Nadie en la Aldea conoce lo que es "compromisos"... somos lo que somos.

-Hay muchas cosas que todavía no entiendo de aquí, a pesar que me lo han tratado de explicar, pero... ¿acaso usted no está comprometida?... quiero decir... si es la mujer del Am-Ato Krupta.

-No sé de qué hablas, Saargan... te digo que nunca había escuchado esa palabra antes... y eso de ser "la mujer de" me suena a alguna tradición de algún pueblo un poco retrasado. Simplemente yo comparto mi Vía con Krupta, y eso no sé qué tiene que ver contigo y conmigo en este momento.

El joven quedó mudo y mirándola, y ella continuó:

-Si no acepto tu energía como has querido trasmitírmela, es simplemente porque siento que no estás preparado para ello, y que de alguna manera, mi energía no sería adecuada para ti... nada más, y eso no tiene relación con nadie más que conmigo y contigo. Es la Vía del Valle ¿comprendes?

-No sé si lo entiendo, Am-Ato... en todo caso, no he querido ser irrespetuoso, es que soy un poco atolondrado y estoy un tanto solo.

En ese momento ella se le acercó, le tomó la cabeza suavemente y le besó en la frente. Ya estaban cerca de la cúpula-vivienda. La Guía dijo:

-Ve y descansa, Aprendiz... el Arte del Isemo despierta fuerzas que debes aprender a manejar y fluir, no las malinterpretes –y luego agregó, sonriendo y mirándolo de manera comprensiva -. Es sólo que el Samesame ya ha invadido el Valle.

Haciendo ese comentario se despidió y se dirigió a su cúpula.

Los días siguientes se le vio a Saargan un poco cabizbajo. La lecciones siguieron, y pese a que él pensaba que tal vez sus nuevos Am-Ato podían verlo distinto, nada cambió.

No pasó mucho tiempo cuando se anunció que el Samesame comenzaría. Subam-Na, la Voz del Consejo, junto con varios aprendices, recorrieron toda la Aldea anunciando el comienzo de la reunión de ocho lunas. Los chicos corrían, haciendo una gran algarabía, y muchos grupos de habitantes se reunían para comentar sobre los próximos eventos. La alegría desbordaba por todas partes.

En esos días, Pane, uno de los Osansua mayores del Valle, pasó corriendo a la cúpula de Omboni, saludó rápidamente a él y a su estudiante, y dijo, con la voz alterada por su carrera:

-¡¡¡Suam odaonai!!! Sabio Memotecario, Aprendiz Dibujante... traigo un mensaje ¡Mañana al anochecer comenzará la primera luna del Samesame y la reunión del sellado! ¡El círculo nacerá! ¡El círculo nacerá! ¡El círculo nacerá!... -y luego agregó -. Ahora debo partir, aún me falta anunciarle a algunos y a la sabia Bakepar, y debo llegar antes que obscurezca.

Saargan comentó:

-Si me concedes el honor, Pane... yo podría dar tu mensaje a la Amsei Bakepar; además, debo entregarle algo que me pidió.

El joven mensajero aceptó, se despidió y partió dando saltos y con la cara llena de felicidad a dar el anuncio a otras zonas de la Aldea. El viejo sabio comentó sonriendo:

-Jejeje... Así ser el Samesame, todos saber ya cuándo ser, pero a todos en la Aldea gustarnos que alguien anunciar, y el que anunciar sentirse alegre de hacerlo.

Sin embargo, el Aprendiz no podía evitar seguir un poco triste.

Omboni le dijo:

-Mmm... este viejo ver que tú triste... mientras todo Valle alegre.

-No lo sé... por un lado me siento bien y me gusta lo que he aprendido, lo que me hacen sentir las Artes y ver que todos en el Valle están alegres -y luego agregó, casi murmurando -, pero por otro lado, pareciera que no puedo acercarme a ninguna mujer de la Aldea... todas me rehuyen.

El viejo rió:

-Jejeje... Saargan... viejo Omboni estar solo y no quejarse por ello... tú ser muy llorón. Si tú no preparado para estar solo, tú no preparado para estar en compañía. Además, tú no deber creer que mujer aquí aceptarte porque tú querer... ellas preparadas para ver lo fino en ti... si tú no tener eso... ve acostumbrándote a estar sooolo, sooolo... jejeje...

El Aprendiz se molestó por la poca esperanza que le daba el viejo, y preguntó suspicaz:

-Si usted está solo es porque tampoco es aceptado por ninguna mujer ¿o qué? ¿ah?

-Jejejeje... tú hacerme reir, Saargan... por un lado avanzar en Artes, por otra tener mente muuuuuuy pequeña. No compararte tú conmigo, mejor tú compararte contigo y saber si sentirte bien o no.

-Está bien... no quise molestarlo, pero es que estoy un poco desorientado en el tema... ¿qué me aconsejaría usted para que me tomaran en cuenta?

-Mmm... Aprendiz Dibujante.... este viejo reconoce que mujer ser también un misterio para él. Si tú tener paciencia, bueno; si tener demasiada paciencia, malo; si tú actuar discreto, bueno; si tú actuar demasiado discreto, malo; si poner atención, bueno; y si poner demasiada atención, poder ser bueno o malo... ser un Arte complicado el que te enseña entender una mujer.

Pero sí te diré lo que los ancianos decir: "Mujer ser una gran oreja, hombre ser un gran ojo".

El joven comentó:

-Creo que si a usted le cuesta comprenderlas, para mí va a ser imposible —y luego agregó, más serio -. Me gusta la seguridad que he visto en las mujeres del Valle, pero a veces me siento un poco intimidado con tanta seguridad, no sé si usted me entiende.

-Jejeje… tal vez tú no sentirte intimidado por su seguridad... tal vez tú sentirte intimidado por tu inseguridad. La mujer gran misterio y gran fuerza... mujer del Mmulmmat ser triple misterio y triple fuerza.

El Aprendiz comentó:

-Anoche tuve un sueño extraño, a propósito de lo que estamos conversando... me gustaría contárselo —tras una pausa continuó –. Me encontraba en un lugar en que había mucha gente. Era como una habitación inmensa, pero cuadrada. Me llamó la atención, porque la mayoría de los hombres iban rapados y sin barba. Algunos de ellos, y muchas de las mujeres, lucían un aspecto muy extraño, sus ropas se veían incómodas, sus rostros iban pintados, y a veces sus brazos y piernas lucían dibujos extraños. Luego me fijé que usaban muchas cosas metálicas atravesándoles distintas partes del rostro, orejas y del cuerpo, y pensé en cuánto les dolería y en cuán poco se querían a sí mismos, o en por qué les gustaba sentir un dolor tan tonto e inútil. Vi una chica muy cerca de mí, sé que era joven, pero su rostro lucía avejentado y triste, y era flaquita que daba pena... Su pelo estaba pintado; de repente abrió la boca para gritar algo, y vi que su lengua tenía un metal atravesado. Creo que me impresioné un poco, y aunque sentí deseos de decirle algo, me alejé de ella. Seguí observando el lugar: era un poco obscuro y había olores muy malos... es raro sentir olores en sueños, pero esta vez los sentí claramente; en el ambiente había como un aroma a humo, mezclado con la sensación que se tiene al chupar un piedra que contiene mucho mineral... era terrible. Tras un rato ya quería despertar y no estar más ahí, pero volví a sentir una sensación de angustia porque veía que había como un resentimiento entre aquellas mujeres y aquellos hombres... había una atracción, pero también una tensión. Las mujeres querían que los hombres les pusieran atención, pero al mismo tiempo los odiaban, tal vez porque ellos las obligaban a lucir tan mal y tan antinaturales como se veían. Al tiempo, también se sentían que eran el centro de la atención y que todos las deseaban... o al menos querían creerlo; pensamientos extraños cruzaban en todas las dimensiones. Por otro lado, los hombres eran un tanto despectivos y trataban de hacerse los bruscos, rudos, y que no estaban interesados, pero también sentían cierto rencor hacia las mujeres, que no los miraban o no los admiraban. Parecía una estúpida competencia. Al momento desperté, y pensé que no desearía pensar como los seres de mi sueño, ni ser así.

Omboni comentó:

-Jejeje… tú siempre tener sueños muuuuuuy raros y un poco locos, jejeje... pero te contaré algo: este viejo también ser en su tiempo un

Navegante, y ver muuuuchas cosas raras, las cuales grabar en su memoria. En uno de muuuuchos viajes, yo cruzar muchas tierras extrañas... ver tribus muy lejanas, donde mujer pertenecer a hombre y ellas no pertenecerse a ellas —y continuó —. En esas tribus gustar muuuucho los metales y ellos comerciar con ellos, intercambiarlos por otras cosas y animales. Lo curioso es que esa tribu, en que hombres ser dueños de todo, usar a mujeres para guardar sus metales: ellos hacerles agujeros en orejas, en narices, en labios, y colgar metales en tooooodas partes de su cuerpo, usar cosas de metal rodeando sus muñecas, cosas de metal rodeando su cuello, sus pies. Decir que por ello ser afortunados y deber lucir eso que llamar "fortuna". Yo sentir muuuucha pena... porque más encima, ellos tratar muy mal a mujeres, usarlas sólo para cargar lo que ellos considerar precioso y de valor, ya que las cosas y la mujer ser su propiedad. Luego, si ellos en problemas y alguien querer tomar sus metales... las mujeres deber luchar y también morir... pero ellos a salvo. Yo querer hablar con mujeres de esa tonta tribu para cambiar costumbre... pero este viejo en ese tiempo ser joven y torpe como tú, jejejeje… y meterse en muuuuchos problemas por hablar. Ellas no escucharlo, e insultarlo y lanzar piedras. Este viejo saber correr bien, así que no problemas: yo correr y correr muuuchas lunas, y dejar gran distancia entre mí y esa tribu tan tonta de hombres que no vivir en equilibrio con sus mujeres. Pero después, yo darme cuenta que costumbre tan cruel practicarla muchas tribus... muchas de ellas maltratar mujeres. Ya pocos lugares van quedando como en antaño, en que mujer gobernar y todos en paz. Pero cuando ver tribus así, yo no hablar más y sólo observar, y aprender de cruel ejemplo de mente bruta. De ahí en adelante, yo seguir dos consejos de viejo y muy sabio Guía que yo tener muuuuchas primaveras atrás, primero: "Si tú ser Navegante, no querer cambiar las cosas, sólo observar y valorar"; y segundo: "Tener cuidado tú cuando conocer tribu en que hombre creerse superior a mujer... esas tribus ser conflictivas y guerreras, siempre ahí tú en riesgo de líos"; y tercero: "No discutir tú con león por no trabajar como hembras leonas... él morder y las hembras también".

El joven respondió:

-Esos fueron tres consejos, no dos...

-Jejeje… para este viejo ya ser lo mismo, ya tú deber practicarlos sin importar número...

Saargan sonrió y dijo:

-Está bien, Omboni... tengo la sensación de que usted ha tenido muchas aventuras en su vida, debería contarme más sobre ellas. Además, pensando sobre mi sueño, tal vez, de alguna forma yo visité esa tribu de gente tan ignorante que lo persiguieron.

-Mmm... tal vez tú visitarla... los sueños llevarnos siempre a lugares y tiempos no esperados. En cuanto a aventuras de Omboni.... ¡Puf! Tener muuuuchas... ya yo relatar un día... este viejo muuuuuchitas lunas atrás fue joven, y ser recorrido Navegante —el viejo se fue entusiasmando, y comenzó a hablar sin parar -. Recordarme tú que yo contarte sobre animales de más alla de los pasos, de leones de dientes del largo de un brazo, de animales gigaaaantes con nariz muy laaarga en que hombres verse como pequeños pajaritos... de los dragones de las estepas... ¡uuuh!... te podría contar de la tribu de los grandes hombres peludos que habitan en altas montañas heladas... que ser tímidos, pero amistosos, de tribu de enaniiiitos ¡que ser muy simpáticos!... o de un lago que tú no poder ver el otro lado de tan grande que ser... ¡Ah! Y de tribus raras... conozco muchas tribus raras... unas que marcarse todo el cuerpo... ¡Pobre pellejo!, y unas que no querer a nadie si tus ojos o tu pelo o tu cuero no ser del mismo tono que el de ellos, jejejeje... ser muy tontos... Otros que raparse pelo de cabeza y barba, y si tú no ser así, decir que tú feo y raro, jejeje... Otros estar siempre con entrecejo arrugado, mujeres y hombres, y tratar muy mal a todos, y estar siempre en guerra y queriendo apoderarse de lo de otra tribu, y si tú no ser guerrero y de cara seria, ellos no respetarte y tú ser mala persona para sus ojos. Cosas muy raras ver este viejo... ver tribu que pintarse de azul que odiar a otra que pintarse de rojo, y ésta odiar a la de rojo y a otros que pintarse de verde, que su vez servir a los de azul, pero que tambien no quererlos... ¡ser muy enredados! Yo vivir en esas tribus, y si tú decir que si ellos sacar pinturas; ser los mismos de un lado y del otro, ellos enojarse muuucho... mejor guardar "silencio de Navegante".

El joven estaba sorprendido por los relatos del viejo:

-Debe haberle costado mucho sobrevivir en lugares así...

-Jejeje... no, Sargan... todos ser humanos, y aunque ellos creer en locuras, sus locuras no poder ser demasiado locuras si ellos querer sobrevivir. Naturaleza ser sabia, exigir un mínimo de cordura y estar por encima de las creaciones de las mentes...

-¿Qué quiere decir, Omboni?

-Mmm... cualquier tribu poder practicar costumbres locas y tontas entre ellos... algunas de ellas ser buenas para ellos sobrevivir en una etapa dada, otras ser sólo un laaaastre... pero como ser siempre... tener un límite, Saargan: naturaleza ser sabia, si tu locura ir más allá de juego tonto con la mente... tribu no sobrevivir. Por ello que costumbres extrañas sólo ser costumbres pasajeras... una piel que cambia fácil, no por esto ser imposible de vivir entre esas tribus... siempre haber amabilidad en ellas si tú saber verla, buen Navegante adaptarse y pasar simulaaaado como un meme en un montón de rocas.

-Creo que le entiendo, Omboni, debería contarme más detalladamente sus aventuras...

El viejo lo miró con sus pequeños y brillantes ojos, que a veces lucían muy misteriosos, y le dijo:

-Mmm... ya yo contar muuuuchos viajes que yo hacer... muuuchos viajes.

La noche estaba llegando, y antes que la Astro-sol fuera cubierta por los altos picos de las montañas, el Aprendiz partió donde la anciana Componedora para anunciarle el Samesame. En una de sus manos llevaba el encargo que le había hecho varias lunas atrás: era un pequeño frasco de greda, que ahora contenía una gran cantidad de bichos muertos que, Saargan, siguiendo las instrucciones de la anciana, había cazado mientras le picaban. En la otra llevaba otro frasco, que contenía una buena cantidad de miel, un presente para la sabia anciana.

Caminó un buen rato, y mientras caminaba observaba a su alrededor y veía cómo diferentes grupos de la Aldea acarreaban cosas de un lugar a otro. Algunos trasladaban unas especies de herramientas, y otros iban con canastos llenos de frutos y alimentos.

Cuando ya llegaba al costado de la gran cumbre donde vivía Bakepar, pudo percibir claramente una tenue luz en la caverna de la sabia. Sólo el reflejo de la Astro-sol en el claro cielo alumbraba el ascenso.

Ante la puerta, el Aprendiz dijo en voz alta:

-¡¡¡Suam odaonai, sabia Bakepar!!! eeh... ¡Traigo un mensaje! ¡Mañana al anochecer comenzará la primera luna del Samesame y... y... ¡la primera reunión! —y tras una pausa, y al ver que nadie contestaba, agregó —. Eeh... ¡El círculo nacerá! ¿Alguien me escucha? ¡El círculo...!

-¡Sí, ya sé, zopenco! ¡El círculo nacerá! ¡El círculo nacerá! —contestó la voz de la anciana desde el interior, y continuó —. Adelante, adelante... y dime ¿quién te mando a ti a anunciarme el Samesame? ¡¿ah?!

-Bueno... yo pedí venir ¡Además, traje los insectos! ¿Recuerda? Y este regalo —comentó, acercándole el frasco y la miel.

-¡Ajaa!... un regalo para esta vieja... ya me estás cayendo mejor... Dame el frasquito con los bichos y espérame aquí.

La anciana desapareció en la recámara interior durante un buen rato, y mientras, el Aprendiz se quedó en la habitación frontal de la caverna. El joven se entretenía mirando los extraños objetos que adornaban los muros, que ahora no le parecían tan misteriosos. Los huesos, hierbas de todo tipo, frascos de greda y hechos en madera ahuecada que contendrían quizás qué misterios. En un rincón había un gran grupo de tablas apiladas, y al acercarse pudo apreciar que estaban cuidadosamente talladas con cientos de signos parecidos a los que ya había visto en la Cúpula Nao.

La Amsei regresó con algo en las manos:

-Bien muchacho, te he preparado este brebaje... guárdalo en un lugar fresco, y durante tres mañanas, antes de comer cualquier cosa, bebe de él ¿me entendiste? Verás que te alivia las picaduras, y los bichos ya no te querrán... jejeje...

Saargan recibió el recipiente un poco escéptico, y sólo dijo:

-Supongo que los bichos que traje no serían para preparar esto...

-¡Ja! Lo que faltaba... más encima el chico es desconfiado —comentó la anciana, y agregó —. ¡Con razón ninguna mujer del Valle se te acerca! Tú simplemente confía, y hazme caso... pero si quieres seguir luciendo esas lindas ronchas y eczemas, simplemente no lo bebas...

Él contestó:

-Vale, vale... me lo tomaré... ¿y por qué dice usted eso de mí y de las mujeres del Valle? ¿Acaso tiene algún tipo de poder para comunicarse con Omboni?... Recién comentabamos lo mismo...

-¡Ja! y más ¡ja!... No necesito poderes para leer tu cara de zopenco.

El joven agachó la cabeza; ella lo tomó del brazó y lo hizo sentarse:

-Ahora siéntate y conversemos... ¿acaso a eso no has venido?

-En verdad, sí, Amsei Bakepar... –y luego continuó -; hoy conversaba con Omboni, pero pensé que, siendo usted mujer, me podría dar un consejo más cercano en cuanto a las mujeres... veo que en el Valle todos tienen su compañía, de una forma u otra... menos yo.

-Asi que esta vieja apolillada puede ayudar al Aprendiz excepcional que vive afligido por un problema taaaan simple, jejeje... primero debería hacer una pregunta clara, y tal vez te podría ayudar...

-La verdad es que no sé qué quiero exactamente... desearía que alguien compartiera mi caminar, como lo he visto en la Aldea... ¿qué debería hacer para encontrar a la persona adecuada para mí?

-La respuesta a lo mejor es sencilla... pero quizá no estás preparado para escucharla... tal vez debas seguir evolucionando primero, y encontrar a quien corresponde después. Si no estás tú preparado para saber qué quieres y quién eres... ¿podrá una mujer saber qué deseas y entender cómo eres? –y luego le preguntó -. Dime muchacho ¿cómo te ha ido con tus Am-Ato?

-Bueno... pienso que bien...

-¿Te fue fácil aprender de ellos y comenzar con ellos?

-La verdad es que no fue tan simple... he tenido que trabajar antes y durante mi enseñanza, aunque de distintas formas.

La anciana continuó:

-¿Te has dado cuenta que, para comenzar en cada Arte, has vivido pruebas, y que luego de ser aceptado, has debido tener atención constante, practicar y hasta tratar de ser parte de ellas, vivirlas y entenderlas plenamente?...

-Sí, sí, ha sido así Bakepar... pero...

-Nada de peros... estoy hablando, y como tú lo has dicho, soy una mujer, y lo primero que debe aprender un hombre de una mujer es a ¡escucharlaaaa! ¡Tolom! –el joven se quedó en silencio y la anciana prosiguió calmadamente –. Cada mujer es un Arte, muchacho... si tú la miras a la ligera... te encontrarás muuuy solo aquí... tal vez en otra Aldea, lejos de este lugar, te sería fácil conseguir alguna con tan sólo golpearte el pecho con ambas manos... pero aquí no. Necesitas poner atención y valorar si deseas encontrar el Arte que te pueda enseñar una mujer. Pero también, ten en cuenta que entre más refinado sea el Arte que quieres aprender, te costará más encontrarlo y... ganártelo. Ahora, no pienses demasiado, tienes muchas labores que terminar: vive el Samesame, observa, y aprenderás cómo se gana el Arte de una verdadera mujer... –y enseguida comentó –. Espérame aquí, tengo algo que deseo que te lleves, algo especial.

Al momento, la sabia anciana se adentró en la habitación interior nuevamente. Saargan se quedó pensando en lo que ella le había explicado y, mientras tanto, abrió el frasco que contenía su remedio, y observó su contenido, que tenía un agradable aroma a hierbas. La mujer volvió con algo en las manos:

-Toma esto, Aprendiz... nadie puede llamarse Saargan si no tiene su Tanasae; tendrás algo que mostrar en el Samesame –la anciana le acercó una especie de camisón de algodón tejido que, a su vez, tenía bordados ciertos signos y extraños dibujos.

-¿Qué es?

-¡¿Qué va a ser?! ¡La indumentaria de un Argan!... Úsala para la primera noche del Samesame... será un buen cambio para tu camisón de trabajo.

El Aprendiz sonrió y se sintió agradecido con la anciana; sabía que tras su forma de expresarse había una energía dulce y bondadosa. Sólo comentó:

-¡Sojamm Bakepar! Usted es muy generosa...

-¡Ja! Ni generosa, ni nada... sólo te devuelvo lo que te pertenece, ya lo entenderás a su tiempo. Ahora vete... esta vieja está cansada, y el Samesame requiere que todos estemos bieeeeeen despiertos –agregó, mirando y cerrándole un ojo al Aprendiz.

-Está bien, Bakepar... me marcho. Le estoy muy agradecido por su atención y sus palabras... –y ya en la entrada, miró el frasco con el remedio por última vez y preguntó -. ¿Acaso esto contiene... los bichos que traje?

-¡Molienda de bichos! ¡¿Qué más te puede curar que la propia enfermedad?! Ahora ¡vete! ¡vete!...

El joven quedó un poco sorprendido, pero al fin y al cabo, el misterioso remedio no olía mal. Por otra parte, pensaba en las palabras de la anciana Componedora, especialmente sobre lo que había dicho acerca de la indumentaria que le había regalado.

22. El Sello Interno

Ya la noche había caído, y las estrellas habían hecho su aparición en el gran escenario celeste.

Saargan caminaba de regreso a su refugio nocturno después de visitar a la sabia Bakepar. Podía escuchar voces a lo lejos y fogatas encendidas cerca de las cúpulas que se extendían por todo el lugar. Se quedó un momento mirando al cielo: nunca dejaba de fascinarle mirar hacia arriba. Alzó un brazo, jugando y como tratando de tocar un estrella. Le parecían tan cercanas, tan claras y tan sólidas. En ese instante, sintió que alguien le tocaba un hombro, giró y allí estaba Omboni, con su aspecto bonachón y sonriente de siempre. El viejo dijo:

-Mmm… la mente siempre querer regresar… Aprendiz… En verdad, las estrellas estar muuuuuuy cercas.

-Como siempre, me sorprende, Omboni… Quería mostrarle lo que me ha regalado Bakepar —y en ese instante, el joven le mostró el vestido.

-Jejeje… ser un hermoso Tanasae, Saargan, hecho para la ocasión. Verse muy bien en ti la próxima luna. Ser el comienzo del Samesame, y una ocasión especial para el Mmulmmat, y aún más especial para ti… si tú desear vivirlo.

-Por supuesto que deseo vivirlo, Omboni; sólo me agradaría que me explicara más… sé que se preparan para celebrar algo, pero todavía no lo entiendo muy bien.

-Jejeje… Aprendiz… Este viejo te explicará… ¡o te recordará! Todo ser tener ciclos… —y en ese momento, el anciano miró hacia arriba y agregó —, si tú observar, la Gran Cúpula siempre moverse, también tener ciclos… movimiento. La Tierra late, tú lates, la Cúpula late, la Luna, la Astro-sol… El Samesame celebra estos latidos, que se unen con el despertar de la Tierra. Ser el momento en que hemos logrado un círculo a la Astro-sol, tal como lo enseñaron los antepasados. Por tanto, todo renovarse… ser como despertar, ser como dormir. Para ello nos preparamos y ¡celebramos! ¡Nosotros, los Amlom, los Ititi, y tooodos los seres que se mueven, celebramos! Sólo basta escuchar los cantos del bosque para tú entender esto. Así, nosotros también cantar. Los seres que se mueven lento, que tú poder llamar plantitas, tambien celebrar vida y entregar su canto, que ser sus colores, olores, y sus semillas y frutos que la Aldea se apronta a recoger. Así, Saargan, todo se expande y contrae, muere y nace, sueña y vuelve a renacer de sus sueños. Las próximas lunas, nosotros celebrar el Samesame… la vida y sus latidos en el Valle —y tras una pausa, Guía y Aprendiz continuaron caminando. El viejo tomo el hombro del joven, y continuó su explicación —. En especial tú…. en especial tú, tener tus ciclos y formas que debes comprender a tiempo… La primera luna del Samesame será tu oportunidad para ser recibido en los registros del Valle, ser necesario si tú desear que Am-Ato terminen tus enseñanzas y te reconozcan en ellas. La primera luna estar dedicada al reconocimiento de los Argan, el Sello Interno.

-Lo que usted diga, Omboni… y además, por supuesto que deseo terminar mis enseñanzas… me gusta lo que estoy aprendiendo. Fuera de más o menos sacrificios, lo disfruto y me gustaría profundizar lo más posible en todos los campos, lo que pienso que incluye el Samesame. Sólo estoy un poco intrigado… ¿qué es el Sello Interno?

-Jejeje… bien, deberás tener paciencia —y en ese instante, Omboni puso su mano sobre el corazón del Aprendiz y le dijo —. Tú deber pensar que cada latido, cada contracción y expansión en él, ser como una prueba. Tal vez, entre contracción y expansión se detenga y se diluya en una nueva forma de materia… pues el movimiento no conoce la detención. Así tú… Saargan…. así tú. La próxima luna será una luna de pruebas… de sueños y despertar… de demostrar y de sellar. La primera luna tú deberás tener paciencia y prudencia…

y serás tú recibido en las enseñanzas y los registros del Mmulmmat, como tu has escrito para ti mismo.

El viejo sonrió y el Aprendiz, a pesar de no entender muy bien lo que quería decir, también sonrió.

En ese instante, alguien venía de frente, y al momento pudieron identificarla: era Tefa Subam-Na. La saludaron amablemente y se unió al diálogo. Ella dijo:

-Es bueno que hoy hablemos contigo, Saargan; ya has pasado una gran etapa en este lugar, y ha llegado el momento de que seas plenamente reconocido en tus logros, tal como un Argan debe serlo.

-¡Sojamm Subam-Na! Me siento contento de que ustedes deseen que yo participe en las reuniones que comienzan mañana... Omboni me estaba explicando un poco. Justamente le preguntaba sobre la primera luna.

La Consejera dijo:

-Cada círculo a la Astro-sol, todo se renueva: en la primera luna, cada habitante del Mmulmmat asiste a una ceremonia única, en que cada Aprendiz pasa a formar parte de las memorias de Valle. Registramos sus avances y logros en el último período, sus anhelos y cómo fluyen en el movimiento de nuestro Arte y nuestros códigos de vida.

-Jejeje... así ser, Saargan... además recuerda que este viejo ser el Memotecario de la Aldea... y mañana tú ser parte de esa memoria.

El joven los quedó mirando pensativo y ella continuó su explicación:

-Nuestras Artes ya las has conocido y revivido, has debido volver a ganártelas de alguna manera. Llegaste confundido; sin embargo, en tu confusión has aceptado nuestra forma, y eso tiene un valor único, y lo reconocemos en ti. Cada paso que has dado, cada enseñanza que has estado dispuesto a escuchar, y cada prueba que has vivido, te ha dado el criterio para comprender nuestro código, que es el código Mmulmmat; los cantos de las ancianas dicen... –y agregó, recitando melodiosamente:

"Siendo Argan aprenderé de la quietud y de la paz,
de las cuales obtendré mi mayor fortaleza.
Siendo Argan aprenderé de la humildad y la serenidad,
de las cuales obtendré mi mayor temple.
Siendo Argan aprenderé de la tolerancia y la simpleza,
de las cuales obtendré mi mayor convicción...."

Tras una pausa continuó la explicación:

-La próxima luna serás reconocido como Argan, así como serás reconocido por tu distinción como Saargan, tal como está marcado en lo que llevas puesto –dijo, mientras le indicaba la maderita ovalada que llevaba al cuello.

El Aprendiz se quedó meditativo y tras una pausa sólo preguntó:

- Subam-Na... Omboni... ¿Quién soy?... Al menos, díganme quién era antes de llegar aquí.

Hubo silencio. Ambos Consejeros se quedaron mirando y Omboni intervino:

-Mmm... ¿gustarte tú quien ser ahora?

-Sí, Omboni, me gusta lo que he vivido aquí... y me gusta lo que siento.

Subam-Na comentó:

-Eso es lo importante, Saargan... eso es lo importante. Ya estarás preparado y tendrás el tiempo para descubrir tu camino pasado; nosotros te reconocemos por el ahora...

-Jejejeje… síííí..... ¡ahora! ¡ahora! ¡ahora! –dijo Omboni alegremente.

Los sabios Guías y el Aprendiz prosiguieron una larga charla en las inmediaciones de los cálidos bosques del Valle, teniendo como escenario la gran cúpula celestial. Le explicaron detalladamente el ceremonial en el cual participaría, los rituales de limpieza que debería seguir, la forma como debería meditar y centrar su mente.

De vez en cuando miraban a lo alto, y Subam-Na le indicaba al momento cómo las estrellas iban cambiando de posición, cómo la mayoría de ellas se movían en un solo conjunto y otras conservaban un ciclo independiente. De vez en cuando, alguna luz fugaz cruzaba los cielos y dejaba una gran línea tras de sí. El viejo Omboni exclamaba, espontáneamente:

-¡Ma bamam... ma bamam!

Desde cierta distancia, se apreciaba que el Valle se preparaba para una gran ocasión.

Parecía que había pestañeado y ya era el atardecer de la noche en que se iniciarían las ceremonias. Omboni se preparó y se retiró temprano, y le dijo que esperara, ya que alguien lo vendría a buscar cuando fuese el momento adecuado.

Saargan se sintió un poco solo, pero se comenzó a entretener con las labores y preparativos que su Guía y Subam-Na le habían explicado que eran las adecuadas para aquella luna.

Primero ordenó el lugar, y tras terminar, se fue a bañar donde solía hacerlo, en una pequeña caída de agua que se producía algunos pasos tras la vivienda. Pensaba en Akinaya y en qué sucedería en la noche. Se aseó con todo cuidado. Mientras pensaba, su curiosidad iba en aumento.

El atardecer era agradable y la temperatura era ideal para el cuerpo. Durante la etapa final del baño, usó un jarrón de agua preparado con ciertas hierbas de olor muy agradable: primero se lavó el pelo y luego fue hacia abajo, cuidadosamente, lavando cada parte de su cuerpo. Tras enjuagarse bien, se asoleó, mientras el sol aún tenía camino que recorrer para alcanzar el borde de las montañas. Tras un rato se retiró a su cúpula. Siguiendo las instrucciones de Omboni, se dirigió directamente al pequeño anexo de la construcción, al que llamaban Baoni. Era un pequeño cuarto circular; ingresó con toda tranquilidad y se sentó. Frente a él había una especie de tejido circular con ciertos símbolos escritos, y un cuenco que hacía las veces de candela, el cual estaba encendido. Tras usar una serie de técnicas respiratorias que ya dominaba, se mantuvo en silencio un momento y se adentró en sus pensamientos.

Un rato después, y con todo cuidado, sacó de una pequeña bolsita la maderita circular que siempre llevaba, y se la colgó al cuello, pues sólo se apartaba de ella cuando se aseaba. Luego, parsimonioso y tranquilo, se vistió con su Tanasae, la indumentaria que Bakepar le había facilitado. Estaba hecha de un suave tejido, como una forma de camisón amarrado a los costados con varias tiritas y que, a la vez, llevaba un manto en forma triangular. En la zona del corazón había unas inscripciones bordadas a lo largo.

La indumentaria cayó dócilmente sobre sus hombros y cuerpo, parecía hecha para él. Luego vistió sus pies con unos confortables y livianos mocasines que había usado en algunas ocasiones, y que sentía un poco extraños, porque se había acostumbrado a andar descalzo la mayoría del tiempo. Amarró su pelo hacía atrás, y lo peinó con una peineta hecha por él mismo de una fina madera. Ya le había crecido el pelo y la barba, símbolo de su tiempo en el Valle.

Se sintió renovado y listo para lo que sucediera. Sentía un poco de nerviosismo, alegría y curiosidad.

La gran Astro-sol fue ocultándose por los picos de las montañas. Tras un momento, se vio venir a Pane, el pequeño aprendiz que casi siempre acompañaba a los demás chicos en sus juegos y labores. Sólo dijo:

-¡Sojamm! Saargan, al que llamamos "el Dibujante", el Consejo de los Tefa me ha designado para acompañarlo a la Cúpula Ma.

El Aprendiz respondió cermoniosamente y ambos partieron a la reunión.

Rápidamente las sombras cubrían la región. Una brisa un poco más fresca se dejó sentir. Caminaron un momento y, a pesar que Saargan trataba de sacarle información sobre los detalles de lo que sucedería a Pane, éste conservaba absoluto hermetismo.

Caminaron un momento y al Aprendiz le pareció reconocer el lugar al cual se dirigían. A medida que se acercaron, pudo distinguir perfectamente la Cúpula Nao, donde ya había estado con Omboni y Fadis, pero esta vez se dirigieron a la Cúpula más antigua, a la cual llamaban "Ma". Para llegar a ella debieron cruzar el riachuelo por un estrecho puente, ya que la construcción estaba ubicada en una especie de islote que se formaba cuando el río se abría en dos brazos, los que se volvían a juntar al descender.

El lugar estaba solitario y Saargan pensaba en dónde se encontraría el resto de la Aldea. Tal vez estarían dentro, pero le parecía que en ningún caso la construcción podría albergar a tanta gente. Antes de entrar miró a los alrededores, pero todo estaba solitario y en silencio. Ni siquiera se veía a algunos de los pequeños corriendo, como siempre lo hacían. Su curiosidad e inquietud comenzaron a aumentar.

Ya estaban frente a la puerta de entrada, que era circular y de una madera hermosamente labrada, tal como las demás Cúpulas Mayores. El joven que lo acompañaba lo invitó a pasar. Por un momento y sin saber a qué temía, dudó. Sin embargo, siguió adelante.

Tras las puerta había dos aprendices mujeres que él ya conocía ya que eran estudiantes en las distintas Artes. El resto del lugar estaba vacío. Apenas entraba la luz del crepúsculo por un círculo superior que se abría en el tope de la cúpula y de algunas candelas que había alrededor. Los muros estaban repletos de símbolos y dibujos que lucían viejos y desgastados por el tiempo, quizás muchos más años de lo que él pudiera pensar.

Saargan miró hacía todos lados, como buscando algo. Una de las aprendices sólo le dijo: "Siéntate, haz tus meditaciones, tal como se te ha enseñado y espera a que volvamos". El Aprendiz trató de preguntar algo, pero nada se le respondió, sólo se le indicó dónde relajarse. Él lo hizo, y cuando estaba sentado, la otra Argan le hizo un gesto para que cerrara sus ojos y luego lo cubrió con el mismo manto que era parte del traje que Bakepar le había entregado.

Pudo escuchar que Pane y las Argan se retiraban; sin poder mirar sólo sintió un ruido opaco.

El Aprendiz no podía adivinar cuánto tiempo debía estar allí, pero lentamente se fue adentrando en el profundo movimiento de su mente.

En su interior comenzaron a danzar las memorias y recuerdos lejanos. El tiempo transcurría lentamente.

Las manos le molestaban, un cosquilleo en las piernas le anunciaba que ya llevaba demasiado tiempo en la misma posición. Le picaba un brazo, el cuello; trató de no hacer caso de tales molestias.

Comenzó a dormitar y, mientras lo hacía, tenía la sensación de estar despierto. "¿Cuánto tiempo habrá transcurrido?" se preguntaba cada cierto rato. "¿Me vendrán a buscar?", "¿se acordarán que estoy aquí?" Luego se encauzaba nuevamente y seguía sus ejercicios.

Los sueños del pasado, a veces le parecía revivirlos como realidad; la realidad le parecía recordarla como sueño.

De repente, algo sucedió: una gota de transpiración que recorrió su rostro, un cántico lejano y algo vino a su mente... un lugar, luces, sonidos de otros tiempos, un zumbido semejante al que produce un río y que opacaba el silencio; creyó dormir, despertar. Tras dudar, confió, y simplemente no se movería de ahí ni abriría los ojos, aunque pasaran las ocho lunas del Samesame.

El tiempo se estiró y se contrajo.

Una suave mano tocó su hombro, y le escuchó decir: "Puedes levantarte, abre los ojos..." Era una de las Argan que venía por él. El Aprendiz se levantó con dificultad, miró hacia arriba y se dio cuenta que era plena noche. Ella le hizo un gesto para que la siguiera: caminó hacia el extremo opuesto a la puerta de la cúpula. Allí había un gran tejido circular de, al menos, cuatro a cinco pasos de ancho. En el interior del tejido había extraños signos bordados. El joven la siguió extrañado. Ella tomó una de las cuerdas de donde el tejido se hallaba sujeto, y lo levantó. Saargan quedó sorprendido.

Tras el gran tejido había una amplia abertura: era la entrada a una caverna. De alguna forma, la cúpula era sólo el comienzo de algún tipo de túnel natural, que quizás a dónde conduciría. La Argan tomó una candela y caminó hacia el interior; Saargan la siguió en silencio.

El túnel descendió rápidamente. Tras un recorrido, el Aprendiz comenzó a distinguir cierta claridad hacia el final del camino, y junto con ella, un suave cántico que venía del fondo, pero que no sabría decir si era humano o si era producido por las profundidad y las misteriosas entrañas de la Tierra. Rápidamente se encontraron en la entrada de un nuevo lugar. La tenue luz provenía de una de aquellas ánforas que incandescentes que le habían mostrado Omboni y Fadis, y que solitaria, mostraba la entrada. Al Aprendiz ya nada le sorprendía demasiado.

Ambos dieron unos pocos pasos y pasaron a una enorme caverna, cuyo cielo tendría al menos ocho cuerpos de alto. A lo ancho se notaba amplia y lo que se veía de sus muros estaba escrito. Hacia el fondo, se perdía a simple vista. Cientos de candelas en el interior ayudaban a poder distinguir un poco la bóveda. Inmediatamente, casi confundidos con estalagmitas, vio moverse las sombras de los habitantes del Valle. Producían una suave letanía con sus voces. Afinó su visión, y pudo ver cuán grande era el número de los que asistían. Sin duda, o todos o gran parte de los pequeños, jóvenes, mujeres, hombres y ancianos que conformaban el Mmulmmat, se encontraban allí. Ya había escuchado decir que eran tantos como ocho veces los dedos de cinco seres caminantes.

Se encontraban sentados en forma de medio círculo, en varias líneas. Hacia al final, separadas por unos cuantos pasos, había dos enormes rocas perfectamente ovaladas, labradas de arriba a abajo con misteriosas figuras, y que parecían ser columnas que sujetaban parte de la bóveda. Entre las mismas habían formado un círculo de candelas; hasta ese centro llegaba una especie de pasillo que nacía en la entrada. La Argan lo condujo por allí.

El Aprendiz seguía escuchando un suave cántico, que todos repetían sin cesar: "Ooooo.... hammm... hammm... hammm... ooooo.... saatomaaaa..."

Los muros contestaban a las voces, susurrando a su manera. Las llamitas de los cuencos se agitaban débilmente ante la suave vibración del ambiente. Parecía que la caverna respiraba junto con los habitantes, y que ese lugar era la garganta de la Tierra, que inhalaba y exhalaba llevando la vida a su interior.

El Aprendiz avanzaba poco a poco; le parecía que no caminaba, sino que sus pies simplemente se había elevado suavemente del piso y que se arrastraban, colgándole. Sólo quería dejarse llevar.

Al fin llegó al frente, donde estaban las dos columas labradas, y se detuvo. Allí se encontraban Subam-Na, la Voz del Consejo; Omboni, el Memotecario y Krupta, el Constructor. A unos pasos hacia los lados, pudo distinguir a Akinaya, la Traductora y a Seime, la Tejedora, quien sostenía algo en las manos: parecía un tejido. También estaban allí Nnuya, el Forjador y casi todos los Am-Ato que él había conocido. Sin embargo, no pudo ver ni a las Madas ni a Fadis.

Omboni le hizo un gesto como para que se sentara y cerrara los ojos. Así lo hizo. Escuchaba el cántico y perdía la noción de dónde se encontraba, perdía su orientación y se sentía liviano, flotando... no quiso preguntarse qué sucedía, sólo quería llegar hasta el final. Ya había aprendido lo suficiente como para dejar el temor y abrir los pasos a la paciencia. No podría decirse cuánto pasó allí sentado, esperando por segunda vez.

Sintió que alguien le tocaba el hombro izquierdo; abrió los ojos y vio a Omboni. Se puso de pie, se sentía liviano. El viejo dio unos pasos hacia el frente, él lo siguió. Los cánticos proseguían en su suave y eterna letanía, respirando y haciendo que el Aprendiz entrara en un camino más allá de la dimensión que pensaba que conocía.

Omboni se le acercó y le dijo con suavidad y seguridad: "Yo hablar... tú seguirme..." y dijo: "Toboa toto amam..." y el joven repitió: "toboa toto amam", "osanoma... suemo...", "osanoma... suemo...", "tosue argan...", "tosue argan", "iseamo isebuio...", "iseamo isebuio".

Luego agregó, con un acento de fuerza: "¡Ammait!", y el joven contestó: "¡Sojamm!". Inmediatamente, Subam-Na, la Consejera Mayor del Mmulmmat, se le acercó. Traía en sus manos una especie de tabla, grabada con signos y escrituras. En el centro de la tabla había un círculo en relieve. Subam-Na le indicó que secara la traspiración de su frente en ese lugar de la tabla. El joven no se había dado cuenta, pero en verdad, transpiraba en abundancia. Se secó y prácticamente empapó la tabla. La Am-Ato se la pasó a Omboni, quien la recibió en un especie de paño, donde la envolvió inmediatamente.

Luego observó que Seime entregaba a Akinaya el tejido que tenía en las manos: ésta, a su vez, lo fue pasando a cada uno de los Am-Ato que habían sido Guías del Aprendiz. Al final, la joven Traductora lo volvió a tomar, saludó ceremoniosamente a Saargan, y éste le contestó. Ella extendió el tejido, que estaba formado por un trenzado que tendría un cuerpo de largo, y en cuyo centro llevaba una especie de pequeños bordados en lana negra. En ese momento se acercó Subam-Na, quien derramó sobre el elemento algo que traía en un pequeño recipiente; luego lo ató cuidadosamente en la cintura de Saargan, y mientras hacía esto le dijo:

Desde el tiempo del primer Bamsei... las enseñanzas del Mmulmmat y el Boabom se han traspasado de Guía a Aprendiz en un tejido que debe permanecer invisible al mundo exterior. Por ello, cada generación porta su propio idioma, a través del cual representa sus enseñanzas, logros, dificultades, valores y metas. Hoy, este tejido será tu idioma en nuestras Artes. Él te enlazará con la gran corriente que teje las enseñanzas, desde sus recónditos inicios, junto con el caminar de los aprendices... hasta ahora. Este tejido, el Uyana, es un elemento simple, Saargan... fue hecho para ti.... tiene tu código... tu señal.... y a su vez, su materia está llamada a no permanecer y a desaparecer sabiamente junto a ti. Pórtalo en tus enseñanzas y meditaciones, será tu sino. Al recibir este elemento, te puedes considerar recibido en lo profundo de estas enseñanzas. Recuerda que quien lee el Uyana... puede leer el Arte... quien puede leer el Arte, puede leer el código.

El Aprendiz sintió que se conmovía. No sabía por qué, no sabía qué significaba todo eso exactamente, ni a dónde lo llevaría; sin embargo, se sintió contento y lleno de fuerza. De alguna manera, sintió que era aprobado y reconocido por quienes habían sido sus Am-Ato desde un principio. Ya tenía su Uyana, como todos los que estaban allí. Akinaya lo condujo unos pasos más atrás, y le indicó que se sentara, cerrara los ojos, meditara y esperara a que lo llamaran nuevamente.

Los cánticos inundaban la caverna. Él se adentraba en su mente, e instintivamente se aferraba al nuevo tejido que rodeaba su cintura. Estaba tranquilo y alegre. A medida que pasaba el rato, su mente comenzaba a perder el hilo de los acontecimientos y comenzaba a crear distintas imágenes.

"Ooooo.... hammm... hammm... hammm... ooooo.... saatomaaaa..."

Pasado un instante, alguien tomó su hombro nuevamente. Él abrió los ojos y vio a las Madas y a Fadis que se encontraban sentados de rodillas, rodeándolo. El Aprendiz quedó perplejo, sin hallar qué decir; hacía muchas lunas que no los había visto. El viejo se le acercó al oído y le dijo:

-Sojamm, Saargan... Ya estás preparado para dar el siguiente paso... Los lazos se rompen para formar nuevos tejidos... verás que todo se realiza.

La Mada Duga agregó, tomándole una mano:

-Cuando estés solo, recuerda este momento... por ello hemos venido.

Por último, la sonriente Mada Ayaata añadió:

-El Samesame está en ti, Saargan... el agua se realiza fluyendo.

Inmediatamente, la Mada le hizo un gesto para que cerrara los ojos y siguiera meditando. Así lo hizo, y al tiempo sintió que ellos se levantaban y se alejaban. En ese instante se sintió aún mas contento. Sabía que era parte del Mmulmmat, y le agradó pensar que eso ya no había manera de cambiarlo, fuera cual fuera su pasado.

Sólo se durmió.

23. Samesame

La gran Astro-sol inundaba cada rincón, y comenzaba a llegar indirectamente en el rostro de Saargan. Se hallaba tranquilamente recostado en su cama en la cúpula-vivienda. Comenzó a abrir los ojos y a despertar. En un instante, todo vino a su mente y se levantó rápidamente, sorprendido y preocupado.

A unos pasos estaba Omboni haciendo algunas labores; inmediatamente lo saludó:

-¡Sojamm, Saargan! Veo que tú haber descansado bien, jejeje...

-Pero, Omboni.... ¿Qué pasó?... ¿Cómo aparecí aquí? ¿Lo de añoche fue un sueño?

El viejo le indicó con la mirada que observara el muro frente a los pies de su cama. El joven miró, y quedó sorprendido: allí, sobre una repisa de madera, estaba el tejido que le había sido entregado, en orden junto a su Tanasae. El Guía agregó:

-Jejeje... tómalo, Aprendiz, ser tuyo... tú haberlo ganado... ser tu sello con el Valle. Pórtalo las lunas restantes del Samesame... ¡Ahora nosotros tener siete lunas para celebrar y estar alegre! Que esa alegría se impregne en tu Uyana, y será parte de ti. Cuando el Samesame haya pasado, y nazca otro ciclo en la Tierra, úsalo cuando lo sientas, pórtalo en tus lecciones, pórtalo en tu meditaciones... una Luna te salvará de tus dudas...

El joven quedó pensativo por un latido. Suspiró y se sintió más alegre que nunca y comentó:

-¡Sojamm Omboni! Le estoy muy agradecido... de verdad...

-Jejeje... nada de agradecido... lo que ser... ¡ser!

Tras una pausa, el joven agregó:

-Quisiera preguntarle una cosa... ¿podría explicarme cómo llegué hasta aquí?

-Jojojo... siempre tratando de saber toooooodo.... jejeje... —y luego dijo, sonriendo –; a veces, aprendices pasar de un mundo al otro en la Caverna del Destino, bajo la Cúpula Ma. La próxima vez yo despertarte... tú pesar muuuuuucho...

El joven sonrió y volvió a comentar:

-¿Alguna vez volveremos a visitar la caverna?... Parecía que no tenía fin, y que tiene mucho que contar...

-Mmm... vaya que tiene muuuucho que contar... Ya tener tú ocasión para volver a verla. Por ahora, menos blabla y tú prepararte, pronto venir a buscarte los Argan: tener muuuucho que preparar para siguientes luuuunas.... ¡La vida se ha engendrado! —dijo alegre, mientras realizaba un simpático baile, girando sobre sí.

Pasó sólo un momento, cuando Pane y algunos de los aprendices más jóvenes llegaron a la cúpula. Todos se veían felices y excitados por el comienzo de las celebraciones. Cada uno llevaba su tejido atado a la cintura, preparándose para impregnarlo con las actividades de aquel momento y de las próximas lunas. Al ver que Saargan, el Dibujante, también portaba el suyo, lo felicitaron con gran energía. Al poco rato se retiraron, y salieron casi corriendo por el sendero del bosque.

Rápidamente le explicaron las labores que ellos cumplirían: tomarían las provisiones necesarias para los primeros días del Samesame. Era necesario alimentar a toda la Aldea sin problemas, y ellos se encargarían de aquella labor ese año.

El Aprendiz pensó que había que comenzar a recolectar frutos o algo por el estilo, ya que lo que se reservaba en las cúpulas no era como para una reunión como la que él se imaginaba que se avecinaba. Sin embargo, pronto salió de su duda.

El grupo de jóvenes se unió con otros aprendices, a cargo de Nnuya. Todos se saludaron, y llevaron a Saargan a una zona del Valle por la que el Aprendiz había pasado varias veces, y había distinguido varias cúpulas de tamaño mediano, una al lado de la otra, pero que no le habían llamado la atención, ya que él suponía que alguien habitaría en esas construcciones. Ahora, observándolas de más cerca, pudo verlas en detalle: la primera fila poseía la forma tradicional, pero tras ésta había varias más, con una curiosa forma triangular. Nnuya abrió el portón que protegía la entrada y se encontrarón frente a un verdadero almacén. Dentro estaba muy seco, y se sentía un aromático olor a hierbas. Había grandes jarros con frutos secos, y también encontró ánforas con miel, granos de trigo y cebada. En otra sección, había bastante carne seca colgada, a la cual llamaban larset. Varios de los chicos se pusieron a seleccionar y a limpiar el alimento. El Aprendiz estaba sorprendido, no pensaba que pudieran guardar tanto alimento. Luego pasaron a otra habitación, donde había mucha leña apilada ordenadamente. Mientras, varios de los chicos acarreaban algunos fardos. La curiosidad hizo que el Aprendiz le preguntara a Nnuya, quien se encontraba dirigiendo al grupo:

–No entiendo algo, Nnuya... si guardan todos estos alimentos y toda esta leña ¿por qué Seime y los demás Am-Ato me habrán hecho recolectar más alimentos y leña tan lejos, y simplemente no me mandaron a buscarlo a este lugar?

–Una tarea, es una tarea, Saargan; ellos habrán tenido sus razones y habrán querido ver qué tanto deseabas aprender. Además, este lugar es nuestro lugar de reserva comunitario. El Valle es generoso, pero los viejos Amsei siempre han dicho que "en la confianza está el peligro", es decir, que nunca se sabe cuándo podamos necesitar alimento o leña extra. Además, la madera sólo se va acumulando de los árboles que han caído o que están muy viejos y a punto de caer, lo que no siempre se da tan fácilmente. Si recordaras cómo es más allá del Valle, te darías cuenta a qué me refiero: sólo verías montañas eternas y estepas plantadas de rocas, de hielo y de soledad; cuando se conoce éso, se valora mucho la preciosa vida que se da entre estas montañas. Si no lo viéramos así, no habríamos sobrevivido mucho tiempo en este privilegiado lugar.

En un momento, el grupo había hecho varios bultos y se dispusieron a marchar. Rápidamente llegaron a una de las mesetas, la más amplia de todas y que a simple vista se encontraba en el centro de todo el Valle. Comenzaron a preparar el lugar: unos limpiaban la maleza, otros acarreaban el alimento y lo distribuían en canastas o fuentes de cerámica a unas especies de mesones bajitos, que iban formando un gran y amplio círculo. Al rato llegaron Akinaya y varios aprendices más a su cargo, y el trabajo se hizo más liviano y agradable, especialmente para el Aprendiz. A un extremo del círculo se preparaba una gran fogata y, siguiéndola en los alrededores, varias pilas menores. El día fue atareado, pero pasó velozmente. Todos estaban alegres y cantaban melodías mientras trabajaban; uno de los aprendices iniciaba los sonetos: "Hiiitni ma ya .... suebui... jaaane... man ya suebui sume...." y otros le respondían, coreando "¡Humm! ¡humm!"

A veces, Saargan se imaginaba las historias que ellos, de vez en cuando, relataban en pegajosas melodías. Eran leyendas de viejos Navegantes y sus aventuras, del tiempo en que las matriarcas gobernaban toda la Tierra conocida.

Al acercarse el crepúsculo, cada grupo se retiró para prepararse. Toda la Aldea se reuniría al asomarse la segunda luna nocturna.

El Aprendiz volvió a su cúpula y esperó con ansias el anochecer. Apenas se asomara la luna, todos se reunirían en la meseta.

La claridad se fue rápidamente, deslizándose tras las montañas, eternas guardianas del Mmulmmat y sus secretos. Una hermosa luna creciente se dejó mostrar con toda su fuerza en el gran y amplio firmamento. Rápidamente, el Aprendiz partió al lugar de reunión. La vida inundaba el Valle. La noche era cálida, y pequeños insectos de las más variadas especies revoloteaban y hacían sus sonidos de saludo y de cantos, deseosos por encontrar sus parejas. Al momento, Saargan comenzó a ver a diferentes habitantes del Valle que salían a las sendas: hermosas jóvenes Argan, con sus mejores indumentarias, pequeños y adolescentes, Am-Ato adultos, todos hablaban y comentaban entre ellos los acontecimientos que se avecinaban. También veía cómo de las sendas más altas venía más y más gente. Se sentía un ambiente de alegría, sumada a la felicidad que siempre caracterizaba al lugar.

Pronto llegó a la meseta, donde se reunió con el pueblo completo: los Am-Ato mayores, los ancianos, los aprendices, desde los más jóvenes, incluso la pequeña bebé Mahusosi, en brazos de la joven madre Isenasu.

Todos conversaban abiertamente, y Saargan se acercó a Akinaya. Tras un rato, él le comentaba:

-¿Cuál va ser el objetivo de esta reunión...?

-¿No los ves? —contestó ella, y luego prosiguió –. Algo se está gestando y hay que darle calor para que nazca...

En ese instante, un grupo se había apartado hacia un extremo del gran círculo que formaba la planicie. Comenzaron a destapar unas especies de bultos, con todo cuidado. Al momento, tenían frente a ellos un grupo de curiosos instrumentos, tal como los que había visto con los aprendices de Seime. Había varios tambores pequeños, otros de tamaño mayor, unas especies de flautas, y una curiosa especie de guitarra hecha con un arco muy simple. También había una trompa larga, formada seguramente por algún tronco ahuecado. Comenzaron a practicar los más diversos sonidos, y el Aprendiz quedó realmente sorprendido. Antes los había visto tocar, pero ahora, en mayor número, sonaban sorprendentes. Nunca pensó que hubiera tantos otros con las mismas habilidades, y preparados para hacerlo en conjunto.

La luna brillaba en su esplendor, y las tenues fogatas que se habían encendido eran las suficientes para poder iluminar el lugar y distinguir a todos los asistentes.

Casi todos se sentaron, formando un gran círculo. Los músicos tocaban suaves y armoniosas melodías; mientras, algunos cocinaban el delicioso maboso, el pan del Valle. Había muchos tipos de frutos secos, vegetales servidos dentro de hojas de las más variadas verduras, y también había pequeños recipientes con miel mezclada con dátiles y diversos frutos. Todos conversaban animadamente.

En un determinado momento, Subam-Na, quien encabezaba el Consejo del Valle, saludó a todos y tomó la palabra:

-¡Sojamm, Valle del Mmulmmat! La Amante-Mua ha girado una vez más alrededor de la Madre-Sol.... su Hija, la Luna, nos acompaña sonriente esta noche de alegría. Las montañas siguen siendo nuestro manto protector. La vida late y se renueva... y nosotros seguimos sus latidos. ¡Que esta noche los seres del Valle emanen las mejores energías... que las laderas de las montañas queden impregnadas! Todos somos conscientes del movimiento... todo cambia... pero, ¡Sojamm! ¡Que se alejen de nuestros pasos los que se torturan a sí mismos y los que crean dioses para que luego los encadenen! La Vida sólo pide alegría... Que la energía que frente a esta Luna y la cúpula de estrellas nos reúne... ¡sea nuestra única forma para la liberación de los seres y toda la vida...! –y exclamó con una fuerte voz - ¡¡¡Sojamm!!!

-¡¡¡Sojammmmm!!! –todos se pusieron de pie y contestaron con una fuerza increíble, en una sola unidad. El Valle retumbó y vibró con las voces de sus habitantes. En la recónditas lejanías, los ecos rebotaron de un abismo a otro y transportaron el saludo durante un largo trecho, para luego convertirlas en letanías fantasmales, perdiéndose entre las lejanas nieves y enormes rocas, guardianes y límites de aquel mundo perdido.

En ese momento aparecieron la Amsei Bakepar, una joven Argan y Nandi, que ocuparon el centro de la reunión. Todos guardaron cierta compostura hacia ellas. La tres mujeres se sentaron, formando un triángulo, mirandose una a la otra. Mientras, varios de los habitantes entonaban un suave cántico de fondo. La anciana comenzó a enlazar las manos de varias extrañas formas, la siguió la muchacha y, por último, la pequeña. De alguna manera relataron leyendas que hablaban de los orígenes, las enseñanzas y las generaciones. Saargan las observaba y sonreía, mientras iba comprendiendo algunas partes de sus relatos simbólicos liberados al viento a través de los secretos códigos del Mmulmmat.

Apenas ellas se retiraron, los músicos comenzaron a tocar con fuerza y determinación. Sin decir nada, todos formaron un gran círculo: el centro quedó despejado. Las fogatas danzaban al ritmo de los tambores y las sombras de los Argan.

El Aprendiz, junto a Akinaya, esperó en silencio lo que sucedería. Los músicos aumentaron su sonido, y muchos de los que estaban allí los acompañaban con melodías que a veces eran como voces guturales y zumbidos inentrañables.

El joven no pudo esperar, y comentó:

-¿Que pasará ahora?

Akinaya le sonrió...

-Esta noche todos danzan, Aprendiz... la noche no excluye a nadie... tampoco a ti —ella le extendió la mano y él quedó perplejo; en realidad, no sabía qué hacer, pero observó que varios otros hacían lo mismo. Sintió confianza y le extendió la mano. A su vez, ella tomó la de Nnuya, que estaba a su lado, y todos los que se habían reunido formaron varios círculos, uno dentro del otro, y comenzaron un suave baile al ritmo de los tambores y los instrumentos, que soltaban sus sonidos a los cuatro vientos. Era un gran número de personas, de todas las edades, todos juntos en un cántico que traspasaba hacia el cielo. Tras un momento, la sonata terminó y el gran grupo se fue deshaciendo, tal como se había formado.

Koal, que se encontraba a unos pasos, se acercó y le comentó:

-¡Sojamm, Saargan! Bienvenido al círculo... ésta es una noche especial... todos muestran algo de sus logros... ya verás. Disfruta de esta luna...

En ese instante Koal, quien siempre lucía inquieto y jovial, volvió a saludar y salió al centro del círculo junto a un grupo de jóvenes, mujeres y hombres. Eran quienes varias veces habían acompañado a Saargan en sus enseñanzas de Boabom Óseo.

Ya en el centro, los tambores volvieron a sonar, y ellos comenzaron a desarrollar un complicado esquema de movimiento basado en el Arte Óseo. Sus formas eran sólidas y fuertes, rápidas y precisas, y armonizaban perfectamente con las fogatas y la obscuridad propia de la noche. Después que terminaron, salieron otros grupos, cada uno mostrando diferentes formas y aplicaciones del Arte y sus ramas.

Ya había pasado un buen rato, y se notaba un ambiente de regocijo y alegría. Entre grupo y grupo que mostraba sus logros, se producía un pequeño descanso, y se hacían comentarios y se conversaba sobre los avances y proyectos para los tiempos venideros.

No había pasado mucho rato cuando otras Argan se pusieron de pie. La música cambió de forma, y algunos comenzaron a hacer ciertos sonidos extraños con sus voces, haciéndolas sonar cerradas y rítmicas en compañía de los tambores y los instrumentos. El fuego se atizó y el grupo comenzó una graciosa danza. El Aprendiz quedó nuevamente en silencio: sus ojos se abrieron más que nunca, y por primera vez en aquella noche, pudo dejar de mirar tan atento a la hermosa Akinaya.

Las jóvenes bailaban con una gracia única, sonreían, se expresaban con todo su cuerpo, sus manos danzaban cual sutiles mariposas. Giraban con gracia y armonía. Por fin, Saargan podía comprender cómo el Arte que había estado aprendiendo, que para ojos externos podía parecer hecho para la guerra, sólo escondía encanto, armonía, vida y alegría. La música prosiguió un buen rato y la danza junto con ella. El grupo siguió los altos y bajos de manera rítmica. No se podía dejar de mirarlas: sus caderas se contorneaban como inofensivas serpientes, sus piernas lucían tan fuertes y gráciles como gacelas, sus espaldas se veían flexibles y bien formadas; sus largas cabelleras ondulaban, siguiendo las invisibles líneas de las sombras y del movimiento. Los cantos fueron incrementándose, y se veía que todo relucía, que el fuego ardía aún más junto con la luna y las estrellas, las cuales se reflejaban en el cuerpo de las bailarinas. Cuando todo parecía brillar, llegando a su máxima expresión, la danza finalizó con el resonar de los instrumentos. Por unos latidos, quedaron vibrando.

El Aprendiz había quedado un poco embobado, y cuando se dio cuenta, estaba mirando nuevamente a Akinaya. Ella sonreía ante la torpe candidez de Saargan.

Ella le comentó:

-Guarda tus energías para mañana... será el tiempo del nacimiento.

Tratando de salir de su sopor, el joven le preguntó:

-¿A qué te refieres?...

-Mañana comienzan las cosechas principales, y todos debemos ayudar: el trabajo puede durar las tres siguientes lunas, por lo que es bueno que esa energía que sientes... la enfoques en las labores venideras.

El Aprendiz se sintió un poco sonrojado y sólo sonrió.

La noche se fue apagando junto con las fogatas y las últimas chispas de ellas, que ascendían hacia lo alto. Poco a poco, todos se fueron retirando a sus refugios; había sido una ocasión llena de alegría y vida. Por úlimo, un pequeño grupo se quedó charlando, entre ellos Omboni y algunos de los Am-Ato.

El grupo de Argan, que estaba encargado de los arreglos del Samesame ese año, junto a Saargan, se quedó apagando las fogatas y revisando algunos detalles.

Akinaya, que se encontraba allí junto a un par de músicos que todavía no se retiraba, comenzó a entonar una hermosa canción. Los músicos la acompañaron delicadamente. Ella tenía un voz armoniosa, y poco a poco su canto inundó la planicie y convirtió el silencio de la noche en un susurro celestial.

Había sido una luna para celebrar y estar alegres. El suave cántico de Akinaya se quedó grabado en la mente de Saargan, quien luego se durmió pensando en lo feliz que era en el Valle, aún cuando no lo tuviera todo.

Las lunas venideras fueron plenas de actividad. Todo el poblado se reunió temprano frente a los prados de trigo y cebada, que se hallaban listos para cosechar. La Voz del Consejo dio el inicio a la ocasión y comenzó la cosecha. La tierra había sido cultivada en su momento, la semilla había sido escogida y plantada con cuidado, el tiempo había sido el preciso, el suelo tenía las aptitudes y juventud necesarias, se cuidó lo hecho, se le dio alegría y sonrisas. Había llegado el instante de la cosecha, y era un tiempo feliz, de muchos valores, de esfuerzo, pero de un esfuerzo pleno, grande, que va tomado de la mano con las risas y vitalidad, pues son energías que se comparten de manera justa y abierta, como deben hacerlo los seres nacidos de la mujer. La vida devuelve la vida, la cosecha fue buena ese círculo a la Astro-sol. El esfuerzo de los antepasados, en su paciente selección de la mejor semilla, era disfrutado en ese momento por la Aldea.

Los aires de mundo exterior, con sus conflictos, se sentían lejanos entre la protección de las montañas y la quietud del lugar; sin embargo, ello no dejaba de pasar por la mente de Saargan, quien de alguna manera, al ver que todos se comportaban tan positivamente, a veces se sentía angustiado. Todos eran tan conscientes como él de los peligros que se avecinaban, pero parecían no darle la importancia debida. Trabajaban y jugaban como críos e Ititi.

Nadie faltaba a la cosecha. Laboraban reuniendo los fardos y transportándolos pacientemente para la trilla, limpieza y selección del grano, que se haría en los días siguientes. Cada mujer, cada pequeño y cada hombre, de todas las edades, ponía algo de su parte, cada uno en su medida, pero con su mejor esfuerzo. Mientras trabajaban, entonaban cánticos alegres, llenos de historias y de anécdotas.

El Aprendiz se sorprendía de cómo el canto y la risa podían hacer de un trabajo duro algo liviano y reconfortante. Lo que más había comenzado a disfrutar era de la voz de Akinaya. Le encantaba cuando ella también cantaba para darle ánimos a todos.

Cada cierto rato, un grupo especial traía alimentos para repartir y mucha agua fresca. El alimento nunca escaseaba, pero era tomado con respeto y en su medida justa.

Hacia el atardecer, Subam-Na, quien laboraba a la par con todos los de la Aldea, hacía una señal y se acercaba a los diferentes grupos para dar por terminadas las labores. La próxima luna, al otro día, había que proseguir. El campo de cosechas no era demasiado extenso; sin embargo, estaba calculado para alimentar sin problemas a todos los habitantes del lugar. El Aprendiz había observado que había muchas otras planicies, a los alrededores, que no se usaban. Los Argan más adultos le explicaban que estaban durmiendo, porque la tierra, al igual que los seres que dependen de ella, necesita descansar, dormir y soñar, para así, cuando vuelva a despertar, esté plena de energías. Ellos habían escuchado de pueblos que no dejaban que la tierra soñara, y cuando eso sucedía, aquella tierra dejaba de albergar vida y de alguna forma moría. Los más ancianos también contaban leyendas del tiempo en que una gran parte de la tierra durmió bajo un manto blanco de nieve y hielo, decían que habían sido tiempos muy duros. Fue mucho antes que encontraran el Valle, incontables generaciones hacia el pasado.

El Aprendiz siempre quedaba curioso con las diferentes historias que se le narraban, trataba de retenerlas en un lugar especial en la memoria para poder preguntar sobre ello a Omboni; tal vez, él era el más apropiado cuando se trataba del tiempo.

Pronto la luz de la Astro-sol se fue tras las montañas. Al atardecer, los cielos siempre tomaban matices diferentes: rosados, anaranjados, amarillentos, eran un espectáculo único, el cual en aquella ocasión parecía una recompensa por las labores.

Todos se fueron a descansar, especialmente el Aprendiz.

El trabajo de la cosecha y las labores tomaron un par de días más. En la quinta luna del Samesame ya estaba todo más o menos en orden. El satélite casi llegaba a su máximo esplendor. Su luz nocturna iluminaba los campos recién cosechados y se podía ver claramente a todos y cada uno de los que habían participado.

En esa ocasión, una gran parte del grupo de trabajo se volvió a reunir en la planicie central, desde la cual se contemplaban los sembradíos. El grupo de músicos trajo sus instrumentos e inmediatamente comenzaron sus canciones, celebrando las últimas lunas de aquel acontecimiento.

Los tambores inundaban el Valle con su alegre sonido y Saargan se había instalado cerca de ellos, imbuido por el embrujo de la luna y de los cantos nocturnos. Akinaya, que se encontraba por ahí, se le acercó:

-Veo que te gusta el sonido de los tambores...

-Por supuesto, Akinaya, no sé por qué cada vez que los escucho tengo que ponerles atención y adentrarme en su sonido... es como si estuvieran vivos.

-La música es un gran idioma, Saargan; a veces Omboni me ha dicho que, tal vez, en muchas primaveras en el futuro, los humanos podrán entender el poder de la música, y que podrán aprender a usarla como un idioma para comunicarse entre todos, incluso con los animales y las plantas.

-¿Crees que sea posible...?

-Para nosotros lo es Saargan... no sé si podrá ser visto así por todos en el mundo exterior; no todas las personas sienten de igual forma.

-A mí me encanta ver cuando ellos tocan los tambores, pareciera que esos tambores tuvieran vida... su sonido es profundo y alegre, me fascina.

Todos siguieron cantando y celebrando alegremente. La cosecha ya estaba lista. El plenilunio llegaba para marcar la última etapa del Samesame.

24. Plenilunio

Los festejos y labores continuaron durante el día. Por un lado, se ordenaba los alimentos, y por otro, se volvía a preparar todo para el atardecer. Se notaba claramente en el ambiente que la noche que se avecinaba era especial: de alguna manera la celebración llegaba a su clímax.

Saargan, en todos aquellos días, no se había desprendido de su tejido, el Uyana, que ya era como parte de él. También ansiaba el atardecer, los preparativos en la planicie, la música, los cantos, la voz de Akinaya y, principalmente, la danza.

Parecía que no se cansaban nunca de danzar, cantar y del trabajo durante el día. Las pequeñuelas y los chicos bailaban espontáneamente, en cualquier momento, imitando a los mayores, siempre riendo y bromeando: era su forma de ser. A veces, sin pensarlo, simplemente se tiraban al suelo y se ponían a mirar el atardecer o las estrellas.

El atardecer llegó, y nuevamente todos se reunieron. Cada uno comentaba sobre las labores y actividades.

Saargan miraba hacia todos lados, pero no podía encontrar a Akinaya. Quizá preferiría descansar aquella noche; sin embargo, nunca faltaba compañía, y fácilmente encontraba conversación entre los Argan o los Am-Ato que asistían.

En un momento, los asistentes se sentaron en círculos como acostumbraban, y los músicos comenzaron a tocar un hermosa y enigmática canción.

Omboni se acercó y se sentó junto al Aprendiz, quien le comentó:

-Qué bueno es tenerlo cerca, Omboni, estas lunas han sido únicas.

-Jejeje... cada latido ser bueeeno.

-Hay algo que quisiera contarle. La primera noche, cuando me fue entregado mi Uyana y todos estaban reunidos y meditando, me sucedió algo especial: las Madas y Fadis se me acercaron y me comentaron algo. Me sentí contento de que hubiesen interrumpido su etapa de meditación y de volver a verlos, pero las siguientes lunas no los he vuelto a ver, y no he querido ir a visitarlos pensando que a lo mejor su retiro continua. Pero lo curioso es que ayer tuve un sueño extraño con ellos...

-Mmm... decirme qué tú soñar.

-En mi sueño, partía a la cúpula de las Madas y Fadis; entraba y la encontraba vacía, miraba los muros y las escrituras ya no estaban. Sentí cierta nostalgia. En ese momento me giré y allí estaba Ayaata a mi lado, con su cara sonriente de siempre, pero la veía como más joven o repuesta, no lo sé. Ella me tomó del hombro y me dijo: "Este Samesame es para la nueva cosecha... no para nosotros; ha llegado el tiempo que te dejes llevar y no razones en lo que deba ser o no... toma el camino abiertamente, pues está ahí para recorrerlo. Vive lo que debas vivir, pleno. Éste será tu último Samesame en el Mmulmmat, así como será el último de la Aldea. La Vía de la mujer comenzará a dormir, y ésta será su última luna. En su sueño nos llevará a nosotros. Llegará el momento en que despierte... mujer y hombre... y la armonia regrese a Mua". Tras decir esto, hizo un gesto singular con las manos, lo vi como una de nuestras formas de saludo, y yo le respondí. Ella se desvaneció, la cúpula se desvaneció. Al momento, aparecí frente a la rueda construída por Fadis en el río Biba, que giraba sin parar, perfecta y libremente. Al instante, desperté. Hoy en la mañana me asomé al riachuelo a ver la rueda, y estaba como en mi sueño, andando sin problemas. Recordé que Fadis dijo que sería su regalo para el Samesame.

-Mmm… interesante viaje... interesante...

-Me gustaría ir donde las Madas y Fadis para contárselo y saber qué opinan. Tal vez, sólo estoy preocupado por las profecías de Nao.

-Ser mejor que tú tener paciencia, Saargan... ellos no deber interrumpir su retiro. Cuando deba ser, aclararás tu sueño, déjalo tú al tiempo.

El joven quedó pensativo y miró hacia el horizonte, donde comenzaba a asomarse una extraordinaria luna llena. La visión era increíble, el tamaño del astro era inmenso y lucía un hermoso color amarillento, contrastado con las cimas de las obscuras montañas. Omboni tocó el hombro del Aprendiz y comentó:

-Jejeje… tú estar alegre, Aprendiz, éste ser un buen Samesame... hoy ser plenilunio... plenilunio... plenilunio...

-¿Tiene algo de especial que lo sea?

-Jejeje… ya tú ver que tener muuucho de especial. Tú ya saber, tooodo tiene sus latidos.

En ese momento se distinguió a cierta distancia a la hermosa Seime, la Guía del Isemo. Inmediatamente, el Aprendiz la quedó mirando. Ella le sonrió.

Mientras, uno de los Argan de edad mediana, salió al medio del círculo. El Aprendiz lo reconoció, pues era uno de los aprendices de Seime. Los tambores alzaron sus voces y varios los acompañaron con melódicos cánticos.

El joven que había salido al centro hizo unos saludos rituales y comenzó una suave danza al ritmo de la melodía. Era un hombre ágil en la aplicación de la complicada danza del Isemo. Lentamente comenzó a cautivar la atención de todos, en especial de las aprendices femeninas. Él era muy seguro en sus movimientos, que a veces formaban grandes círculos, movimientos de manos y de tronco que armonizaban perfectamente con el vibrar de los tambores. Mientras lo hacía, emitía extraños sonidos con la respiración. En ciertos momentos, sus movimientos eran fuertes y cortantes, semejantes a las Artes Boabom, pero sin más se convertían en suaves caídas, giros y formas.

El Aprendiz ya conocía muchos de los elementos que estaba mostrando, pero otros le sorprendían. Omboni le habló en voz baja:

-Jejeje… él ser bueno en el idioma...

-¿Qué quiere decir, Omboni?

-Mmm... Artes y danza del Valle ser idioma vivo, Saargan. Él hablar; ahora, quien deba escuchar, y gustar lo que descifrar, escuchará.... —y al decir esto, hizo un curioso gesto levantando las cejas.

Por otra parte, el Argan estaba finalizando su danza y tan suavemente como había comenzado, terminó. Se quedó un momento en silencio, de rodillas en el suelo. Desde otro lugar del círculo se sintió saludar a una de las muchachas Argan: "¡Sojamm!". El rostro del joven que estaba en el centro se iluminó, y expresó una gran alegría; devolvió el saludo de inmediato con un gesto de manos. La joven se acercó inmediatamente. Los músicos comenzaron sus armoniosos sonidos, y tanto ella como él continuaron danzando juntos. Primero, parecía una especie de enfrentamiento, pero tenían una gracia tan sutil que terminaban formando un solo movimiento. Ambos reflejaban en su rostro una plenitud indescriptible. Tras un momento, la danza finalizó y ambos se retiraron juntos.

Los cantos y la música proseguían.

Desde cierta distancia, Saargan observó que Seime salía adelante. Todo el mundo quedó en silencio: ella era famosa por su forma de danzar. En un instante, los tambores levantaron sus sonidos y las voces se alzaron, melódicas y animadas.

Seime era tan hermosa como persona, así como lo era mostrando su Arte. A pesar de que el Aprendiz ya la había visto en algunas ocasiones, esta vez realmente quedó ensimismado por la armonía y energía que desprendía de sus graciosos movimientos. Su forma de ejecutar el Isemo era perfecta, no titubeaba, lo hacía parecer normal y natural. Su gracia era única; sus manos parecian flotar o moverse con el viento. Su largo pelo bailaba al compás de las llamas que se desprendían de las fogatas. Su piernas lucían sólidas y seguras, así como sutiles y delicadas. Saargan no le quitaba los ojos de encima; su corazón comenzó a latir apresurado, al ritmo de los tambores.

No podría saber cuánto rato pasó, pero en un momento ella finalizó la danza muy cerca de donde él se encontraba; al hacerlo, lo quedó mirando a los ojos y lo saludó directamente con un gesto especial, hecho con ambas manos.

El Aprendiz quedó helado: algo de lo que ella hizo le recordó lo que había visto en el sueño cuando Ayaata lo saludó. Instintivamente devolvió el saludo y le sonrió. Ella se acercó más y le extendió la mano. Saargan se puso un poco nervioso y quedó mirando a Omboni, quien dijo:

-Jejeje... al saludarla, tú aceptaste Saargan... Ella escribir, a ti gustar lo que ella escribir, ahora comienza tu danza, jejeje...

Le pareció que ya nada lo sacaría del aprieto. Quedó mirando nuevamente a Seime, que lo esperaba con la mano extendida; tuvo que ponerse de pie. Cuando lo hizo, ella le comentó suavemente:

-Sojamm, Saargan... tú ya conoces mi Arte, sólo sígueme.

Él la quedó mirando con cara de afligido: no se consideraba muy bueno en el Isemo, pero haría lo mejor posible. La música se incrementó y el Arte tomó vida nuevamente. Tras un momento, el Aprendiz se sintió alegre y entregado a la danza; realmente Seime había sido una Guía extraordinaria y paciente, y para el joven era más que un honor poder acompañarla.

Pasado un rato, todo terminó armonioso. Ella le tomó la mano y no lo soltó. El Aprendiz se sintió un poco extraño. Salieron del círculo y Seime comentó:

-Debemos hablar Saargan ¿me quieres seguir?

-Por supuesto —contestó un tanto emocionado.

Se alejaron un poco del lugar y se dirigieron a cierta distancia, a una orilla del río. Se sentaron a hablar a la luz de la luna llena. Corría una brisa cálida, y a lo lejos se sentían las melodías de la reunión, que se unían con los sonidos del bosque y del riachuelo Biba. Por mientras, él no podía dejar de mirarla: en realidad, se sentía totalmente atraído, pero muchos pensamiento se contraponían en su mente, diciéndole que no era adecuado lo que sentía. La miraba y de alguna forma volvía a recordar a Akinaya.

Seime comentó:

-Sé lo que sientes, Saargan, y no debes afligirte por ello.

-Ehh.. eh.. bueno.

Ella cerró sus labios sutilmente con los dedos de su mano izquierda, al tiempo que dijo:

-Quiero que pasemos esta noche juntos... sé que lo deseas.

-Bueno... no sé... bueno, sí, es que... ¡Bueno sí! Usted es muy especial, pero no quiero ser imprudente.

-No lo eres, si yo estoy aquí contigo es porque te autorizo para ello, y con eso basta. Sólo ponme atención.

-Lo que usted diga.

-Hoy es plenilunio, y sólo hoy estaré contigo.

-¿Qué quiere decir?

-Quiero que sigas mis condiciones, Saargan, y escuches atento y me digas si aceptas.

El Aprendiz sentía que se le iba a salir el corazón por la boca. Dijo:

-Acepto lo que usted diga.

-Escucha con atención: la unión de una mujer y un hombre es algo único, y no lo debes tomar a la ligera. Sé que te atraigo, y eso lo respeto y no lo tomo a la ligera. Para mí, también tú tienes una energía especial, pero no estamos destinados el uno para el otro, y de alguna forma tú lo sabes —el joven trató de decir algo pero calló, y ella continuó —. Te aceptaré por esta luna, y no me hables del Am-Ato Krupta o de nadie más; este mundo no se rige por las normas del lugar de donde viniste. Como te digo, estaré contigo hasta el amanecer y quiero que durante ese tiempo no pienses en nada ni en nadie, sólo que te dejes llevar: yo te enseñaré el camino y tú lo recorrerás completamente, pero con tranquilidad.

Él tenía los ojos muy abiertos y atentos, y no quería ni respirar, pensando que todo eso tal vez era un sueño y que si respiraba, despertaría. La hermosa Seime continuó:

-Ahora quiero que vayas a tu cúpula y te bañes tranquilamente, sólo con agua, y que dejes tu pelo suelto. Luego volverás hasta aquí. ¿Ves el refugio que se forma entre los árboles, allí al frente? Ese será el lugar de encuentro. Estará preparado adecuadamente: verás una candela encendida al medio, no te acerques hasta que se apague. Será tu noche, Saargan; de alguna manera ya no volverás a estar solo como tú lo crees. En el transcurso de esta unión deseo que no hables, que no preguntes. Habrá silencio, el cual sólo será roto por el aliento y los gemidos, pero no por las palabras; esta luna no es para las palabras. No preguntes nada, no digas nada, sólo déjate llevar. Mañana, cuando amanezca, no tomes nada de lo que veas en el lugar, sólo ve tranquilamente a tu cúpula y a tus labores. Será como si esto no hubiese sucedido. No comentarás nada de lo ocurrido, ni me hablarás a mí de lo ocurrido, nada... jamás ¿me entiendes? –él hizo un gesto afirmativo con la cabeza, y ella continuó –. Simplemente guarda esto para ti... como un regalo único; en su momento descubrirás por qué debía ser así.

El Aprendiz no supo qué responder. Suspiró y comentó:

-No sé qué decir, pero... pero... Así será, Seime: lo que suceda esta noche, bajo esta luna, sólo lo guardaré para mí...

-Ahora ve y vuelve pronto.

El joven partió corriendo, como si pensara que si no se apresuraba, toda aquella magia desaparecería en un instante.

Saargan volvió listo para el encuentro nocturno. Su corazón no dejaba de latir apresuradamente. De fondo, a lo lejos, aún se sentían las melodías y los cantos que armonizaban perfectamente con la ocasión. La brisa seguía siendo cálida y la luna llena resplandecía en lo alto. A cierta distancia distinguió la candela que se perdía entre el bosque, en un lugar cerrado formado por una pequeña quebrada y los árboles que se unían arriba, produciendo un refugio natural. Respetando lo que se le había dicho, no se acercó hasta que la luz se apagó. Cuando eso sucedió caminó lentamente al encuentro. Se adentró en el refugio: estaba obscuro y el bosque casi no permitía dejar pasar la luz de la luna. Había un olor a hierbas muy peculiar y relajante. Vio una sombra y sintió el piso muy suave y mullido. Pensó que Seime habría traído una especie de gran manto tejido para el suelo, y que habría preparado el lugar antes de su llegada.

No sabía qué hacer, tampoco podía decir nada ni preguntar, pues había prometido no romper el silencio con palabras. Ni él ni ella hablarían. Una suave mano lo tomó y lo hizo sentarse en el manto. Poco a poco, el silencio fue roto por la respiración de ambos. No había luz para distinguir los rostros. Tras un rato, y con todo cuidado, se quitaron mutuamente los ropajes. El suave pelo de la mujer lo recorrió poco a poco, casi como un martirio para el cuerpo del hombre. Él la imitó y aprendió de ella. Sabía que la paciencia es un Arte para todos los caminos, y aquella noche procuró practicarla de la mejor forma. Lentamente fue sintiendo la piel desnuda, su suavidad, su fuerza, su danza. La forma en que ella tocaba era especial, sabía cómo hacerlo y cuánto. La respiración se alteró; vivió valles y cimas y la indescriptible belleza y éxtasis de la unión. Sintió el aroma a mujer pura y ardiente, un aroma único, indescriptible, innombrable... Cuando se adentró en la profundidad del olor a mujer, por un momento vino a su mente la imagen de Akinaya, no pudo evitarlo. En lo alto, la luna llena llegaba al cenit.

Para Saargan, aquella noche quedó grabada para siempre, tal como se le había dicho.

Al amanecer despertó solo en el refugio, sobre un gran manto circular de dos cuerpos de ancho. Sólo lo olió, como despidiéndose de su sueño; se puso de pie y se marchó a su cúpula. La mañana le pareció extraordinariamente hermosa: mientras caminaba, aletargado, sonreía.

Los siguientes días, Saargan estuvo muy callado e introspectivo. Siguiendo lo que le había dicho a Seime, no comentó nada de lo sucedido, y en las ocasiones que volvió a verla, la saludaba con devoción y lo más cortésmente posible. Ella le devolvía el saludo de manera armoniosa y alegre. Nunca hubo un comentario. Sólo en una ocasión sucedió algo extraño: trató de decirle a Omboni sobre lo sucedido. De alguna manera, no podía ocultarle nada a su viejo Guía. El sabio bonachón hizo un gesto como para que no preguntara y le sonrió, diciendo: "Lo que debes guardar para ti, guárdalo... así debe ser". Luego cambió de tema. El Aprendiz quedó más intrigado con la respuesta.

Las últimas lunas del Samesame fueron de recogimiento y descanso; casi no se veía a nadie recorrer los senderos del Valle. La algarabía se fue diluyendo, aunque la vida siguió brotando.

25. La Danza de la Muerte

La luna fue decreciendo tras el transcurrir de las noches; junto con su decrecer, en Saargan fue creciendo la inquietud sobre las Sabias de la Cosecha y el Ingenioso Poeta, no podía quitarse la ansiedad por ir a visitarlos, más aún tras sus últimos sueños y todo lo que le había sucedido. Los acontecimientos iban más rápido de lo que él hubiese querido, y su extraño encuentro con Seime había sido algo único, pero lo traía más pensativo.

Sus enseñanzas y desarrollo en las Artes del Valle prosiguieron de forma normal. Ya se habían convertido en parte de él, pero a pesar de ello, nunca dejaba de aprender y de valorarlas. Cada vez que se sentía inquieto o preocupado, no había nada mejor que repasar sus materias y enseñanzas, y las energías positivas volvían rápidamente a su mente. Sin embargo, no podía dejar de pensar en las Madas. Sabía que si volvía a preguntar sólo encontraría evasivas, como las respuestas que ya había recibido.

En una de esas tardes, después de una de sus clases acompañó a Nnuya a los campos del norte. Éste le había pedido que le ayudara en unas labores en un riachuelo que siempre llevaba peces. Después de una caminata más o menos larga llegaron al lugar. Tras una gran loma, había una quebrada honda que lucía en su profundidad un hermoso río. A sus lados, los árboles lucían frondosos. Ambos bajaron y caminaron hasta el lugar. Tras cruzar el pequeño bosque que crecía alrededor de las aguas, llegaron a un remanso. En aquel lugar se formaba un pequeño descanso para las aguas, una gran piscina natural, ancha pero no de mucha profundidad. Se veía claramente el fondo, las arenas y los peces.

Al llegar a la orilla, ambos tomaron un poco de aliento después de la caminata. Se sentaron en una gran roca que formaba un muelle natural. Las aguas se veían apacibles. El Aprendiz comentó:

- ¡Vaya!... ha sido una buena caminata, pero Nnuya ¿por qué me dijo que teníamos una labor que hacer?

Tras un silencio, el fuerte Am-Ato le contestó:

-Ya verás... tenemos un trabajo especial... debemos mantener este pequeño lago que se forma naturalmente: la tarea es muy simple –y tras mirar hacia el fondo de las aguas, prosiguió –. Si observas el lugar, verás que hay una gran cantidad de peces.

Saargan se inclinó para mirar con atención. Las quietas aguas guardaban en su fondo una cantidad inmensa de peces que revoloteaban libremente entre las rocas, las arenas y algunos troncos que caían en los alrededores. Nnuya continuó con su explicación:

-Como puedes observar, aquí vive una gran cantidad de peces, y debemos ayudarlos a que sigan viviendo... ellos cumplirán su ciclo y nosotros el nuestro.

-¿Qué quiere decir?

-Nosotros necesitamos alimentarnos, Saargan, y ellos necesitan mantener un número estable para que este pequeño recodo en el río los mantenga con vida. Nos llevaremos a unos cuántos.

-Es decir... ¿habrá que matarlos?

-Así es, Saargan... pero sólo tomaremos a los más adultos y un número que no perjudique su continuidad.

Tras dudar un poco, el Aprendiz agregó:

-Bueno... es que pensé que en el Valle... nadie mataba animales... como siempre Omboni me ha dicho que todos los seres vivos se merecen el mismo respeto... bueno...

-Es cierto... una cosa es el respeto por todos los seres, valorarlos y tomar lo necesario para que la vida prosiga.... y otra cosa es el exterminio, el desprecio y cazar o pescar cuando en realidad no lo necesitas y sólo lo haces por ocio, por divertirte o porque simplemente te puedas imaginar por algún mísero instante que eres superior al resto de los seres vivientes.

Saargan siguió pensativo. El Am-Ato continuó su explicación:

-Tú has visto que en el Valle también nos alimentamos de carne... tal vez aún no habías participado directamente, pero ya llegó el momento de ayudarnos en su recolección. Debes considerar que alguno de nosotros la necesitamos más y otros casi no la necesitan, pero este cuerpo nos pide de todos los alimentos: los del aire, los de las aguas, los de la tierra... no podemos negarle ninguno de ellos... podemos usarlos en diferentes medidas. Esto es necesario para la continuidad de nuestra vida.

-Comprendo, Nnuya, sólo que los peces me parecen tan quietos que no quisiera perturbarlos...

-Nuestra tarea es tomar lo necesario, perturbar su ambiente lo menos posible y tomar las vidas por las que hemos venido, sin hacerlas sufrir, permitiendo que su abandono sea noble. Además, si no lo hacemos, serán demasiados en este lugar e igualmente muchos de ellos perecerán por la falta de alimento y espacio.

-Pero ¿es posible? Se van a espantar cuando entremos al agua...

En ese instante, Nnuya le hizo una señal para que mantuviera silencio. Tomó uno de los sacos que habían traído cargando, lo puso frente a él con todo cuidado y lo comenzó a desenvolver. Abrió completamente la alforja: dentro de ella venían unos palos con punta, los cuales dejó frente a él; se sentó por un momento en silencio, con las manos unidas. Luego se puso de pie e hizo un extraño gesto hacia las aguas, que se mantenían quietas y cristalinas. Se acercó a Saargan y le comentó:

-He hablado con estas aguas para que sepan que es estrictamente necesario para mantener nuestra vida y salud que yo perturbe su tranquilidad: he hablado con estos peces para decirles que he de tomar sólo a los más ancianos y débiles, y que gracias a ello, ellos podrán continuar viviendo en este lago y sus vidas florecerán en el tiempo. Les he dicho que soy un humilde cazador que sólo toma lo necesario para la vida, y que la toma sin sufrimiento. Ahora, tú recibe la bolsa con los peces, yo te los pasaré... sólo deposítalos encima de los sacos. Guarda silencio...

Nnuya se sacó la liviana túnica que llevaba puesta y se colgó al costado un pequeño saco. Se internó tranquilamente en las aguas: sus movimientos eran lentos y fluidos y se asemejaban a las Artes en las cuales él era un experto. Cada paso casi no emitía ondas. En un momento estaba en medio del cardumen, que parecía que no lo había visto o que se encontraba acostumbrado a su presencia. El agua le llegaba hasta los muslos. Hizo un movimiento con las manos, como si volviera a saludar: sus palmas se acercaron suavemente a la superficie del agua, cual par de hojas que caían de los árboles de los alrededores. Hundió una de las manos y, sin más, tomó muy suave a un gran pez que nadaba en las cercanías: el pez apenas se movió. Lo sacó lentamente de las aguas, y mientras lo hacía, con la otra mano realizó un movimiento increíblemente rápido, que aturdió en menos de un latido al pez. La muerte fue instantánea, la presa apenas se agitó. El Aprendiz, que estaba en la orilla, quedó sorprendido por la agilidad y limpieza de este singular cazador.

En un rato ya había hecho la operación varias veces. Al momento de llenar la pequeña alforja, se acercó a la orilla y se la pasó al ayudante, quien la vació de inmediato y se la volvió a pasar.

Ya atardecía. Por último el sutil cazador volvió por sus últimas presas, realizó el mismo ritual que hizo antes de meter sus manos en el agua. Esta vez cazó tres grandes peces, que lucían muy viejos, lentos y como si estuviesen aguardando su turno para morir en manos expertas y compasivas.

Puso los tres peces en el saco y volvió a la orilla; pasó el saco a Saargan, quien miró a los animalillos con cierta tristeza. No sabía por qué, pero se sintió afligido al ver esta última partida.

Nnuya salió de las aguas con la misma tranquilidad y armoniosidad con que había entrado. Se vistió, y de los sacos que había traído, sacó un pequeño bolso con trigo de las últimas cosechas. Lo lanzó hacia las aguas, tratando de cubrir el mayor campo posible.

Envolvieron los peces en las alforjas, y a éstas les cruzaron las varas que habían traído. Ambos volvieron cargados y en silencio a la Aldea.

En las cercanías de las primeras cúpulas se encontraron con la pequeña Pane, Nandi y otros Argan menores. Todos corrieron al encuentro. Aunque el Aprendiz no podía suponer cómo se habían enterado, los pequeños traían consigo canastas y sacos para portar los peces obtenidos aquella tarde.

Nnuya los repartió entre todos, para que aquella noche sirvieran de alimento para los más pequeños del Valle.

El Aprendiz se conservaba pensativo ante todo el alboroto. Nnuya se le acercó y le comentó:

-Has sido de gran ayuda, Saargan. Necesitaba silencio y tiempo para esta tarea... y has sabido entender ambas cosas. La tarea ya se ha cumplido...

-Sojamm, Nnuya... me agrada haberle servido de ayuda, en especial al saber que es en beneficio de los más pequeños –y luego agregó, algo cabizbajo y nervioso -. Ahora debo retirarme.

-Sé que estás inquieto, todos lo hemos estado... ahora ve y haz lo que debas hacer.

El joven se despidió y partió apresuradamente. No podía quitarse de la cabeza a la Madas y a Fadis; ya hacía mucho tiempo que no los veía y tenía un presentimiento extraño sobre ellos.

Primero pensó en ir a su cúpula y conversar con Omboni, pero al poco caminar cambió de dirección y se dirigió directamente a la cúpula donde vivían los ancianos.

Mientras avanzaba, tuvo la certeza que algo había sucedido, y a medida que caminaba, aceleró el paso sin querer; el último trecho corrió hacia la cúpula. Cuando llegó frente a ella, se detuvo. No sabía por qué, pero temió algo. Tal vez Omboni y los demás tenían razón en decirle desde hace ya tiempo que no fuera a visitarlos, que necesitaban estar solos. Tal vez él los interrumpiría... o podría ver algo para lo cual no estaba preparado. Pero las ansias que le embargaban pudieron más que la disciplina.

Se acercó lentamente a la cúpula. Desde la distancia pudo ver que había una pequeña candela en el interior. Tuvo la esperanza de que fuese alguna de las Madas, o Fadis que anduviese por los alrededores.

Entró lentamente; la puerta rechinó al desplazarse en sus bisagras de madera. Inmediatamente vio la pequeña candela y el recipiente de barro cocido que la contenía. La tenue luz apenas alumbraba el lugar. El corazón de Saargan se aceleró un poco: no veía a nadie y el lugar parecía abandonado.

En ese instante, alguien habló desde su espalda:

-¡¡¡Haber tardaaado, Aprendiz!!! ¡Yo esperarte antes!

-¡¡¡Aaaahhh!!! —el joven dio un salto de impresión y se volvió rápidamente. Ahí estaba el viejo Omboni, al lado de uno de los muros, mirando los signos realizados en las paredes y con una tablilla en la mano. El joven comentó de inmediato:

-¡Vaya susto que me ha dado Omboni! Pensé que era un... no sé... fantasma... ¿Y qué hace usted aquí?... ¿Dónde están las Madas y Fadis?

-Jejejeje... "fantasma"... "fantasma"... Mmm... extrañas palabras usar tú ¿Qué hacer yo aquí?... Mmm... la pregunta ser ¡¿qué hacer tú aquí?!

-Disculpe, Omboni, no he querido ser indisciplinado, pero han seguido mis extraños sueños con las Madas y Fadis, usted ya lo sabe y me gustaría verlos —y agregó con algo de duda – ¿Están ellos aquí?

-Mmm... no, Saargan... ellos tomar su viaje para abandonar... por ello necesitar silencio y tiempo para sí mismos.

El Aprendiz se sintió como apesadumbrado, a pesar de que no entendía bien qué quería decir el anciano, pero ya había escuchado esa expresión antes. Se sentó y volvió a comentar:

-No le entiendo...

El viejo se acercó y se sentó a su lado, diciendo:

-Mmm... Aprendiz... en el Valle nosotros tener viiiidaaa laaaaargaaaa, pero no tanta. El tiempo no esperar... sabio o no sabio, fuerte o débil, sano o enfermo, sin apegos o con apegos... no importar: el tiempo no esperar... Ellos tener vida larga... yo conocerlos muuuuucho tiempo... fuimos Navegantes juntos, vivir aventuras, vivir en esta cúpula... pero ellos saber que su ciclo terminar, querer estar solos. Yo partir a nueva cúpula para ayudarte, ellos partir a la Montaña del Abandono, para no volver.

Saargan sintió una profunda tristeza: no sabía qué entender exactamente, pero sí le llegó claramente que los ancianos habían muerto. Sin embargo, preguntó cómo, para confirmar sus dudas y para aclarar aquellos detalles que los humanos siempre quieren aclarar ante la muerte y, que en verdad, no tienen importancia, y que de ninguna forma cambiarán los hechos:

-¿Han muerto? ¿Pero cuándo y cómo ha sucedido? ¿Por qué nadie en la aldea se ha enterado o me lo ha dicho? Ellos también han sido mis Am-Atos.. al menos yo merecía haberlo sabido... ¿Pero, cómo murieron los tres?

-Mmm... "morir","morir"... tú usar extrañas palabras, Aprendiz. Yo ya decir: ellos abandonar. Si tú estar pensando lo que yo sé que tú pensar... te diré lo que tú ya saber: nosotros nacer como seres que serpentean con los fluidos de los vientos... y así también abandonar. Ellos conocer su tiempo... ninguna sobrevivir mucho si uno de ellos abandonar, estar muuuuy unidos. Ahora, simplemente decidir que ser su momento y marchar los tres.

El joven volvió a preguntar:

-¿Pero a dónde fueron?

-Mmm... cuando tú saber que tú abandonar... tú poder elegir el lugar, el tiempo y la forma... y prepararte para ello. Lo que sobreviene, ser en calma contigo mismo y con una sonrisa por la vida que haber sentido, no por la disolución de la vida. Ellos elegir Montaña del Abandono, y allí ellos entregar su cuerpo. Allí haber caverna preparada para ellos.... el frío hacer el resto, y osos y buitres la disolución final.

-¡Pero cómo pueden haberlo permitido, Omboni! Tal vez tenían algunos círculos a la Astro-sol por delante... realmente no comprendo.

-Mmm... por supuesto que tú no comprender... si ni siquiera tú no comprender tú... ¿Cómo tú comprender a Madas, a Fadis o al Valle? Tú comprender lo que tu mente tener grabado, y lo que tú interpretar con tu sentir ahora... pero tú no poder comprender ni tú mismo un momento después. En el Valle entender que cada ser tener su Vía... si tú desear esperar que sobrevenga enfermedad y deterioro y esto hacerte abandonar y disolver vida, ser tu decisión Aprendiz. Si tú pensar que ser mejor para ti no esperar deterioro total de enfermedad y vejez, y ser mejor tomar camino de abandono antes, ser tu decisión... nadie en Valle decirte qué hacer. Tú aprender a vivir, para aprender a morir... Así tú disfrutar de tus primaveras lleno de sabiduría y plenitud y aprender a aceptar abandono y disolución con misma sabiduría y plenitud, sea que llegue antes de lo que tú desear... sea que llegue cuando tú desear.

El Aprendiz escuchaba atentamente, trataba de entender, pero su rostro estaba serio y apenado, no podía evitarlo, realmente había llegado a querer a las sabias Madas y al amable Fadis. Los había aprendido a apreciar, así como había aprendido a apreciar al Valle y su gente, sus enseñanzas y su forma de ver la vida. Estar frente a la muerte en ese lugar parecía contradictorio para el Aprendiz: sus habitantes parecían que podían vivir para siempre, así como sus enseñanzas, pero al enterarse de lo que había sucedido, se daba cuenta que incluso ese lugar tan privilegiado no podía escapar a las inevitables leyes de la vida y su eterno movimiento de nacimiento, vida y abandono.

El Aprendiz y el anciano charlaron durante largo rato. Omboni le contó viejas aventuras que había vivido con los ancianos. Riendo decía que ya pronto le tocaría abandonar... pero que aún era joven; él decía que apenas había sobrepasado las cien vueltas a la Astro-sol, y se sentía pleno de vida.

Saargan le preguntó:

-Pero ¿que sucederá con esta cúpula, Omboni?... Además ¿qué estaba haciendo usted con esa tablilla?...

-¡Ajáá! Mirar tú, Saargan —el anciano le acercó la tablilla, y el Aprendiz la tomó y la observó con cuidado: el viejo sabio había ido tallando pacientemente varios signos y extraños dibujos en ella. Omboni le tomó el hombro e hizo un gesto para que mirara hacia los muros. El joven comparó la tablilla con ellos, y se pudo dar cuenta de que eran los mismos, y que sólo había estado transcribiendo lo que ya se encontraba marcado. El viejo siguió su explicación —. Esta tablilla formará parte del registro del Mmulmmat. Ellos hacer estos signos, cada uno representar sus vidas, aventuras, experiencias y mensajes para los que vendrán. Yo guardar en Gran Cúpula Nao, y cuidar junto con el mensaje de muuuuuchas de ellas desde tiempos pasados. El tiempo deshacerá las escrituras de la cúpula... hasta que alguien poder volver a ocuparla.

El Aprendiz quedó un largo rato pensativo y luego comentó:

-Yo había guardado miel y frutos secos para ellos... nunca pude entregárselos... cómo quisiera poder hacerlo ahora. Cómo lamento que ya no estén...

-Mmm... Viejos adagios decir... "Si tú hacer lo que deber hacer cuando persona estar en vida... tú no lamentar su despedida"

Aquella noche fue tranquila. Guía y Aprendiz conversaron largamente sobre la vida y el abandono, y las costumbres de la Aldea. Una candela, un viejo lleno de sabiduría y un Aprendiz deseoso de escuchar eran la última imagen que vibraría en la cúpula de las Madas y Fadis, signos de una escritura que se perdería en el tiempo, cuyos significados serían guardados, buscando el momento apropiado para ser leídas; lo demás sería silencio, vibraciones que circundan por las eternidades, como las ondas de un río, hasta desvanecerse, diluirse... ser lo que han sido siempre en el eterno juego de la unión y la disgregación.

Saargan ya había conocido la "Danza de la Vida", ahora comenzaba a conocer la "Danza de la Muerte".

26. Saber vivir, saber morir

Era la mañana después que el Aprendiz se había enterado de la partida de los ancianos Am-Ato. Dormía intranquilo, hablaba entre este sueño y el otro: algo en él no se conformaba con lo que había sabido. Algo debía hacer, la inquietud lo mantenía en la somnolencia.

De repente saltó de su cama bruscamente, como si hubiese caído de una gran altura y hubiese vuelto a penetrar su cuerpo de manera violenta. Estaba agitado y transpirando.

Miró a los alrededores y se dio cuenta que estaba solo. Se levantó, realizó lo más apresurado posible sus tareas matutinas y partió a buscar a Akinaya.

Ella debía encontrarse en las cúpulas-despensas del Valle, seguramente ayudando a los demás a ordenar los alimentos y limpiando todo para que se mantuviese fresco y bien resguardado para las próximas temporadas.

Llegó en un momento, y muy agitado. Akinaya estaba a unos pasos de las cúpulas, ayudando a limpiar el trigo con los demás, tal como él había pensado. Había un grupo bastante numeroso haciendo las labores. Tras saludar, se dirigió directamente a Akinaya y le comentó:

-Debo hablar contigo... es algo importante. Por favor acompáñame un momento.

Ambos se alejaron un tanto del lugar. Él le comentó un poco alterado:

-¿Sabías que las Madas y Fadis murieron?

-"¿Murieron?" —preguntó ella dudosa.

-¡¡¡Síííí!!! Murieron, ¿me entiendes?... y nadie me dijo nada —agregó alterado.

-¡Ah! Te refieres a que "abandonaron"... bueno, todo el Valle lo sabía, todos los hemos valorado mucho siempre...

-¡¿Y por qué nadie me lo dijo?!... ¿Por qué no me lo advertiste?...

-Bueno... no había por qué retrasarlos, es decir, no había para qué decírtelo a ti, no te ayudaría ni a ti ni a ellos... en verdad, demuestras que no estás preparado para aceptar ciertas cosas.

-No te entiendo, Akinaya, no entiendo por qué no me lo has dicho antes. Si no se me ocurre ir a verlos, no me habría enterado nunca. Podría haberme despedido de ellos de alguna manera...

-Es nuestra forma de ser... nunca nos despedimos. Si deseas realmente estar con alguien no te puedes despedir de él... simplemente estarás con él siempre, pase lo que pase. Al final, lo que tú llamas despedida es sólo una formalidad.

Tras un momento, él continuó:

-Sí... sí... eso ya me lo han explicado, en la noche tuve una gran charla con Omboni: hablamos de muchas cosas, pero a fin de cuentas, lo que realmente entendí es que ellos decidieron marcharse antes que morir en el Valle, y que fueron a una montaña llamada la "Montaña del Abandono". Te quiero hacer una pregunta y quiero que seas sincera, Akinaya.

-Adelante, Saargan... seré eso que tú dices... mmm... ¡sincera!

-Bueno... dime, ¿hay alguna posibilidad de que ellos aún estén vivos y que yo los pueda ver... o ayudar?

La joven arrugó un poco su entrecejo y agregó tras un suspiro:

-Mira, Saargan, es muy posible que estén vivos, como también que ya se hayan diluido... no puedo asegurártelo. Lo que sí te puedo asegurar es que tú no los puedes ayudar. Ellos iniciaron su viaje en silencio... porque desearon marcharse en silencio... esa fue y ha sido su Vía... lo que ellos deseaban, no tienes derecho a interrumpirlos.

-Pero ¿cómo puedes ser tan fría Akinaya?... ¿No tienes sentimientos?... ¿Acaso nadie aquí los tiene? Es posible que ellos no hayan muerto y vayan a morir ¿y tú no harás nada? ¿Acaso a nadie se le ocurrió atajarlos? ¿Impedir que se fueran, así como así?

-No vengas a decirme lo que debo hacer o no, Aprendiz... y menos andar juzgando a todo el mundo, te estas comportando como hombre externo: yo hice lo que debía hacer cuando ellos estaban con nosotros. Cuando nosotros hacemos algo, lo hacemos en la vida... no más allá... hacer cosas para el más allá es para los ignorantes del mundo exterior. Los conocí muy bien, Saargan, más de lo que tú crees. Ellos jamás aceptarían vivir aquí sus últimos tiempos, llenos de enfermedades, perdiendo sus facultades y su lucidez lentamente, como un animal que se va desangrando a su suerte. Si ellos hubiesen querido, habrían tenido tantos Argan como los dedos de dos humanos que gustosamente los hubiesen atendido hasta el último momento. Pero sabias como las Madas saben cuánto se prolonga la vida, ellas sabían que no tenían mucho tiempo por delante, ni ellas ni el sabio Fadis; los tres tomaron su decisión... Cuando se posee la visión de un anciano Am-Ato, se sabe cuándo es el tiempo... ellos eligieron irse antes del Samesame, querían ver las fogatas y los círculos junto con la luna llena desde el camino hacia las alturas de la montañas. Ése era su deseo, nosotros vivimos y abandonamos según nuestra Vía y deseo... no pedimos cuenta a nadie, Saargan, y ten la seguridad que nadie nos pide cuentas sobre nuestros actos... menos un hombre...

El Aprendiz se sintió molesto e irritado por la forma en que le hablaba Akinaya, se tornó de color rojo y sus ojos se pusieron cristalinos. Miró hacia abajo y, tras un momento, dijo un tanto tembloroso:

-Está bien... está bien... si no me quieres ayudar, está bien. Tú dices que los habitantes del Valle son libres para hacer lo que sienten que deben hacer: siento que debo ir a buscarlos, y si no me quieres ayudar, respeto tu decisión. He escuchado que la Montaña del Abandono está hacia el paso del oeste, los buscaré por mí mismo. Buscaré el sendero de donde se vean los círculos, las fogatas y la luna, seguramente estarán cerca.

Ella lo quedó mirando un poco seria. Tras pensar un instante sólo le comentó:

-Espérame aquí, vuelvo de inmediato.

El joven quedó impaciente, y no sabía qué esperar. Ella se dirigió nuevamente al grupo que estaba trabajando. Desde la distancia, pudo apreciar que ella se acercaba a Subam-Na, quien se encontraba ayudando en las labores: algo conversaron entre ambas. Por un momento, el Aprendiz pensó que lo tomarían por la fuerza y le impedirían marcharse. La joven volvió. Ya al lado de Saargan, le dijo:

-Bien... si lo deseas, te acompañaré.

El Aprendiz sonrió:

-¡Por supuesto, Akinaya!

-Te pondré sólo una condición: cuando lleguemos al lugar donde ellos están, si es posible yo hablaré primero con ellos; si ellos lo desean podrás verlos y conversar, pero si no, deberás respetar su voluntad, así como yo estoy apoyando la tuya.

-Está bien, Akinaya... lo que digas, así será.

-Además, aunque no es un trecho muy largo, sólo dos lunas de caminata, no creas que será tan fácil llegar. Es mejor partir ahora mismo, cuando aún es temprano. Yo prepararé algo rápido.

El Aprendiz comentó:

-Yo también quiero ir por algunas cosas a mi cúpula, también quiero comentarle de mi salida a Omboni.

-Ve, nos encontraremos en un palmo de sol, en el sendero del oeste.

El joven se sintió más aliviado y con deseos de partir lo antes posible. Se alejó, y desde la distancia, la sabia Subam-Na lo miró entre compasiva y desilusionada. Él también pudo verla, pero no se atrevió a acercársele: temía que si hablaba con ella primero, podría arrepentirse de su decisión.

Akinaya partió en busca de algunas mantas y alforjas con un poco de alimento. Por su parte, Saargan volvió a la cúpula corriendo, pero no vio a Omboni por ninguna parte. Inmediatamente amarró una manta, se llevó sus mocasines al hombro, una cantimplora de cuero y un bolso que contenía la miel y frutos secos que hacía bastante tiempo había reservado para los ancianos.

Antes de salir, en la entrada, dibujó unos círculos y líneas en el piso, dentro de lo que ya había aprendido a simbolizar, para así mostrarle a Omboni que había partido a la Montaña del Abandono.

Al poco rato, ya ambos estaban en marcha por el camino que iba hacia el paso del oeste, el que conduciría al lugar donde debían encontrarse las Madas y Fadis.

Caminaron un largo trecho en silencio. Akinaya tenía un ritmo fuera de lo común para caminar: el Aprendiz apenas la podía seguir y comenzó a pensar que, en verdad, nunca había sido muy bueno para caminatas rápidas. Poco a poco el camino fue ascendiendo, y el ritmo se hacía más y más lento. El sol estaba en su plenitud y comenzaba a hacer bastante calor. A medida que avanzaban, la vegetación comenzaba a escasear, los hermosos riachuelos y bosques del mítico Valle se comenzaban a ver pequeños y lejanos. Ya al atardecer, el ascenso se volvió más y más difícil. Se detuvieron un momento para descansar: la vista hacia el Mmulmmat era espectacular, las montañas de fondo mostrando sus combinaciones de colores, los cuidados sembradíos formando terrazas en las laderas y alguna que otra cúpula que se alcanzaba a divisar, pequeña y casi mimetizada, como la mayoría de ellas.

El Aprendiz se puso sus mocasines y Akinaya también, ya que a esa altura el suelo se tornaba más rocoso y duro. Miraron hacia atrás y allí, en la lejanía, dejaban la Aldea iluminada por los últimos rayos del atardecer. El cielo mostraba sus más hermosos colores, y con la lenta retirada del sol, comenzó a sobrevenir un frío que poco a poco calaba los huesos. Saargan pudo notar rápidamente el cambio de clima, y echó de menos el increíble resguardo que se formaba allá abajo en el cálido lugar en que vivían, pues éste mantenía una temperatura más o menos estable, sin comparación con los extremos y la dureza de aquella cordillera, límites del mundo exterior.

Siguieron ascendiendo. El aire gélido comenzaba a hacer sus efectos.

La piel se sentía reseca y en especial los labios, que se partían y se tornaban quebradizos. La mezcla de sol, aire y montaña había producido sus resultados rápidamente. La muchacha se detuvo un momento y observó al Aprendiz algo preocupada: quedaron muy cerca, frente a frente. Ella lo tomó de un brazo, y de la manera más cándida, simplemente unió sus labios con los de él. El joven quedó paralizado: suavemente, ella procuró humedecer lo mejor posible los labios del sorprendido Saargan. Por un momento, él cerró los ojos y todo el cansancio, el dolor y la ansiedad se alejaron por un instante. Para él, el viento se detuvo. Ella se retiró tan suavemente como se le había acercado; él tambaleó un poco y quedó quieto, sin decir una palabra. Akinaya comentó:

-¡Vamos! Debemos continuar...

-Pero... pero ¿por qué has hecho eso?

Ella agregó seria:

-Tus labios estaban demasiados secos y quebradizos, te hace bien un poco de humedad...

Inmediatamente se giró para seguir ascendiendo, como si nada. Sin embargo, aunque él no podía ver su rostro, ella sonreía. Desde atrás, él también.

El ascenso continuó a paso cada vez más lento. Los jóvenes aplicaban los viejos métodos de respiración que conocían por las Artes, era lo único que los mantenía con más energía. Se acompañaban con sus diferentes formas y ritmos, en especial, inhalando corto por la nariz en un ciclo doble, haciendo el sonido de un fuelle, y exhalando a su vez doble, pero por la boca, haciendo vibrar la garganta.

Tras un rato, Akinaya comentó:

-Es tiempo de que nos detengamos... hará más frío, este no es el Valle. Además, debemos aprovechar que todavía tenemos algo de luz y podemos buscar un lugar para refugiarnos... ya llegaremos al sitio adecuado.

El Aprendiz iba jadeando y no dijo nada, sólo hizo un gesto afirmativo. El orgullo por llevar la delantera o siquiera seguir el ritmo de la mujer que lo guiaba, había quedado atrás hacía mucho rato.

Las sombras comenzaron a cubrirlo todo. En un momento, la joven vio el lugar que buscaba y se detuvieron a descansar y acomodar sus cosas: era una pequeña quebrada que se producía en el medio de la montaña. Había algo de vegetación y el suelo se sentía más mullido. Se acomodaron en una especie de formación natural en la roca, que tenía el aspecto de una pequeña caverna. Las estrellas aparecieron en el cielo como un verdadero manto infinito de arenas brillantes, arrojadas por los vientos estelares sobre la gran cúpula de cristal que guarda la Tierra. La joven sólo se despidió y se durmió de inmediato. Él la contempló, estirado a un paso de distancia. Se veía tan hermosa y atractiva despierta como durmiendo, aun cuando, con los ojos cerrados casi parecía frágil. Sin darse cuenta, Saargan se durmió.

El amanecer en las montañas siempre es lento, perezoso y, a la vez, posee una cierta armonía propia de la altura, que habla de tiempo y paciencia. Primero aparece el fulgor y las estrellas van desapareciendo con la llegada de la luz matutina. La Astro-sol tarda en aparecer, cubierta por las cimas que hacen las veces de un gran telón que prohibe la vista de la astro en el primer tiempo de la mañana.

Cuando Saargan despertó, la joven ya se había levantado. Ella estaba a algunos pasos de distancia, disfrutando de la sombra de un hermoso árbol. Él se le acercó inmediatamente y comentó:

-¿Qué haces sentada aquí bajo este árbol, Akinaya? ¿No sería momento que siguiéramos nuestro viaje?

La joven comía tranquilamente una diminuta manzana que había recogido del mismo árbol en que descansaba.

-Primero hay que recuperar energías, y además, serán los últimos árboles que verás de aquí en adelante... y sus frutos son especiales –respondió, un poco pensativa. Le ofreció a Saargan para que probara, y éste recibió gustoso el presente. Mientras, ella sacó otra y también la mordió con exquisitas ganas.

El Aprendiz se acomodó y comentó:

-Bueno, creo que tenemos tiempo para descansar...

Ella agregó sonriendo:

-Saargan... si yo no me muevo, creo que no podrías ir a ninguna parte, a esta altura ya no sabrías ni volver al Valle.

-Está bien... está bien... partiremos cuando tú digas.

Tras un momento, ella dijo tranquilamente:

-Aquí abajo... a unos cuantos pasos de profundidad, está el cuerpo de la noble Bammai, quien parió a Akinaya. Yo misma planté este árbol hace muchas vueltas a la Astro-sol.

Saargan abrió los ojos y se puso rápidamente de pie, y un poco balbuceante preguntó:

-Pero ¿a qué te refieres?... ¡¿La enterraron aquí?...!-. Ella lo interrumpió.

-Cuando el cuerpo muere y su energía se diluye, tenemos que devolverlo a la tierra, al aire o las aguas, pero también, de alguna manera, tratamos de devolver lo que tomamos prestado durante toda nuestra vida: alimentos, agua, aire, energía... Una de nuestras formas para devolverlo es que, si podemos enterrar el cuerpo, lo utilizamos de abono para una nueva vida... un arbolito, y así el ciclo prosigue su movimiento plácidamente...

Saargan dejó de comer su manzana un poco sorprendido, y volvió a comentar:

-Oye... pe... pero eso quiere decir que... ¡aquí abajo hay un cadáver! Y que estas manzanas se alimentaron de... de...

Ella interrumpió:

-De un cuerpo... sí, ¿acaso te parece extraño?

-Pero... pero... no dejaron ninguna señal, no hay ningún signo por aquí cerca o algo que indique lo que hay aquí abajo, deberían al menos haber marcado el sitio –agregó, poniéndose de pie y mirando alrededor.

-¿Para qué?

-No lo sé... para saber, o para que alguien recuerde, supongo.

-Jajaja... -rió ella espontáneamente -, me pareces curioso, Saargan... sigo pensando que hay momentos en que pareces razonable, pero a veces pareces muy primitivo. Marcar los lugares donde yacen los cuerpos sin vida no tiene utilidad para nosotros, la memoria de los que se han ido es sólo útil para quienes los recuerdan, y para eso esta el registro de Nao. Quienes los recuerdan como energía pura no necesitan marcar donde puedan estar sus cuerpos, ¿me entiendes? Una marca sería algo así como un capricho por demostrar un recuerdo, y si un recuerdo necesita demostrarse o "recordarse" a otros, ya no lo es. Sería también como pensar que sólo los cuerpos de quienes hemos conocido son importantes y únicos, y son sólo cuerpos sin la energía que conocíamos que los conmueva o les dé conciencia. Por un lado, es mejor que presten utilidad a la tierra, de donde, cuando ellos tuvieron vida, extrajeron su parte de fuerza ¿me comprendes ahora? Así lo pensaba Bammai, y así fue hecho.

-Bueno, sí... – contestó el Aprendiz, mirando el fruto que comía, y añadió -, pero... estas manzanas se alimentaron, en parte, de ese cuerpo, ¿no es un poco fuerte?

-Vamos, Saargan, hace un momento te parecía necesario poner una marca donde hay un cuerpo sin vida, y de esa manera revestirlo de cierta importancia, un recuerdo grato. Ahora me insinúas, por lo que veo además en tu expresión, que ese mismo recuerdo grato te da cierto asco. Saargan, recuerda que todo se recicla ¡es un proceso inevitable!

El joven pensó, hizo un gesto con los hombros y siguió mordisqueando su manzana más conforme, y luego agregó:

-¿Sabes? Me queda una duda... ¿y esos árboles que están cercanos a éste?... ¿también contienen algún cuerpo en sus raíces? –rápidamente Akinaya respondió:

-Yo diría que gran parte de ellos, tal vez muchos más de los que yo supongo –y agregó inmediatamente, poniéndose de pie –. Ven, sígueme, verás algo interesante.

El joven también se puso de pie, curioso por lo que Akinaya fuera a mostrarle: ella lo tomó delicadamente de la mano y se dirigió a un gran árbol a unos pocos pasos de donde se encontraban. Hizo un elegante gesto con sus manos y dijo, como si tuviera a alguien al frente:

-Te presento al viejo Nnu-Suto, y su nueva forma, este gran árbol...

-¿Quéee..? –exclamó curioso Saargan, porque en su interior, algo le decía que alguna vez había escuchado ese nombre.

-Sí, Saargan, tal como lo escuchas: te presento a Nnu-Suto, un legendario ancestro del Mmulmmat, era un gran hombre, sabio y paciente, con una habilidad increíble en el Boabom; dicen las ancianas que era hermoso verlo danzar y demostrar sus habilidades... tuvo cuatro esposas, como tú las llamarías; una de ellas era de fuera del Valle, pues como era también un Navegante, la trajo consigo en unos de sus viajes, en realidad su último viaje, cuando ya tenía muchos círculos al sol. Él la nombró como Akimma, quien también fue una de sus más destacadas estudiantes; concibieron una sola criatura, a quien llamaron Nau, quien creció fuerte y hábil, y como Nnu-Suto, también fue un Navegante aún más aventurero que sus progenitores. En uno de esos viajes, lo acompañó una de las gran Am-Ato de ese tiempo, Bammai, quien luego eligió a Nau como Osanmeo. Vivieron en gran unión y concibieron a tres hijas.

El joven agregó:

-¿Nau? Ese nombre me parece haberlo escuchado. Supongo, después de todo, que si Bammai es tu madre, Nau es tu padre... ¿Y dónde está él?

-Así es, pero él no está en el Valle. Como buen Navegante, es muy escurridizo... es uno de los Navegantes que no han regresado. La última vez que lo vi fue hace muchas vueltas al sol... a veces pensamos que es posible que ya no vuelva.

-¿No sientes un poco de nostalgia?

-No te preocupes, Saargan... sé que lo volveré a ver.

-Dijiste que tuvo tres hijas ¿quiénes son tus hermanas?

-Al menos conoces bien a una de ellas: Seime, la Tejedora.

- ¡¡¿Quéee?!!... ¡¿Seime?!... Ya me parecía...

Saargan quedó pensativo y prefirió cambiar de tema. Tras un momento, preguntó:

-¿Y qué pasara con las Madas y Fadis?... ¿Al final los enterrarán aquí?

-No necesariamente, Saargan. Como te he dicho y seguramente te ha comentado Omboni, vivimos y abandonamos según nuestro parecer. Podemos decidir nuestro tiempo y tomar la Montaña del Abandono como nuestro último lugar; podemos esperar que simplemente el momento venga solo, por desgaste o enfermedad, y cuando es así, puede que traigamos el cuerpo aquí o puede que se lo demos a los buitres para que se alimenten y diluyan los restos en el aire. A veces, el cuerpo se quema, y sus cenizas se deshacen en la nada o en corrientes descendentes de los ríos. Hay otros que simplemente hablan con Amsei Bakepar y piden que, tras su abandono, ella los desarme y los estudie, y que de alguna forma, ella y sus aprendices puedan describir los secretos ocultos por nuestra naturaleza y traspasen ese conocimiento a las nuevas generaciones de Argan. De hecho, el esqueleto completo que viste la primera vez que estuviste en su caverna era de su propio Am-Ato, una sabia Componedora. Ella le pidió a su aprendiz, Bakepar, que cuando abandonara conservara sus huesos, para que sus restos fueran el mejor instrumento de aprendizaje para los nuevos estudiantes. Nadie en el Mmulmmat impone una Vía para tu abandono y, como te he dicho, nadie juzga la forma que has elegido o el destino que se le ha dado al cuerpo. Nuestra Vía es simple, Saargan, porque está liberada.

El joven pensaba y analizaba lo que su Guía Traductora le iba conversando, mientras contemplaba con cierta admiración el viejo árbol.

Caminaron un poco por los alrededores y el Aprendiz observó la vegetación, que en su totalidad constituía un pequeño bosque que había crecido en la quebrada formada en la ladera de la montaña, protegida del viento y del frío directo. Algunos árboles lucían ya gastados y a punto de caer. Dijo:

-Miro este lugar y no puedo dejar de sentir cierta nostalgia, Akinaya. Discúlpame que vuelva a lo mismo, pero no hay nada que indique bajo qué árbol hay alguien enterrado; además, no sé sus nombres, sus historias, qué sintieron o qué pensaron.

Akinaya respondió:

-Mira en tu interior, Saargan, piensa en el Mmulmmat... tú vives lo que ellos pensaron y vivieron, no necesitas que nadie los recuerde con detalle. Ellos sólo necesitan desvanecerse lentamente de nuestras mentes, como un atardecer que va cambiando de forma hasta convertirse en noche y estrellas en busca de un nuevo amanecer. Nadie en el Valle desea ser adorado después de dejar su cuerpo, nadie quiere ser recordado cada luna o cada ciertas fechas, sería inútil. Los Navegantes nos han enseñado que en el mundo externo, casi todos desean ser recordados después de la gran transición... ello significa que temen a ese paso y, de alguna manera, en su terror, se atan a este estado, a este mundo, con el recuerdo de sus descendientes, ojalá por mucho tiempo. Ellos hacen montículos para señalar a sus muertos, luego compiten en cuanto a qué montículo es más grande y llamativo... ¡Macabramente gracioso! Compiten con la apariencia de los muertos. Me han contado que algunos hasta secan a sus cadáveres con la esperanza de que esa vida continúe ¿No es curioso? Por otra parte, en muchos pueblos, los que van a abandonar quieren comprometer a los que aún viven, comprometerlos para que les sean devotos de alguna forma, y creen que con ello su transición será diferente. Ten la seguridad de que no cambia en nada. A su vez, los vivos quieren recordar a los muertos porque de alguna forma les temen, y temen lo que representa su recuerdo: que todo cambia, que todo es movimiento. Si tienes poder, la disolución de tu vida es segura; si eres desafortunado, la disolución de tu vida es segura; si eres sabio, la disolución de tu vida es segura; si eres ignorante, la disolución de tu vida es segura. Por ello, los que ya no están representan tu futuro... y si adoras y señalizas el lugar de los que han muerto, piensas cínicamente que los estás ayudando de alguna manera, cuando lo único que haces es creer que tú te ayudas... pensando que aseguras algo para la luna marcada para el momento de tu propio abandono. Las ancianas de la Aldea dicen irónicamente: "Oh... mis muertos, dónde están... dónde están sus ilusiones... dónde estaré yo... dónde estarán las mías..."

Una brisa fresca recorría la pequeña quebrada; los árboles se quejaron como si de alguna forma hubiesen escuchado las palabras de Akinaya, y las hubiesen aprobado. Ella continuó:

-Puede que yo ahora aún recuerde dónde están los cuerpos de Bammai o de Nnu-Suto. Con el tiempo, los que vengan no sabrán cuál es el árbol que aloja lo que un día fueron sus vestiduras... como tampoco dónde se deshacerá el mío o el tuyo, eso no importa. En la inmensidad del tiempo es sólo un detalle, una pequeña ola en el agua, que tan rápido como se formó, se diluye, sin dejar rastro, así como nosotros y el Valle se diluirán con ella...

Comenzó a correr una brisa cada vez más fresca. Entre los árboles se iba produciendo un susurro que se elevaba entre los riscos.

Ambos peregrinos se comenzaron a preparar, y al poco rato continuaron su peregrinaje hacia la cima de la gran montaña.

Cada vez el ascenso era más y más complicado. El Aprendiz jadeaba ante la falta de oxígeno, y el cielo poco a poco se fue nublando y obscureciendo. Mientras subía, pensaba en lo complicado que tendría que haber sido ese ascenso para los ancianos, si ya lo era bastante para él.

Las nubes empezaron a cubrir las laderas y tras ellas se ocultó la Astro-sol. Al momento empezó una suave llovizna, que comenzó a calar a los dos personajes. La última parte del ascenso sería la más complicada; prácticamente no había de dónde agarrarse. Resbalaban de vez en cuando y proseguían. Lentamente, sin hablar y sin aliento lograron llegar a una pequeña terraza en el borde la montaña. Ni hacia atrás ni hacia adelante se podía ver mucho: la neblina lo cubría todo, lo que daba un aspecto fantasmagórico al lugar. El viento se escabullía entre las laderas, transmitiendo su suave canto, como voces que provenían de los que ya no estaban. La tarde ya languidecía.

Llegaron a una explanada, y allí ambos recuperaron las energías. Saargan preguntó cansadamente:

-¿Cuánto falta...?

-Ya estamos en el lugar...

El joven miró inmediatamente hacia todos lados, pero no podía distinguir ninguna señal en especial. Ella agregó:

-Espérame... deja ir a ver. En todo caso, más arriba hay más lugares donde podrían estar: son cavernas naturales que se han aprovechado para vivir y para abandonar. Hay muchas de ellas.

Akinaya se puso de pie y partió, sin más. La llovizna se hacía cada vez más intensa. Hacia arriba se veían, de tanto en tanto, montones de nieve. Al momento ya se encontraba de vuelta; sólo comentó:

-Ven Saargan, al menos tenemos refugio... en todo caso, ellos no se encuentran aquí. Mañana tendremos que seguir ascendiendo y ver las otras ermitas.

Ambos se acercaron hacia el fondo de la pequeña terraza que, a su vez, daba al gran precipicio por el cual habían ascendido. Allí se encontraba una caverna que obviamente había sido arreglada por la mano humana. Una serie de rocas habían prácticamente sellado la entrada, y sólo habían dejado una pequeña abertura para ingresar al interior. Ambos entraron. El lugar se encontraba protegido del viento y la llovizna. El interior casi no se veía; el Aprendiz permaneció un momento en la orilla, algo presentía que le impedía entrar.

Akinaya desapareció en la obscuridad. Tras un instante, se le pudo distinguir tratando de hacer fuego. Pacientemente las chispas brotaron y ella logró encender un poco de leña que había en el lugar. La incipiente fogata hizo que la caverna se iluminara. El joven se adentró. Hacia el lado derecho había un espacio para dormir, perfectamente esculpido. Siguió recorriendo la ermita, atentamente. Cuando giró hacia el lado izquierdo, vio otro espacio hecho en la roca, en el cual parecía que había alguien recostado. Se acercó, y sólo exclamó:

-¡¡¡Ahh!!! Es un cadáver...

-¿Y qué esperabas ver? Es la Montaña del Abandono...

-Pero, este cuerpo ¿de quién será?

-Es el de un anciano Am-Ato Canastero que ascendió a las montañas hace tres primaveras. Tenía mucho tiempo en la Tierra: estaba casi ciego, su corazón ya no funcionaba bien, sabía que no duraría otro círculo a la Astrosol, sólo deseaba venir aquí y abandonar en la quietud de las alturas. Todos respetamos su decisión. Debemos ser los primeros en ver su cuerpo.

Saargan se acercó y lo observó de cerca. La piel enjuta y seca pegada a los huesos que comenzaban asomarse, el vacío de los ojos, las ropas roídas por el tiempo, y su posición perfectamente natural, de costado hacia el lado derecho, como en posición fetal. A pesar de todo, el cuerpo inspiraba quietud y tranquilidad, como si durmiera, como si esperara algo, o más bien como si lo dejara. El joven tragó un poco de saliva y comentó, susurrando y titubeando:

-¿Dor... dormiremos aquí?

-Si lo deseas, puedes dormir afuera, pero no te lo recomiendo; el frío podría hacer que esta Montaña también te recibiera a ti, aún antes de tiempo.

-Por favor Akinaya, tu sentido del humor es un poco macabro.

-¿"Macabro"?... Jejeje… extraña palabra para los hechos. A pesar de ello, esta noche deberás pasarla aquí, mañana intentaremos encontrar a las Madas y a Fadis.

Ambos se acomodaron lo mejor posible. El Aprendiz trató de ubicarse lo más lejos posible del cuerpo que yacía en una de las alas de la caverna. La noche cayó por completo y los peregrinos se durmieron al lado del fuego.

La brisa nocturna revoloteaba por los abismos, la niebla se disipaba y se volvía a congregar en nuevos lugares, lugares donde el silencio era el único guardián ante los vientos de los cuatros extremos, conjurados en la fantasmagoría de la vida y la muerte.

Sueño y vigilia, conciencia o inconsciencia, imaginación o realidad ¿Cuál es la gran diferencia? Vida o inmovilidad, nacimiento o muerte, nostalgia y olvido ¿Cuál es la gran diferencia?

El Aprendiz se vio sentado en la orilla del abismo, sus pies colgaban hacia el vacío y él los movía como un niño, sin la conciencia del peligro. La neblina se había alejado, las laderas de las altas montañas lucían sus vestidos de rocas y de soledad, y el cielo se veía calmo y estrellado; a la vez, se le podía palpar y sentir. Con sólo estirar la mano, podía tocar una de sus estrellas. Miró hacia el fondo de los abismos, miró hacia las alturas y no pudo ver ninguna diferencia. En ese instante, alguien se sentó a su lado, alguien familiar. Pudo sentir la palma cálida en la espalda, el aliento lento, y de reojo ver el largo pelo blanco de un anciano. Sólo escuchó:

-¿Por qué buscas proteger a los que se marchan y no proteges a los que se quedan?

El joven giró y sonrió:

-¡Fadis!... –lo abrazó espontáneamente y sintió que lagrimeaba como un niño –. ¿Por qué se han marchado sin despedirse...? Usted ha sido mi Am-Ato, ¿tan mal Argan he sido?

El anciano agregó:

-Gran Guía es aquel que sabe cuando dejar solo a su Aprendiz... Tu tiempo no es nuestro tiempo, ni ésta tu montaña; ahora debes aceptar lo que eres y vivir plenamente por ello, así como nosotros hemos aceptado lo que somos y por ello hemos venido al encuentro de nuestro abandono.

El joven contestó triste:

-Y las Madas ¿dónde están...?

-No te preocupes... ellas me han enviado a darte este mensaje... ya portas tu propio sello... haz lo que debas hacer.

-Fadis... no quiero marcharme del Mmulmmat... no quiero que ustedes mueran, no es necesario, nosotros podemos cuidarlos...

-Muchacho... muchacho... cuan cándidos son los sentimientos, tan prestos que se muestran para ayudar y tan fácilmente que se enfrían en los hechos. Cuan rápido nos entregamos a la misericordia de los demás cuando se trata de levantar discursos e ideas, tan lento es el esfuerzo diario y tan horrible suena el lamento de los que envejecen y los que sufren. Un anciano siempre será un anciano... ni la mayor de las sabidurías puede impedir su término en la vida... ni el mayor de los cuidados puede retrasar el deterioro inevitable de su cuerpo.

La brisa cantaba entre los abismos y ambos seres formaban dos sombras delineadas entre este mundo y el otro. Las lágrimas corrían por los ojos astrales del Aprendiz. El anciano prosiguió:

-Cálmate, muchacho, y escucha lo que he de decirte: todo ser tiene su pulso, y sabiendo esto y lo estrecho de la vida, debes aprender a exprimir la esencia de la vitalidad sabiamente, para que el momento del último latido sea un abandono puro y recto. Primero prepárate para vivir y sabrás cómo morir. Nosotros ya tuvimos nuestra plenitud. Con el tiempo, las Artes se despiden de tus manos, tus pies ya no son ágiles como en la juventud. Antes saltabas, ahora te vuelves lento y tu caminar olvida la aventura y se vuelve inseguro. La gracia de la danza se va inexorablemente apagando, la reemplazan las pequeñas incomodidades, los pequeños dolores que aguardan para convertirse en hábiles cazadores que te seguirán hasta que el cansancio termine lo que, tarde o temprano, ha de ser terminado. Los ojos se vuelven opacos, y los pocos dientes que te quedan no pueden curtir el cuero o trozar el alimento. El oído te traiciona o te aísla, así como el olfato y el gusto comienzan a dejar un rastro amargo. Sólo queda tu mente... tu mente. Para quien se ha liberado, es el gran símbolo, el Gran Valle que permanece cálido, rodeado por las montañas impenetrables que te resguardan del frío y de la inclemencia exterior. Es la intocable, la inalterable, la inasible, el último refugio que conserva las cualidades de la eterna juventud, inmutable logro de los sabios centenarios fuera del alcance de las avalanchas y la erosión de la vida. Es el Gran Valle de infinita felicidad. La vida interior permanece con la sabiduría... para los ancianos, la memoria se va convirtiendo en lo que siempre fue... un argumento, un lugar donde tal vez nunca estuvo, un número confuso, un sueño... pero lo que la sostiene permanece sonriente, satisfecha, liberando a aquél que entiende, atando implacablemente a aquél que tomó el largo camino de las apariencias exteriores... Las Madas me han enviado; compréndelas, ellas conocían el tiempo, era necesario que marcháramos ahora, cuando nuestra mente disfruta de su lucidez y puede realizar la disolución de acuerdo a lo prescrito.

El Aprendiz sollozaba junto al anciano; en verdad, no sabía cuánto había llegado a apreciarlo a él y a las Madas, hasta ese momento. Fadis continuó:

-Debes comprender, Aprendiz: aún tenemos fuerza para llegar por nosotros mismos a la Montaña del Abandono, nuestra agilidad y destreza no nos han dejado completamente. Permite que la disfrutemos este último y sublime momento. Escucha nuestro mensaje y sigue tu camino. Has sido nuestro Aprendiz, hemos sido tus Guías; nosotros hablamos, tú escuchaste... es momento que termines lo que has comenzado, así como nosotros hemos de terminar nuestro ascenso. Sé que no comprendes totalmente, pero ya lo harás. Ahora ve y resguarda a los que viven.

En la mañana, Saargan despertó tranquilamente. La tenue luz matutina cruzaba la pequeña entrada a la ermita. Su compañera de aventuras no estaba: salió a buscarla. Inmediatamente la vio, contemplando la inmensidad desde las alturas. La neblina se conservaba abajo, tal como lo había visto en su sueño. Se acercó a ella y sólo le dijo:

-Volvamos Akinaya... no es necesario que continuemos.

Ella le sonrió, lo abrazó y lo miró con cierta nostalgia y alegría. Sin decir una palabra, el Aprendiz pudo darse cuenta que lo entendía perfectamente. No había necesidad de que él explicara por qué había cambiado de decisión, estando tan cerca de las ermitas donde podían encontrarse los ancianos.

Al poco rato ya estaban descendiendo. Como siempre, es más fácil bajar que subir, y esta vez no era una excepción. Rápidamente se encontraron nuevamente en la pequeña quebrada de los manzanos e inmediatamente continuaron bajando. Cuando ya estaba cayendo la tarde se fueron introduciendo en la neblina, y la visibilidad comenzó a ser un poco más difícil. Apenas comenzaban a divisar el sendero del oeste, que conducía las quebradas que llevaban al mundo exterior, y por otra parte, al Valle del Mmulmmat.

27. La Batalla del Paso

Akinaya era tan buena para escalar como para descender. Como buena hija de la montaña, se desplazaba ágilmente entre las rocas. De vez en cuando, hacía algún alto para esperar a Saargan, que la seguía lo más cerca que podía. Aún les faltaba un trecho para alcanzar la senda que llevaba al paso del poniente, pero desde la altura y a pesar de que la neblina se iba cerrando, comenzaban a distinguirlo con más detalle.

Cada ciertos trechos debían tener especial cuidado para descender, pues resbalaban continuamente ya que el suelo se había humedecido. Debían apresurarse si deseaban llegar al Valle para el comienzo del anochecer; sin embargo, la fatiga los mantenía a un ritmo tranquilo.

En un momento dado, la neblina se abrió, y la joven se detuvo y observó desde la altura las inmensas quebradas y el borde del sendero que se perdía hacia el oeste. Apenas ella se detuvo, él también lo hizo, miró hacia abajo y dijo:

-Me parece ver a alguien en el sendero...

-Acabo de escuchar voces humanas —agregó ella.

Saargan siguió observando, tratando se afinar su vista, sonrió y comentó:

-¡Ah! Si mi vista no me engaña, me parece que es Omboni.

Ella respondió, no muy feliz por el encuentro:

-Debe ser... el problema es que no está solo... hay más voces.

-Tal vez viene acompañado y nosotros no podemos ver a los demás por nuestro ángulo de visión... tal vez vinieron a nuestro encuentro.

Ella prosiguió, con un tono serio, y comentó:

-Me temo que las voces que escuché no pertenecen a nadie del Mmulmmat. Tienes buena visión Saargan, pero siempre el oído de una hembra es más confiable... —en ese momento ella quedó en silencio, como a la expectativa de algo.

-¿Qué sucede...?

Ella hizo un gesto para que no hablara; mientras, Saargan afinaba la vista y miraba hacia el fondo de la quebrada por la cual iban descendiendo. Ella dijo en ese instante:

-¡Tenemos que apresurarnos!

-¡¿Pero qué sucede?!... Estoy seguro que es Omboni, no veo a nadie más.

Ella comenzó a descender rápidamente y le gritó:

-¡No confíes sólo en lo que ves... es Omboni, pero no está solo... las voces las escuché por nuestra altura y el eco... él está muy abajo! ¡¡Y lamentablemente, los hombres nunca escuchaaaan!!

El Aprendiz inmediatamente aceleró el paso y comenzó prácticamente a saltar sobre las rocas. La humedad hacía peligroso y difícil el rápido descenso. Con la voz entrecortada, él agregó:

-¿Pe... pero quienes pueden ser?... Debe ser alguien del Valle... estamos demasiado cerca de él y muy lejos del mundo exterior... ¡¿Quién vendría aquí...?!

-Ese es el problema, Saargan... ¿quién vendría aquí?... Últimamente los que lo han intentado no han sido muy amistosos...

En un momento ya habían descendido bastante, se encontraban a una distancia en la que podían distinguir claramente la figura del anciano. Saargan se detuvo sólo un instante y pudo ver perfectamente a Omboni, que al parecer se encontraba recogiendo algún tipo de musgo o hierba que crecía por los alrededores. La joven se detuvo y lanzó un silbido muy agudo, que atravesó la distancia en un instante. El viejo Guía se giró de inmediato y alzó los brazos. Ella hizo lo mismo, y al tiempo, realizó unos extraños y rápidos gestos con ellas. El viejo giró la mirada hacia el otro extremo, hacia la entrada del sendero que continuaba rumbo al oeste y que a poca distancia doblaba en el borde de la montaña, impidiendo ver al otro lado. La advertencia era clara para él: algún grupo de gente se acercaba. Se quitó de encima un bolso que traía cruzado y en el cual guardaba las diferentes hierbas.

Ambos jóvenes apresuraron el paso. Saargan comprendió al instante que no se avecinaba nada bueno; ya había escuchado decir a los ancianos que cuando vives aislado en un refugio en las montañas, sólo los tuyos te visitarán, o los que te desean mucho mal.

La neblina hacía toda la situación más confusa. La joven resbaló, y ese instante fue suficiente para que Saargan tomara la delantera. Ella se puso de pie casi en un pestañeo y lo siguió desde atrás. En ese momento, Omboni permaneció quieto, como un viejo gato que sabe qué esperar. Miraba atentamente al borde del camino, no retrocedería: a su edad ya no le importaba mucho correr ante un peligro en busca de resguardo.

Para el Aprendiz, aquella carrera fue como extraída de la secuencia normal del tiempo. Todos los sentidos se alertaron al máximo: podía ver perfectamente a Omboni, la montaña, el sendero que se perdía al fondo y que sólo estaba a unos pasos del viejo. Contemplaba perfectamente la situación, pero no escuchaba.

En ese instante, sucedió lo que Akinaya temía que pasaría. Del borde del sendero, y tras el muro de la montaña que aislaba al Valle, se asomaron tres hombres, toscamente vestidos. Traían varias lanzas en sus espaldas. Sin decir nada, se abalanzaron sobre el viejo. Saargan sentía que iba a toda carrera, sabía que cada latido de tiempo era vital en ese momento.

El viejo no dijo nada, no hizo ningún gesto. Los tres hombres se lanzaron a toda marcha contra él, era inevitable que le alcanzaran antes que llegaran Akinaya y el Aprendiz.

El primero, un fortachón con la cara desencajada, se le lanzó encima. Omboni hizo un desplazamiento corto y preciso hacia el lado, lo tomó y lo proyectó varios pasos tras de sí, y el atacante cayó de bruces al suelo. Los otros se tiraron de inmediato, armados de las lanzas: se dirigieron directo al cuerpo. El viejo tomó la punta de unas de las lanzas y la usó de apoyo para girar y golpear, al mismo tiempo, al otro atacante.

Saargan, en los chispazos de la desesperación, no podía dejar de pensar en lo ágil que era su Guía, y que realmente no lo aparentaba. Pero a su vez, sucedió lo que más temía. Comenzaron a aparecer más y más atacantes desde el sendero. Los primeros tres habían sido débiles oponentes para el Arte de un anciano, pero el número que se abalanzaría era un gran reto.

Ambos jóvenes estaban sólo a diez latidos de tiempo de poder ayudar a Omboni, pero tal vez ese lapso no sería suficiente.

Todo fue muy confuso: varios se lanzaron sobre el anciano, caían hacia los costados, pero al momento, uno de aquellos violentos atacantes tomó distancia de la víctima, subió a una saliente en el borde de la montaña, agarró una roca y la alzó. El Aprendiz lanzó un grito ahogado mientras se lanzaba al ataque, y pudo ver la escena como si fuera tan lenta como inevitable. La piedra voló entre el grupo. El cobarde proyectil fue directo hacia su blanco. Por un instante, pareció que el viejo lo vio venir, pero nadie podría decir por qué no quiso evitarlo.

La contundente roca rozó la cabeza del anciano y lo derribó de inmediato. Todo el grupo de atacantes se dirigió a rematarlo. En el mismo momento, Saargan tomó impulso... había llegado el momento en que los del mundo exterior probaran su Arte. Saltó sobre el cuerpo de Omboni y, usando un viejo truco del Boabom Óseo, fue a dar de lleno con su pierna derecha en el aire al oponente más cercano; éste salió proyectado hacia atrás en el acto, al tiempo que el Aprendiz giró en el aire y, deslizándose en el piso con su pierna izquierda, hizo crujir la rodilla de otro de los atacantes. El grupo se abrió, y la larga fila que venía por el sendero se detuvo. Casi de inmediato llegó Akinaya, quien tomó a Omboni para alejarlo y protegerlo tras unas rocas: de su cabeza brotaba gran cantidad de sangre, parecía sin vida.

El grupo se había retraído por la sorpresiva resistencia, pero en un momento volvió al ataque, y esta vez comenzaron a arrojar sus lanzas contra Saargan. Varias de ellas rozaron el cuerpo del Aprendiz, pero pudo evitarlas. En ese lugar, el paso del oeste era aún estrecho, y para los invasores se hacía dificultoso el ataque. Al verse ya casi sin lanzas, atrapados entre la angostura formada por el muro de la montaña y el abismo, decidieron atacar nuevamente cuerpo a cuerpo. Casi se empujaban unos con otros, y en un momento de locura todos avanzaron con palos y mazas en las manos.

Akinaya tomó una de las lanzas y Saargan la imitó. Curiosamente, la joven rompió el bastón en dos en una las rocas, y tomó las dos piezas en sus manos. Todo el grupo de atacantes se venía encima: no podían avanzar de a más de a tres al mismo tiempo por la estrechez del lugar, la montaña y el abismo. El enfrentamiento fue terrible: en un extraño movimiento, Akinaya se subió rápidamente a las rocas y avanzó prácticamente saltando por el borde de la montaña, adentrándose unos cuantos pasos en el grupo de atacantes, dividiéndolos en dos. Los primeros cinco que habían avanzado quedaron a cargo del Aprendiz, quien quedó sorprendido por la extraña maniobra de

Akinaya. La joven contuvo directamente al grueso del grupo; rápidamente los atacantes caían aturdidos, o gravemente magullados ante los precisos movimientos, proyecciones y giros que realizaba Akinaya con las dos varas cortas. Debía moverse muy rápido para evitar los mazazos, pues si alguno la topaba sería su fin. Tampoco podía fallar ninguno de sus golpes, y no lo hacía; bloqueaba, evitaba y se movía de manera precisa y contundente. Su rostro ya no era el de la alegre y graciosa joven. Con cada movimiento y golpe emitía extraños sonidos, que por momentos distraían y espantaban a los oponentes: "Ssssss... ¡Auuuu! ¡Aaait! Sssssstaaa". Los cortos instantes ganados por los curiosos sonidos que había aprendido de sus viejos Am-Ato, eran lo justo para darle la ventaja tan necesaria en esos instantes.

Mientras, el Aprendiz mantenía ocupado al grupo que había quedado dividido. Se movía ágilmente, y los instintos hicieron despertar en él todas la enseñanzas que había recibido, de manera que ni siquiera lo analizaba o pensaba. En los momentos decisivos comprendió perfectamente que todas las Vías del Boabom eran necesarias y vitales, así como actuaban en un solo conjunto, desde la respiración, la mirada, los sonidos, la docilidad, los movimientos amplios y cortos.

Varios cayeron a su lado y, por un momento, en lo acalorado de su mente pensó ¡que en realidad él era bueno en el Arte! Pero esa distracción le costó caro, y un mazazo que no vio venir le bajó los humos de inmediato. Afortunadamente no le dio de lleno, sino que de costado en el hombro derecho, pero la lanza que le había sido tan útil salió disparada. Cayó de rodillas, quedando de espaldas a Akinaya, que estaba a poco distancia. Desde abajo, respondió el ataque con un rápido movimiento de piernas de manera ascendente, que fue a dar en el mentón del atacante; éste salió proyectado a una distancia considerable. Otro se le iba abalanzar, y lo quedó mirando directamente a los ojos. El Aprendiz quedó paralizado por un momento; el atacante se detuvo y balbuceó algo que apenas se entendía, pero pudo escuchar claramente:

-Yo conozco... yo conozco tus ojos... eres "Oveja Negra"... ¿Que hacer tú aquí?... ¿Por qué defiendes a la mujer?... ? ¿Por qué estar tú en contra del Gran Señor de la Piedra Negra?...

Saargan quedó perplejo, mientras se agarraba su adolorido brazo derecho. No supo qué pensar, ni comprendía por qué ese hombre le hablaba de esa manera.

Un tercer atacante aprovechó que el Aprendiz bajaba su guardia y se abalanzó desde atrás: era el único que quedaba entre él y la valiente joven que seguía luchando.

En aquel exacto instante, Akinaya lograba hacer dudar y retroceder al resto del grupo. De reojo pudo ver que Saargan estaba herido y dando la espalda a uno de sus oponentes. En menos de un latido de tiempo fue directo por el atacante que el Aprendiz había perdido de vista. La acción de Akinaya fue rápida y precisa: desde atrás proyectó su pierna de manera recta y penetrante, que fue a dar directo a la zona de los riñones del hombre; éste lanzó un gemido de dolor y cayó de inmediato, pero a su vez, sin perder tiempo ella giró y alcanzó a otro de la fila que se le venía encima.

El Ukro que había quedado mirando a Saargan salió de su estupor y corrió, pasando a su lado y el de la joven, quien se sorprendió al verlo tan asustado. Tenía razón en escapar tan rápidamente, pues en esos momentos, un grupo de ocho Argan había llegado al rescate: entre ellos estaban Nnuya, el Forjador, y varias de las jóvenes y muchachos a los cuales él enseñaba. Llegaban justo a tiempo. En un latido se distribuyeron como si cada uno supiera qué debía hacer. Uno de ellos se instaló al lado de Omboni, que estaba unos pasos más atrás, totalmente inconsciente. Cruzaron en un instante a Saargan, que se tambaleaba, adolorido del hombro, y se ubicaron delante de Akinaya. Dos de ellos se encaramaron rápidamente por las rocas, ganando altura. Uno de los atacantes que estaba como enloquecido se abalanzó contra ellos; no duró nada. Antes que se enterara, salió volando hacia atrás, tirando lejos la maza que blandía amenazante. El resto del grupo de atacantes se detuvo por completo. Tras ellos, al menos unos treinta o cuarenta más esperaban avanzar, pero la estrechez del paso y el riesgo de caer al precipicio se los impedía. Nadie se movió.

Se sintió un horrible grito de parte del grupo atacante. Luego levantaron los brazos; algunos de los que habían caído se arrastraron para acercarse a su gente. Ninguno de los habitantes del Valle los detuvo o los golpeó. Los gritos continuaron un momento, pero los Argan permanecieron sólidamente unidos. Las jóvenes parecían las más dispuestas a luchar, y deseosas de que los atacantes se acercaran, pero actuaron disciplinadamente y no se movieron.

Pasó un momento y llegaron otros ocho Argan provenientes del Valle, y se dispusieron rápidamente al enfrentamiento. El grupo de atacantes comenzó a retroceder: mientras lo hacían, chocaban unos con otros, tropezaban y debían tener cuidado de no caer al vacío. Ninguno de los aprendices se movió.

Lentamente, el grupo invasor se retiró, dejando tras de sí a los caídos en el enfrentamiento, quienes por el momento no podían seguirlos.

Un grupo de Argan se adelantó y los siguió a cierta distancia. Era indudable que los Ukros se retiraban.

El Aprendiz se sentó, adolorido y apesadumbrado, junto a Omboni. No sabía qué pensar, no podía perder también a Omboni, no era posible que hubiese caído... el viejo Guía tenía esa aura de invencibilidad, de estar siempre ahí; no podía ser que abandonara y que lo abandonara a él.

28. Presagios del Exterior

Akinaya se acercó con algunos Argan y, con las mismas lanzas tiradas en el lugar y algunos ropajes, hicieron una especie de camilla. Subieron con todo cuidado al anciano y lo alistaron para partir.

Con un pedazo del ropaje, la joven aisló el brazo de Saargan y lo amarró a un costado. Nnuya se acercó y comentó:

-Nunca habíamos tenido un encuentro así... nunca los Ukros habían llegado hasta aquí, ni atacado tan insistentemente. Debemos advertir al Consejo de inmediato... ¿Cómo se encuentra Omboni?

Akinaya dijo:

-No ha abandonado aún... debemos llevarlo rápidamente para que lo vea la anciana Bakepar, es la única que lo puede ayudar.

-¡Por supuesto!... Algunos aprendices los ayudarán; mientras, yo me encargaré de los Ukros heridos...

Saargan se puso de pie y dijo con rabia:

-Déjemelos ¡yo me encargaré...! Los tiraré con gusto por el precipicio...

El resto de los Argan que quedaban en el lugar lo quedaron mirando, sorprendidos por su comentario. Nnuya dijo:

-Cuando dije que me encargaría no me refería a eso, Aprendiz... Nadie en el Valle interviene una vida... por muy miserable que sea... incluso si nos ha atacado.

-¡Pero estos malditos trataron de matar a Omboni sin compasión, se merecen lo mismo...! ¡Además, si los perdonan, volverán a atacar!

Akinaya intervino:

-Saargan, estás ofuscado. Esta gente que nos atacó está motivada por alguien... tan cobarde que no se atreve a tomar por él mismo lo que ambiciona, sólo utilizó a estos ignorantes. Debemos luchar sólo contra eso, su ignorancia. Ellos son simplemente el ganado obediente... ellos no necesitan del Valle, pero alguien, en estos últimos tiempos, los ha convencido de que sí. Como en todo enfrentamiento, estas gentes, que se creen buenos cazadores, ya han sido cazados por alguien más listo.

El joven respondió, enojado:

-¿Y que van a hacer?... ¡¿Adoptarlos?!

La joven quedó mirando a Nnuya, que intervino con tranquilidad:

-Cálmate, Saargan... sabemos que estás alterado por lo que ha sucedido, pero haremos lo que debamos hacer. Pienso que lo mejor es ayudarlos con sus heridas y llevarlos inmediatamente de vuelta por el paso. Los dejaremos en un punto lo suficientemente lejos como para que vuelvan por donde vinieron, y sellaremos el camino. Nadie podrá penetrar por ahí nuevamente... ¿Qué piensas, Akinaya?

-Ya es tarde, la noche está cayendo... deben darse prisa, no creo que haya nadie muy grave, al menos yo sé donde proyectar mis movimientos sin hacer gran daño.... Sólo hay uno que Saargan dejó un poco malherido, pero creo que también se recuperará... Llévenselos de inmediato, y sellen el sendero en el paso de la Oreja, es el mejor punto; si ese lugar queda cerrado, es imposible que vuelvan por ahí. Deja a dos de los aprendices más jóvenes, uno que nos acompañe para cargar a Omboni es suficiente... Saargan puede caminar sin ayuda, al otro dile que vaya corriendo a la Aldea para que manden un grupo de salvamento, y tengan todo listo para recibir a Omboni, y destinen un grupo de refuerzo para ustedes. Parte ahora con el resto... no creo que los Ukros deseen volver en la noche, pero es mejor estar seguros de que no lo harán.

El fuerte Am-Ato contestó escueta y afirmativamente: "¡Así será!", y partió inmediatamente a organizar la expedición. Uno de los aprendices tomó la camilla de Omboni junto con Akinaya, y partieron apresuradamente al Valle; el otro tomó la delantera y salió corriendo a toda prisa para anunciar las malas nuevas a los habitantes del Mmulmmat.

Mientras, los Ukros fueron ayudados en lo posible, pero se tomó la precaución de atarlos. Había al menos diez de ellos que habían quedado tirados por el suelo, a corta distancia de los barrancos. Lentamente se pusieron de pie y comenzó la demorosa marcha por el sendero del oeste. Los vencidos caminaban de manera pesada y torpe, con la cabeza gacha y sin decir nada. Una de las Argan tomó una cantimplora que traía con agua y limpió la nariz sangrante de un Ukro que estaba atado; éste hizo un gesto como para que no lo ayudara, pero luego accedió. Sus ojos expresaban extrañeza ante la amabilidad de quienes se suponía que debían ser sus enemigos.

Tras las laderas, el grupo se alejó en su misión.

Rato después, un nuevo grupo de Argan llegaba en ayuda de los heridos, mientras otro número iba en apoyo de los que ya se dirigían al paso del oeste.

El Aprendiz caminaba en silencio.

Casi todo el poblado salió a su encuentro. Llevaron directamente al anciano a la ermita de la vieja Componedora de Huesos. Varios de los más sabios se presentaron para ayudar a la anciana en su tarea de salvar a Omboni, entre ellos Subam-Na. El Aprendiz se quedó fuera de la caverna de la curandera en espera de saber qué sucedería con su Guía.

La noche ya había caído, y algunas antorchas alumbraron las afueras de donde se encontraba Omboni. Akinaya comentaba con los demás lo sucedido: había cierta expectación entre los habitantes, pero de alguna forma, parecía que todos estaban preparados para recibir las malas noticias.

En ese instante llegaban la Am-Ato Seime y Krupta. Ella trató de animar y de hacer hablar al Aprendiz y le comentó:

—Saargan, es mejor que descanses... déjame ver tu hombro.

Le revisó la herida: tenía un fuerte magullón, pero no parecía demasiado grave. Akinaya también se acercó.

Seime se puso de pie y comentó:

-Espera un momento, Saargan, hablaré con la sabia Bakepar y veré cómo está Omboni.

Él permanecía en silencio, pero la quedó mirando y sonrió con esperanza. En el intertanto, Akinaya dijo:

-Veo que no saliste tan mal parado, Saargan...

Él contestó:

-La próxima vez seré más preciso y más rápido... no se me escapará ninguno.

-No le des tanta vuelta al asunto... lo importante es que el conflicto no llegó hasta al Valle.

El Aprendiz la quedó mirando y comentó, insistiendo:

-No entiendo por qué cuando se nos vinieron encima subiste por el costado y te adelantaste entre ellos, ¿no era mejor que los enfrentáramos juntos?

Ella contestó, muy segura de lo que decía:

-Saargan, estábamos en la entrada del paso, justo ahí se ensancha... si todo el grupo se hubiese adelantado, podrían con facilidad haber subido nuevamente a las rocas y habernos tapado a piedrazos o con sus lanzas, tal como sucedió con Omboni... no podía permitirlo, habrían seguido avanzando, alcanzándolo a él y a nosotros. Al adelantarme, les corté el avance.

-Pero te arriesgaste mucho...

-Los riesgos son parte de la vida, Saargan... nosotros aprendemos eso desde pequeños, y también aprendemos que, cuando el momento lo requiere, debemos actuar rápido y con seguridad.

Al rato volvió Seime con Bakepar. La anciana médico se dirigió directo a Saargan y comentó:

-¡Por los huesos de un bumtan! El viejo Omboni está bien atendido, Aprendiz... sigue teniendo la cabeza tan dura como cuando lo conocí... ¡hace tantas vueltas al sol como los dedos de cinco seres caminantes!

El joven preguntó, afligido:

-¿Se pondrá bien?

-Bueno... si no se pone bien, lo mandamos a la Montaña del Abandono —y luego agregó, sonriendo —¡Bah! Sólo bromeo... ya, no pongas cara de llorón... Necesitará muchos cuidados, pero el viejo cabeza dura vivirá. Hay un montón de mujeres cuidándolo y mimándolo... si no se despierta es porque no quiere, ¡jejeje!...

El Aprendiz se sintió más aliviado. Mientras, la anciana le descubrió el hombro para examinarlo y dijo picarona:

-¡Vaya! ¡Hace tiempo que no tocaba a un macho tan joven! —luego observó con atención la herida y agregó -. A ver, a ver... mmm... siempre tu lado derecho.... ¿Fue un mazazo?

-Sí... Bakepar, me distraje por un momento... y...

-¡Jejeje!... Ni me lo digas... ¡Gran guerrero! Al final, como buen hombre, no puedes quitarte el síndrome de pavo real para aplicar tu Arte... ya lo dice un viejo adagio Boabom: "El arte de una mujer es preciso y fino como una punta bien afilada, sin fanfarronadas... el arte del hombre trata de ser vistoso pero se hace torpe, como una gran masa pesada..."

Todos los que estaban en ese momento rieron con las bromas de la vieja Componedora, quien siempre era una combinación impredecible de buen humor y rudeza.

La sabia mujer manipuló unos momentos el hombro del herido, lo limpió con agua bañada en algunas hierbas y lo vendó, inmovilizando el brazo. Tras terminar comentó:

-¡Ha quedado perfecto!... Manténlo inmovilizado por esta noche y mañana. Después comienza a moverlo, es sólo un buen machucón... Te daré unas hierbas para que te preparen como infusión, eso quitará la inflamación. Ahora ve a descansar a tu cúpula... yo me encargaré de Omboni, deberá quedarse aquí.

Él contestó:

-¿La puedo ayudar en algo?

-Ahora nada, ve a descansar, ya tengo muchas manos dispuestas a ayudarme, así que ve tranquilo.

El Aprendiz se retiró; lo acompañaban Akinaya, la Am-Ato Seime y Krupta. Mientras caminaban, este último dijo:

-Bien Saargan, tal como dijo la sabia Bakepar, debes ir a descansar... yo partiré con un nuevo grupo de Argan a reforzar la tarea de los grupos anteriores... te veré al amanecer. Debes prepararte para tomar tu decisión... pienso que en el Consejo recomendaremos que los Navegantes partan pronto.

Aquella noche fue inquieta para el Aprendiz. Sus sueños se tornaron en pesadillas, lo que no sucedía hacía muchísimo tiempo. Se veía enfrentándose a los Ukros y volvía a ver cómo caía Omboni; luego despertaba y trataba de seguir durmiendo, y cuando lo lograba volvían los malos sueños. En la confusión de las imágenes se veía luchando nuevamente, pero cuando podía distinguir al enemigo se daba cuenta que éstos eran un grupo de Argan y que él luchaba a favor de los Ukros. Despertaba transpirando.

Al otro día, todo el Valle se había reunido en una de las planicies centrales. Las más ancianas y ancianos formaban un círculo central, luego venían los Am-Ato mayores y menores, y por ultimo los aprendices. Entre ellos se encontraba Saargan, quien había querido asistir a pesar de sus heridas. Akinaya, Nnuya y Koal lo acompañaban.

Subam-Na, la gran sabia, estaba en el centro. Encabezaba el Consejo junto con Krupta, siendo los únicos Tefa que quedaban después de la ausencia de las Madas, Fadis y Omboni. Todos escuchaban atentamente; ella se puso de pie y habló:

-¡Sojamm Valle del Mmulmmat!... Ya todos sabéis las nuevas noticias ¡Los presagios son claros! Tal como se ha predicho, se avecinan tiempos de conflicto. El mundo exterior está convulsionado, y conociendo nosotros el delicado tejido que une toda la tierra, somos conscientes que ese conflicto nos alcanzará de una forma u otra. Las aldeas que están más allá de los altos pasos ya no son las mismas... nuevas ideas traspasan sus pensamientos; antes eran dirigidas por sabias matriarcas, pero esos tiempos van muriendo. Ahora, hombres con mentes astutas se apoderan de sus pensamientos y las dirigen. Esta nueva generación es hábil en manipular a los seres de su mismo genero, les promete y los entusiasma con ideas extrañas... hemos escuchado palabras que nunca habían sido escuchadas en estas montañas: ¡Dioses! ¡Señores! ¡Amos!... los tétricos sonidos de estas creaciones invaden las mentes de los hombres... que se lanzan a la lucha y al saqueo en busca de glorificar tales inventos... que no son sino la materialización de la ambición de unos pocos – y tras una pausa continuó –. Todos habéis escuchado o habéis participado de los eventos de la última luna... Aquí se encuentran Krupta y Nnuya, que han regresado de sellar la entrada del oeste. Ellos les hablarán.

En ese momento Krupta, el Constructor, se puso de pie. Habló con su voz tranquila y ronca, como era su costumbre, explicando la situación:

-Ayer fue luna de conflictos... sin embargo, Nnuya, las Argan y los Argan han sido determinados y fuertes en su acción. Devolvieron a los Ukros por donde vinieron... sellaron el sendero en el paso de la Oreja, y no habrá problemas.... al menos por una buena temporada. Pese a esto, es el pensamiento de Subam-Na y el mío que otros grupos, tarde o temprano, descubrirán los otros pasos habilitados... lo único que aconsejamos, por ahora, es que un grupo de Argan parta antes de dos plenilunios: deben hallar a Nanna, la matriarca de la gran aldea del sur-oeste, como está prescrito, y hacer que ella intervenga para detener a los Ukros... y a quienes los instigan. Pensamos que es lo mejor por ahora, para así mantener la paz y armonía por la que hemos trabajado en este Valle.

Al tiempo, todos dijeron a manera de afirmación: "¡¡¡Sojamm!!!". Sólo hubo uno que no dio su respaldo.

La Voz del Consejo intervino nuevamente, y concedió la palabra a cualquiera para que diera su opinión o agregara alguna idea. Desde atrás, el Aprendiz se puso de pie dificultosamente y dijo:

-¡Sojamm, Subam-Na! ¡Sojamm, al Círculo Tefa y a los habitantes del Valle...! Quiero decir algo.

-Adelante, Saargan —agregó la Consejera.

-En la última luna, anoche... Omboni casi muere a mano de los Ukros. Yo... bueno, y Akinaya, los pudimos contener fácilmente, a pesar de su número. Luego sólo ocho Argan, y en su mayoría mujeres, los asustaron considerablemente... ¡Muchos de ellos cayeron ante nuestro Arte! Cuando llegó un nuevo grupo de aprendices, huyeron sin pensarlo, dejando a los heridos atrás.... —se detuvo, volvió a tomar aliento y continuó -¡¡¡Vamos por ellos y aniquilémoslos sin piedad en su propia Aldea!!! Cada aprendiz en el Valle puede fácilmente con tantos de ellos como los dedos de ambas manos... Nuestro Arte es superior, ¡Usémoslo! Además, tendremos la sorpresa a nuestro favor, y ellos luchan torpemente... ¿Por qué temerles?... ¡Por qué tener que transar con una matriarca de una lejana Aldea para que haga el trabajo que podemos terminar rápidamente nosotros! ¡Vamos por ellos ahora!

Miró de reojo a Akinaya, con cierto orgullo por su discurso. Mientras, él esperaba una respuesta espontánea por parte de todos, o al menos de los más jóvenes. Nadie dijo nada. Miró hacia todos lados y, al ver que nadie lo apoyaba, se sintió molesto y se quedó mirando al suelo. La hermosa Seime, que se encontraba al lado de Subam-Na, tomó la palabra y dijo de manera muy tranquila:

-Saargan... no somos guerreros; nuestras Artes no son para luchar, son para la felicidad, para florecer y vivir; también puede que para sobrevivir, pero no para planear ataques y matar. No malinterpretes nuestro silencio: somos conscientes del poder de nuestro conocimiento... y justamente por ello, nunca hemos enseñado a los que habitan más allá, pues sólo utilizarían este saber en contra de ellos mismos.

En ese momento tomó la palabra Nnuya, el Forjador:

-Por ahora, hemos organizado los diferentes grupos de aprendices que tendrán a su cargo la vigilancia de los pasos restantes... no será demasiado difícil. Los aprendices mayores, que puedan partir como Navegantes, ya están casi listos. Podemos aguardar dos plenilunios, para que su partida no sea esperada por los Ukros o por alguien más.

Pasó un buen rato, mientras se organizaban los diferentes grupos de trabajo y se distribuían las labores generales. Al rato, se dio por terminada la reunión. El reducido Consejo, junto con otros ancianos y Am-Ato, siguieron conversando y profundizando lo sucedido.

El Aprendiz estaba meditativo; seguía pensando que era mejor ir directamente por ellos y terminar con el problema. De alguna manera, sentía que así quedaría bien con todos, y especialmente con Akinaya. La idea de partir del Valle en una tarea tan larga y riesgosa que no le llamaba la atención para nada, en especial porque estaría lejos de la joven sobre la cual él centraba su atención. Se mantuvo en las cercanías, atento a lo que se hablaba. Tras unos momentos, se dio cuenta que la expedición se realizaría con o sin él, y que nadie le iba a rogar que fuera, pero el golpe decisivo fue cuando escuchó que Akinaya también estaba incluida en el grupo de la expedición. Apenas tuvo una oportunidad, se acercó a Subam-Na y le dijo:

-Sabia Voz del Consejo, quisiera pedirle algo...

-Dime... habla abiertamente.

-Deseo formar parte del grupo de Navegantes, quiero que usted me apruebe para ello.

-Saargan... tienes mi aprobación, las has tenido desde el principio, tal como tenías la de las Madas, Fadis y por supuesto la de Omboni, pero ese no es el impedimento para que los acompañes.

-¿Entonces cuál es?

-Pienso que Omboni ya te lo dijo una vez: ningún Argan te acompañará y te aceptará en una tarea tan complicada como es la de ir por ayuda más allá de nuestro Valle, si no has sido aprendiz de Amilom... el sabio loco. El Consejo, incluido Krupta, te apoya, pero todos saben que Amilom verá el más allá en ti... si él te aprueba, nadie dudará en acompañarte y en que formes parte de los nuevos Navegantes.

-Estoy dispuesto a conocerlo y hacer que me acepte como su Aprendiz y me apruebe para esta tarea... ya llegó mi tiempo. Ya he cometido demasiados errores y he perdido el tiempo. Por mi culpa, Omboni está gravemente herido, yo debería haberme quedado con él y acompañarlo en sus labores, ésa era mi tarea para ese día, pero me marché. Si no hubiese sido así, nada de esto hubiera pasado.

-Si mis antepasados fueran rocas... yo ya sería una montaña.

-¿Qué quiere decir?...

-Que no te lamentes, Saargan... los sucesos ya fueron; ahora, si estás decidido en lo que sucederá hacia adelante, simplemente marca el camino, síguelo y no te quejes por cualquiera que sean las consecuencias. Pero actúa sinceramente.

-Está bien, Subam-Na... está bien, sólo dígame cómo llegar donde Amilom, estoy decidido a partir ya.

En las cercanías se encontraba Akinaya. Subam-Na la llamó y le comentó:

-El Aprendiz está dispuesto a presentarse ante Amilom.

La joven puso cara de sorprendida y, en sus ojos, se pudo notar cierta preocupación y alegría por lo que escuchaba. La Consejera continuó:

-Debo pedirte que conduzcas a Saargan y lo prepares en lo que sea necesario. Pueden partir mañana al amanecer hacia Osi.

La reunión se dio por terminada. Saargan se tornó más serio y preocupado. La joven lo acompañaba:

-No hay mucho que preparar, Aprendiz... ya te has probado en las montañas; aunque estás un poco maltrecho, el ascenso hacia donde vive Amilom no será tan complicado.

-¿Qué debo llevar?

-Sólo lo que lleves puesto... yo llevaré algunos frutos del Valle que sé que le agradarán a Amilom; el resto los recogeremos en el camino. Ahora ve a descansar, necesitarás de todas tus energías al amanecer.

-Agradezco mucho tu ayuda, Akinaya... no fallaré esta vez.

Se despidieron y el Aprendiz se perdió en el sendero del bosque.

Sin embargo, no tomó el camino de regreso a su cúpula, sino que fue directamente ante la ermita de la médico Componedora, a las faldas de las grandes montañas que se levantaban como un muro protector para el Mmulmmat.

Se sentó ahí afuera, en silencio. Ordenó unas piedrecitas e hizo una figura geométrica en el suelo, tal como una que había visto en la cúpula Nao. Hacia arriba, en la entrada de la ermita, se veían reflejos de luz y se podía apreciar cierto movimiento: sería Bakepar y alguna de las Am-Ato mayores que atendían a Omboni, quien aún no despertaba después del ataque.

Saargan unió sus manos en diferentes formas y comenzó a repetir extrañas fórmulas meditativas, tal como el propio Omboni le había enseñado. Repetía frases y sonidos que lo llevaban más allá de su aflicción y su pena, sonidos que tal vez serían escuchados por el sabio anciano desde la otra dimensión, diciéndole que volviera, que siguiera al lado de su Aprendiz... que vivir ciento ocho primaveras no era nada, que aún restaba mucho de buena vida y de aventuras.

La noche cubrió el Valle: se escuchaban el suave arrullo de uno de los riachuelos, la brisa acariciando los árboles y los cantos de Saargan que se elevaban hacia el inasible éter, en busca de una respuesta. Las estrellas hicieron su aparición, como siempre, inmutables al lamento de los seres vivientes. El Aprendiz continuó ahí, frente al círculo que él mismo había hecho. Simplemente se cubrió con un manto y siguió sentado en soledad, repitiendo sus letanías hasta el cansancio.

No perdía la esperanza de que, en alguna forma, su pensamiento y sus deseos, conducidos por aquellas extrañas palabras rituales y cánticos, pudiesen ser escuchados por el enfermo, para así convencerle de que se recuperara y que aún muchos necesitaban de su sabia guía.

La somnolencia y el cansancio se apoderaron él. La noche avanzó inexorable. Allí se durmió, medio sentado y murmurando palabras ininteligibles.

29. Tras un Loco

Omboni estaba frente a él, sonriendo como siempre, lleno de vida y vitalidad. El Aprendiz se sintió contento de verlo tan bien y tan saludable. Ambos se encontraban en medio del bosque. Amanecía: árboles y animalitos de la foresta despertaban con la claridad de la mañana. El viejo sabio le decía al Aprendiz:

—Mmm ... ¡qué cara tener tú! Parece que pasar mala, mala luna, jejeje...

—Pero, Omboni... ¡usted está bien! Pensé que todavía estaba inconsciente en la ermita de Bakepar.

—Mmm... jejeje... este viejo ser muuuuy resistente, Aprendiz, yo debería enseñarte unos cuantos trucos... ¡Vaya lección que darles a esos grandulones! —y mientras decía esto, se ponía a mostrar diferentes movimientos del Arte, que había aplicado en el anochecer anterior, y agregó —. Jejeje... tú entrar muy bien, Aprendiz... buen Boabom, bueno, bueno, pero aún te debes pulir, jejeje... tú perder mucho tiempo pensando.

—No entiendo, Omboni... usted estaba desmayado...

—Jejeje... ¡¿Desmayado yo?!... Yo mirarte lo más tranquilo desde una roca, un poco más arriba... yo ver cuando tú saltar y cuando Akinaya encaramarse como una cabra montañesa por el costado y quedar en medio de los grandulones... yo tenía una bueeena viiisión....

-No entiendo.... ¿cómo pudo haber visto todo?

-Yo ya decirte, este viejo… mmm.... tener muuuchos trucos.

-No entiendo, ¿estoy soñando?

-Mmm... Tú concentrarte, Aprendiz... sólo entender esto: torturándote tú no ayudarme, torturándote tú sólo querer ayudarte lo que tú sentir como culpa; ahora no centres tu mente en este anciano... ni en culpa, él ya está entretenido. Ahora tú ve con Amilom... despertar y completar tu aprendizaje. La montaña Osi te espera... despertar... despertar...

Saargan sintió que todo se deshacía, y volvía escuchar una voz que le decía:

-Despierta... despierta, Saargan... ¿qué haces aquí? Deberías haber estado descansando.

Era Akinaya que había llegado hasta la ermita de Bakepar a buscarlo. El Aprendiz por fin abrió los ojos y se dio cuenta que su conversación con Omboni no había sido en esta dimensión. La joven le volvió a decir:

-Creo que será mejor que te vayas a descansar a tu cúpula... podremos dejar nuestra salida para mañana...

Él fue tajante:

-¡No! Partamos ahora... quiero conocer a Amilom; además, sé que aclararé muchas dudas con él. Quiero ir ahora, como sea.

Sin saber cómo todo se había desenvuelto y cambiado tan rápidamente, Akinaya y Saargan se encontraban de nuevo de camino a las montañas, pero esta vez se dirigían hacía el norte, donde se alzaban las cimas más altas que rodeaban el Valle. Mientras avanzaban lentamente, la joven iba recogiendo algunos frutos que guardaba con todo cuidado en un bolso. El Aprendiz, sin hablar demasiado, la imitaba.

Poco a poco se encontraron ascendiendo por las abruptas laderas. A medio camino, el joven se quitó las vendas del hombro. Las hierbas lo habían ayudado lo suficiente como para recuperar energías y la movilidad básica de su brazo. Aún le dolía bastante, pero trataba de no quejarse, menos en presencia de Akinaya.

Mientras ascendían, el Aprendiz iba dándole vueltas a todo lo sucedido, pero a pesar de ello, no podía dejar de sentir cierta curiosidad por saber quién era el famoso sabio que iban a visitar. Sólo preguntó:

-¿Conoces a Amilom?

Ella sonrió y, tras un momento, le contestó:

-Todos en el Valle lo conocen, a pesar de que le gusta vivir aislado en las alturas.

-¿Tiene muy mal carácter?

-Bueno... digamos que es especial, un tanto fuera de la norma. A veces, los Am-Ato mayores lo llaman "el loco de locos". Tal vez te lo explicaron, pero muchos Navegantes cuentan que, en ocasiones, las gentes del exterior tienen un raro concepto de la "normalidad"; por eso, de vez en cuando, ellos han llamado locos a nuestros exploradores, pues éstos no encajan con sus "tabúes". Siendo así, algunos pueblos, a pesar de no conocernos, piensan que los habitantes del Valle también deben ser un poco locos. Ahora, aquí, Amilom es la excepción entre la excepción... es un loco de locos, jijiji...

-Algo me habían comentado, pero en verdad no suena muy alentador al momento de pensar que debe aceptarme por una temporada en su ermita y que debe aprobarme para viajar con los Argan —y luego de suspirar, comentó —; y dime Akinaya ¿sabe que vamos en camino...?

Ella lo miró a los ojos y respondió:

-Ten la seguridad que lo sabe.

Siguieron ascendiendo y, tal como les había sucedido en los días anteriores, a medida que se alejaban del Valle, el paisaje se tornaba más agreste. Los árboles iban quedando atrás, en la lejanía, y la temperatura comenzaba a descender de manera muy rápida.

El Aprendiz volvió a comentar:

-Supongo que me aceptará... no se opondrá... ¿o no?

-En realidad, no necesariamente debe aceptarte, depende de cómo le caigas... Amilom es un tanto susceptible, nunca se sabe.

-¿Puede tardarse mucho en decidirse?

-La verdad es que el último Argan que fue a prepararse a su lado, tuvo que esperar casi un círculo al sol completo para que lo recibiera...

-¡Vaya!... No es muy alentador de tu parte, y no tengo mucho tiempo: pronto partirán los nuevos Navegantes y quiero acompañarlos.

-¿Estás seguro? Tal vez no es necesario que vayas con ellos... igual es arriesgado.

El Aprendiz sonrió en silencio y pensó que, a lo mejor, Akinaya lo comenzaba a apreciar de verdad, y no deseaba que fuera para que no sufriera algún daño. Se sintió seguro, y ahora, por el hecho de poder dar la opinión contraria a la de ella, reafirmó más su deseo por partir en la expedición; dijo:

-Por supuesto que es necesario que vaya... Omboni me dijo que yo era vital en la expedición; además, me da la impresión de que muchos de los Argan son un poco "inocentones"...

La joven sonrió, meneó la cabeza y contestó:

-Tal vez ellos sean lo que tú piensas... pero si quieres acompañarlos, debes convencerlos de que estás preparado para ello, y te aseguro que Amilom no es para nada eso de "inocentón".

Ambos peregrinos continuaban lentamente su ascenso. Pasaron frente a una gran cascada que afluía violentamente desde las alturas. El paisaje se había tornado más solitario e inhóspito. Hacía frío, y ya hacía rato que la Astro-sol había cruzado su altura mayor.

Subieron hasta casi llegar al nacimiento de la cascada. Ya arriba, el ruido del agua cayendo al vacío disminuía bastante. Sólo se apreciaba un pequeño riachuelo de unos cuantos pasos de ancho, que permanecía casi quieto, y que se unía con el horizonte al caer a la profundidad. A cierta distancia hacia las alturas se veían grandes cantidades de nieve que aún permanecían del invierno pasado. Akinaya se detuvo y se descolgó los bolsos que traía con frutos y alimentos. Comentó apresurada:

-Bien, Saargan, ya estás en el lugar apropiado. ¿Ves esa pequeña construcción en la ladera que mira hacia acá? –le dijo, indicándole una caverna que había sido tapiada, formando una vivienda enterrada en la montaña, como en la que vivía Bakepar. La construcción se encontraba a unos treinta cuerpos hacia arriba. Mientras, el Aprendiz observaba el lugar y respondió:

-Sí, la veo, pero no se ve que haya alguien por allí.

-No te preocupes; ven, te mostraré dónde puedes dormir protegido del frío.

Caminaron unos pasos y, tras unas rocas, encontraron otra caverna construída de la misma manera. Dentro se veía muy limpia y ordenada. En un rincón había varios bolsos con alimentos, principalmente trigo y cebada, y también frutos secos. Era evidente que el lugar hacía las veces de bodega. Akinaya le habló de manera precisa y rápida:

-Bien, Saargan, debo dejarte. De ahora en adelante deberás arreglártelas solo. Duerme aquí esta noche, mañana al amanecer sube con los frutos frescos que recogimos y algunas semillas, déjalos como presente en la puerta de entrada... ¡pero no entres! Sólo déjalos, baja hasta acá y ponte en un lugar visible. Sentirás el llamado de Amilom... si está dispuesto a aceptarte y a conversar contigo. Si no hay llamado, cerca del mediodía prepara una ración de alimentos nuevamente y súbela. Déjala en la puerta... pero recuerda no entrar ni molestar. Luego baja y espera. Si no sucede nada, ten paciencia, pero no olvides llevar los alimentos cada mañana y al mediodía. Amilom se alimenta frugalmente. En todo caso, la caverna-bodega está bastante bien aprovisionada, puedes tomar de ella lo que necesites para ti. Los Argan se encargan de mantenerla aprovisionada cada tres plenilunios, y ya lo hicieron recientemente.

El joven escuchaba atentamente, y sólo replicó:

-Akinaya, ¿te irás de inmediato?... ¿No descansarás aquí, y partes mañana?

-No, Aprendiz, ahora es tu tiempo... yo debo bajar ya, para que no me alcance la noche. Otra cosa ¿ves esta bolsa? –la joven tomó uno de los bolsos que habían cargado, lo abrió y continuó su explicación –; bueno, traje unos pequeños frutos... son de sabor ácido, tú ya los conoces, son nois. A Amilom le encantan, pero le gusta comerlos de una manera especial; resérvalos. Si no te ha hablado para la tercera luna, sigue lo que te voy a decir, te puede ayudar: toma uno de los canastos y ve en busca de un poco de nieve más arriba. Vuelve y echa unos dos puñados de la nieve más firme y clara en uno de los cuencos, parte unos cuantos nois, y vierte su jugo y pulpa sobre la nieve... tápalo con otro cuenco, ponlo dentro del canasto con el resto de la nieve para que se conserve, y sobre ella pon un par de nois partidos, para que Amilom sepa de qué se trata. Sube rápidamente, y cuando estés frente a la puerta, sólo deja el preparado y baja de inmediato. Te aseguro que al menos no lo rechazará... es un preparado que le encanta; ese presente hablará bien de ti. Ahora sí debo irme.

Saargan quedó pensativo y comentó:

-Gracias por tus consejos, Akinaya, realmente me has tenido mucha paciencia y temo que no he sabido valorarte lo suficiente –luego agregó –. Sólo quisiera hacerte una pregunta: ¿cómo sabré cuándo bajar?

-Aún tienes dos plenilunios por delante... los Argan no partirán antes de ese momento. Si nada ha sucedido para ese instante y Amilom no ha aparecido... comienza a preocuparte.

-Está bien... por favor, prométeme que si le sucede algo grave a Omboni o en la Aldea, me avisarás.

-¿Prometer?... Bueno, te diré que si sucede algo grave, no te preocupes, lo sabrás de inmediato, y no será necesario que yo venga hasta aquí en persona. Ahora debo marcharme.

El joven quedó un poco triste ante la partida de su joven Am-Ato, pero debía ser así. Él lo había querido de esa forma, y haría lo posible por tener la aprobación de Amilom o de quien fuera, sin importar cuán loco estuviera.

Junto con el atardecer, Akinaya se alejó por el sendero que volvía hacia al cálido Valle del Mmulmmat. Su figura se fue empequeñeciendo y terminó por mimetizarse y perderse entre las rocas y recovecos en las faldas de las montañas.

Una suave pero fría brisa bailaba en los rincones formados por los riscos y las quebradas. El Aprendiz observó hacia la ermita de Amilom: no se veía y no se escuchaba a nadie. Solo se oían los mustios gemidos del viento y los cantos de la vertiente que se dirigían pacientemente hacia el precipicio.

La noche hizo su arribo en soledad.

30. La Sabiduría de la Paciencia

El amanecer llegó en su esplendor. La Astro-sol se asomó armoniosa tras la cordillera que cubría el extremo oriente del Valle, hacia el lado del corazón si uno lo contemplaba desde la montaña Osi. Los rayos fueron alcanzando las cimas, y bajando a medida que el tiempo marcado por los giros de los astros iba iluminando el ciclo de vida de los seres que habitan todos los rincones de Mua.

El Aprendiz estaba atento al amanecer, no podía fallar en su primera mañana. La noche no fue tan buena para él: la preocupación por no quedarse dormido para el amanecer lo había hecho despertar cada cierto rato. La madrugada era fría; sin embargo, la ermita donde él dormía estaba bastante bien protegida y aprovisionada con mantas y ropaje extra.

Tomó los frutos más frescos y algunas semillas, y llevó el alimento hasta la ermita de Amilom. Una estrecha escalera en forma de zigzag lo conducía hasta la misma entrada, encaramada a cierta altura. Sólo dejó el plato y se retiró, tal como le había recomendado Akinaya.

Pacientemente se sentó a la orilla del riachuelo que corría abajo, a unos pasos de su refugio. Miró hacia arriba, pero no se veía el menor movimiento. La Astro-sol siguió su trayecto. Las luces del día cambiaron. El Aprendiz siguió sentado allí. Por un momento pareció cabecear.

Pasado el mediodía, tal como se le había indicado, subió nuevamente más alimentos. Al llegar observó que el cuenco anterior estaba vacío y perfectamente lavado. Fue una sorpresa para él: había estado toda la mañana atento a la ermita de Amilom y estaba seguro de que nadie había salido por allí. No quiso pensar más sobre el asunto y simplemente dejó la nueva ración y regresó con el antiguo cuenco.

La tarde transcurrió lentamente. Poco a poco empezó a levantarse una brisa bastante fresca, el Aprendiz trataba de no perder de vista la entrada de la ermita, que lucía solitaria e incólume. A ratos se ponía de pie y caminaba de un lado a otro en la pequeña meseta que se formaba entre el riachuelo y el borde de la montaña donde se hallaban los refugios. A veces se asomaba al borde del precipicio a contemplar cómo caía el agua con toda placidez hacia el fondo, alimentando un nuevo riachuelo que se perdía entre los recovecos de los abismos para luego llegar a Biba, el río que cruzaba el apreciado Valle.

La noche se precipitó rápidamente, y como siempre, la gran cúpula celeste se mostró en su plenitud. El silencio adquiría la forma de los sonidos que provenían de la vertiente. La vista hacia lo alto era maravillosa. El Aprendiz se fue en silencio a su refugio y se durmió más plácidamente que nunca; por fin, el cansancio hizo su trabajo, superando a las intenciones de la mente.

El día siguiente fue igual para el Aprendiz: cumplió con sus tareas, pero nada sucedió. Ahora, ya descansado, se volvía a sentir inquieto e impaciente, tenía muchas preguntas en su interior: ¿Quién era Amilom? ¿Qué aprendería con él? ¿Cómo sería?... ¿Por qué no se dejaba mostrar? ¿Estaría haciendo todo bien? ¿Realmente Amilom le enseñaría algo útil? Luego volvía a contemplar los precipicios y el Valle a lo lejos. Después, se preguntaba ¿qué estaba haciendo ahí? ¿por qué no bajar al Valle y decirle a Akinaya que lo único que realmente deseaba era estar con ella, solo... para siempre? Luego volvía sobre sus propios pensamientos y se daba cuenta que eran imposibles. Akinaya tenía su vida, y a su manera, así como la tenía Seime y todos en la Aldea. Lo mejor para él era cumplir con los requisitos que pensaba que se le habían impuesto para acompañar a los Argan... cumplir esa gran misión; tal vez así Akinaya lo terminaría respetando y apreciando por sobre todos los hombres del Valle. Luego, retomaba sus primeras preguntas: ¿qué estaba haciendo? ¿cómo había llegado hasta este punto?

Al rato, se volvía a sentar en la meseta frente a la misteriosa ermita que se asomaba a cierta distancia, arriba, en los muros de la montaña Osi. Por más que trataba de figurar que alguien se había asomado, no se veía a nadie. Cruzó por su mente que, tal vez, no había nadie y que todo eso se trataba de una broma de mal gusto o de algún tipo de prueba elaborada por el Consejo y los Argan, para medir qué tan confiable y estable era. Luego analizaba la situación y volvía a la conclusión de que no podía ser, si no, ¿cómo habría desaparecido el alimento de esos días? Debía tener paciencia, mucha paciencia.

El tercer amanecer fue lo mismo: la rutina del alimento, las caminatas de un lado a otro en la pequeña planicie, el inagotable transitar del riachuelo, y la espera sin resultado. Sólo sabía que, cada vez que subía, el cuenco estaba vacío y perfectamente limpio, por tanto, era un hecho que alguien vivía ahí, indudablemente alguien, aunque éste no deseara conocerlo o siquiera hablarle. La noche llegó sin novedad para el solitario Aprendiz.

Al siguiente día, después de realizar su rutina normal y tratando de recuperar energía y la cordura, comenzó a repasar sus Artes. Comenzó con los movimientos básicos de estiramiento, y siguió con suaves movimientos de manos y desplazamientos; luego se adentró en las etapas más sólidas y fuertes. Al rato, ya estaba transpirando profusamente. Siguió con técnicas cada vez más complicadas, en que cada movimiento zigzagueaba armoniosamente, con velocidad y suavidad.

Ya había pasado un palmo de sol y Saargan era casi pura transpiración. Una vez que terminó sus repasos, se sentó un momento y se relajó. Cuando abrió los ojos, tenía la sensación de que alguien lo observaba desde la ermita en lo alto, pero no pudo ver nada. Simplemente realizó ciertos saludos rituales que acompañaban a los ejercicios del Arte y se puso de pie.

Se quitó sus ropas y se metió al riachuelo. Realmente no era como las tibias aguas del privilegiado Valle: ésta estaba muy helada, como buena vertiente de montaña, pero con el calor que había generado, no la sintió demasiado fría. Al rato, lavó sus ropas y se extendió desnudo a los rayos del sol.

Su mente se sintió mucho mejor. Disfrutó de la soledad como no lo había hecho en todas esas lunas.

¡Qué grata es la alta meseta, el solitario nido de los que viven en el interior! ¡Qué grata es para quienes conocen la ruta de ida y vuelta!

El Aprendiz sintió unas terribles ganas de beber algo con sabor, aparte de la fresca agua de la vertiente; se adentró en su ermita y recordó lo que Akinaya le había recomendado acerca de los frutos que llamaban nois, y que había traído especialmente para Amilom. En verdad había sido torpe en no recordarlo. Se vistió, se puso sus mocasines y partió a buscar la nieve necesaria para preparar la dichosa mezcla.

Tras un rato, ya había subido y regresado de una de las laderas donde había más nieve acumulada. Hizo el preparado tal como le habían aconsejado; subió inmediatamente con el cuenco y el canasto con el resto de nieve a la ermita del incógnito Guía. Lo dejó y dijo con voz tímida:

—Sojamm, sabio Amilom... le traía este alimento como asuaom...

No se escuchó ninguna respuesta, y sólo comentó:

—Aquí está... ahora me retiro.

Bajó corriendo rápidamente, temiendo que el huraño habitante de la ermita no recogiera su presente con él ahí. Ya abajo, quedó mirando hacia la altura. Algo debía suceder: si Amilom deseaba probar el preparado, debía hacerlo rápido, de otra manera se derretiría antes que lo tocara.

Quedó a la espera. Su corazón latía. Pero nada sucedía. Por un momento, un gran pájaro cruzó por el abismo: se distrajo mirándolo, y al tiempo, se escuchó un ruido arriba, giró la cabeza rápidamente y no vio a nadie. Sintió un terrible deseo de subir y averiguar qué había sucedido, pero se contuvo. Según lo que le habían aconsejado, debía esperar hasta el otro día. Un poco desilusionado partió a su refugio. En uno de los canastos quedaba un poco de nieve, así que no encontró nada mejor que probar el curioso plato por él mismo. En realidad, estaba delicioso. La mezcla del zumo de aquel fruto cítrico junto con el hielo, le daba una sensación de frescor muy especial, algo que pensaba que nunca había sentido.

Después de acabar su preparado, se entretuvo jugando en su mente a cómo llamarían a ese plato. Tal vez él podría ponerle un nombre: "Hielo de Nois"... sonaba bien; tal vez le llamaría "Helado de Nois" o "Nois Helado". Estos nombres parecían muy tontos, habría que ser muy tarado para llamarle así. No podía decidirse como sonaría mejor. Podía pensar en algo más poético, como "Nois de la Montaña". Pero al final, resolvió llamarlo de la manera más sencilla: "Nieve de Nois". Sí, definitivamente era lo más adecuado. Tras analizar todo eso se reía de sí mismo, pensando que en realidad, la mente va y viene, siguiendo cualquier idea tonta y simplona, no importa lo absurdo que parezca y no importa lo importante que nos creamos.

Al fin, la noche sobrevino y el Aprendiz se durmió en soledad.

Aquella noche fue inquieta, estuvo plagada de imágenes extrañas. El Bamso no se presentó en su plenitud lúcida, como a veces podía lograr gracias a las enseñanzas de Omboni. Esta vez fueron sólo eso: imágenes, personas que no conocía, mezcladas con las que se había habituado a ver en el Mmulmmat.

La siguiente jornada fue idéntica. En la tarde, tras sus ejercicios de Boabom, se quedó un rato sentado, relajándose y vigilando la entrada, a ver si algo sucedía. Cabeceó, y lentamente cerró los ojos, aún estando en una posición tan incómoda.

Se vio sentado en un lugar de campo con árboles pequeños, solo. Luego, una misteriosa fantasmagoría lo rodeó. Se vio caminando entre mucha gente: nadie lo saludaba y tampoco nadie se saludaba entre ellos. Cada mirada era más bien de desconfianza y extrañeza. La gente se veía apocada, aburrida, absorta en ambiciones indescifrables para el Aprendiz, vestida con curiosas indumentarias incómodas, apegadas al cuerpo, apretadas en el cuello y en las muñecas. Algunos tenían extraños calzados, que lucían muy pesados o altos: "¿Por qué usarán esos mocasines tan duros?"- pensó-, "si es tan cómodo ir descalzo? Además, un calzado tan pesado no sirve de mucho, ¡pobres pies, cuánto sufrirán!". Miró el piso y se dio cuenta que no era buena idea ir descalzo por allí: el suelo se sentía hostil, sucio, maloliente, con una forma no natural, como si hubiese sido dibujado por alguien con mal gusto.

Siguió observando a la gente. Parecía que muchos de ellos habían creado algunos dioses vengadores, como había escuchado contar a Subam-Na, porque veía que a ellos les gustaba sufrir: eran gente con pequeñas flechas incrustadas en las orejas, en las cejas, en la boca, presas de metales extraños y heridas autoinflingidas, personas con el cuerpo quemado o labrado con dibujos que parecían salidos del sueño de un enfermo que delira.

El aire sabía raro, dejaba un sabor amargo entre la lengua y el paladar. Luego sobrevino el ruido, mucho ruido, como el de un río furioso o de una tormenta que crea un murmullo crudo y constante. Corrió entre la gente, se sentó en medio de todo ese ajetreo, con los brazos cubriéndolo. Pestañeaba y pestañeaba, para despertar.

Volvió a la soledad y la quietud de Osi, a sentir el suave e incomparable sonido de la cascada, el sabor del aire. Había sido sólo un mal viaje a la dimensión del sueño.

Trató de tranquilizarse, pero no pudo evitar que ideas extrañas volvieran a cruzar su mente. ¡Qué rápido es el pensamiento, cómo se desliza y cambia como una pequeña libélula, de la cual nunca podemos conocer o definir su dirección! De la misma manera, las ideas vuelan y hacen piruetas en la dimensión interior ¿Y si todo esto es un sueño? ¿Y si el Valle era un sueño? ¿Y si simplemente estaba atrapado en una especie de alucinación que nunca termina? ¿Y si el loco era él?

No, todo era real, estaba seguro de que era real. Era sólo que el aislamiento lo estaba afectando. No podía perder la cordura ahora, cuando ya había pasado tantas pruebas y etapas, tenía que lograr hablar con Amilom, como fuera.

Hacia la sexta luna desde que había llegado, el Aprendiz seguía sintiéndose intranquilo, pero pensando positivo procuró agregar labores constructivas a su actividad diaria. Volvió a realizar toda su rutina: llevar los alimentos en la mañana y al mediodía. Sabiendo lo reconfortante que era, realizó después sus ejercicios y formas del Arte; era el instante en que mejor se sentía. Para más tarde dejaba el preparado de Nieve de Nois. Luego comenzó a dedicarse a trabajos en beneficio del lugar: ordenó y limpió la ermita-bodega que le servía de habitación, limpió de piedras la explanada; también movió algunos peñascos de aquí para allá, formando un gran y perfecto círculo, agregando ciertas figuras especiales en tres extremos, donde podía meditar de manera adecuada y, a la vez, seguir profundizando y repasando las Artes Boabom. Paralelamente comenzó a arreglar lo mejor posible la pequeña escalinata que conducía a la ermita de Amilom: acarreó rocas planas y sacó las inapropiadas, hasta que todo le pareció lo más adecuado.

Las lunas transcurrieron, y con el paso del tiempo, la inquietud del Aprendiz fue en crecimiento. No sabía qué pensar ni qué hacer, pero no quería desesperarse; estaba ahí con un propósito y no se retiraría sin conocer al famoso "sabio loco". En algún momento tendría que aparecer. Pero, al tiempo, pensaba que el sabio, si era tan "loco" como decían, simplemente podría antojársele no aparecer y no lo haría; tal vez, todo lo que estaba haciendo era inútil, tal vez era sólo una pérdida de tiempo.

Persistió en meditar en el círculo de piedras.

El amanecer del octavo día fue muy frío. La escarcha cubrió gran parte de los alrededores. El Aprendiz, con todo su esfuerzo, se levantó, aunque hubiese disfrutado de seguir durmiendo en el cálido refugio. En el centro de su caverna había una pequeña fogata que había preparado la noche anterior con las reservas de leña que guardaban en el lugar. Preparó los alimentos. Además tostó, en un piedra calentada a la lumbre, algo de trigo y lo mezcló con un poco de agua que había logrado entibiar lentamente al dejar el cuenco en las cercanías de las brazas. Luego lo mezcló todo y le agregó un poco de carne seca, a la que llamaban larset, y que guardaban entre las reservas de la bodega. Pensó que sería un buen plato para Amilom, ya que el frío era bastante intenso y podría apetecerle tomar algo tibio y más fuerte.

Tomó todo en el cesto que usaba para transportar las cosas y lo dejó frente a la entrada de la ermita. Pero esta vez se quedó un momento en ese lugar. Se puso de rodillas, aunque nadie en el Valle nunca hacía esto ante otro, aun cuando fuese el más respetado de los Am-Ato. Sin saber por qué, pensó que ese gesto podía ayudarlo. Inhaló y tomó fuerzas para hablar: dudaba si sería lo más adecuado o no, pero lo hizo:

-¡Sojamm, Amilom! Sé que no debería hablarle... le he traído un poco de comida caliente; tal vez le apetezca, es un poco diferente a lo de todas las mañanas. Si no le apetece, simplemente déjela... de todas maneras le he traído también su comida de siempre —tomó fuerzas y prosiguió -. No sé cómo dirigirme a usted, no sé qué decirle... pero estoy desesperado. Tal vez usted sepa mejor que yo quién soy, por qué estoy aquí... y qué debo hacer... yo sólo soy un Aprendiz que siempre mete la pata... ni siquiera sé cómo me soportan en el Valle. Ellos dicen que me conocen, a veces lo dudo... dicen que hace mucho tiempo que aprendí sus Artes y su Vía... pero yo no recuerdo nada de mi vida pasada; a veces me siento como un mendigo, un huérfano... no sé qué pensar. Además, ellos me nombran Saargan, dicen que es una distinción, pero creo que no me la merezco, no me puedo comparar con ellos. Allá, cada uno sabe qué hacer y cuándo hacerlo, están seguros de lo que sienten... al menos eso creo... bueno la realidad es que yo no estoy seguro de nada. Siempre dudo... tal vez por eso pienso que ellos también deberían dudar —suspiró y continuó -. También he vivido momentos únicos en el Valle, que estoy seguro que no olvidaré... y... ¡que no quiero olvidar! Pero cuando pienso que ya he perdido la memoria una vez, tal vez vuelva a perderla y con ella pierda esos momentos tan dichosos... La mente es tan extraña... —y agregó con un poco de orgullo -. ¡Pero me han enseñado a conducirme... a analizar mis pensamientos! ¡Y por supuesto que a relajarlos! Los más ancianos me han dicho que no se puede cambiar ¡pero que sí se puede evolucionar! Creo que los comprendo —luego titubeó y agregó -, pero muchas veces pienso que lo que dicen acerca de no cambiar es más probable. Hay cosas que me dan rabia, hay cosas que me enojan y otras que me confunden... Hace unas lunas, unos extraños atacaron a Omboni... es un gran Guía, lo dejé solo, fue mi culpa, pero él nunca dañaría a nadie, no podía imaginar que alguien lo atacaría, pero sucedió... ¡Me dieron ganas de vengarme de esos imbéciles, de matarlos a todos y mandarlos directo al fondo del precipicio! Sin embargo, nadie en el Valle actúa o piensa como yo... ellos disculpan todo o a todo le ven una solución pacífica, o de algún ángulo positivo... A veces no los entiendo, pero ello no significa que no los aprecie. Al contrario, me gustaría no dejar jamás el Valle ni alejarme de sus habitantes y su forma de vida. Pero ahora estoy en una encrucijada: los Am-Ato mayores me han pedido que acompañe a un grupo especial que saldrá al mundo exterior en busca de apoyo para que dejen el Valle en paz; son los nuevos Navegantes, pero me han dicho que ellos no me aceptarán en su grupo si no cuento con su aprobación. No sé qué hacer... se supone que pronto partirán, se supone que usted me preparará en algo que no sé qué será, en realidad no tengo idea de nada...

En ese instante se sintió una voz que salió de la profundidad de la ermita; sólo dijo:

-¿Podrías cortar la tediosa y ordinaria cháchara de autocompasión y traerme los alimentos y tu famoso preparado aquí adentro, antes que se enfríe completamente? Me aburro de esperar a que te vayas y buscar el momento para que no me veas...

31. "Yo"

El Aprendiz quedó entre perplejo y algo asustado. Hacía mucho tiempo que no sentía ese temor por alguien que debía conocer y, de alguna manera, enfrentar.

La peculiar voz proveniente de la obscuridad, volvió a insistir:

-¡Vamos! ¿¡Te vas a quedar para siempre ahí, paralizado!? Toma los alimentos y tráelos aquí adentro. No soy de esos patanes del exterior que se dicen "Señores" como para que te hinques ante mi puerta —y luego agregó de manera sarcástica –; y no te preocupes... tampoco soy un oso que habla y te quiere comer, ¡brrr!... o un hambriento león solitario...

El joven tomó las cosas, abrió la tosca puerta hecha sólo de palos atados y entró a la caverna lentamente. Primero no pudo distinguir nada, se hincó y dejó los alimentos en el piso.

Al fondo de la caverna vio moverse a alguien. Se acercó hacia él, y por un momento, se hizo hacia atrás presa del temor a lo desconocido. En ese instante un rayo de luz alumbró directamente a Amilom, quien dijo, al tiempo:

-¡Qué te pasa, mequetrefe...! ¡¿Le temes a una vieja?! Por todos los astros... ¡Jajaja!.. Entre más primaveras pasan, los Am-Ato me mandan Argan más y más debiluchos, miedosos, conflictivos, flojos, impacientes y desubicados... ¡mira que temerle a una vieja indefensa!... –Amilom era una mujer de edad bastante avanzada pero sin parecer anciana, se notaba de contextura fuerte y bien formada. Lucía una gran trenza negra hacia la espalda, y vestía un sencillo manto de color obscuro. Continuó reclamando –. ¡Con razón el Valle está en tantos aprietos!... cada vez tienen peores Argan... y ahora me mandan esta cosa... ¿De dónde saliste...?

Él trató de decir algo, que quedó inconcluso:

-Es que... yo...

Ella lo remedó:

-"Es que yo...", "es que yo...", es que yo soy debilucho... ¡Tolom! – luego continuó, un poco mas suave -. Así que te nombran como Saargan...

Hubo un silencio. Ella interrumpió:

-¡Vamos! Contesta, o qué ¿quieres que te cante una cancioncita de cuna? A ver si el pequeñuelo se siente mejor de ánimo para hablar... allá afuera no parabas de hablar... casi me quitas el hambre.

Él dijo titubeando:

-Bueeeeno... sí, me dicen Saargan –y agregó, con un leve tono de duda –¿Y usted es el sabio Amilom? ¿Es una mujer...?

-¡Capúm! ¡Que me arrojen por el precipicio! Mas encima el mequetrefe es de la nueva generación de hombristas.... ¡lo que me faltaba¡ –y añadió irónicamente –. Oye, por favor, si no se ofende el jovencito, agréguele a lo de ¡¡debilucho, miedoso, conflictivo, flojo, impaciente, desubicado!! y ¡¡¡HOMBRISTA!!! Juajajaja... ¡Un condenado hombrista!

El Aprendiz quedó totalmente mudo; realmente esta vez sí que había metido la pata. Ella continuó, escarbándole la herida:

-Sí claro... ¡Oh, sí...! ¡Oh, sí...! El chico ya se había extrañado que en el Valle, mujeres y hombres fuesen iguales... ¡Ja! ¡Y que las hembras fueran mejores en el Arte! Ya le estaba preocupando que el Consejo lo dirigiera un mujer, jajaja... pero le hablaron de un sabio loooooco... el cual realmente daría su última aprobación.... y este sabio de sabios... looooco de locos ¡Oh, sí...! Tenía, debía, inevitablemente, inexorablemente estabas muuuy seguro de que era ¡un hombre! ¡En el tope de la cúspide!... ¡¡Ahhhh, ahhhh!!.... ¡Por la Gran Cúpula! ¡Por los ocho pasos del Mmulmmat! Los hechos traicionan lo que la mente urde... mequetrefe, la vida es la eterna rebelde que deja mal parado al solitario "amo pensamiento" y sus "guardianes culturales"... jajajaja…

La mujer, literalmente, se revolcaba en el suelo, riéndose ante el estupor del Aprendiz. Éste comenzó a entender por qué le llamaban "loco", es decir, "loca".

Saargan permaneció en su lugar; no sabía si retirarse o no. En un momento, ella dejó de reír. Dijo:

-Ya, mequetrefe... no te asustes... no te voy a comer, no te voy a embrujar, ni por aprender de una mujer te vas a convertir en una mujer, jajajaja... Harías un mal papel. Además, si pudiste mamar la leche de una y nada malo te pasó... ¡qué te va a pasar ahora que vienes a mamar de mis enseñanzas! Jajaja... –e inmediatamente agregó -. Ahora ve abajo, trae tus cuencos y vamos a desayunar.

El joven se puso de pie y partió rápidamente a buscar su ración. Después de todo, se sentía contento. Estuvo de vuelta en un suspiro. Fue una mañana única y, como todo lo único, nunca es como se esperaba.

Él trató de ser lo más educado posible. Tras un rato de charla, preguntó:

-Sabia Am-Ato Amilom, ¿podría hacerle una pregunta?...

Ella interrumpió de inmediato:

-Nada de tanto "sabia", "Am-Ato", ni tanta distinción de "Amilom", ni nada... no me sigas nombrando así... sólo dime Jal, con eso me basta... ¿Tolom? Lo de Jal es mi apelativo para que se dirijan a mí los aprendices varones, me gusta... suena bien. Ahora, si quieres, cuando estés sólo, me puedes insultar un poco y agregar algún apelativo burlesco al de Jal... ¡Siéntete libre! ¡Jajaja…!

Él continuó:

-Está bien... eh... Jal, tengo que decirle que he venido por encargo del Consejo del Mmulmmat y no sé si lo sabe, pero Omboni está muy enfermo y...

-¡Ya! ¡Ya! Ya lo sé... no tienes para qué repetir toda la historia. De Omboni no te preocupes... está en perfecto estado el muy viejo chico cínico ese... de seguro que los asustó a todos haciéndose el dormido... Le gusta más el otro mundo que éste, por algo es un Amlom.

-¡¿Pero, cómo?! ¡¿Está bien?! ¡¿Cómo lo sabe?!... ¡¿Él es un Amlom?!

-¡Más encima dudoso el mequetrefe de Aprendiz! Si quieres, baja al Valle y confírmalo por ti mismo... el viejo chico está perfectamente.

La primera expresión de Saargan fue de alegría y se puso de pie inmediatamente, se acercó a la entrada, pero se detuvo. Por un momento, pensó; sabía que si se marchaba estaría definitivamente dudando de lo que ella le decía, y ya hace mucho tiempo que había aprendido del mismo Omboni que pedir una enseñanza y dudar de ella, era una pérdida de tiempo: simplemente habría sido mejor no tomarla de un principio. La mujer siguió tranquilamente terminando el desayuno.

El Aprendiz regresó y se sentó.

-¡Bah! ¡Que has regresado rápido! –comentó Amilom.

-Lo siento, me entusiasmé al escuchar de Omboni... sin embargo, me quedaré...

-¡Uy! ¡Uuuuy! Qué chico tan decidido... estoy que me pongo a llorar.

Al joven no le gustaban mucho las ironías de la sabia; sin embargo, entendía que por algo estaba ahí. Podría ser una enseñanza difícil y drástica, pero tenía que llegar hasta el final. Quedó en silencio.

Al rato, ella continuó:

-Bueno... hace un rato no parabas de hablar y de preguntar, y ahora has quedado en silencio –y agregó, con doble sentido –. ¿El Aprendiz está molesto por algo?

-Lo siento nuevamente, Ami... Jal... es que usted me confunde.

-¡Ah! Así que yo te confundo... yo te confundo… si piensas que te confundo, mal podría guiarte en algo... ¿no te parece?

Él se corrigió:

-No, en realidad... bueno, es que...

-Ya... ya no importa. Pregunta lo que quieras preguntar.

-Bueno, ahora estaba pensando en cómo sabe usted que Omboni está bien...

Ella sólo lo miró y él entendió rápidamente su expresión; sólo dijo, tratando de superar la situación:

-Está bien... está bien. Confiaré en lo que me dice, Omboni está bien –y tras una pausa, preguntó –. ¿Y por qué dice que es un Amlom?

-¡Capúm! ¿Él ha sido tu Guía y no conoces su naturaleza? –el Aprendiz quedó con cara de interrogante –. Ya entenderás... aún no es estás preparado para ver el más allá de quienes te rodean. Pero ciertamente, él es un Amlom, viene con ese sino, tanto como que el Valle nació con el sino de danzar con el mundo exterior.

–¿Sabe usted acerca del conflicto que tuvimos por el paso del oeste?...

Ella quedó un momento en silencio y comentó, llamándolo por primera vez por su nombre:

-Sí, Saargan... lo sé, aunque te parezca extraño para tu mente masculina, sí lo sé. También conozco el peligro que corre por todo el Mmulmmat. La alta meseta está aislada, pero no tanto.

-¿Cree usted posible que sirva de algo salir al exterior y pedir ayuda a la matriarca Nanna? Sólo sé que gobierna en una aldea tan lejana... no veo cómo pueda ayudarnos.

-En este momento, sólo te veo a ti, aquí, tratando que yo te ayude... veremos si eso es posible primero.

El Aprendiz la quedó mirando y comentó:

-¿Cómo sabré si usted considera que estoy preparado para acompañar a los Argan?

-¿Cómo crees tú..?

Amilom lo quedó mirando directo a los ojos; por alguna razón él no pudo dejar de mirarla, algo en ella le era familiar. Algo había en sus ojos que le hacían recordar a alguien, pero no sabía a quién. Por un momento se distrajo, y luego volvió a centrarse en la conversación. Sólo dijo:

-Bueno... eh... yo creo que usted me enseñará un nuevo tipo de meditación, algo con lo cual yo pueda probarme, para que yo pueda desarrollar un poder dentro de mí.... y así yo pueda ayudar a salvar el...

Ella lo interrumpió:

-"Yo","yo","yo","yo"... ¡Cuatro veces "Yo"! ¡¿No te aburre eso de tanto "yo"?! ¿Que acaso todo es importante en la medida que tu "yo" lo sea?

-Sólo trataba de explicarme.

-Pues eres bastante malo explicándote... –la mujer miró hacia los muros de la caverna como buscando algo, y luego agregó –; aquí no hay de eso que tú llamas meditación, no veo nada de super-poderes de los cuales se pueda dotar tu "gran yo" para luego hacer el papel de "super-hombre-salvador-yo", otras cuatro palabras claves para la estupidez.

El Aprendiz calló, nuevamente confundido. Trató de defenderse y dijo:

-Bueno... me dijeron que era imprescindible, y que usted finalizaría mi preparación... ¿me entiende?

-¡Ah! Y ahora eres imprescindible... ¿no se le ha ocurrido pensar a ese enorme "yo" que crees que tienes, que tal vez no seas imprescindible en lo más mínimo, que como tu "gran yo" hay otros muchos "grandes yo", que si a todos ésos se les ocurriera venir hasta esta montaña, terminarían derrumbándola por el exceso de peso de sus "yos"? Así que te crees imprescindible... -Saargan se encogió de hombros y respondió:

-Bueno, eso es lo que me ha dicho Omboni... al menos eso creo que me dijo.

-Pero, tal vez, Omboni sólo te quiso levantar el ánimo... ¿o no? Tal vez sólo bromeaba con tu ego... al fin y al cabo, los Amlom son muy bromistas...

-¡Vaya! Y pensaba que sólo había Amlom mujeres... pero él me dijo que mi ayuda era imprescindible.

-¡Tolom! ¡Te dije que bromeaba contigo! Y el muy viejo chico no decirte que él es un Amlom y sí decirte que eras imprescindible...

-Pero ¿por qué iba a bromear sobre algo tan importante?...

-¿Qué? ¿Tu "yo"?

-No... no me refiero a eso, no me confunda.

-No –expresó la mujer.

-¿Qué?... ¿qué quiere decir?... Me está enredando de nuevo…

Ella sólo volvió a decir:

-No.

-¿No? Le he dicho que me estoy enredando.

-No –volvió a decir, tajante, Amilom-Jal.

-¡¿Aaah?! –expresó el joven, quien quedó estupefacto ante la forma de dialogar de la sabia; era como que salía del contexto que él pensaba que se estaba hilando. Hubo un silencio. La mujer se puso de pie tranquilamente, miró hacia las montañas por la entrada de la ermita y comentó:

-No, no estás confundido de ninguna manera... tampoco deseas ayudar al Valle ni a su Vía, menos has venido aquí por ellos, tampoco lo has hecho por Omboni. Eres sólo un "gran yo"... eeeh… "uno de tantos gran yo más"... y aplicas bastante bien tus enseñanzas pasadas, aunque digas que no recuerdas tu forma de vida antes de ingresar al Valle...

El Aprendiz quedó en silencio. Su mente iba rápidamente tratando de entender. Miraba lo más atento posible a Amilom, que estaba dándole la espalda, contemplando la lejanía. Tantos pensamientos como estrellas que se ven en una noche sin luna, cruzaban por su mente. De pronto sintió rabia, desilusión, le dieron ganas de parase e irse de inmediato. Hablar con esta mujer se hacía insoportable, pensaba que no llegaba a ningún punto; pero algo lo retenía allí, esa parte de él que quería llegar hasta donde fuera necesario, sin importar lo que tuviera que escuchar de él mismo. En un instante llegó a pensar por qué no hablaban del tiempo o algo por el estilo, y parecía que ella le leía el pensamiento y se le adelantaba. Amilom dijo, mientras seguía mirando hacia afuera:

-Mmm... no va a llover... qué lindo día, casi tan lindo como una noche —se giró y se dirigió directamente al Aprendiz, con un dejo de ironía —. Mmm... no va a llover ¿no es cierto?

Él contestó de inmediato, poniéndose de pie, alegre por el cambio de tema:

-¡No!... No... no va llover, hace un día espléndido...

Ella siguió repitiendo, con el mismo tono:

-No va a llover...

La respuesta de él fue más insegura:

-No... no va...

Ella lo interrumpió bruscamente, de manera cortante:

-¡Jajaja...! ¡Sal de aquí, mequetrefe! —se abalanzó sobre el asustado Aprendiz, lo tomó de los hombro y en menos de un latido lo había lanzado afuera de la ermita, sin que siquiera él se percatara cómo; ella agregó —. ¡Vete de vuelta al Valle y diles que eres un fracaso! ¡Haces un excelente papel de hombre! ¡Escuchas lo que te conviene y te pones a tiritar cínicamente confundido cuando se trata de hablar de ti mismo! ¡Vete! ¡Esta montaña no es para ti!

Saargan estaba en el suelo; nunca se había sentido tan sorprendido y tan mal. A una parte de él le dieron ganas de ponerse de pie y lanzar a Amilom todos los insultos que se le venían a la mente; otra le decía que no, que tuviera paciencia, al fin y al cabo le habían advertido que era un sabio loco o lo que es peor, pensó: una sabia loca. Tenía que reaccionar en ese mismo instante, para bien o para mal, pero no podía quedarse ahí callado, perdiendo la oportunidad. Sacó fuerzas de la rabia, pero a su vez trató de aplicar toda lo que había aprendido de los Am-Ato. Dijo, de la manera más humilde posible:

-Discúlpeme, Amilom-Jal... discúlpeme... sé que soy torpe y tengo mucho que aprender... por eso estoy aquí... para aprender; no he querido ofenderla o hacerla perder el tiempo, dígame qué debo hacer.

La mujer suavizó su semblante, y agregó:

-¿No te molesta que te trate así? ¡Eres un hombre! ¿o no? ¿Y vas a permitir que una mujer... una vieja, te trate de esa manera?

-Usted es Amilom-Jal, y sólo quiero su guía y su aprobación.

Ella sonrió y meneó un poco la cabeza, y dijo:

-Y ¿qué piensas?... ¿irá a llover?

Él tragó saliva y contestó:

-No me importa si caen todos los granizos del cielo juntos... sólo deseo que me guíe.

-Después de todo, me estás cayendo bien, Saargan... dentro de ti te dan ganas de tirarme al precipicio... ¡Poca parte de mí podrías tú lanzar! A pesar de ello, tratas de expresarte bien. Por hoy, haz tus labores... las que has estado haciendo este tiempo. La próxima vez que la Astro-sol se asome, sube y podremos conversar... Ahora ve a tu ermita. Estás aceptado como Aprendiz de esta vieja, pero como buena loca, no te garantizo nada.

Saargan se sintió aliviado. La saludó lo más ceremonialmente posible y se retiró, tratando de no darle la espalda. Ella cerró la puerta. El joven no sabía si sentirse contento o con rabia, pero al fin, se sintió contento; después de todo, si pensaba un poco, a pesar de lo torpe que le hubiese dicho que era, al fin lo había aceptado como Aprendiz, y eso era lo importante.

La tarde transcurrió sin novedades; sin embargo, el afligido estudiante se mantuvo lo más ocupado posible. Siguió con sus tareas de limpieza general, y su acarreo de piedras de un lugar a otro, reparando la escalera a la ermita de Amilom y restaurando el lugar en general. Después, prosiguió con sus prácticas de Boabom: esa tarde transpiró el doble. Después de toda esa actividad se sintió totalmente renovado, como nuevo e incluso se sintió feliz. Tenía el presentimiento de que su ascenso a ese lugar tendría un buen resultado, aunque por ahora, incomprensible.

32. Hijas e Hijos de la Mujer... Hijo del Hombre

Aquella etapa estuvo llena de altos y bajos, pero poco a poco, el Aprendiz fue entendiendo la forma de ser de Amilom-Jal.

Paso a paso se fue haciendo más humilde, más tolerante, más simple para pensar; lentamente comenzó a ver las cosas desde un nuevo punto de vista, mucho más amplio, más alejado de su propia perspectiva. Las conversaciones eran intensas: muchas veces salía dolido, ella le ponía trampas, él caía, lo probaba en detalles y él fallaba fácilmente. Después comprendía el verdadero sentido de las palabras, de los detalles, de los tonos, de los giros de las frases, de los ejemplos y las pruebas. No se quedaba con la cáscara, con lo fácil, con lo tosco, sino que trascendía a la esencia de las ideas.

Aquellas fueron lunas inolvidables.

La sabia siempre le decía: "Para tener perspectiva debes estar un pooocooo looocooo... ¡Para tener la verdadera visión amplia, debes estar chiflaaadooo! ¡Jejeje...! ¡Capúm!"

El tiempo pasó; sin embargo, sólo había una pregunta que deseaba aclarar, pero que no se atrevía a hacer: ¿cuándo estaría listo? ¿Cuándo podría bajar al Valle y decir que había sido aprobado por ella y que, por lo tanto, estaba preparado para partir con los Argan?

Cada mañana subía con los alimentos; era la ocasión para compartir con su nueva Guía y extraer de ella lo que había venido a buscar: sabiduría. Cuando ya faltaban pocos días para el segundo plenilunio desde que Saargan había ascendido a la montaña, Amilom habló con él y le comentó que el próximo amanecer y durante el día completo no hablarían, y que ella no necesitaría alimento; el Aprendiz podría descansar o simplemente dedicarse a sus actividades.

El joven aprovechó la ocasión para hacer algo que hacía tiempo había rondado su mente: subir y contemplar los ocho extremos de aquellos parajes desde la cima de Osi. Ésta se veía incólume, magníficamente sola; ese momento era el apropiado para conocer las alturas. No había labores, y seguramente la mujer Guía no se asomaría en toda la tarde.

La noche previa preparó algo de ropaje y se aprestó para el ascenso en la madrugada. Al principio hacía frío, pero entró rápidamente en calor y fue ascendiendo, mientras disfrutaba de los parajes y la soledad. Poco a poco, en la medida que subía, comenzaba a correr una brisa más y más fuerte. Pasaron al menos tres palmos de sol y la meta se mostró frente a él. Apresuró lo más que pudo su caminar, no tenía mucho tiempo.

El jadeo de la respiración gélida, la mirada hacia el piso, para no tropezar; la transpiración helada, el oído que se pierde en el silencio, los pensamientos que van transcurriendo y variando según el paso y el ritmo de los pulmones. La nieve casi no dejaba espacios descubiertos. Por fin, ya estaba casi en la altura máxima.

Apenas llegó a la cúspide, subió a un montículo cubierto por el manto blanco. Contempló toda la gran línea circular de los horizontes; sólo se veían más y más montañas. La vista era nítida y clara. Estaba en medio de las cúspides del mundo, y aquella montaña que le había costado tanto escalar era sólo una más de muchísimas otras, que aún cuando se veían lejanas, acusaban mayor altura.

Las cúspides nevadas parecían eternas. Miró hacia el Valle, el cual casi pasaba sin notarse entre las montañas que lo rodeaban; en verdad, lo echaba de menos, pero también disfrutaba de ese momento. Pensó cuán extraños son los seres humanos, deseando todo y nada, ser reconocidos y pasar inadvertidos, queriendo estar solos para valorar la compañía, anhelando la disciplinada sabiduría para lograr descansar la mente en la placidez del divagar libre. Se preguntaba: ¿estaría preparado para marchar más allá de todo este lugar? ¿Dejar el cálido refugio de lo conocido para lanzarse a la incertidumbre de un viaje a lo desconocido? ¿Estaría listo para ir, o más bien, para volver al mundo exterior?

En ese momento vio que algo se movía en la nieve. Algo como un animal; pero era raro ver un oso u otro animal a esta altura. Se puso de pie inmediatamente, asustado y sorprendido. La nieve fue descubriendo un extraño bulto.

Alguien salía de la nada. Primero vio un vestido mimetizado en la nieve, la que escurrió, dejando al descubierto a Amilom-Jal. No entendía cómo había llegado hasta allí. Al parecer, había estado allí desde antes, y desde el ángulo en que él se encontraba no podía percatarse de su presencia. Inmediatamente reaccionó y la saludó:

-¡Sojamm, Jal! ¿Pero cómo ha llegado usted hasta aquí?

-Pues igual que tú, Aprendiz.

-Pero no la he visto en todo el trayecto, y no he visto ninguna huella suya.

-¡Capúm! No me has visto porque cuando tú estabas pensando subir, esta mujer ya lo estaba haciendo.

Él agregó:

-Usted siempre sorprende.

-Te sorprende una vieja solitaria... curioso... pero en verdad, si supieras más de ti que de mí, vivirías lo que te resta de vida en Mua sorprendiéndote.

El joven se acercó a la mujer y se sentó junto a ella a contemplar los paisajes. Saargan había traído un pequeño bolso con alimentos y con los últimos frutos Nois que quedaban en la bodega. En un momento ya estaban tomando Nieve de Nois.

Ella comentó:

-¿Y cómo te has sentido estas lunas, Oveja Negra?

-Pero... ¿por qué me llama así?... me ha recordado algo: cuando atacaron a Omboni y nos enfrentamos con los Ukros, uno de ellos me llamó Oveja Negra; dijo que me conocía. Lo recuerdo claramente ¿Tal vez me conozca de antes del rescate? ¿Tal vez ellos sepan qué sucedió conmigo todo este tiempo perdido allá afuera? Pero... ¿por qué usted también me ha nombrado así?

-¡Eiiii! –contestó burlona e intrigante, y luego, moviendo graciosamente la cabeza comentó –. Es posible que esta vieja loca montañesa sepa más cosas de ti de lo que crees...

-Pero dígame lo que sabe, estoy dispuesto a escuchar lo que sea... subí a conocerla por esto, es lo que deseo en el fondo, saber quién soy, de verdad –luego titubeó y agregó –, bueno, y también deseo poder ayudar al Mmulmmat.

La sabia ermitaña miró tranquilamente hacia el horizonte y contestó:

-Pequeño gran mequetrefe... ¡Conocerse a sí mismo! ¡Conocerse a sí mismo! ¡Noble propósito!... Agua de nieve, piedra de montaña, aire de nubes. No dudes respecto a dónde comienzan las cosas ¡Conócete...! Después trata de hacer el papel de héroe. No te avergüences de tu ansia por ver hacia dentro; no podrás ayudar al Valle de la manera debida si no tienes claro quién eres... no aquél que necesita una memoria para existir, sino el tú real, el movimiento esencial ¿Cómo podrías ayudar de la forma debida a este lugar si no es de esa manera? ¿Cómo podrías ayudar a este lugar si de tus actos no salieran el mundo interior y exterior beneficiados?

Saargan aún estaba intrigado y no comprendía a dónde quería llegar la sabia con lo que le explicaba:

-Pero ¿por qué me ha llamado Oveja Negra?... ¿de dónde salió ese nombre?

La mujer se mantuvo en silencio un latido y cerró los ojos, oliendo el aire de la montaña, que se percibía fresco y con sabor a nieve y tierra, y agregó:

-¡Qué importa si te llamo Oveja Negra, mequetrefe...! Eso no es lo importante; lo importante es que tú desees descubrir quién eres... pero no el nombre o lo que los demás digan o crean de ti, sino lo que eres en realidad.

-Pero... ¿y la Aldea?

-Ve más allá... lo que aquí se ha cultivado, y lo que se te ha enseñado, no sólo es para beneficio de este lugar... así como lo externo se filtra hasta aquí, también el Valle traspasará las barreras de las montañas y ejercerá su movimiento hacia lo exterior... La tarea es más allá de lo que tú piensas... hoy puede ser salvar esta forma de vida... la Vía Interior, pero lo que repercutirá de ello, ni tu gran "yo" se lo puede imaginar. Mua se mueve para todos de igual forma.

Él comentó:

-Pero ¿estaré listo para ir más allá de los pasos y enfrentarme a pueblos que no conozco y salvar al Mmulmmat?

-¡Capúm! Si cruzas las montañas más allá de los límites del Valle, te encontrarás rodeado de hombres como tú, y de pueblos que en verdad conoces muuuy, muy bien. Y no hables de "salvar"... ¡me lleven los ocho vientos!... ¡Ya he visto a demasiados que dicen que guian a sus pueblos para mantenerlos a salvo! ¡Luego hay que estar a salvo de tanto salvador!... Tu visión debe ser fina como tu Arte... observa más allá, pues el mismo conflicto que desea consumir al Valle... te consume a ti por dentro, masa orgánica centrada en sí misma, bulliciosa, curiosa, temerosa, inquieta... tan apasionada y contradictoria en clan como en la soledad... ansía la hembra que no posee tanto como desprecia a la que yace con él —Amilom tomó un respiro y continuó -. Yo también he viajado como tú, pero de ida y vuelta; tambien he sido Navegante, y te comportas como los hombres de muchas aldeas... ¡dicen "soy romántico" cuando necesitan atención... o cuando quieren ocultar su primitivo hombrismo! ¡Se comportan como cachorros indefensos! Luego sólo tienen tiempo para admirarse entre ellos, de la forma en que ellos cazan, de la manera que ellos son capaces de protejer sus aldeas, de cómo pueden matar, de cómo pueden competir y de cómo pueden luchar. Pese a esto, no son capaces de admirar a la hembra y mujer que tienen al lado; sin embargo, la envidian... y le temen. Ellas traen las hijas e hijos a la Tierra, por ella la aldea sobrevive o declina, guía y sufre en silencio, sin aspavientos, sin ser escuchada. Lentamente, con el devenir de los tiempos, el hombre irá ejerciendo su poder sin restricciones, unos primeros, otros los imitarán porque nunca son muy originales. Para darse fuerzas y poder sobre los ilusos o los que los escuchan, poco a poco crearán ideas y conceptos, hechos a su imagen y semejanza, como fronteras, honor, amor, fe... -y luego agregó - ¡Oh! No te equivoques, Saargan, el Valle y la Vía no necesitan ser salvadas, simplemente son... –mientras, el Aprendiz la observaba atentamente, tratando de entender los puntos de vista de Amilom. Ella nuevamente tomó aliento y prosiguió:

-Deberás tener cuidado, mequetrefe, entrarás a territorio ambiguo. Para entender el camino exterior debe recorrer el interior. Recuerda lo que te he dicho: más allá, los habitantes de la tierra se han comenzado a autoproclamar entre sí "Hombres", como si las hembras no existieran, y esto es más trascendente y grave de lo que puedas pensar: es el poder de las palabras, el que iniciará un nuevo tipo de guerra. A medida que pasa el tiempo, ese poder se ha incrementado, y con él se manejarán las ideas, y quien maneja las ideas, maneja la mente. Los humanos no evolucionan en proporción al poder que pueden ejercer unos sobre otros. Verás más allá que la antigua Vía se pierde –en ese instante indicó hacia las montañas nevadas más próximas y prosiguió –. Hubo tiempos remotos en que las nieves eran eternas, cubriendo toda Mua. No había escapatoria. El hombre valoraba a la mujer como el ser más sagrado e intocable que existiera. Ella regía de manera abierta, ecuánime y libre: era la clave de la vida y la continuidad. Ningún macho se atrevía a hablar de mala manera a una hembra, a competir con ella y menos a levantarle la mano, era inconcebible. El hielo se retiró, los pueblos se han ido multiplicando, creyéndose seguros en su nueva abundancia aparente. El hombre se está sintiendo con poder sobre Mua, y no se da cuenta que es sólo un invitado más. Lentamente lo que antes respetaba, ahora lo desprecia, y en este cambio usa las palabras como arma implacable. Humano significará no-animal, hembra será mujer; mujer será aquella que pertenece al hombre; hombre será toda la especie; madre y padre serán sólo "padres"; hija e hijo serán sólo hijo; el hijo del hombre, los intocables Señores. Todos olvidarán que son "hijas e hijos de la Hembra". Éste ha sido el primero y único conflicto; también el tuyo, y el que debes realmente vencer.

Amilom indicó hacia el oeste y comentó:

-Si vas más allá, entrarás en territorios donde los hombres, cuando ven a otros, sólo los miran como futuros enemigos o aliados. Si se alían, lo hacen para dividirse un territorio de caza... o para luchar con ventaja contra otros. Ellos no saben compartir con los demás, simplemente porque son seres vivientes: buscan las conveniencias... cuando las conveniencias fallan, a su antiguo aliado lo llaman enemigo... si pueden, van y lo destruyen, queman sus cosechas y dicen que éstas son "malas personas" y que ése ha sido "el mandato de los hechiceros"; si alguien sobrevive, infunden el miedo, y con ello dominan a las mujeres y a sus hijos... así como dominan a los miembros de su propia aldea. Esa es la nueva Vía que se está imponiendo en las cuatro caras de Mua. Lentamente, las madres están dejando de gobernar, y si alguna lo hace, lo está haciendo con la enseñanza, celos y rigidez del nuevo padre hombre. Cuídate, los nuevos tiempos serán difíciles e inciertos. Los hombres, tan rápido como se han hecho de aliados, se hacen de enemigos. Como buenos cazadores frustrados, desean ejercer una sola actividad, "el saqueo", la oportunidad fácil, la ganancia del abuso, el recibir todo y no dar nada. Un día desean otro territorio, simplemente ahora mandan a sus guardianes que digan que sus habitantes lo han ofendido de alguna manera o que son culpables de algún terrible acto o crimen, que nadie de la aldea ofendida se atreve a resolver como es debido. A veces, simplemente, se les acusa de alguna calamidad a través de la hechicería o la brujería. Mandan a su pueblo a morir... y lo peor de todo es que éste acepta. Los pastores hombres quieren a las ovejas blancas y dóciles, no a las ovejas negras...

Saargan quedó pensativo ante lo que la mujer decía con tanta seguridad; no sabía qué decir o preguntar. Ella continuó diciendo, con una sonrisa pero una expresión triste a la vez:

-Una gran guerra está por comenzar... una guerra que puede sellar el dominio del macho sobre la hembra... El equilibrio se romperá, y por ello, muchos sufrirán en las futuras generaciones. El movimiento se produce por su diferencia... pero a esta diferencia se le quiere presentar con miedo y como si fuese maligna. Más aún: los rumores de esta guerra han sacado a relucir el mejor de los inventos... lo que a ninguna hembra cuerda se le ocurriría jamás... ¡dioses dominantes! ¡dioses y más dioses! ¡Vaya invento!... Quizás a quién hará afortunado y poderoso…

Él comentó, de manera un poco torpe:

-Pero... usted ¿tiene un dios?

-¿Si yo tengo un dios? ¡¡¡Pues claro que tengo a uno!!! ¡Jajaja…! ¡A ti, mequetrefe! ¡Es el único dios que veo aquí, ahora! ¡¡Y que como todo dios cree que todo gira en torno suyo!! ¡dioses, diosas! ¡Poder y miedo quiere decir dios y diosa!... Todavía tienes mucho que aprender, Saargan, pero aún tienes más que olvidar... demasiado que olvidar —él la miró, sorprendido y un poco asustado, y ella continuó:

-¡Capúm! Y no me mires con esa cara de idiota, como si te doliera lo que te digo o si pensaras que debo ser una mujer loca, pues te diré que puede que una mujer enloquezca en soledad... ¡Pero un hombre se muere! Jajaja… ¡Definitivamente!

-Entonces ¿en qué debo creer?...

-¡Por la Cima de Osi! ¿Quién te ha dicho que tienes que creer en algo?... Simplemente, sé ¡Y disfrútalo!

El Aprendiz quedó pensativo. Mientras, la vista hacia el horizonte era extraordinaria: la nitidez del aire, la claridad del cielo, y en el fondo casi se podía notar la redondez de la Tierra. Él preguntó:

-Jal... con mayor razón, en base a lo que usted me dice que está sucediendo en todas partes... no puedo dejar de pensar en nuestro Valle, y preocuparme por lo que le pueda suceder. Siendo así, el peligro es aún mayor.

-El Valle... ¡qué protegido e inalcanzable se ve desde aquí! Pero no nos pertenece, Saargan, nosotros vamos y venimos, cambiamos y nos renovamos más rápido que Mua y todos sus rincones. Ella tiene su ritmo, y nos desplaza con ella a su manera... no nos pertenece. A su vez, ni Mua ni el Valle se han adueñado de ti, sólo son. Tus ideas y enseñanzas pasadas han inventado la idea de pertenencia, pretendiendo asegurar tu propia continuidad... ni Mua ni el Valle necesitan continuidad; tú en tu ignorancia, sí. Ahora relájate, Saargan, el Valle es el Valle: de alguna manera, siempre estará ahí.

-Entonces, ¿no debo hacer nada... absolutamente nada?...

-¿Qué sientes, Saargan?

Él miró hacia la inmensidad de las montañas, incontables y majestuosas, mientras el cielo se nublaba lentamente. Contestó:

-Desde acá puedo ver las cosas tan claramente... me siento pequeño y grande a la vez. Presiento el riesgo, como usted me dice, y que de alguna manera tal vez no sea imprescindible... pero a pesar de todo —y agregó alegre - ¡Quiero ir con la expedición! ¡Quiero ir más allá! ¡No importa lo que suceda!

Sin siquiera notarlo, se puso de pie, como para mirar más alto aún; una brisa cálida le acarició el rostro. Se volvió hacia Amilom y por fin se atrevió a preguntar:

-Hay algo que necesito saber, ¿cuándo y cómo sabré que cuento con su autorización para marcharme y tomar el camino de los Argan?

Ella contestó:

-¡Capúm!... No te preocupes por eso ahora. En estas lunas ya has escuchado y aprendido. En verdad, no estas aquí para que yo te apruebe, estás aquí para que tú mismo apruebes tu decisión ¡tú mismo!... tú, el real, y dejar por fin atrás al "yo" lleno de intereses rebuscados —luego agregó, parsimoniosa —. Pero si quieres saber cómo tendrás mi aprobación, si es que la logras, te lo explicaré —y luego agregó sonriendo -: puede que un amanecer despiertes y prepares los alimentos, te asomes a la explanada para dirigirte a la ermita en la altura, pero antes observarás el gran círculo de piedras que has hecho afuera para el desarrollo de tu arte y meditación: si ves dos líneas que han producido una abertura en el círculo, las cuales apuntan hacia el Valle, esa será mi autorización, sin más; será momento de que tomes tus cosas y te marches. No mires hacia la ermita en lo alto, no vayas a hacer de mequetrefe y quieras despedirte de mí: si lo haces, habrás fallado como un cuadrado tratando de rodar. Sólo vete... no te preocupes por el alimento o por el resto del ropaje ¡sólo márchate! ¡Vuelve por donde viniste! En ese instante, si llega a suceder, estarás listo... sólo baja al Valle y ve directo donde Subam-Na, dile que tienes mi "Sojamm", que has visto las dos líneas. Luego, simplemente será tu decisión, pero lo que determines hazlo por ti... pero por la esencia de ti, no pienses en Akinaya, tampoco en tus Am-Ato, ni tampoco te dejes llevar por tu cascarón temeroso; simplemente decide, y lo que determines todos lo respetarán.

El atardecer estaba plagado de colores anaranjados. En el cielo revoloteaban algunas nubes, formando Amlom e Ititi que jugueteaban en todas las dimensiones.

-Bien, Aprendiz, ya atardece; el último día de la luna que esperas está cercano, y no podemos pasar la noche aquí: el tiempo es impredecible en las montañas —y comentó mirando el astro nocturno que se comenzaba a ver -.

Baja a la ermita y aprovecha la luz de la hermosa hembra que se ha asomado hoy para guiarte en la obscuridad.

-Pero, y usted ¿se quedará aquí?

-Tan fugazmente como subí, descenderé... estaré abajo antes que tú.

En ese momento se asomó la luna llena en su esplendor, un disco perfecto que contrastaba con toda su grandiosidad en la obscuridad y los picos de las montañas. Desde la cima se contemplaba perfectamente el movimiento del astro, que poco a poco iniciaba su peregrinaje por la cúpula celeste. El Aprendiz quedó un momento en silencio, se despidió respetuosamente y tomó la ruta de regreso. Al poco andar giró la cabeza para ver si ella estaba allí. Le pareció que ya no estaba; tal vez había tomado otra ruta más corta, que no pudo ver. Pensó: "Amilom Jal sabe lo que hace, después de todo, su hogar es el techo del mundo".

Aquella noche se sintió mejor que nunca. Sabía que la sabia no era un Guía como los que había tenido: nada en ella podía ser predecible. Pero el tiempo le había demostrado que su paciencia había sido recompensada. Por primera vez estaba seguro de lo que sentía; estaba dispuesto a ir más allá de las fronteras del Valle en busca de una respuesta que trajera paz, no sólo a quienes él conocía, sino que de alguna manera esa energía fuera comprendida por todos los seres vivientes, especialmente él mismo.

Cuando llegó a la explanada frente a su refugio, lo primero que hizo fue mirar hacia la ermita de Amilom. Como siempre, no se escuchaba ni el menor ruido y no se veía movimiento alguno. De alguna forma, estaba seguro que todo estaría bien. Pronto se preparó para dormir. El sueño llegó junto con una sonrisa.

Parado en el precipicio junto a la cascada, que en vez de agua lanzaba estrellas a la lejanía. Parado con los brazos abiertos, el viento astral acariciando su cuerpo imaginario desnudo. La sensación de caer al abismo, sin pensar, deseando el vacío, la magnitud ficticia de las profundidades, esperándolo con un abrazo sin tiempo y sin forma. Volar por cielos que no pertenecen a ninguna parte, libre de horizontes. Simplemente ir más allá de las fronteras que lo atan, olvidarse de las enseñanzas, olvidarse de las tareas, avanzar en un éter cósmico fuera del alcance de la propia mente. El Bamso libre de todo objetivo. El simple vuelo de aves astrales que ascienden y planean inocentes en las fronteras de este mundo y el otro. ¿Quién puede ser más afortunado, quién puede disfrutar de tal felicidad, quién puede contar con tal libertad? Se atraviesan las nubes, la gravedad ya no ejerce su fuerza. El miedo se olvida, y junto con él los lastres de la memoria parecen quedar atrás, y con ella las envolturas del sentimiento y sus contradicciones. El movimiento se torna suave, armonioso, dócil.

Volar cuando las fronteras han caído en manos de los mismos que las han levantado. Ver cuando hemos quitado las vendas que nuestras propias manos han sujetado. Escuchar el sonido de la vida sin el apego de escuchar nuestra propia voz.

El Aprendiz voló más allá de las fronteras de los sueños, desnudo, fuera de todo análisis. Contempló las montañas desde lo alto, los horizontes oblicuos, y más arriba, los cielos estrellados aclarados por la mente astral. Se deslizó como un pájaro fantasmal.

Desde la altura de su viaje reconoció la cima de Osi. Suavemente, como una hoja que va a la deriva de vientos estelares, se dejó caer hasta el lugar que hacía poco había conocido. Algo lo llamaba, alguien lo invitaba.

Delicadamente, aterrizó en la entrada de la ermita de Amilom. ¿Podría conocerla en el mundo de los sueños? ¿Lo autorizaría a pasar a su refugio más allá de la dimensión de los que respiran?

Una fantasmal figura traspasó el portón, saliendo de la ermita y se acercó hacia él: era una hermosa mujer con los cabellos sueltos, colgando graciosamente hasta los pies ¿Será un Amlom?, pensó el Aprendiz en el limbo de su conciencia onírica. Lentamente pudo aclarar su visión. Era la sabia Jal, la extraña mujer solitaria de la montaña, pero lucía tan distinta. Se veía joven y fresca, sus ojos seguían recordándole a alguien, pero no podía descubrir a quién. Ella estiró su sutil mano astral y lo invitó a pasar a su refugio interior.

¡Cuán perfecta unión de hembra y macho, vida y sueño, conocimiento y práctica vivió esa noche Saargan! Nada como la caricia de una mujer que recorre los caminos con pasión, nada como un hombre que ha aprendido a entregar armonía y dulzura, nada como recorrer las ondas del éxtasis y la quietud con plena sabiduría. El goce, la energía de los cuerpos en todos los estados, es extraordinario cuando se manifiesta pleno de entrega, fuerza y tranquilidad. Ni él mismo podría decir cuánto tiempo yació con Amilom-Jal, cuánto de su cuerpo sutil conoció y experimentó, y hasta qué punto pudo conocer el perfecto goce de los peregrinos de los sueños.

Comenzó a llover con esas ansias de renovar y anunciando que algo nacerá. El Aprendiz se vio sentado en las afueras de la ermita superior, bajo la lluvia bienhechora: sus pies colgaban y jugaban desde lo alto. Reía como si fuese un Osansua, mientras contemplaba a la juvenil y desnuda Jal, quien danzaba en la plenitud de la noche, recorriendo el círculo que él había formado a las orillas del riachuelo. A cada paso salpicaba en las pozas de agua, bailando al son fantasmal de tambores y melodías invisibles. Luego volaba, giraba en la altura y sus cabellos se extendían, tomando las formas de las ondas del viento y de la lluvia. Saargan, con los ojos llenos de alegría, tarareaba canciones desconocidas que decían que los sabios sólo podían danzar cuando conocían la cruda verdad. El cuerpo de la joven transpiraba, y las gotas que exudaba su piel se confundían con las de la tormenta. En un momento, la bella danzarina se detuvo en el centro y lo miró sonriendo. Se acercó tranquilamente hacia la zona del círculo que apuntaba al Valle, y lo abrió en ese punto: con las mismas piedras hizo dos líneas paralelas. Ella se giró, movió sus manos graciosamente, las unió y lo saludó. Al tiempo, se desvaneció junto el caer de la lluvia, deshaciéndose en la nada.

El Aprendiz estiró la mano como para alcanzarla y cayó al vacío.

La luz tenue del amanecer invadía la ermita-refugio. Saargan se levantó sobresaltado, como si el fin de la caída fuera su propio cuerpo. Había sido un sueño increíble, pensó, pero sólo un sueño. Afuera llovía con tranquilidad, se sentía en el ambiente ese olor a renovación y agua fresca.

Se asomó fuera de la caverna, y sin pensarlo, su vista se dirigió directamente al círculo de piedras. Quedó petrificado, no podía creer lo que estaba viendo ¡El círculo estaba abierto! ¡Era la señal! Ahí estaban las dos líneas apuntando al Valle, había llegado el momento esperado ¿Pero, había sido un sueño? Sintió el instinto de ir a ver Amilom-Jal, pero recordó sus últimas palabras y se contuvo de hacerlo. Sólo hizo el saludo ritual al círculo que dejaba. No miró hacia atrás, no pensó, no tomó nada. Sólo se marchó.

33. ¡Sojamm a los Navegantes!

Saargan corría a través de la lluvia. Deseaba con ansias volver a ver el río Biba, las cúpulas, a los Am-Ato y, por supuesto, a Akinaya. En su mente le parecía escuchar la voz de la sabia de las alturas: "¡Capúm! Ya vete, mequetrefe, no estás preparado para seguir en las alturas... ve y cumple tu tarea, ya tienes mi autorización".

El Aprendiz volvió corriendo desde las montañas. Dejó atrás la gran caída de agua, las faldas de Osi y pronto se encontró con los senderos. A medida que se acercaba a la Aldea, la lluvia fue amainando y cesó por completo. Al principio no pudo ver a nadie, pero pronto divisó en las cercanías a los pequeños jugando entre los árboles y el río Biba. Como siempre, lo primero que escuchó fueron sus risas y gritos de alegría. Apenas lo vieron, comenzaron los saludos, los chiflidos y el agitar de las manos. Pero no se detuvo, siguió su carrera directamente a la cúpula de Subam-Na.

En un pestañeo, ya estaba en la entrada. Llamó para ver si alguien le contestaba. Inmediatamente salió a recibirlo la Guía Mayor del Consejo, quien lo saludó con alegría:

-¡¡Sojamm, Saargan!! Qué bueno tenerte de vuelta. Presentíamos que vendrías esta tarde, adelante, conversemos... Hay alguien que desea verte.

El joven pasó y quedó sorprendido; Omboni se le vino encima y lo abrazó afectuosamente:

-¡¡¡Sojamm, Aprendiz!!! ¡Yo ya echarte de menos! Este viejo necesitar a alguien a quien molestar, jejeje...

-¡¡¡Omboooooni!!! No sabe cuánto me alegra verlo.... yo ya necesitaba de sus bromas y su risa ¿Pero y su herida? ¿Se ha recuperado bien?

El viejo comenzó a dar vueltas, haciendo un gracioso bailecito mientras decía:

-Jejejeje... ¡Este viejo tiene tantas vidas como tú tener pelo en la cabeza!... —y tan pronto como se detuvo le preguntó –, pero contar tú, ¿qué experiencia traer de Osi?

El joven se puso más ceremonioso y se dirigió a ambos, explicando:

- Con todo respeto a los Tefa: Subam-Na, Omboni... quisiera decirle que Amilom-Jal, sabia ermitaña de la montaña, me ha autorizado; simplemente marcó dos líneas rectas, abriendo el círculo de meditación que yo había construido, con dirección a este lugar. Con este gesto, ella ha dicho que yo puedo decidir por mí mismo, y que seré respetado en mi decisión.

Ambos Guías se quedaron mirando uno al otro, con una cierta expresión de extrañeza. La Voz del Consejo intervino:

-En buen momento, Saargan... respetamos lo que haya sucedido en Osi. Sin embargo, antes de decidir, debes saber algo.

El joven se preocupó por el tono de la Am-Ato, pero contestó con seguridad:

-Dígame, escucho... pero mi conclusión ya está lista.

-Si te quedas, eres bienvenido; puedes vivir el tiempo que creas conveniente entre nosotros, ya conoces la Aldea y nuestra Vía. Si acompañas a los Navegantes, ya hemos formado dos grupos, que están casi preparados para partir. Tomarán rutas diferentes. Uno ya está completo, y estará a cargo de Akinaya, y tomará la ruta este; el otro está por verse, por tanto sólo en ese podrías participar.

Por un latido, el estómago del Aprendiz se apretó: lo que le decían significaba que no iría con Akinaya. Por un momento se apesadumbró, pero reaccionó de inmediato, para él la semilla ya estaba plantada.

-Como les he dicho, mi decisión está tomada. Tomaré el camino de los Navegantes, sea de una forma u otra. Si debo ir por la ruta del este o la del sur, no es determinante para mi decisión... sólo tengo en mi mente poder cumplir con la tarea que el Consejo ha determinado, y de esa forma ayudar a la continuidad del Mmulmmat y sus enseñanzas. No importa si debo cruzar esas montañas de rodillas e ir solo, llegaré a los pueblos y a la gente que puedan ayudarnos, tarde o temprano. Me siento listo.

Subam-Na y Omboni sonrieron, y éste comentó:

-Jejeje… Nosotros contentos con tu Vía, pero no sorprendidos... este viejo siempre tener cierto buen ojo con aprendices; a veces ser medios fallutos, pero con un par de palos ponerse compresivos, jejeje… —y luego agregó cariñosamente -. Este viejo se siente feliz de tener buen Aprendiz, y no porque tú decidir ir o no ir... sino porque tú decidir con seguridad y por ti.

La Consejera agregó:

-Tienes nuestro completo apoyo, Saargan. Siempre lo has tenido. Ahora ve a las cúpulas-bodega: ahí están todos reunidos, preparando los alimentos, ropajes y lo que les pueda servir en el camino. Nosotros iremos para allá en un momento, para ver los últimos detalles. Hoy será vuestra última luna en el Valle.

El Aprendiz se retiró de inmediato y partió a los preparativos. Mientras, los mayores se quedaron charlando. Subam-Na comentó:

-Qué opinas, Omboni ¿qué habrá visto Saargan en la Montaña Osi? ¿Por qué habrá hablado de Amilom-Jal? ¿No será...?

-Mmm... extrañas cosas suceden a los aprendices en montaña Osi –
dijo Omboni, y luego agregó pensativo –. Hace mucho tiempo que no
escuchaba de Jal... vieja y revoltosa "Amlom Negro"... ¿Qué bromas ella
haber gastado a este Aprendiz mío? Jejeje... Pero no importa la Vía si el logro
es bueno... no importa qué ruido hacer río, lo importante ser si aguas limpias
para beber... jejeje…

-Omboni... ¿le dirás que Amilom sólo es un estado de la mente y que
la historia del sabio loco era solo una metáfora para que estuviera solo y
pensara?

-Mmm… no, no ser necesario ahora... ya él tendrá su tiempo. Lo
importante ser que él sentirse preparado y que al fin descubrir que nadie tiene
más autoridad sobre él que sí mismo.

Entretanto, ya se habían reunidos los grupos que se iniciarían como
Navegantes. Todos estaban contentos de volver a ver al Aprendiz, en especial
Akinaya. Ella lo abrazó sin pensarlo y él se sintió en las nubes.

Se sentía feliz, pese a que se estaban preparando para partir, y sabía
que de alguna forma él estaría lejos de sus Am-Ato y ahora también de la
joven a quien había aprendido a respetar antes que de querer a su manera.

Pronto los dos grupos se habían organizado perfectamente. Por el
paso del este irían Akinaya, Koal, y otros seis Argan. Por el paso del sur, por
el mismo en que en un principio había llegado Saargan, irían él, Nnuya y un
mismo número de aprendices que en el primer grupo. Si todo salía bien,
deberían reunirse en un lugar al que llamaban el Valle de los Halcones.

El sol se puso. Todos miraron atentamente hacia el poniente,
observando lo colores de la puesta de la Astro. Después de esto, los más
adultos confirmaron que durante las próximas lunas, el tiempo estaría frío
más allá de los pasos, pero estable.

Los expedicionarios, y otros que ayudaban en los preparativos,
estuvieron hasta entrada la noche seleccionando alimentos, ropajes y algunos
elementos, lo justo para una gran marcha, pero a su vez, lo menos posible
para cargar y así ir sin tropiezo por los peligrosos senderos que comunicaban
con el mundo exterior.

En más de una ocasión, antiguos Navegantes se habían perdido en
los pasos del Mmulmmat y nunca se había vuelto a saber de ellos. Los
esperaban grandes peligros. De alguna manera, la idea de formar dos grupos
separados que salieran por distintas direcciones era la de tener el doble de
posibilidades de lograr sus objetivos.

Ya en plena noche, todos se fueron a descansar. Omboni conversaba
con su Aprendiz, dándole sus últimos consejos; podría pasar mucho tiempo
sin verlo. Decía a la luz de las candelas:

-Mmm... Esperarte un mundo lleeeeno de sorpresas, Saargan. Tú
deber recordar tus enseñanzas pacientemente... Primero, deber cruzar los
pasos y reunirse con el grupo de Akinaya en la zona acordada. Nnuya saber

dónde, y ella también. Si no se encuentran para luna acordada, deberán seguir solos. Puede que mucho tiempo sin verse.

-Sí, lo sé, pero ¿no nos perderemos? ¿Y cómo encontraremos la ciudad de la Matriarca Nanna?

-Mmm... Tú confía... Akinaya también ser Navegante cuando ser muy joven, ella recordará. Nnuya sabrá llegar al punto de encuentro, más allá del territorio de los Ukros. Si ser necesario, él también sabrá cómo proseguir. Desde ahí en adelante, dependerán de la buena memoria de ella, de vuestro Arte y de muuuucha coordialidad con quien se topen en su caminar.

El joven lo quedó mirando, esperando por más. El viejo continuó:

-Jejeje... recuerda que todo humano, por extraño que te parezca, ser como tú. Por eso, tú trata bien y serás bien tratado... no hables demasiado y pregunta antes de responder más de lo debido. La gente que tú verás como externas y de la que menos esperes, serán los que te ayudarán a llegar a tu destino.

-Si todo sale bien... ¿sabré volver, Omboni?

El viejo se le acercó y le pidió la maderita ovalada que llevaba colgada en el cuello. El Aprendiz rara vez se desprendía de ella, pero se la entregó con confianza a su Guía. El anciano caminó a la entrada de la habitación, la dirigió hacia el cielo estrellado, quedando frente a la cara reversa del singular elemento. Saargan se acercó curioso: la maderita tenía unos extraños calados y dibujos, que el joven aún no había comprendido. Estas marcas, al apreciarlas a la distancia, calzaban perfectamente con algunas estrellas, y las proyecciones de las líneas con los pasos del Valle y la forma de las montañas. El viejo dijo:

-Mmm... observa, Aprendiz, y ve... aquí estar marcados los senderos del Mmulmmat. Cuando salgas de los pasos y tú estar en Valle de los Halcones, observa los cielos a través de él como yo te mostraré... ésa será tu ruta de retorno... Sigue tus sueños, sigue las estrellas y sigue tu sello... él te traerá de vuelta.

Aún en su última noche, el Aprendiz no dejaba de aprender nuevos secretos sobre el mítico Valle, fuente de las legendarias Artes del Boabom. Inquieto, esperó el alba: sabía que nadie se despediría de él y de quienes lo acompañarían. Lo que fue, ya fue. Eran las costumbres. Antes ya había escuchado decir: "Si no nos despedimos, es porque nos volveremos a ver".

Tal como estaba prescrito, al momento previo al amanecer se levantó en silencio, tomó sus cosas y se marchó calladamente para reunirse con el grupo que partiría al sur. Ya se había hecho a la idea de que no vería a Omboni, Subam-Na, Seime y a los demás, al menos por un buen tiempo. Sobre Akinaya tenía la sensación que pronto se encontrarían, como estaba planeado.

En el grupo, cada uno llevaba los elementos necesarios para la gran aventura: alforjas, semillas, mantos y alimentos suficientes para la primera etapa. Al partir nadie habló mucho, sólo comenzaron el andar.

El Aprendiz pensaba que por ese mismo sendero había llegado, inconsciente, pero que ahora se marchaba totalmente lúcido. La Astro-sol poco a poco comenzaba a iluminar; la mañana estaba tan fresca como quieta. Tras un momento de caminata, ya casi en el inicio del paso sur, en el lugar que llamaban "el Silencio", pudieron divisar en la lejanía a los pequeños del Valle que se habían organizado para reunirse en unas de las laderas y contemplar cómo se marchaban los arriesgados expedicionarios.

Entre los pequeños estaban Pane y muchos otros. ¡Quién podría contener la curiosidad de los chicos! Desde la distancia no hacían ningún sonido, sólo observaban la excursión perdiéndose por el paso y, a la vez, cada uno de ellos unía sus manos realizando un gesto ascendente.

El solitario grupo de caminantes miró un momento hacia atrás y entendió perfectamente lo que ellos decían:

¡Sojamm a los Navegantes! ¡Sojamm a los Navegantes! ¡Sojamm a los Navegantes!...

Aaam...

Luna Llena
Trigésimo Día
Octavo Mes
Círculo al Sol del Tiempo del Amasune
Tierra de los Algonquian

El autor del libro, actualmente es profesor de Artes Boabom. Supervisa y enseña en la Escuela Mmulargan-Boabom, en el cual se preparan profesores y alumnos en la actualidad. Ésta se basa en la comprensión de que el cuerpo y la mente forman una sola y perfecta unidad, esencial y completa.

Dentro de la Escuela Mmulargan, se enseñan tres Artes básicos:

Seamm-Jasani, o el Arte para la Eterna Juventud, que se desarrolla a través de movimientos fluidos, técnicas respiratorias, la meditación y la relajación.

Boabom tradicional, o el Arte Óseo de la defensa-meditativa del Camino Interno.

Yaanbao, o el Arte de los Elementos, el cual desarrolla la defensa y la relajación por medio del uso de elementos de diversos tamaños y formas, como una extesión del movimiento.

Para mayor información sobre la Escuela Mmulargan, visite:

http://www.boabom.org

boabom@boabom.org

Si usted desea contactar con algún Profesor autorizado

por esta Escuela escriba a:

boabom@boabom.org

Boabom®

Sobre el Autor

Asanaro se ha dedicado por más de veinte años al estudio y la enseñanza de las Artes Boabom, una vía cuyas raíces se adentran en el Tíbet pre-budista. Las enseñazas en que se basa el Boabom se transmiten a través de diversas vías, que abarcan desde las técnicas respiratorias y la relajación hasta la defensa, la meditación y la filosofía.

También ha enseñado y dado cursos, talleres y seminarios, así como desarrollado Escuelas alrededor del mundo, tanto en Sudamérica, Europa y Estados Unidos. Por otra parte, ha sido fundamental en la creación y fundación de diversos Centros y Asociaciones para el desarrollo de artes y medicinas alternativas.

Es autor de los libros: "El Arte Secreto del Seamm-Jasani" (58 movimientos para la Eterna Juventud) un libro curso-práctico, actualmente traducido a siete idiomas, "Los Mil caminos del Boabom", el cual describe el pensamiento del Arte, su Técnica como Arte Óseo o Defensa y el primer análisis científico que se haya hecho en relación a los efectos prácticos del Boabom, y "Bamso: el Arte de los Sueños", un relato autobiográfico metafórico, que a su vez se desarrolla como una guía para la meditación y la proyección consciente de los sueños.

Página web del autor:

www.asanaro.com

Si desea contactarse con el autor, o hacer cualquier pregunta o comentario, escríbale directamente a:

asanaro@boabom.org